HEYNE <

Xavier Müller

DAS STEINZEIT VIRUS

Thriller

aus dem Französischen
von Bernd Stratthaus

WILHELM HEYNE VERLAG
MÜNCHEN

Die Originalausgabe ERECTUS erschien erstmals 2018
bei XO Éditions, Paris.

MIX
Papier aus verantwortungsvollen Quellen
FSC® C083411

Penguin Random House Verlagsgruppe FSC® N001967

Deutsche Erstausgabe 09/2021

Redaktion: Sven-Eric Wehmeyer
Printed in Germany
Umschlaggestaltung: Das Illustrat, München,
unter Verwendung von Motiven von Shutterstock.com
(Wlad74, nienora, Kseniya Ivashkevich)
Satz: Buch-Werkstatt GmbH, Bad Aibling
Druck und Bindung: CPI books GmbH, Leck
ISBN: 978-3-453-44095-1

www.heyne.de

Für Laurence

Die Natur entwickelt sich nicht zurück; sie erzeugt nicht mehr das, was sie einmal zerstört hat, sie kehrt nicht zu der Form zurück, die sie einmal zerbrochen hat. Bei der unendlichen Zahl von Kombinationen, die die Zukunft bereithält, werden wir nie zweimal dieselbe Menschheit sehen, auch nicht dieselbe Flora oder Fauna.

Edgar Quinet, 1870

Prolog

Provinz Mpumalanga, Südafrika, 13. Juni

Petrus-Jacobus Willems wollte gerade seinen letzten Rundgang beginnen, als der Alarm ausgelöst wurde und die Starre dieses Sommertags durchbrach, ein schriller Ton an der Grenze des Erträglichen. Die Hündin Chaka stieß ein Knurren aus, das sich allmählich zu einem Jaulen auswuchs. Ihre Wirbelsäule wurde von Krämpfen geschüttelt, doch erstaunlicherweise machte sie Anstalten, sich zurückzuziehen, statt sich wie sonst auf die Bedrohung zu stürzen. Der Wachmann musste einmal fest an ihrer Kette ziehen, um sie wieder zur Ordnung zu rufen.

Mit einem Blick schätzte er die Lage ab. Hinter den Scheiben im ersten Stockwerk blinkte wütend ein rötliches Licht. *Höchste Alarmstufe*, dachte er, immer noch starr vor Schreck. Es war das erste Mal seit seinem Arbeitsantritt vor sechs Monaten, dass sich hier etwas Derartiges ereignete, und allmählich wurde er unruhig. Bei einem Zwischenfall waren die Vorschriften eindeutig: das gesamte Gebiet abriegeln, nachdem das Personal evakuiert worden war, keinerlei Versuch unternehmen, das Innere des Gebäudes zu betreten, dann das äußere Gitter absperren und sich entfernen. Sonst nichts.

Die Eingangstür flog krachend auf. Drei Männer in Laborkitteln tauchten auf, die Gesichter waren mit Schutzmasken verhüllt. Sie stürmten in Richtung des Parkplatzes hinter dem

Laboratorium. Dann erschien eine Frau. Sie war in Tränen aufgelöst. Petrus-Jacobus näherte sich ihr, wobei er darauf achtete, ruhig zu bleiben, um sie nicht noch mehr aufzuregen.

»Kann ich Ihnen helfen?«

Schwer atmend, als bekäme sie keine Luft, schüttelte sie den Kopf. Als sich das Gittertor langsam öffnete, veranlasste das Geräusch sich verbiegenden Blechs Petrus-Jacobus dazu, sich kurz umzudrehen. In ihrer Eile waren zwei der drei Labormitarbeiter mit ihren Autos aneinandergeschrammt. Was für Vollidioten! Fassungslos über ihre Dummheit verdrehte er die Augen, bevor er sich wieder der weinenden Frau zuwandte, doch auch diese eilte bereits zu ihrem staubigen Ford.

Als sie losfuhr, bemerkte er, dass zwei weitere Autos unter den Bäumen standen. Eins davon war sein eigenes, ein Pickup, den er zu einem Schleuderpreis und für einen »besonderen Gefallen« erstanden hatte. Chaka entfuhr ein kurzer Kläffer des Protests, sodass er ein weiteres Mal an ihrer Kette riss und die Hündin dann weiterzog.

Der Doc erschien auf der Schwelle zum Laboratorium. Seine Gesichtshaut wirkte wächsern, seine Augen waren gerötet und traten ihm aus den Höhlen. Petrus-Jacobus hatte mit ihm in sechs Monaten kaum fünfzig Worte gewechselt, doch der Typ sollte die Einrichtung eigentlich leiten, und an ihn sollte er sich im Notfall wenden.

»Was ist denn da los?«

»Schließen Sie einfach ab, und verschwinden Sie dann von hier.«

»Und was ist mit Andries? Soll ich auf den warten?«

Andries Joubert war der zweite Wachmann, der heute nach ihm Dienst schob, ein wortkarger Kerl, nach dem man allerdings die Uhr stellen konnte.

»Ist nicht nötig. Er wird es schon kapieren, wenn er vor verschlossenem Tor steht. Oder ich rufe ihn an. Hauen Sie jetzt ab.«

»Und was ist mit dem Alarm? Lassen wir den einfach plärren?«

»Verdammte Scheiße … das ist ein automatisiertes System! Avanti!«

Der Mann machte auf dem Absatz kehrt und lief davon. Sobald er in seinem Angeber-Cabrio saß, fuhr er mit quietschenden Reifen an und wirbelte dabei eine Staubwolke auf, die den Wachmann und seine Hündin vollständig einhüllte.

Der Alarm heulte weiter ohrenbetäubend, aber der schrille Ton erschien ihm inzwischen weniger aggressiv. »Avanti!«, hatte der Doc ihn aufgefordert. Petrus-Jacobus konnte den Typen nicht leiden …

Die Panzertür des Gebäudes stand sperrangelweit offen. Sie war mit einem Code gesichert, den er niemals hatte knacken können. In sechs Monaten war das jetzt die erste Gelegenheit. *Die einzige*, dachte er. Er zögerte. Chaka schien sich inzwischen wieder eingekriegt zu haben. Was riskierte er schon? Das Laboratorium lag in einer Einöde, darauf hatten sie geachtet, und Andries traf erst in einer guten halben Stunde hier ein – falls sie ihn nicht vorher benachrichtigten. Eine derart günstige Gelegenheit würde sich nicht so schnell wieder bieten.

Nachdem er sich noch ein letztes Mal umgesehen hatte, beschloss der Wachmann hineinzugehen. Chaka folgte ihm artig, doch er spürte ihren Widerwillen.

»Ganz sachte, meine Hübsche, wir drehen nur kurz eine Runde, dann hauen wir auch ab.«

Während er sich durch den weiß gekachelten Flur vorarbeitete, drangen die ersten Schreie an seine Ohren, unterbrochen von kurzen Stößen, als ob irgendwer versuchte, die Wände zum Einsturz zu bringen. Die Luft schien unter der Lautstärke des Alarms und des Gebrülls zu zittern. Petrus-Jacobus sagte sich, es wäre vielleicht besser umzukehren, doch andererseits hatte er sich jetzt darauf eingelassen und wusste, dass es hier Tiere gab. Er war sich diesbezüglich deshalb so sicher, weil er zufällig ein halbes Dutzend Lieferungen mitbekommen hatte. Am Ende hatten die Schreie auch ihr Gutes, denn so wusste er immerhin, in welche Richtung er gehen musste.

Schleichend ergriff Nervosität von ihm Besitz, und er beschleunigte seinen Schritt. Die Gelegenheit war einfach zu günstig; nach dieser Aktion könnte er sich einen Luxusurlaub leisten oder ein neues Gewehr wie das von Gus, dem Kumpel, mit dem er immer auf die Jagd ging. Seltsamerweise flößte Chakas Folgsamkeit ihm die nötige Menge Mut ein, um weiterzugehen. Die Boerboel-Hündin würde ihm bis in die Hölle folgen … und solange sie bei ihm war, fürchtete er sich nicht vor allzu vielen Dingen.

Durch die Türen, die das Laborpersonal aufgrund der überstürzten Flucht einfach hatte offen stehen lassen, entströmte dem Raum, aus dem die Schreie drangen, ein strenger Geruch. Hier waren also die Tiere untergebracht. Ihm fielen das gelbschwarze Symbol, das Gefahr anzeigte, das überaus wichtige Magnetschloss sowie ein ebenfalls geöffneter Durchgang zu einem zweiten Raum an der hinteren Wand und eine Metalltreppe auf. Die gut zwanzig Affen waren in ihre Käfige gesperrt: Kapuzineraffen, Gibbons, Paviane und drei Meerkatzen, die vor Angst halb verrückt waren. Außerdem ein Schimpanse; logischerweise waren Experimente mit dieser Spezies nicht gestattet, aber wen scherte schon das Gesetz?

Petrus-Jacobus musterte ihn mit geschultem Auge, dann trat

er näher zu ihm. Die Entscheidung für das Tier fiel, weil es das einzige war, das nicht brüllte. Er hätte seine Ausrüstung aus dem Auto holen sollen, ein Netz oder einen Korb, doch er hatte schon genug Zeit verloren, und es kam nicht infrage, noch einmal hierher zurückzukehren. Er durchwühlte die Taschen seines Anzugs und zog ein paar Handschuhe hervor, die er stets bei sich trug. Das Leder war dick genug, um ihn vor etwaigen Bissen zu schützen.

Der Käfig war nur mit einem einfachen Vorhängeschloss gesichert. Vorsichtig öffnete er die Gittertür. Das Tier schaute ihn verächtlich an, dabei wirkte es ein wenig teilnahmslos. Offenbar stand es unter dem Einfluss von Betäubungsmitteln. Er streckte die Hand in den Käfig und zog es sanft zu sich heran. Auf einmal schien der Schimpanse wieder zum Leben zu erwachen – er stieß ihn von sich und sprang nach draußen auf den gefliesten Boden. Als er jedoch die Hündin bemerkte, erstarrte er. Chaka knurrte dumpf, bevor sie in Angriffsposition ging.

»Ruhig, Chaka! Sitz!«

Doch die Boerboel-Hündin hörte nicht auf ihn, sondern blieb weiterhin vor dem Affen stehen, der begonnen hatte, heftig auf seinen Hinterbeinen hin und her zu schaukeln, wobei er eine Reihe von Schreien ausstieß.

Alles geschah nun innerhalb eines Wimpernschlags. Der Primat warf sich nach vorn, die Hündin jaulte auf, das Jaulen wurde zu einem wütenden Gebell, und alles war vorbei, bevor Petrus-Jacobus die Gelegenheit zum Eingreifen erhielt.

»Verdammt, er hat dich gebissen!«

Der Schimpanse flüchtete auf einen Metallschrank und begann dort hysterisch zu jammern. Erst dann fiel dem Wachmann auf, dass der Alarm verstummt war und auch die Affen in den Käfigen keinen Mucks mehr von sich gaben. Alle starrten in seine Richtung, als wären sie fasziniert von der Szene, die sich gerade vor ihnen abgespielt hatte.

Es wäre doch idiotisch, mit leeren Händen wieder abzuziehen, vor allem jetzt, da sich die Tiere wieder beruhigt hatten! Der Schimpanse würde auf seinem Schrank sitzen bleiben, solange man ihn nicht angriff. Außerdem ließ sich ein Kapuzineraffe ohnehin leichter weiterverkaufen.

Während er aus dem Augenwinkel auf den Schrank schielte, entschied Petrus-Jacobus sich für ein Männchen, an dem keine Spuren irgendeiner Misshandlung sichtbar waren. Er öffnete den Käfig und packte den Affen mit erhöhter Vorsicht, doch das Tierchen schmiegte sich an ihn und drückte sein Köpfchen in die Falten seiner Jacke.

»Nichts wie weg hier!«

Chaka ließ sich nicht zweimal bitten und winselte vor Ungeduld. Trotzdem nahm er sich die Zeit, die Tür hinter sich zuzuziehen, bis er das Klicken des Magnetschlosses hörte. Sollten sich doch die anderen um den Schimpansen kümmern, das ging ihn nichts mehr an.

Er lief Richtung Ausgang, der Hündin hinterher. In dem langen Gang hallte die Stille bedrohlich wider, und diese Abwesenheit jedes Geräuschs erschien ihm inzwischen schlimmer als der Lärm. All das nur für ein Kapuzineräffchen … Ohne diese teuflische Panik hätte er den hinteren Raum auch noch durchsuchen können. Vielleicht hätte er dort Reptilien entdeckt, die noch besser verkäuflich waren.

Als er nach draußen trat, löste sich die gesamte Anspannung mit einem Mal, sodass er anhalten und Atem schöpfen musste. Chaka schüttelte sich kräftig und kläffte, den Kopf Richtung Parkplatz gedreht. Sie schien es offenkundig eilig zu haben, von hier wegzukommen. Er würde ihre Wunde untersuchen müssen. Affenbisse konnten gefährlich werden, auch wenn nur ein geringes Risiko bestand, dass der Schimpanse sich im Labor mit Tollwut angesteckt hatte. Die Angst hatte ihn aggressiv gemacht, das war wahrscheinlich alles.

Nachdem er den Affen in den Korb gesetzt und Chaka auf der Ladefläche des Pick-ups verstaut hatte, ging Willems noch einmal seiner ursprünglichen Anweisung folgend zum Tor zurück, um es mit einem Schlüssel zu verriegeln, der unabhängig vom Code funktionierte. Laut dem Doc waren zwei Sicherheitsmaßnahmen besser als eine. Er fragte sich, warum. In dem Labor schien es, abgesehen von Türen und Schlössern, nicht allzu viel zu geben. Mit ein wenig Glück würden sie nach diesem Tohuwabohu zwangsweise ein paar Tage frei bekommen, Zeit genug, um das Kapuzineräffchen wieder loszuwerden. Der Affe konnte mit der nächsten Lieferung abtransportiert werden. Und wer würde in all dem Durcheinander schon darauf kommen, ihn zu beschuldigen?

Aus dem Gebäudeinneren hörte er Lärm, wahrscheinlich war irgendein Stahlmöbel umgefallen. Vielleicht der Schrank? Durchdringend schrille Schreie ertönten und schreckten ein paar Vögel auf, die sich flügelschlagend in die Luft erhoben. Der Schimpanse hatte offenbar einen der Käfige geöffnet, um einen seiner Artgenossen zu befreien … Nicht sein Problem.

Petrus-Jacobus ließ den Motor an. Plötzlich hatte er es sehr eilig, nach Hause zu kommen. Er würde sich erst einmal ein kaltes Bier genehmigen und Chakas Wunde versorgen. Vielleicht auch umgekehrt.

I

Erste Symptome

1

Pretoria, 10. Juli 21

Cathy Crabbe wollte gerade in ein verlängertes Wochenende aufbrechen, als sie ein Päckchen auf der Fußmatte entdeckte. Irgendwer musste es dort abgestellt haben, während sie ihre Siebensachen zusammengesammelt hatte. Sie seufzte genervt. Hätten sie die Lieferung nicht am Empfang behalten oder sie einem der anderen Wissenschaftler geben können? Seit einer Ewigkeit hatte sie kein Tageslicht mehr gesehen, und in dem Moment, in dem sie aufbrechen wollte, drückte man ihr in letzter Minute noch irgendeine Arbeit aufs Auge!

Als Verantwortliche für die Forschungsabteilung für Zoonosen – Infektionen, die zwischen Tier und Mensch übertragbar waren – war die Vierzigjährige als unermüdliche Arbeiterin bekannt. Ziemlich groß und eher sportlich, eilte ihr der wohlverdiente Ruf von Effizienz und Lebhaftigkeit voraus. Das war allen im Labor bekannt, und manche nutzten es aus, um ihr dringende Arbeitsaufträge zuzuschieben. Diesmal kam ein Einknicken ihrerseits allerdings nicht infrage, die Analyse konnte noch bis zu ihrer Rückkehr warten. Sie schnappte sich den Karton, stopfte ihn in den Kühlschrank, in dem jene Proben und Produkte aufbewahrt wurden, die sie nicht sofort bearbeitete, und schlug die Tür zu. Sie war stolz auf ihre Entschlossenheit. Sie hatte Urlaub. Morgen früh wäre sie zeitig am Flughafen und würde in Richtung der Drakensberge abheben, der spektakulären Bergkette an der Südostküste des Landes.

Vor Verlassen des Labors entschied sie sich dennoch, einen Umweg über die Abteilung mit den lebenden Tieren einzuschlagen, um sich von ihrem Laboranten zu verabschieden. Bei dieser Gelegenheit würde sie ihm gleich Bescheid geben. Mike Jones war ein Student von unschätzbarem Wert, der fast so hart arbeitete wie sie selbst und ihr trotz seines ungewöhnlichen Werdegangs sehr vielversprechend erschien. Im Lauf der Monate war er zu ihrem Faktotum geworden: Assistent, rechte Hand, Sekretär.

Die Paviane waren gerade gefüttert worden und empfingen sie mit einer Kreischsalve, die ihre Trommelfelle durchbohrte. Normalerweise achtete Cathy gar nicht darauf. Es war höchste Zeit für eine Luftveränderung und eine Ruhepause … An den Käfigtüren stand auf einem Schild jeweils der Erreger, der im Blutkreislauf jedes einzelnen Tieres zirkulierte. Aus Gewohnheit betrachtete sie eines der Weibchen.

Der Laborant wandte kaum den Kopf zu ihr um, sondern konzentrierte sich ganz auf seinen kleinen Schützling, einen Gibbon mit schwarzem Fell, der außerdem einen prächtigen, wie ein menschenähnlicher Bart wirkenden Kragen aus weißen Haaren zur Schau trug.

»Mike, ich geh dann mal. Mein Handy nehme ich nicht mit. Falls in den nächsten Tagen ein Notfall reinkommt, sag einfach Bob Bescheid, ihr kriegt das auch ohne mich hin, ja?«

»Und falls eine Epidemie ausbricht, was dann?«, scherzte er.

»Ist mir egal, die ist dann dein Problem. Egal, ob Ebola, eine Flutwelle oder der Nobelpreis, ich bin für niemanden zu sprechen! Ich bin wandern ohne Handy und ohne Netz, ein absoluter Traum!«

»Kein Problem, Cathy, wenn irgendwer es hier nötig hat, mal ein bisschen auszuspannen, dann bist du das ... Aber bevor du abhaust, schau dir nur mal dieses gerissene kleine Kerlchen an!«

Er setzte den Gibbon wieder in seinen Käfig zurück, schloss die Tür, hielt ihm einen Stift hin und beobachtete ihn, wobei er sich bemühte, seine Rührung zu verbergen. Bevor er von den Tierschutzbehörden des Zolls aufgegriffen worden war, hatte der Affe bei einer Privatperson gelebt und sich aus dieser Zeit offenbar eine gewisse Geselligkeit bewahrt. Er hätte gar nicht hier zwischen den ganzen Versuchstieren sein dürfen ... Mike behielt seine Meinung allerdings für sich. Es war besser, bei diesem Thema nicht zu sentimental zu werden. In seinem Beruf waren solche Empfindlichkeiten nicht gern gesehen, vor allem nicht, seit die radikalen Tierschützer nicht zögerten, Maulwürfe in die Versuchslabore einzuschleusen, und dort Videos drehten, die im Netz hohe Wellen schlugen.

Mit einer geschmeidigen, sichtbar eingeübten Geste hebelte der Affe den Riegel des Schlosses mit dem Stift auf und stieß dann die Käfigtür auf. Als er frei war, streckte er die Hand aus, um als Belohnung eine Banane entgegenzunehmen. Diese schälte er anschließend mit ernster Miene.

»Ich bin mir nicht sicher, ob das wirklich die beste Idee des Jahrhunderts ist, Mike. Was, wenn er abhaut?«

»Er soll doch ohnehin bald ausgemustert werden, oder?«

»Wahrscheinlich, aber das ist nicht der Punkt. Außerdem weißt du genau, was ich von dieser Art von Vernarrtheit in die Tiere denke.«

»Ich weiß, aber ... Kanzi ist doch was Besonderes, oder?«

»Nicht wirklich.«

Mike ließ es dabei bewenden. Seine Chefin war bis zu einem bestimmten Punkt liebenswürdig, solange man nicht mit den

Vorschriften Schabernack trieb. Er schloss die Tür wieder und bastelte mithilfe eines Schnürsenkels ein behelfsmäßiges Sicherheitsschloss.

»Okay. Apropos was Besonderes, du hast vorhin jemanden verpasst.«

Cathy war mit den Gedanken schon woanders und fragte nur der Form halber nach. »Ach ja, wen denn?«

»Den alten Dany Abiker. Er hätte dich gern gesehen.«

»Dany Abiker, den Tierarzt aus dem Kruger-Nationalpark?«

»Genau den.«

»Was wollte er denn?«

»Er hat Proben vorbeigebracht.«

»Scheiße! Dann hast du mir das Päckchen auf die Fußmatte gelegt?«

»Ja. Das hätte ich nicht tun sollen, ich weiß, aber um ehrlich zu sein, hatte ich vergessen, dass du wegfährst. Ein weiterer Beweis dafür, dass du zu viel arbeitest.«

»Na ja, am Ende ist es mir lieber, wenn es von dir kommt. Ist denn eines seiner Tiere krank?«

»Ja.«

»Hat er dir was Genaueres darüber gesagt?«

»Nein.«

Hin- und hergerissen zwischen dem Wunsch, allem zu entfliehen, und dem Pflichtbewusstsein der arbeitswütigen Forscherin entschied Cathy sich für einen Mittelweg, indem sie die Dringlichkeit der Proben überprüfte. Dany Abiker verrichtete im Wildlife Center des Kruger-Nationalparks eine bemerkenswerte Arbeit, und es kam nicht infrage, ihn hängen zu lassen, ohne wenigstens einen Blick auf die Proben geworfen zu haben.

»Okay, ich schaue mir das genauer an.«

»Tut mir leid, ich wollte dir nicht den Urlaub versauen …«

»Weiß ich doch, ich brauche dafür höchstens eine halbe Stunde.«

Mike sah sie wieder in Richtung ihres Labors davongehen und gratulierte sich einmal mehr zu seinem Glück, mit ihr arbeiten zu können. Seit seinen ersten Schritten als Forscher war sie diejenige, von der er am meisten gelernt hatte, und außerdem war er bereit, sich voll für sie reinzuknien. Sie gehörte nicht nur zu den effizientesten und begabtesten Forscherinnen ihrer Zeit, sondern stellte sich auch nicht an, wenn es darum ging, ihre Erfahrung weiterzugeben, was keine Selbstverständlichkeit darstellte … Ja, er hatte wirklich großes Glück, an ihrer Seite arbeiten zu dürfen.

In der Styroporbox hatte der alte Dany zwei Blutproben, eine handgeschriebene Nachricht und einen Umschlag geschickt.

> Könnten Sie das bitte analysieren, Cathy? Das Blut stammt von einem schwerkranken Elefantenkalb, das von einer ziemlich beunruhigenden anatomischen Anomalie betroffen ist, wie Sie sehen werden.
> Übrigens: Meine Tochter betreibt ein paar Kilometer von hier eine Pension. Dort ist immer Platz für Sie … falls Sie nach wie vor Lust auf einen Besuch in meiner Zufluchtsstätte für die Tiere verspüren!

In dem Umschlag steckten mehrere Fotos des erkrankten Tieres. Die Anomalie war auf den ersten Blick zu erkennen: Das Elefantenkalb besaß vier Stoßzähne. Unter dem üblichen Paar wuchs ein zweites, kürzeres Paar von der Unterlippe abwärts. Eine einfache genetische Fehlbildung, schloss Cathy, als die erste Verblüffung sich gelegt hatte. Die eitrigen Wunden, die seine Haut durchfurchten, beunruhigten sie schon eher. Im Geist ging sie die Krankheiten durch, die solche Hautschäden verursachen konnten. Ein hämorrhagisches Fieber aufgrund einer Virusinfektion? Diese Art von Erkrankung, die bei Tieren äußerst selten vorkam, verwandelte die Haut in ein Zellpüree. Bei den aggressivsten Formen wie Ebola oder Lassafieber starb das Tier innerhalb weniger Tage.

Sorgfältig bereitete sie eine der Blutproben vor und startete eine Hämokultur, während sie zugleich versuchte, ihre schlimme Vorahnung zu relativieren. Es war sinnlos, voreilige Schlüsse zu ziehen. Wenn das Elefantenkalb an einer Anomalie litt, konnte es sich auch um etwas anderes handeln, vielleicht irgendeine eher gutartige Komplikation … Jedenfalls war der Arzt erfahren genug, um eine Quarantäne zu verhängen, falls das nicht sowieso schon geschehen war.

Als sie die Prozedur auf den Weg gebracht hatte, ging sie wieder nach unten, um Mike zu erklären, wie es nun weitergehen werde.

»Ich habe eine Hämokultur mit Dany Abikers Blutproben angesetzt. Mach bitte eine Analyse wegen viraler DNA und Antikörpern, dann starte einen Test an einem Affen, und wir sehen uns nach meiner Rückkehr das Ergebnis an.«

Der junge Mann senkte ohne zu antworten den Kopf. Sein Seufzen ähnelte einem Schluchzen.

»Was ist? Stört dich irgendwas?«

»Es ist nur …«

Er warf einen kurzen Blick auf Kanzis Käfig und fuhr dann kaum hörbar fort: »Alle anderen stecken schon in Testreihen. Nur er ist noch übrig …«

»Verstehst du jetzt, warum ich dich gewarnt habe? Wir können uns nicht den Luxus erlauben, an einem der Primaten zu hängen, nicht hier! Sie gut behandeln, darauf achten, dass wir ihnen den Großteil der Qualen ersparen, das schon, aber es gibt klare Grenzen, und die hast du bei diesem Gibbon überschritten, weil du ihn zu deinem persönlichen kleinen Schützling gemacht hast.«

Mike nickte und lächelte tapfer. Man hätte ihn für ein gescholtenes Kind halten können.

»Ich weiß … Kannst du mir sagen, woher der Erreger stammt?«

»Von einem kranken Elefanten.« Unvermittelt wurde sie sanfter, gerührt von seiner traurigen Miene. »Mach dir keine Sorgen, das dürfte erst einmal kein Problem sein. Ich glaube nicht …«

Erst einmal … Der Laborant wartete, bis seine Vorgesetzte fort war, bevor er das Gesicht verzog. Er hatte keine Möglichkeit, Kanzi das zu ersparen, außerdem hatte er sich gerade eine Standpauke eingehandelt. Verdammt! Hätte er doch nur den Mund gehalten!

Er seufzte, zuckte mit den Achseln und wandte sich dann betont lässig dem Käfig zu, um den Gibbon nicht zu beunruhigen.

»Mach dir keine Sorgen, Alter. Es stammt von einem Elefanten, und du hast die Chefin ja gehört! Keine Chance, dass du dir sein dickes Virus einfängst!«

Fünf Tage später kehrte Cathy Crabbe braun gebrannt und voll frischem Tatendrang von ihrer Reise zurück und musste unverzüglich sämtliche Illusionen aufgeben. Im Labor herrschte das übliche Chaos eines stressigen Tages, und Mike war nirgends aufzufinden. Sie fragte sich, ob er das absichtlich so eingerichtet hatte, um sie für ihre Klarstellung bezüglich der Versuchstiere zu bestrafen.

Der Laborant hatte allerdings eine Nachricht für sie hinterlassen; sie stammte vom Vorabend und klang eher beunruhigend.

Die Suche nach einem Virus oder Antikörpern hat nichts ergeben, aber wir haben ein Problem: Die kranken Zellen des Elefantenkalbs haben sich weiter vermehrt.

»Scheiße!«, fluchte sie.

Denn dies bedeutete, dass der Erreger in ihrer Datenbank nicht verzeichnet war, und das verhieß nichts Gutes. Schnell holte sie eine der Petrischalen und legte eine Probe unter das Mikroskop. Was sie dort sah, ließ sie vor Entsetzen erzittern. Einige der Zellen hatten sich zersetzt, und Teile ihrer Membranen trieben in der Nährlösung. Als wären sie von innen heraus explodiert. Innerhalb weniger Tage …

Was für ein Erreger verfügte über solch eine Kraft? Von vornherein schloss die Virologin die Möglichkeit aus, dass es sich um ein Bakterium handelte, denn das hätte auf jeden Fall unter dem Mikroskop sichtbar sein müssen, allerdings wies die Probe keinerlei derartige Spuren auf. Also ein Virus? Nur ein einziger Typ von Viruserkrankungen war in der Lage, derartige Schäden zu verursachen – ein hämorrhagisches Fieber. Doch das war genau die Möglichkeit, die sie verworfen hatte, um wandern gehen zu können, eine noch unbekannte Form von Ebola … Für einen Moment schloss sie die Augen und atmete tief durch, um die allmählich aufsteigende Panik niederzukämpfen. Nein. Es konnte sich nicht um eine neue Ebolavariante handeln, das war unmöglich. Irgendetwas musste ihr hier entgehen.

Als sie die Untersuchung fortsetzte, zwang Cathy sich zu einer genauen Betrachtung, aber sie konnte mit der Probe anstellen, was sie wollte, ohne an der Feststellung vorbeizukommen, dass alle Kriterien eines bösartigen Fiebers zutrafen. Sie erhöhte die Vergrößerung und platzierte eine intakte Muskelzelle im Zentrum des Sichtfeldes. Was sich daraufhin vor ihren Augen abspielte, war wirklich erstaunlich: Statt die Zelle explodieren zu lassen, schien der Erreger sie diesmal eher einer Transformation zu unterziehen. Sie verrückte die Probe um einen Millimeter, blinzelte kurz, aber umsonst. In weniger als zwei Minuten hatte die Zelle sich in die Länge gestreckt, sodass sie nun einem Rugbyball ähnelte, dessen Enden sich zu feinen Wucherungen verjüngten. Verrückt oder nicht, die Metamorphose hatte tatsächlich stattgefunden, der Erreger hatte soeben eine grundlegende Mutation herbeigeführt, und die Muskelzelle war … zu etwas anderem geworden! Zu etwas, was einer Nervenzelle zum Verwechseln ähnlich sah. *Eine Muskelzelle verwandelt sich in ein Neuron!*, dachte sie aufgeregt.

Drei Mal wiederholte sie den Test. Ergebnis: Ein Viertel der Zellen hatten sich in Neuronen verwandelt. Die anderen hatten eine andere Transformation durchgemacht, die nur mit weiteren Untersuchungen zu bestimmen wäre.

Die Forscherin richtete sich verwirrt wieder auf. Einen Moment lang fragte sie sich, ob die Proben vertauscht worden waren. Doch das war absurd. Mike war vielleicht verärgert, aber solch einen Streich hätte er ihr nicht gespielt, solange er seine Stelle behalten wollte. Sie stieß sich ab, rollte mit ihrem Schemel zum Wandtelefon und wählte seine Nummer. Es läutete ein paarmal, dann landete sie bei der Mailbox.

»Sie haben die Nummer von Mike Jones gewählt. Hinterlassen Sie mir eine Nachricht, ich rufe dann zurück.«

Da sie nicht genau wusste, wie sie das Problem ansprechen sollte, schwieg sie erst kurz. Es war sinnlos, sich aufzuregen, bevor sie eine Erklärung erhalten hatte.

»Hallo Mike, hier ist Cathy. Ich bin wieder zurück im Labor und habe mir gerade die Proben des Elefantenkalbs angesehen. Die Ergebnisse sind ziemlich verwirrend, und ich wollte sichergehen, dass es keine Probleme damit gegeben hat. Wohin bist du verschwunden, zum Teufel?«

Sie hatte noch nicht aufgelegt, als sich schon die Tür hinter ihr öffnete. Der Laborant hielt sein Handy in der Hand und warf ihr einen verärgerten Blick zu.

»Ich hatte am Empfang hinterlassen, dass sie mir Bescheid geben sollten, sobald du wieder da bist. Wir hatten eine Lieferung: Ratten, Hunde, Primaten.«

»Na, dann haben sie es eben vergessen, und ich dachte schon, ich bin in ein Irrenhaus geraten! Ich habe dir gerade eine Nachricht …«

Mike schnitt ihr mit finsterer Miene das Wort ab.

»Es ist was mit Kanzi passiert.«

»Die Injektion?«, fragte sie beunruhigt.

»Ja. Zwei Stunden nach deiner Abreise hat er Fieber bekommen, und in der Nacht ist er dann ins Koma gefallen. Danach …«

Er wand sich, es war ihm unangenehm. Was Cathy zunächst für miese Laune gehalten hatte, kam ihr jetzt eher wie Angst vermischt mit Ratlosigkeit vor.

»Danach was? Er ist doch nicht etwa gestorben? Nicht so schnell?«

»Sieh es dir einfach selbst an …«

Sie gingen in den Raum mit den Labortieren. Mike zeigte auf ein gedrungenes Tier mit ungewöhnlich kurzen Armen, das nervös in seinem Käfig auf und ab tigerte. Cathy schüttelte verständnislos den Kopf.

»Ist das einer von den neuen? Du hättest ihn woanders unterbringen sollen. Wo ist Kanzi?«

»Direkt vor dir.«

»Machst du Witze?«

Sie hatte zu laut gesprochen; das Tier regte sich plötzlich sehr auf, gestikulierte wild in seinem zu engen Käfig herum und stieß dabei mit wütend zurückgezogenen Lefzen ohrenbetäubende Schreie aus. Cathy trotzte dem Gekreisch und versuchte sich zu konzentrieren, obwohl sie den Eindruck hatte, dass der Boden unter ihren Füßen wankte. *Neutral bleiben und einfach nur beobachten*. Da fiel ihr auf, dass er einen dreißig Zentimeter langen Schwanz hatte. Keine Gibbonart sollte überhaupt einen besitzen … Für diese Abweichung musste es natürlich einen logischen Grund geben, eine Entzündung oder eine ungewöhnliche Veränderung der Epidermis – aber es handelte sich ganz offensichtlich um einen Schwanz. Um der erschreckenden Idee nicht nachzugeben, die sich in ihrem Kopf zu formen begann, suchte sie nach einer alternativen Hypothese, fand aber keine. Es blieb nur eine Mutation … Doch das war völlig unmöglich. Genauso unmöglich wie eine Muskelzelle, die sich in eine Nervenzelle verwandelte …

Langsam sickerte das Offensichtliche zu ihr durch. Irgendwie hatte der Erreger eine Metamorphose bewirkt, und der Gibbon hatte sich unter der Einwirkung des Virus verwandelt, nicht nur auf zellulärer Ebene, sondern gleich der gesamte Organismus.

Auf einmal ergaben die Fotos, die Dany Abiker ihr geschickt hatte, vollkommen Sinn. Die zwei überzähligen Stoßzähne waren kein Anzeichen einer genetischen Anomalie bei dem Kalb, sondern ein Symptom seiner Krankheit.

»Wie konnte dieser Fortsatz sich nur derart schnell bilden? Und warum überhaupt so eine Transformation?«, entfuhr es ihr fasziniert.

»Wie es passiert ist, weiß ich nicht, aber Gibbons hatten früher einmal einen Schwanz …«

»Du täuschst dich bei der Art, Mike.«

»Ich rede von der Zeit vor dreißig Millionen Jahren.«

»Also ... Du glaubst, es handelt sich um eine Art ... Regression?«

Ohne eine weitere Antwort zuckte der junge Mann nur mit den Schultern. Er wirkte vollkommen überfordert.

»Hast du Bob davon erzählt?«

»Nein. Ich wollte lieber auf dich warten.«

»Gut gemacht. Hör zu, wir sollten uns jetzt nicht verrückt machen ...«

Die Virologin war sich bewusst, dass sie nun zwar schnell handeln musste, aber nichts überstürzen durfte. Vor allem musste sie ihre Beobachtungen durch ihren Kollegen Bob Terrence gegenchecken lassen, und danach würde sie sich mit Jonathan Joss in Verbindung setzen, dem Leiter des nationalen Seucheninstituts in Johannesburg. Dieser Typ war eine wandelnde Enzyklopädie und in der Lage, Hunderte von Krankheitserregern zu identifizieren. Wenn derartige Symptome bereits irgendwo einmal beschrieben worden waren, hätte er wahrscheinlich davon gehört.

Während sie sich noch eine Strategie zurechtlegte, hatte sich die Aufregung des Affen zu einem ausgewachsenen Wutanfall entwickelt. Mit der Wucht eines Springbocks warf er sich gegen das Gitter. Plötzlich änderte er seine Taktik, ließ den Arm vorschnellen und erwischte Mike im Vorbeigehen. Der Laborant stieß einen Schrei aus und wich mit einem Satz zurück, während er sich das Ohr hielt. Cathy sah, dass er schwankte.

»Alles in Ordnung?«

»Ja, er hat mich nur gezwickt, glaube ich. Blutet es?«

Die Wissenschaftlerin untersuchte die gerötete Haut, sah aber keinen Kratzer, sodass sie einen erleichterten Seufzer ausstieß. Es fehlte jetzt nur noch, dass Mike sich infizierte.

»Alles gut. Ich habe schon befürchtet, dass er dich verletzt hat. Allerdings scheint er dir etwas geklaut zu haben!«

Tatsächlich hatte der Gibbon seinen Angriff dazu genutzt, ihm einen Filzstift aus dem Laborkittel zu ziehen, an dem er jetzt, plötzlich wieder ganz ruhig, schnüffelte.

»Versuch ihm den wieder abzunehmen. Wenn er das Schloss aufbricht, kann er vielleicht Schaden anrichten, und in seinem Zustand …«

Sie verstummte, während sich ihr eine finstere Vorstellung aufdrängte: das Tier auf der Flucht durch die Gänge des Gebäudes, in den Adern einen Krankheitserreger, der in der Lage war, Organismen umzuprogrammieren. Und all das nur, weil Mike die blendende Idee gehabt hatte, ihm ein Kunststückchen beizubringen!

Mike schüttelte den Kopf, bevor er sich vorsichtig dem Käfig näherte.

»Kanzi, mein Alter … Alles ist gut. Willst du mir das Ding nicht zurückgeben?«

Der Affe ignorierte ihn. Aber statt sich wie üblich am Schloss zu schaffen zu machen, kaute er einfach nur auf dem Stift herum, warf ihn dann in die Ecke und fing an, heftig vor und zurück zu schaukeln, als ertrüge er das Eingesperrtsein nicht. Nicht mehr. Man hätte meinen können, er sei in seinen wilden Zustand zurückgefallen. Seit er wieder aus dem Koma erwacht war, beachtete er Mike auch überhaupt nicht mehr, als hätte er ihn ganz einfach vergessen. Weder seine Stimme noch sein Geruch hatten daran irgendetwas geändert, und den jungen Mann machte das seltsam traurig. Woher kam dieser hartnäckige Eindruck, ihn verloren zu haben?

Er nutzte die Atempause und holte sich den Stift wieder, den er dann wie eine Trophäe vor der Nase seiner Chefin schwenkte. Cathy deutete mit besorgter Miene ein freudloses Lächeln an.

»Gut. Wir haben ziemlich viel Arbeit vor uns. Mach ein paar weitere Zellkulturen mit dem Rest der Proben von Dany Abiker. Zuerst müssen wir sicherstellen, dass wir uns nicht täuschen. Es kommt nicht infrage, falsche Schlussfolgerungen zu ziehen. Kannst du dir den Abend freischaufeln?«

»Wenn es sein muss, sogar die Nacht.«

Gegen 23.30 Uhr verfasste Cathy Crabbe trotz ihrer Erschöpfung ihren Warnbericht. Gerade hatte sie die Ergebnisse der Untersuchung mit dem Elektronenmikroskop bekommen. Nicht alle Viren waren groß genug, um in diesen Mikroskopen sichtbar zu sein, aber dieses war es. Es war sogar monströs. Das Schwarz-Weiß-Bild zeigte eine Art Faden von zehn Mikrometern Länge – ungefähr ein Zwanzigstel des Durchmessers eines Haares. An einem Ende gabelte das Virus sich zu einem Dreizack. Mit seiner länglichen Form war es allerdings als ein Mitglied der Familie der Filoviridae zu erkennen, zu der auch Ebola und das Marburg-Virus zählten.

Bob hatte ihre Schlussfolgerungen bestätigt, und sie hatte sich außerdem noch mit Jonathan Joss unterhalten.

Die Virologin konnte dem Virus nun einen Namen geben. In der Welt der Biologie war es üblich, ihn nach dem Ort seiner Entdeckung zu benennen.

Als sie eine Stunde später fertig war, hängte sie das Bild des Dreizacks an ihre Mail an und informierte dann mit einem Mausklick alle Mitglieder des Netzwerks der Gesundheitsüberwachung, zu dem auch ihr eigenes Labor gehörte.

ERKLÄRUNG ZU EINER UNBEKANNTEN KRANKHEIT

Beobachtet an: Einem Elefantenkalb (Blutuntersuchung und fotografische Dokumentation) und einem Gibbon (infiziert mit dem Blut des Elefantenkalbs).

Art der Beobachtung: Körperliche Deformation. Auf den ersten Blick scheint das Tier sich evolutionär »zurückzuentwickeln« (Schlussfolgerung anhand der Untersuchung des Gibbons; bisher keine Möglichkeit der Bestätigung am Elefantenkalb). Siehe auch Beschreibung und angehängte Fotos.

Art der Übertragung: Blut.

Inkubationszeit: Wenige Stunden.

Überträger: Unbekannt.

Mögliche Ansteckungsgefahr für den Menschen: Test an Blutzellen durchgeführt, keine sichtbare Reaktion.

Ort der Beobachtung: Südafrika, Wildlife Center des Kruger-Nationalparks, und virologisches Labor in Pretoria.

Art des Erregers: Filovirus.

Name des Erregers: Als Name wird VIRUS KRUGER vorgeschlagen.

2

Stephen Gordon rieb sich lange die Augen. Er musste seine gesamte Konzentration aufbringen, um das Gerücht bestmöglich zu verarbeiten, das seit einigen Tagen durch die Flure der Weltgesundheitsorganisation in Genf geisterte. Es war von Mitarbeitern des südafrikanischen Gesundheitsministeriums in die Welt gesetzt worden. In einem Labor in Pretoria sollte ein Virus entdeckt worden sein, das zu Deformationen bei seinem tierischen Wirt führte. Laut der Autorin des Berichts erinnerten diese Deformationen an alte morphologische Merkmale, die vor Millionen von Jahren der infizierten Spezies zu eigen gewesen waren. Die gelinde gesagt kühne Schlussfolgerung lautete, dass der Krankheitserreger in der Lage sei, diese Merkmale wieder zum Vorschein zu bringen. Die fragliche Biologin, eine gewisse Cathy Crabbe, war zur Zielscheibe des Spotts geworden, und ihr »Kruger-Virus« hatte man in »Höhlenvirus« umgetauft.

Vorerst sah Stephen Gordon darin nur ein Ammenmärchen. Doch seine Stellung als Leiter der Seuchenabteilung verpflichtete ihn, keinerlei Risiko einzugehen. Er konnte dieses Problem genauso gut gleich aus dem Weg schaffen: Statt die Arbeit zu delegieren, wie es der Großteil seiner Kollegen in verantwortlicher Position tat, entschloss er sich, die Information an der Quelle zu überprüfen, indem er mit dieser Mrs. Crabbe telefonierte, die bereit war, allen Konventionen zu trotzen. Im Alter von achtundvierzig Jahren genoss der Engländer mit dem typisch britischen Humor einen Ruf absoluter Effizienz, der für seine Institution nicht in gleichem Maße galt. Als studierter Arzt, der sich auf dem Gebiet auskannte, drosch er niemals Phrasen (er gab vor, sie nicht zu verstehen) und scherte sich ausgesprochen wenig um die Vorteile, die seine Position mit sich brachte. So weit wie möglich vermied er Besprechungen, ackerte seine Akten durch, bis er ihre feinsten Details kannte, und gab sich niemals mit diplomatisch verfassten Berichten zufrieden. Doch wenn der Mann bei der WHO fehl am Platz zu sein schien, dann vor allem aufgrund seines Werdegangs. Fünfzehn Jahre lang war er im tropischen Afrika den Spuren dort auftretender Viren bis in die entlegensten Regionen des Regenwalds gefolgt. Während einer Mission im Kongo hatte er sich Malaria eingefangen, die ihn beinahe das Leben gekostet hätte, während er von heftigem Fieber in einem gottverlassenen Nest festgehalten worden war. Er wusste, dass dieser Dreck, verschanzt in seiner Leber, ihm sein ganzes Leben lang zu schaffen machen würde und er ständig dem Risiko eines Rückfalls ausgesetzt wäre, der schwerwiegende Komplikationen mit sich bringen konnte. Selbst wenn er sich entschlossen hatte, dieses Damoklesschwert zu ignorieren, steckte die Krankheit in ihm und erinnerte ihn ununterbrochen an seine Berufung. Dann war da noch seine Tochter, gefangen in ihrem seltsamen Zustand. Sie war der eigentliche Grund für Stephen Gordon, immer weiterzukämpfen.

Durch seine Vergangenheit als Virenjäger war der Arzt zu einer Gewissheit gelangt: Der unsichtbare Kampf, den die Menschheit gegen die Mikroben führte, verlangte es, dass man sämtlichen Spuren folgte, selbst den unwahrscheinlichsten. Seine Erfahrung hatte ihn gelehrt, dass die Ausrottung von Mikroorganismen, die sich in fortwährender Evolution befanden, extreme Umsicht erforderte. Die Gefahr konnte überall lauern, an jedem Ort dieses Planeten. Und damit eine Epidemie ausbrach, genügte es, dass eine einzelne Mikrobe einen einzigartigen Organismus befiel. Zu Anfang des Jahrhunderts wusste der Buschwildjäger irgendwo in Westafrika, der sich mit dem Blut eines Schimpansen infizierte, ja auch nicht, dass er damit ungefähr achtzig Jahre später für zwanzig Millionen Aids-Tote sorgen würde.

Der Bericht der südafrikanischen Virologin war zwei Tage zuvor auf seinem Schreibtisch gelandet, nachdem er zunächst durch alle erforderlichen bürokratischen Kanäle geflossen war, doch erst gestern Abend hatte er bei sich zu Hause die Akte gelesen. Etwas an der trockenen Darstellung dieses Berichts hatte ihn alarmiert, die beigefügten Untersuchungen und Überprüfungen der Ergebnisse ebenfalls. Darum hatte er seine Sekretärin gebeten, im Labor in Pretoria anzurufen, um einen Telefontermin auszumachen. Wie es seine Art war, kam er direkt zur Sache.

»Mrs. Crabbe, es ist schön, Sie sprechen zu können. Wir haben Ihren Bericht gelesen, und ich kann nicht verhehlen, dass er in unserer Institution einige Wellen geschlagen hat. Außerdem wüsste ich gern so viel wie möglich darüber, bevor wir eine Warnung der Stufe 1 rausgeben. Für die grundlegenden Fakten habe ich die Akte, die Sie zusammengestellt haben. Was mich interessiert, sind Ihre Geschichte, Ihre Eindrücke, Ihre Intuition …«

Cathy Crabbe hätte am liebsten vor Erleichterung geweint. Diese schnörkellosen Äußerungen bedeuteten Balsam für ihre Seele. Seit sie den Bericht abgeschickt hatte, hatte sie kaum noch ein Auge zugetan. Drei Wochen hatte sie gekämpft, um sich Gehör zu verschaffen. Da ihr aus der wissenschaftlichen Gemeinschaft nur Unglaube und Spott entgegengeschlagen waren, fürchtete sie sich vor einer Diskussion mit einem weiteren

Beamten … Plötzlich erinnerte sie sich an ein Porträt, das sie über diesen Gordon in der Zeitschrift der WHO gelesen hatte, die dreimal im Jahr auf ihrem Schreibtisch landete. Ihm eilte der Ruf großer Zielstrebigkeit und eines ziemlich verwegenen Looks inmitten all seiner Anzug und Krawatten tragenden Kollegen voraus. Auf den Fotos zum Artikel posierte er in Hawaiihemd und verwaschener Jeans. Der seltene Fall war eingetreten, dass sie von den Bildern angesprochen wurde, denn er hatte ihr gefallen. Sie erinnerte sich an einen athletischen, langhaarigen Mann mit strahlendem Lächeln, das allerdings sanft genug war, um die Strenge seines Blicks abzumildern – kurzum, er hatte gewirkt wie ein Abenteurer oder ein Rockstar à la Iggy Pop.

Im Augenblick hätte Gordon aber auch hässlich wie die Nacht sein können, denn für die Virologin zählte nur eins: Sie wollte jemandem ihre Erkenntnisse mitteilen, ohne befürchten zu müssen, lächerlich gemacht oder angezweifelt zu werden. Das tat sie in ruhigem Ton sowie dadurch, dass sie sich zwang, kein Detail auszulassen, und während sie ihre Geschichte erzählte – über das Päckchen, ihre fünftägige Wandertour, die Tests, die sie durchgeführt hatte, ihren Besuch im Kruger-Nationalpark und den aktuellen Gesundheitszustand des Elefantenkalbs –, wurde ihr bewusst, dass sie tief im Inneren kein gutes Gefühl bei der Sache hatte. Sondern ein sehr schlechtes. Bis jetzt war sie zu beschäftigt damit gewesen, sich zu verteidigen oder zu arbeiten, und sie hatte kaum Zeit gefunden, in sich zu gehen und nachzudenken. Aufgrund der Freundlichkeit ihres Gesprächspartners ließ sie nun endlich heraus, was ihr schon die ganze Zeit im Kopf herumspukte.

»Ich fürchte, wir stehen an der Schwelle zu einer Katastrophe.«

»So schlimm?«

»Hoffentlich täusche ich mich …«

»Hören Sie, Mrs. Crabbe, ich kann Ihnen nichts versprechen, aber ich versichere Ihnen, dass Ihr Bericht hier nicht auf unbestimmte Zeit verschimmeln wird. Heute Nachmittag muss ich zu einer Konferenz, aber ich halte Sie schnellstmöglich auf dem Laufenden.«

Als er dann im großen, halbrunden Saal der WHO saß, in dem ein Vortrag im Rahmen der »Woche der neuen viralen Bedrohungen« gehalten wurde, konnte Stephen nicht aufhören, immer wieder über Cathy Crabbes Worte nachzudenken sowie über das Virus, das niemand unter den Anwesenden zu kennen schien. Er hatte zaghaft gehofft, dass irgendwer es erwähnen würde, doch die Warnung, die vom Labor in Pretoria ausgelöst worden war, hatte ganz offensichtlich nicht den erwarteten Effekt erzielt, wenn man von den Spötteleien auf den Gängen absah.

Am Ende der Konferenz signalisierte ein ersticktes Gitarrenriff, dass ihn jemand auf dem Handy anrief. Auf dem Display erschien der Name Nicolas Barenskis, des Direktors des Naturkundemuseums in Paris. Stephen hatte ihm nach Beendigung des Gesprächs mit Cathy Crabbe die Fotos des Elefantenkalbs geschickt.

Die beiden Männer hatten sich im Jahr 2004 in Paris kennengelernt. Zu diesem Zeitpunkt war Stephen gerade erst zum Leiter der Seuchenabteilung ernannt worden und hatte sich gleich mit der Vogelgrippe herumschlagen müssen, die als eine der ernstesten Bedrohungen der letzten dreißig Jahre betrachtet worden war. Einige Forscher bei der WHO hatten die Hypothese aufgestellt, dass der Erreger vielleicht schon in der Vergangenheit grassiert habe. Stephen gehörte zu den Verfechtern dieser Theorie, woher auch sein Interesse für Paläontologie rührte.

Barenski hatte ihn damals in seinem prächtigen Büro im Haussmann-Stil empfangen. Vor der alten Holzvertäfelung hatten sich Regale bis zur Decke erhoben, randvoll mit Fossilien und Büchern. Mit seinem pomadisierten und streng gescheitelten Haar, seinem hageren Gesicht und den schmalen Lippen kultivierte der Paläontologe ein aristokratisches Erscheinungsbild und schien, ganz wie seine Fundstücke, aus einer anderen Epoche zu stammen. Trotz ihrer Unterschiede war der Funke zwischen ihnen sofort übergesprungen, und ihr Treffen hatte bei einer Flasche altem Scotch in einer Bar in Austerlitz geendet, wo sie sowohl eindrückliche Anekdoten als auch Visitenkarten austauschten.

Stephen vergaß seinen Ärger und nahm das Gespräch schwungvoll entgegen.

»Nicolas! Sie sind ja schneller als der Blitz, wie schön, von Ihnen zu hören! Also, was denken Sie über diesen Elefanten?«

»Was ich von ihm denke? Machen Sie Witze? Sie könnten mich genauso gut fragen, ob ich mich für den Yeti interessiere, wenn ich sein Foto als Beweis vorliegen hätte. Sind Sie sicher, dass es sich hier nicht um einen Scherz handelt?«

»Unmöglich, es ist keine Fälschung, das garantiere ich Ihnen. Die Virologin war vor vierzehn Tagen vor Ort in dem Nationalpark, in dem der Elefant gehalten wird. Das Tier hat wieder eine robuste Gesundheit entwickelt und seine Stoßzähne behalten.«

»Stephen, diese Fotos sind erschreckend. Bei der Art handelt es sich um ein Gomphotherium, ein Vorfahr unserer Elefanten …«

»Sind Sie ganz sicher?«

»Eine Reihe von Merkmalen unterscheiden ihn von einem heutigen Elefanten. Nehmen Sie nur seine Stoßzähne, und ich rede jetzt gar nicht von ihrer Anzahl – Sie sind abwärts gebogen.«

»Und das genügt, um das Exemplar als Vorfahren der modernen Elefanten einzustufen?«

»Sie haben mich ganz richtig verstanden.«

»Das Elefantenkalb könnte also nicht an irgendeiner Deformation leiden?«

»Das wären dann jedenfalls gleich mehrere Deformationen, die zu allem Überfluss genau den mehrere Tausend Jahre alten Merkmalen entsprechen …«

Stephen schwieg; er brauchte Zeit, um zu verdauen, was er gerade gehört hatte. Cathy Crabbes schlimme Vorahnung begann allmählich auch ihn zu überkommen. Am anderen Ende der Leitung riss Barenski ihn aus seinen Grübeleien.

»Sind Sie noch dran?«

»Ja, Entschuldigung. Ich muss Ihnen gestehen, dass mich die Tatsache verstört, dass ein Virus in der Lage sein soll, ein Tier in eine Art älteren Verwandten seiner selbst zu verwandeln.«

»Das habe ich nicht gesagt.«

»Sie haben doch gerade bestätigt, dass …«

»Ich habe Ihnen nur erklärt, welcher Spezies Ihr Elefantenkalb angehört, sonst nichts. Ich treffe damit keine Aussage darüber, wodurch dieses Phänomen verursacht wurde.«

Barenskis Stimme klang auf einmal, als fühlte er sich unwohl. Stephen konnte es nicht recht einordnen.

Barenski fuhr ein wenig zögerlicher fort: »Aber im vorliegenden Fall kann ich nicht umhin, an die, sagen wir … sehr umstrittene Theorie Anna Meuniers zu denken.«

»Anna … wer?«

»Anna Meunier, eine Paläontologin, die mit unserem Museum in Verbindung steht und die vorgibt, dass Tiere an bestimmten

Punkten ihrer Evolution manchmal in ein früheres Stadium zurückfallen und morphologische Merkmale aufweisen, die ihre Art eigentlich schon vor langer Zeit verloren hat. Es ist wohl unnötig, Ihnen zu erklären, dass diese junge Dame die gesamte wissenschaftliche Gemeinschaft gegen sich aufgebracht hat.«

»Sie inbegriffen?«

»Das würde ich so nicht sagen. Anna ist brillant, sie besitzt einen phänomenalen Arbeitseifer, aber auch ein paar weniger gute Charakterzüge: Sturheit, einen gewissen Hang zur Radikalität und eine Art, Schlüsse zu ziehen, die ich als überstürzt charakterisieren würde.«

»Ist ihre Theorie denn wirklich so absurd?«

»Ich möchte offen mit Ihnen sprechen, Stephen. In unserer Disziplin gibt es eine Regel, die stillschweigend akzeptiert wird – das Dollo'sche Gesetz. Im Kern besagt es, dass die Evolution sich nur in eine Richtung bewegt. Ein Pfeil, der auf die Zukunft gerichtet ist. Um Ihnen ein konkretes Beispiel zu geben: Schlangen werden nie mehr wieder die Beine entwickeln, die ihre Eidechsenvorfahren besaßen. Oder es müsste über Millionen von Jahren hinweg geschehen, um sich an eine neue Umgebung anzupassen … Die Vorstellung einer möglichen Regression der Arten wäre … wie soll ich es ausdrücken …«

»Es handelt sich hier also schlussendlich um eine Anomalie?«

»Möglich …«, erwiderte der Museumsdirektor ein wenig ratlos. »Aber es gibt die Fotos von diesem Elefantenkalb. Und tatsächlich bringt diese Tatsache das Bild ziemlich durcheinander.«

»Sie wollen wirklich keinerlei Risiko eingehen, Nicolas. Und wenn ich mich an diese Anna Meunier wenden würde?«

Daraufhin entstand ein kurzes Schweigen. Als Barenski es schließlich brach, klang er verärgert.

»Stephen, noch einmal, Anna ist eine ungewöhnliche Person. Ich habe alles dafür getan, sie zu schützen, aber als ich bemerkt habe, dass sie einfach auf ihren Standpunkten beharrte, ohne sich um den Ruf des Museums zu kümmern, musste ich mich von ihr distanzieren. Seit zwei Jahren ist sie jetzt bei Ausgrabungen in Neuguinea. Die Zurückweisung durch die wissenschaftliche Gemeinschaft zwingt sie dazu, praktisch allein zu arbeiten. Sie hat um sich eine Gruppe von treuen Anhängern versammelt, eher ungewöhnliche Studentinnen und Studenten, die von ihrer bilderstürmerischen Haltung beeindruckt sind. Ganz ehrlich, Stephen, ich bezweifle, dass Sie von ihr irgendeine verlässliche Antwort bekommen. Tun Sie mir den Gefallen, und vergessen Sie ihren Namen wieder. Ich hätte Ihnen gar nicht von ihr erzählen sollen.«

»In Ordnung, ich denke darüber nach. Danke für die Hilfe. Ich habe jetzt den Eindruck, die Situation besser einschätzen zu können.«

»Schön, wenn ich Ihnen behilflich sein konnte. Halten Sie mich auf dem Laufenden, wie sich die Dinge entwickeln.«

»Selbstverständlich.«

Im Laufe ihres Gesprächs war er zu seinem Parkplatz gegangen. Es war ein wunderschöner Tag, was er erst jetzt bemerkte. Stephen beschleunigte den Schritt und ging zu seinem Auto, einem alten rot-beigen Mercedes. Der Sammler, der ihm das Gefährt verkaufte, hatte geschworen, der Wagen habe früher einmal Mick Jagger gehört. Die Geschichte gefiel ihm. Nicht so sehr die Vorstellung, dass der Sänger hinter dem Bakelitlenkrad gesessen hatte, sondern vielmehr das Ausmaß des Bewunderungseifers, das einen dazu brachte, an dergleichen zu glauben …

Während er am Ufer des Genfer Sees entlangfuhr, dachte Stephen über den Widerwillen nach, mit dem Barenski über seinen ehemaligen Schützling gesprochen hatte. Spontan neigte

Stephen dazu, seinem Urteil zu vertrauen, doch irgendetwas störte ihn, und er fragte sich, ob der wackere Alte nicht gerade dabei war zu verknöchern, falls nicht die Verpflichtungen seines Amtes seine Begeisterungsfähigkeit gemindert hatten. Gordon konnte ein Lied davon singen, wie schwierig es war, gegen den Konformismus des eigenen Milieus anzukämpfen, vor allem, wenn man große Verantwortung trug …

Aus einer Laune heraus stoppte er den Mercedes auf dem Seitenstreifen und tippte Anna Meuniers Namen bei Google ein. Es ergab mehrere Hundert Treffer. Was aus den ersten beiden Artikeln hervorging, war deutlich interessanter als das Porträt der verschrobenen Abweichlerin, das Barenski von ihr gezeichnet hatte. Anna Meunier war eine hochbegabte Paläontologin. Mit sechsunddreißig Jahren hatte sie bereits zehn Ausgrabungen hinter sich und war bei diesen auf vier neue Dinosaurierarten gestoßen, drei in Argentinien, eine in Turkmenistan. Ein Journalist, den sie spürbar für sich gewonnen hatte, beschrieb sie als unvergleichlich einfallsreich, eine Art Lara Croft der Paläontologie. Er behauptete, dass es der jungen Forscherin trotz ihrer Randständigkeit stets ohne Probleme gelang, einen Financier für ihre Expeditionen zu finden. Sein Porträt endete mit drei Adjektiven: »brillant, gewitzt, bodenständig.« In einem anderen populärwissenschaftlichen Artikel bemerkte der Redakteur, dass sich ihr Erfolg aus einer »explosiven Mischung von minutiöser Vorbereitung und Glück« speise. Das bewies etwa der Umstand, dass sie nie eine Forschungsreise antrat, ohne sich vorher mit den örtlichen geologischen Gegebenheiten vertraut zu machen, und unberührte Ausgrabungsstätten bevorzugte, bei denen es zwar keineswegs sicher war, dass sie etwas fand, die dafür im Erfolgsfall aber großes Renommee garantierten.

Stephen pfiff durch die Zähne. Merkwürdig. Keine dieser Informationen deckte sich mit dem Bild einer radikalen Spinnerin, das Nicolas ihm von ihr gezeichnet hatte. Ganz im Gegenteil erschien Anna Meunier als eine Person, die die Regeln ihrer Zunft perfekt verinnerlicht hatte und wusste, wie man sie zum eigenen Vorteil beugen musste. Sie wirkte zielstrebig.

Er klickte auf eins ihrer Fotos und war innerlich erschüttert, als er sie sah. Wie eine unwirkliche Erscheinung stand sie auf der staubigen Fläche eines Berghangs. Ihr Haar wurde gleich einer braunen Flamme vom Wind verweht. Sie hielt sich aufrecht, die Hände in die Hüften gestemmt, den Blick in die Ferne gerichtet. Ihre Augen waren von einem ungewöhnlichen Grün, und sie kniff sie vor dem Licht zusammen. Ihr erdverkrustetes T-Shirt ließ eine üppige Brust erahnen. Im Hintergrund bog sich ein Zelt im böigen Wind. Das Foto war in Argentinien aufgenommen worden, in der patagonischen Wüste. Diese Frau mit den Katzenaugen war von unerhörter Schönheit. Sie erinnerte ihn eher an die Heldin aus *Twilight* als an die Abenteurerin aus *Tomb Raider*. Er war zwar kein Fan der Serie, aber seine Tochter sah sie sich seit Monaten in Dauerschleife unermüdlich an.

Hier war sie also, die Querdenkerin, die behauptete, dass sich die Evolution umkehren könne … Eigentlich hatte er eine weniger junge Frau erwartet, auch eine weniger verführerische. Irgendeine robuste Person, die ihren Kolleginnen und Kollegen die Stirn bot und nur ihrem eigenen Instinkt gehorchte. Die Art von Mut, die er selbst vor Jahren hatte aufbringen müssen, als er sich ins Ebola-Gebiet mitten im tropischen Urwald vorgewagt hatte.

Er musste gar nicht mehr über sie wissen. Anna Meunier gefiel ihm schon jetzt.

Er suchte die Nummer seines Kollegen heraus und rief ihn an.

»Lucas, ich brauche deine Hilfe … Was hältst du von einer kleinen Reise in die Sonne?«

3

Schlammbedeckt von Kopf bis Fuß, betrachtete Anna das vom Fels gefangene Fossil im Herzen einer Höhle. Ihr eigenes Herz schlug dabei so heftig, dass sie das Pulsieren in den schmerzenden Schläfen spürte. *Dehydrierung*, dachte sie. Ihre Thermosflasche hatte sie im Zelt gelassen. *Zu weit*. Es kam nicht infrage, den Zauber zu durchbrechen, der sie schwindlig machte. Um sie herum waren die Studierenden verstummt und warteten nun auf ein Wort von ihr, doch sie brachte keins heraus; ihre Kehle war wie zugeschnürt. Das Tier ähnelte einem Archäopteryx, jener ersten Flugsaurierart, die im 19. Jahrhundert katalogisiert worden war. Seine Flügel waren krallenbewehrt, und sein Körper endete in einem mit imposanten, pfauenartigen Federn geschmückten Schwanz. Die Zähne ragten in kleinen Wölbungen aus seinem Kiefer hervor, sie waren das deutlichste Anzeichen seiner Dinosaurier-Abstammung.

Im Schein der Fackeln leuchteten die Knochen wie Intarsien. Das Skelett war nicht nur vollständig, sondern jede einzelne Feder hatte auch einen Abdruck im Ton hinterlassen. Die Flügel waren gebeugt, als hätte sich das Tier unmittelbar vor seinem Tod hier niedergelassen.

Schließlich brach Joy, die Exzentrikerin der Gruppe, das Schweigen. Sie hatte offenbar den Eindruck, dass es jetzt genug mit dieser andächtigen Betrachtung war.

»Ich habe noch nie so coole Abdrücke gesehen!«

Anna mochte die junge Frau. Sie erinnerte sie daran, wie sie selbst früher gewesen war. Leuchtend blaue Locken verdeckten ihre Stirn, und ein Nasenpiercing verlieh ihr ein halb rockiges, halb tribales Aussehen, das ihren Kameraden gefiel. Diesmal wirkte ihre Bemerkung jedoch fehl am Platz.

»Ich glaube nicht, dass das Adjektiv ›cool‹ oft in der paläontologischen Fachliteratur vorkommt.«

»Und trotzdem hatten Sie recht. Zwei Jahre Forschung, und Sie haben *das* Fossil gefunden! Sich die Gesichter all der alten Säcke vorzustellen … ich freu mich jetzt schon drauf. Ich kann's gar nicht glauben. Ist das wirklich möglich? Der Beweis, auf den Sie gehofft haben?«

»Abwarten, Joy, freu dich nicht zu früh, erst müssen wir es ausgraben und untersuchen …« Kurt, der Vernünftige der Gruppe, hatte das Wort ergriffen, sich vorgebeugt und damit fast riskiert, kopfüber in die Höhle zu stürzen.

Joy ließ ihn nicht ausreden. »Untersuchen, wie ein Tier, das vor 150 Millionen Jahren gelebt haben soll, sich in einer Gesteinsschicht wiederfinden kann, die erst zehn Millionen Jahre alt ist? Na, da hast du ja 'ne Menge zu tun, Mr. Skeptismo!«

Anna hob die Hand, um den Streit zu beenden. Das strahlende Lächeln auf ihren Lippen ließ Kurts Herz kurz aussetzen. Er war in sie verliebt, seit er den ersten Blick auf sie geworfen hatte.

»Immer mit der Ruhe, ihr jungen Leute. Sagen wir mal, wir haben gerade ein neues Kapitel in der Geschichte der Paläontologie aufgeschlagen. Mit diesem komischen Vogel werden wir beweisen, dass der kleine Nachfahre der Theropoden noch vor zehn Millionen Jahren lebte und nicht während des großen Massenaussterbens an der Kreide-Paläogen-Grenze verschwunden ist. Wie, das ist eine andere Frage. Wir haben noch einen gewaltigen Berg Arbeit vor uns, aber für heute sind wir fertig. Unsere Entdeckung verdient, dass wir ein bisschen feiern. Wir sichern vor Einbruch der Nacht noch die Fundstelle ab und machen dann morgen weiter. Ich will euch alle beim Morgengrauen bereit zum Einsatz sehen …«

»Ich kann bestimmt kein Auge zutun!«, stöhnte Joy. »Können wir nicht einfach weitermachen?«

»Nein. Weitermachen kommt nicht infrage, wir sind alle total erschöpft, und dieses kleine Wunder braucht uns in Bestform. Außerdem wäre es doch das erste Mal, dass du nicht feiern willst, Joy.«

Während die kleine Gruppe sich daranmachte, die Erde wegzufegen und unter freudigem Murmeln die Fundstelle abzusperren, entfernte Anna sich ein paar Schritte. Sie fühlte sich glücklich und erschöpft, zu Tränen gerührt, zerbrechlich wie Glas. Ihre Studentin hatte recht: Sie war seit zwei Jahren hier, aber seit zehn Jahren kämpfte sie um jeden Zentimeter. Diese Entdeckung würde alles ändern.

Allem Anschein nach stammte das Fossil aus einer Zeit lange nach der großen Katastrophe, die sich vor etwa 66 Millionen Jahren ereignete, als der Planet Erde das Pech hatte, sich auf der Bahn eines Asteroiden mit fünfzehn Kilometern Durchmesser zu befinden, dessen Einschlag ein Massensterben in Gang setzte und den Übergang von der Kreidezeit zum Paläogen markierte. Die riesigen Auswirkungen dieser Naturkatastrophe waren für den modernen Menschen kaum vorstellbar: eine Explosion, die der Sprengkraft von zehn Milliarden Atombomben entsprach, imstande, einen Feuerball zu produzieren, der alles im Umkreis von 1500 Kilometern zu Asche verbrannte, gefolgt von einem Tsunami mit einer zwei Kilometer hohen Welle, die die

Küsten überflutete und sämtliche Kontinente überschwemmte. Darauf folgte aufgrund des frei gesetzten Schwefels saurer Regen, der die überlebenden Tiere massenhaft tötete, unter ihnen auch die großen, schwerfälligen Dinosaurier. Achtzig Prozent der auf der Erde lebenden Spezies waren auf einen Schlag ausgerottet worden. Alle außer den Vögeln. Es war eine der wichtigsten Erkenntnisse der Paläontologie des letzten Jahrzehnts gewesen: Die gegenwärtigen Vögel stammten von den Dinosauriern ab.

In Wahrheit hatte das ausgegrabene Skelett, außer dass es perfekt erhalten war, nichts wirklich Besonderes an sich. Joy hatte es sehr gut zusammengefasst. Was alles umstürzte und drohte, die kleine Welt der Paläontologie in ihren Grundfesten zu erschüttern, war die Tatsache, dass es sich hier um einen nur zehn Millionen Jahre alten Archäopteryx handelte. Eine verrückte Abweichung, die im Herzen des Gesteins eingeschlossen war.

Die Spur, die Anna nach Kaimana im Westen Neuguineas geführt hatte, war endlich an ihr Ziel gelangt. Zwei Jahre harte Arbeit, persönliche Opfer, zwei Jahre falsche Hoffnungen, Enttäuschungen und neue Aufbrüche. Mit ihrer Mannschaft hatten sie zwar auch andere Fossilien regressiver Arten ausgegraben – dafür hätte Anna die Hand ins Feuer gelegt –, aber es waren stets nur Fragmente gewesen, die keinen unwiderlegbaren Beweis liefern konnten. Hinweise wie die Kieselsteine des kleinen Däumlings hatten sie zu diesem gefiederten Dinosaurier geführt, der – gemäß einigen ihrer angesehenen Kollegen – viel zu jungen Datums war, um existiert haben zu können.

Das Gefühl des Erfolgs löste bei ihr Schwindel und eine leichte Übelkeit aus. Die anderen waren gerade mit dem Absperren fertig und machten sich eilig auf den Weg zurück zu den Zelten des Lagers, wobei sie ihr Ruhebedürfnis respektierten. Alle außer Joy, die schelmische Joy, die es nicht ertrug, sie abseits stehen zu sehen. Die Studentin rief ihr halb lachend, halb beunruhigt zu: »Wollen Sie nicht Yann von unserer Entdeckung erzählen?«

»Das würde ich gern, aber er ist auf einem ozeanografischen Forschungsschiff vor der Küste von Neukaledonien unterwegs.«

»Können Sie ihn dort nicht erreichen?«

»Ich habe die ausdrückliche Anweisung erhalten, ihn arbeiten zu lassen.«

»Aber Ihre Entdeckung ist doch ein absoluter Knaller.«

»Na ja, mein Knaller muss wohl warten, bis er wieder zurück ist.«

Anna hatte nicht vor, ihr Herz auszuschütten, um diesen magischen Moment zu verderben. Unvermittelt schossen ihr Tränen in die Augen, und sie fragte sich, was mit ihr los war. Selbstmitleid war eigentlich nicht ihr Stil, und dieser Anflug von Schwäche warf sie aus der Bahn. Eigentlich hätte sie jubeln und ihr Glück in die Welt hinausschreien sollen, aber sie hatte auf gar nichts mehr Lust, fühlte sich wie erschlagen von ihrem Staunen und einer immensen Erschöpfung. Wenn ihre Mannschaft nicht gewesen wäre, hätte sie sich einfach in den Staub gelegt, direkt neben ihren prachtvollen Archäopteryx, und darauf gewartet, dass die Nacht sie beide einhüllte.

Yann, ich hätte das so gern mit dir geteilt!

Sie wusste nicht einmal mehr, wo sie heute standen. Nicht wirklich … Wie viele Wochen hatten sie in den letzten zwei Jahren miteinander verbracht? Ein Dutzend? Ihr letzter Aufenthalt war derart von Streit überlagert gewesen, dass allein der Gedanke daran Angst in ihr aufsteigen ließ.

Da Joy einfach nicht verschwand, entschied Anna sich loszugehen, mit gesenktem Kopf, um ihre geröteten Augen zu verbergen.

»Wir treffen uns in einer Stunde. Um Abendgarderobe wird gebeten.«

»Kann ich mein Totenkopfshirt anziehen?«

»Natürlich. Ich habe gesagt, es wird darum ›gebeten‹.«

»Und du? Hot Pants?«

»So etwas in der Art. Irgendeinen sauberen Fetzen und ein Paar fast weiße Turnschuhe treibe ich schon noch auf.«

»Perfekt.«

Nachdem Anna geduscht hatte – ihr Team hatte ihr den Vortritt im Waschraum gelassen, weniger, um die Hierarchie zu respektieren, sondern vielmehr, weil alle ihren angegriffenen Gemütszustand bemerkt hatten –, saß sie in Gedanken versunken vor dem Computer. Ihr Blick streifte den Ring aus Meteoritengestein. Diesen Ring hatte Yann ihr am Anfang ihrer Beziehung geschenkt, um die ersten beiden gemeinsamen Monate zu feiern.

Sie erinnerte sich, wie überschwänglich sie sich an jenem Abend gefreut hatte, als sie ihn in seinem unvermeidlichen Holzfällerhemd vor dem Restaurant erblickt hatte, an die Wärme in ihrem Bauch und das Gefühl zu schweben, als machte die Liebe sie so leicht wie eine Feder. Zu diesem Zeitpunkt hätte sie ihr Glück in die Welt hinausschreien mögen, sie hätte grundlos zu singen anfangen, lachen und sich Barenskis Forderungen beugen können – nichts hatte mehr eine Bedeutung außer diesem Jungen. Yann machte sie sanft und fügsam, unempfindlich für alles Graue und Griesgrämige, außerdem ließ er sie ihre Arbeit vernachlässigen … Sie machte sich über seinen unmöglichen Aufzug lustig, seine hässlichen Hemden und seine geflickten

Jeans. Es war ihr egal, ob er genauso verrückt nach ihr war wie sie nach ihm oder es für eine ehrgeizige Wissenschaftlerin wirklich klug war, nach acht Wochen noch zu turteln und sich vorzustellen, ihr ganzes Leben mit ihm zu verbringen, denn sie liebte ihn und würde ihn immer lieben, bis zum letzten Atemzug. Er war der erste und der einzige Mann, der ihr jemals das Gefühl gegeben hatte, zugleich erfüllt und vollständig zu sein, frei und ganz furchtbar verzaubert.

Anna liebte alles an Yann, die braunen Locken, die ihm in die Stirn fielen, seinen schütteren Bart, den er trotzdem wild wirken lassen konnte, seine gesamte Erscheinung, die der eines aufgescheuchten Grizzlys glich, die Art, wie er den Kopf in den Nacken legte und ein dröhnendes Lachen erklingen ließ, seinen Moschusgeruch, seine Plattfüße und seine schlechten Witze. Sie liebte alles bis auf seinen Beruf als Meeresbiologe, der unweigerlich dazu führen musste, dass er bald wieder aufbrach. Und auch sie selbst würde aufbrechen, wenn auch innerlich zerrissen. Trotz ihrer grenzenlosen Liebe bereitete Anna sich bereits auf die Abwesenheit vor. Sie würden sich trennen, um sich wiederzutreffen, denn keiner von ihnen würde seine Leidenschaft aufgeben können. Sie mussten beide ihren Weg gehen, egal, wie grausam, undankbar und hart die Wissenschaftswelt auch sein mochte.

Im Jahr bevor sie sich kennenlernten, war Yann Opfer einer Veruntreuung von Proben in seinem eigenen Labor geworden. Der Dieb, ein altgedienter Biologe, hatte die Meriten für seine Entdeckung geerntet. Natürlich war er wütend geworden und hatte gekämpft, allerdings umsonst, aber im Grunde war das ganz bedeutungslos, hatte er ihr gestanden – in dem Moment, in dem man ihm die Mittel bereitstellte, sein eigenes Forschungsteam zu bilden, waren ihm all diese kleinen Risiken egal gewesen. Anna hatte ihn für diese Lässigkeit geliebt, denn sie war genauso und kümmerte sich nicht groß um Kritiker oder Hindernisse auf ihrem Weg. Und jeden Tag war die Überzeugung weiter in ihr herangereift: Yann war der Mann ihres Lebens. Zwischen ihnen herrschte vollkommene Einigkeit, eine körperliche und intellektuelle Harmonie, von der jedes Mädchen auf diesem Planeten träumt, vom dümmsten Trampel bis zur ehrgeizigsten Karrierefrau.

An dem Abend, als er ihr den Ring gab, hatte Yann sich mit ihr, ganz entgegen seiner genügsamen Natur, in bezauberndem Ambiente auf einer Insel im Bois de Vincennes, der grünen Lunge von Paris, getroffen. »Gibt es was zu feiern?«, hatte sie sich mit klopfendem Herzen gewundert, ganz wie ein verliebter Teenager. Er hatte geantwortet: »Uns«, und dieses einzige Wort hatte sie dahinschmelzen lassen.

Am Rand der Insel erhob sich ein eher unpassendes Gebäude, die Parodie eines griechischen Tempels. Nach dem Essen hatte Yann sie dorthin gezogen. Ein kühler Luftzug stieg vom See auf. Er hatte sie umarmt und ihr dabei in die Halsbeuge geflüstert: »Was würdest du sagen, wenn du das ganze Weltall in deiner Hand halten könntest, mein Engel?« Daraufhin hatte er den Ring aus seiner Tasche gezogen und ihn ihr angesteckt. »Ein Freund hat ihn aus einem Meteoriten gefertigt. Er besteht aus einem Material, das so alt wie das Sonnensystem ist. Das ist etwas ziemlich Einzigartiges, weißt du?« »Und den schenkst du mir?« Die Frage war eine reine Formsache, nicht jedoch seine Antwort: »Ja, dir, weil du einzigartig bist, Anna. Und weil ich glaube, dass ich dabei bin, mich Hals über Kopf zu verlieben …«

Seit jenem Abend hatte sie den Ring nicht mehr vom Finger gezogen, der Meteorit symbolisierte ihre Liebe. Im Oktober wäre das nun sechs Jahre her. Trotz des Ärgers, der ihnen manchmal sehr zusetzte, und trotz Yanns Frustration darüber, dass sie so oft unterwegs war, zweifelte Anna nicht an ihren eigenen Gefühlen für ihn. Aber was war mit Yann? Wie lange würde er durchhalten, bis er müde wurde?

Bis zur Expedition nach Neuguinea war es ihnen gelungen, ein Gleichgewicht aufrechtzuerhalten, und sie waren nicht länger als sechs Monate pro Jahr voneinander getrennt gewesen. Die meiste Zeit hatten sie es so einrichten können, dass sie zur selben Zeit unterwegs waren. Doch dann hatte Anna ihre Reise geplant und ihre Karriere darauf gesetzt, und das Gleichgewicht war zerbrochen, was bei ihrem letzten gemeinsamen Aufenthalt zu einem Fiasko geführt hatte – eine Woche Urlaub, in der sie sich nur angeschrien hatten. Seit drei Monaten hatten sie nun kaum ein Wort miteinander gewechselt, außer um Höflichkeitsfloskeln auszutauschen.

Es war natürlich ihre Schuld. Ihre Schuld und die der alten Knacker aus der Paläontologie, die ihre Theorien nicht ertrugen und sie beschuldigten, aus ihrer Disziplin eine Art Kasperletheater für die Liebhaber reißerischer Geschichten zu machen. Wenn Barenski sie nicht im Stich gelassen und kaltgestellt hätte, hätte Anna noch durchhalten können. Aber sobald sie keine wohlwollende Unterstützung mehr spürte, hatte sie sich in die Ecke gedrängt gefühlt, war gezwungen gewesen, die Reise anzutreten, und sie hatte sich in das Abenteuer gestürzt, ohne allzu sehr über ihr gemeinsames Leben nachzudenken, denn das Einzige, woran sie jemals geglaubt hatte, war ihre Liebe. Inzwischen wusste sie, dass sie sich nicht ausreichend um Yanns melancholische Stimmungen gekümmert hatte, um seinen Wunsch … ja, was eigentlich? Sesshaft zu werden? Das gleiche Leben wie alle anderen zu führen? Ein Kind zu bekommen, oder zwei oder drei?

Eine ganze Horde von Kindern, die sie ans Haus fesseln würden? Er hatte sich auch nicht immer große Mühe gegeben, sie zu verstehen …

Aus all diesen Gründen wollte Anna ihn lieber nicht stören. Wegen seiner Wutanfälle und wegen ihres Eindrucks, dass er sie nicht hörte. Und um ihm zu beweisen, dass all ihre Opfer es schlussendlich doch wert waren. Denn das war doch der wahre Grund: Sie wollte ihm in dem Moment in die Augen sehen, in dem sie zu ihm sagte: »Ich hatte recht, siehst du, das alles ist nicht umsonst gewesen.«

Es war nicht zu spät, davon war sie überzeugt.

Am folgenden Tag, nach nur drei kurzen Arbeitsstunden, öffnete der bisher nur damit drohende Himmel seine Schleusen. Glücklicherweise befand sich der Dinosaurier in seiner Höhle in Sicherheit, und sie waren gut vorangekommen, gut genug, dass Anna entschied, eine Frühstückspause einzulegen.

Statt an der allgemeinen guten Laune im Speisezelt teilzunehmen, zog sie sich in die Hütte zurück, die als Kommunikationsbüro diente, und gab vor, ein dringendes Fax schicken zu müssen. Von dort aus betrachtete sie die Klippe, in der der Vogel eingeschlossen war. Welchem Wunder hatte dieses Wesen seine Existenz vor zehn Millionen Jahren zu verdanken? Die wahrscheinlichste Theorie besagte, dass es sich dabei um ein lebendes Fossil handeln musste, das sich über viele Millionen Jahre kaum weiterentwickelt hatte, wie der Quastenflosser, der Pfeilschwanzkrebs oder auch der Koboldhai, dem man den Beinamen »Alien der Tiefsee« verpasst hatte und der vor Kurzem vor der australischen Küste gefangen worden war. Ein lebendes Fossil, das seinem Ahnen, dem Archäopteryx, zum Verwechseln geähnelt hätte.

Doch daran glaubte Anna nicht.

Nein, bekräftigte sie in Gedanken immer wieder, dieser gefiederte Dinosaurier war aufgrund einer evolutionären Regression aufgetreten. Seine Eltern waren einfache Vögel von heutiger Gestalt gewesen, zahnlos und ohne Krallen an den Flügelspitzen. Sie konnte ihre Theorie noch nicht erhärten, aber sie war davon überzeugt. Ihr Skelett war ein Archäopteryx, eine fast identische Kopie des Exemplars in Berlin, des vollständigsten Fossilienfunds, der jemals gemacht worden war. Und es war nur zehn Millionen Jahre alt.

Anna sah auf die Uhr. 9.30 Uhr. Das hieß 19.30 Uhr in New York. Sie entschied sich, eine erste Bombe platzen zu lassen, setzte sich vor den Computer und tippte den Namen ihres Gesprächspartners in die Maske der Videotelefonie ein. Ohne Umschweife verband ein Satellit ihren Anruf in die Vereinigten Staaten. Während sie auf den Verbindungsaufbau wartete, versuchte Anna, ihre Erinnerungen an den Chefredakteur von *Science & Nature* aufzufrischen. Sie waren sich vor ein paar Jahren auf einer internationalen Konferenz über den Weg gelaufen, und Cassard war ihr sympathisch gewesen und neugierig genug erschienen, um sich für dieses Regressionsphänomen zu interessieren. Für seine Zeitschrift war das eine fantastische Geschichte, sie musste ihn nur davon überzeugen, dass es sich dabei nicht um eine ordinäre Fälschung handelte. Alle Fachjournalisten erinnerten sich noch an den Betrug mit dem Piltdown-Menschen zu Beginn des 20. Jahrhunderts. Dieses angebliche Missing Link zwischen dem Menschen und dem Affen hatte sich Jahre nach seiner Entdeckung als eine Bastelarbeit aus einem Orang-Utan-Kiefer und einem zeitgenössischen menschlichen Schädel herausgestellt.

Nach ungefähr zehn Minuten musste sie einsehen, dass es

aufgrund des Gewitters unmöglich war, eine stabile Verbindung herzustellen; also hinterließ sie eine Nachricht auf der Mailbox des Journalisten und hoffte, dass sie wenigstens einigermaßen verständlich klang.

»Mistwetter!«, schimpfte sie.

Das Team war zurück zur Höhle gegangen. Eilig zog sie sich eine Regenjacke über und wollte sich ihnen anschließen, als ein nagelneuer Toyota-Allradwagen auf der Straße herangebraust kam, die mitten in den Wald hineinführte. Seine Fahrt fand ein jähes Ende, als er auf dem durchweichten Boden neben der Hütte ins Schleudern geriet. Ein Kerl stieg aus und rannte auf sie zu, wobei er sich vor dem Regenguss zusammenkrümmte. Er trug ein weißes Hemd und eine eher elegante Sporthose, die von dem aufspritzenden Schlamm beschmutzt wurde. Das letzte Detail, das ihn definitiv als Angehörigen der Kategorie »schicker Tourist« auswies, war ein lederner Stetson, der etwas Kolonialistisches an sich hatte. Trotz seines Aufzugs ließ sein strahlendes Lächeln ihn eher sympathisch wirken, und Anna lächelte zurück, neugierig wegen dieser unerwarteten Erscheinung.

»Anna Meunier? Sind Sie die Paläontologin?«

Der Mann sprach Französisch mit einem leichten portugiesischen Akzent.

»Die bin ich.«

»Freut mich, Sie kennenzulernen. Diese Straßen sind ein richtiges Labyrinth. Ich bin zweimal stecken geblieben.«

»Willkommen in Neuguinea.«

Er streckte ihr die Hand hin und begrüßte sie nun in ernsterem Ton: »Mein Name ist Lucas Carvalho. Ich bin Biologe und arbeite für die WHO.«

Der Kerl schien sie zu verwechseln. Interessiert musterte sie ihn. Er musste ungefähr in ihrem Alter sein, gebräunte Haut, kräftige Figur, ein ziemlich hübscher Mann. Seine tiefschwarzen, ein wenig mandelförmigen Augen ließen auf einen entfernten asiatischen Verwandten schließen. Seine leicht platte Nase verlieh ihm zusätzlichen Charme. Hohe Wangenknochen, volle Lippen. Er verströmte trotz seines lächerlichen Huts spürbaren Sex-Appeal. *Hätte ich solche Gedanken auch, wenn mit mir und Yann alles in Ordnung wäre?*

»Gibt es ein Problem? Ich wette auf eine Choleraepidemie ...«

»Soweit ich weiß, gibt es in dieser Gegend keinen gesundheitlichen Notstand.«

»Jetzt erzählen Sie mir aber nicht, dass Sie die lange Reise aus Genf extra auf sich genommen haben, um mich kennenzulernen, dann müsste ich ja glatt eine Flasche Champagner aufmachen.«

»Aber so ist es, Madame Meunier.«

»Machen Sie sich über mich lustig?«

»Überhaupt nicht. Ich wollte Sie eigentlich über Satellitentelefon anrufen, aber ich habe Sie nicht erreicht.«

»Wegen der Gewitter wird es hier schwer mit der Telefonierei, tut mir leid. Kann ich Ihnen ein Bier anbieten? Natürlich nur ein warmes«, fügte sie mit einem Augenzwinkern hinzu.

»Sehr gern. Ich bin seit dem Morgengrauen unterwegs, und ich habe die Schnauze gestrichen voll.«

Seine glitzernden Augen richteten sich mit einer Wärme auf sie, die sie aus dem Konzept brachte. Der Typ schien ihr ein bisschen zu knackig für einen Beamten zu sein, selbst wenn er von der WHO geschickt worden war.

»Kommen Sie, gehen wir ins Speisezelt.«

In dem Zelt, das als Küche diente, schnappte Anna sich zwei Bierflaschen aus dem Eisschrank, der schon lange nichts mehr richtig kühlte, öffnete sie und hielt dem verführerischen Latino eine davon hin. Ihre Neugier war endgültig geweckt.

»Also? Schießen Sie los …«

»Ich bin im Auftrag von Stephen Gordon hier, der die Seuchenabteilung der WHO leitet.«

»Ich verstehe nicht ganz, wobei ich Ihnen helfen könnte.«

»Wir würden gerne Ihre Meinung zu einigen kranken Tieren erfahren, die seltsame und beunruhigende Symptome aufweisen. Vor allem ein Elefant …«

Anna wollte gerade ihre vollkommene Inkompetenz in solchen Fragen zum Ausdruck bringen, aber der Mann mit Hut fuhr fort.

»Sie können sich vorstellen, dass es sich um eine sehr untypische Krankheit handelt, sonst hätte meine Anwesenheit überhaupt keinen Sinn.«

»Im Gegensatz zu Ihnen, Monsieur Carvalho, bin ich keine Biologin, ich kann Ihnen also nicht ganz folgen. Wissen Sie, was der Gegenstand der Paläontologie ist?«

»Absolut. Ich weiß auch, dass Sie Theorien vertreten, die stark diskutiert, ja sogar angezweifelt werden, und genau das ist der Grund, warum Stephen Gordon gern hätte, dass Sie diese Tiere untersuchen. Der Zustand dieser Tiere, das dürfen Sie mir glauben, wird Sie interessieren. Es könnte sogar sein, dass er etwas mit Ihren eigenen Forschungen zu tun hat. Monsieur Barenski, der Direktor des Naturkundemuseums in Paris, hat uns verraten, dass …«

»Er hat mich Ihnen gegenüber erwähnt?«

»Ja.«

»Aber Gutes hatte er wahrscheinlich nicht über mich zu sagen, oder?«

»Um ganz ehrlich zu sein – er hat die starken Vorbehalte erklärt, die Ihre Kolleginnen und Kollegen gegen Sie hegen. Aber er hat auch Ihre Intelligenz gelobt.«

»Okay. Sagen Sie nichts weiter. Es hat übrigens kaum

noch eine Bedeutung. Und wo befinden sich diese todkranken Tiere?«

»In Südafrika.«

Anna musste lachen. Sie stellte ihr Bier ab, nahm eine Spange vom Tisch und steckte sich damit ihr volles Haar zu einem Knoten hoch.

»Bravo, Monsieur Carvalho, es ist Ihnen gelungen, eine Wissenschaftlerin abzulenken, die seit einem Monat wegen der Luftfeuchtigkeit und der Moskitos kein Auge mehr zutut.«

»Es ist mein voller Ernst.«

»Sie schlagen mir vor, Sie nach Südafrika zu begleiten?«

Statt einer Antwort zog Carvalho eine Mappe aus seiner Aktentasche und holte eine Reihe von Abzügen von einem jungen Dickhäuter daraus hervor, die in einem Nationalpark aufgenommen worden waren. Seine vier Stoßzähne erweckten den Anschein einer nicht ganz gelungenen Fälschung.

»Es handelt sich hier um ein Gomphotherium, wie Sie sehen können. Einer der Vorfahren der heutigen Elefanten.«

»Wo ist dieses Foto aufgenommen worden?«

»Das habe ich Ihnen doch schon gesagt.«

»Und genauer?«

»Im Kruger-Nationalpark. Die Aufnahme stammt vom Leiter des Wildlife-Centers selbst, Dany Abiker. Entgegen aller Wahrscheinlichkeit ist das Tier nicht mit diesen Merkmalen zur Welt gekommen. Sie sind im Anschluss an eine Virusinfektion aufgetreten.«

Anna betrachtete aufmerksam die Großaufnahmen des Elefantenkalbs. Dieser Kerl machte sich ganz offensichtlich über sie lustig. Eine Fotomontage?

»Es handelt sich bisher lediglich um eine Mutmaßung«, sprach Carvalho weiter, »aber wir glauben, dass das Virus eine

Art von beschleunigter Regression hervorruft. Das Problem ist, dass es nicht nur Dickhäuter befällt. In einem Labor in Pretoria ist einem Gibbon das Blut des Elefantenkalbs gespritzt worden. In wenigen Tagen hat er sich verwandelt und weist nun einen Schwanz von etlichen Zentimetern Länge auf, genau wie seine Vorfahren vor vielen Millionen Jahren.«

»Ist das Ihr Ernst?«

»Was glauben Sie? Mr. Gordon besteht darauf, dass Sie nach Afrika kommen, um diese Hypothese zu überprüfen.«

»Was macht Ihr Chef bei der WHO doch gleich noch mal?«

»Er leitet die Seuchenabteilung. Können Sie sich vorstellen, was so ein Virus für Schäden anrichten könnte?«

Anna schwieg. Das Bier stieg ihr leicht zu Kopf.

»Madame Meunier, kann ich auf Sie zählen?«

Sie zögerte und erwiderte schließlich widerstrebend: »Ich kann meine Studierenden nicht einfach hier zurücklassen. Ich bin für sie verantwortlich. Wir sind ein kleines Team, wenn ihnen etwas zustößt … Übrigens haben wir gerade … Ach, egal …«

»Darf ich Ihnen eine Frage stellen? Glauben Sie, dass das Phänomen der Regression auch auf den Menschen übergreifen kann?«

»Was meinen Sie damit?«

»Genau das, was ich gefragt habe, ganz einfach. Warum, glauben Sie, interessiert sich die WHO für dieses Virus? Für den Augenblick sind nur zwei Spezies betroffen, doch sie stehen in keinerlei engem Verwandtschaftsverhältnis zueinander. Ein Affe und ein Elefant, infiziert über das Blut des Dickhäuters. Wir kennen den Ursprung der Infektion noch nicht, auch nicht ihren natürlichen Übertragungsweg … Stellen Sie sich nur vor, was passiert, wenn das Virus mutiert und einen Parkwächter oder einen Touristen befällt.«

»Glauben Sie wirklich an eine solche Möglichkeit?«

»Dieses Virus ist ziemlich trügerisch. Wenn man es unter dem Mikroskop betrachtet, zeigt es alle Anzeichen eines klassischen hämorrhagischen Fiebers. Ein erschreckendes Virus, sicher, aber unveränderlich. Tatsächlich verhält es sich aber wie ein Aids-Virus. Es weist eine erhöhte Mutationsrate auf. Die Vermutung, dass eine Variante, die auf den Menschen überspringt, entstehen könnte, ist aus unserer Sicht also vollkommen realistisch.«

»Das verrät mir allerdings noch nicht, wie dieses Virus eine Regression einer Spezies verursachen kann …«

»Es gibt nur eine Möglichkeit, das herauszufinden. Untersuchen Sie diesen Elefanten in Südafrika …«

Anna entfernte sich einige Meter, sie fühlte sich wie benommen. Ein regressives Virus. Das war vielleicht nicht ganz, was sie sich vorgestellt hatte, aber es passte tatsächlich zu ihren Theorien. Ein schwindelerregender Sturz in die Vergangenheit …

Die Verblüffung machte heller Aufregung Platz. Es war zu viel auf einmal, sie brauchte Zeit zum Nachdenken, um einen Plan zu entwerfen … Sie richtete ihre Spange und schüttelte dann den Kopf. Es war das erste Mal, dass ihr jemand auf diesem Gebiet eine Expertise zusprach. Sie waren sogar aus Europa hergekommen, um sich Rat bei ihr zu holen. Natürlich gab es den Archäopteryx, aber sie war nicht naiv. Bevor ihre Kollegen sich von der Stichhaltigkeit ihrer Entdeckungen überzeugen ließen, würden Monate ins Land gehen, vielleicht würde es auch länger dauern … Die Gelegenheit war zu günstig, wie ein Zeichen, dass ihr gegeben wurde. Was wäre, wenn sie einen lebenden Beweis für das fände, was sie seit Jahren behauptete?

Sie drehte sich mit einem breiten Lächeln auf den Lippen wieder um.

Ihre Entscheidung war gefallen.

Ministerium des Inneren und der öffentlichen Sicherheit, Pretoria.
4. August, 14 Uhr.

Der Kruger-Nationalpark ist bis auf Weiteres für Besuche gesperrt. Nur die Mitarbeiter der WHO, die Verantwortlichen für das Wildlife Center und die Patrouillen der Parkwächter sind befugt, sich im Park zu bewegen.
Jedes Zuwiderhandeln wird mit einem Bußgeld von 100.000 Rand geahndet.

Die Entscheidung John Shabongos, Minister des Inneren und für die öffentliche Sicherheit, wurde sofort an den gesamten Fremdenverkehrssektor – ein Besuch des Nationalparks stand ganz oben auf der Liste vieler ausländischer Touristen – sowie an die Parkaufsicht weitergeleitet. Bis Sonnenuntergang mussten das Gebiet des Nationalparks und der erweiterte Umkreis evakuiert sein: eine Fläche von 350 Kilometern Länge auf 60 Kilometern Breite.

4

Als sie in Johannesburg aus dem Flugzeug stieg, atmete Anna gierig die warme Luft ein, nahm die Lebenskraft wahr, die ihre Lunge füllte. Es war das erste Mal, dass sie einen Fuß auf südafrikanischen Boden setzte, und das Gefühl fiel einzigartig aus. Alle Paläontologen träumten davon, eines Tages eine der Wiegen der Menschheit zu besuchen, die Erde zu durchwühlen, auf der die ersten Menschen wandelten. Trotz des stechenden Schuldgefühls, ihre Studierenden in Neuguinea zurückgelassen zu haben, konnte sie es kaum erwarten, ins Herz der Savanne vorzustoßen, um das Elefantenkalb zu untersuchen, das der WHO so große Sorgen bereitete. Sam und Kurt, die ihre erfahrensten Studenten waren, würden den Abtransport der über die letzten beiden Jahre gesammelten Fossilien ins Museum überwachen, vor allem den des prächtigen Archäopteryx. Es wäre eine großartige Erfahrung für ihre Doktorarbeit, danach würden sie mit eigenen Flügeln fliegen …

Am Ende hatte sie beschlossen, niemandem über ihre Entdeckung zu informieren, nicht einmal Barenski. Der Museumsdirektor hatte lediglich Bescheid bekommen, dass die Ausgrabung fertig und das Team auf dem Weg nach Hause sei. Falls Carvalho recht hatte, falls es auch nur die leiseste Chance gab, dass das Elefantenkalb ihre Hypothesen bestätigte, würde das alles ändern. In der Zwischenzeit hatte sie überhaupt keine Lust, sich mit ihren Vorgesetzten herumzuschlagen.

Lucas ging voran und durchquerte schnellen Schritts die Ankunftshalle. Er hatte im Flugzeug geschlafen, und zwar so gut und ausgiebig, dass sie sich nur wenig über die ganze Angelegenheit unterhalten hatten. Als sie dann vor dem Zollschalter stand, traf sie wie ein Blitz der Zweifel: Und wenn sich herausstellen sollte, dass der Elefant nur eine gewöhnliche Abweichung war, ein Tier mit einer Missbildung? Die Leute von der WHO hatten keine Anstalten gemacht, sich selbst vor Ort zu begeben, vielleicht hatten sie die Hirngespinste eines Verwalters mit übertriebenem Geltungsdrang oder eines überambitionierten Tierpflegers für bare Münze genommen. Sie hatte keine Zeit, sich eingehender mit dieser Idee zu beschäftigen, denn ihr Blick blieb an einem Schild mit der Aufschrift »Carvalho« hängen.

Der Direktor des Wildlife-Centers, Dany Abiker, war eine blauäugige Bohnenstange und für sechzig Jahre gut in Schuss. Mit den Muskeln, die sich unter seinem T-Shirt abzeichneten, war er aus demselben Holz geschnitzt wie die Jäger und Sammler, die einstmals in der Savanne gelebt hatten. Eine L-förmige Narbe zog sich über seine rechte Wange, aber trotz dieses Details strahlte sein Gesicht eine Sanftheit aus, mit der man bei einem so kräftigen Mann eigentlich nicht gerechnet hätte. Sein energischer Händedruck beruhigte Anna. Er sah überhaupt nicht wie ein Spinner aus. Carvalho stellte sie als französische Spezialistin für Paläontologie vor. Der Mann nickte und verbeugte sich höflich, ganz offenbar von ihr bezaubert; auch Carvalho musste anerkennen, dass die junge Frau trotz ihrer von Übernächtigung gezeichneten Züge strahlend schön war.

»Willkommen in Südafrika, Madame Meunier.«

»Nennen Sie mich Anna, bitte.«

»Ihr Akzent ist sehr charmant.«

»Er ist vor allem so französisch wie nur möglich.«

»Eben …«

Obwohl ihn diese Zurschaustellung der Verführungskünste nervte, griff Lucas Carvalho nicht ein. Anna war alt genug, um selbst klarzukommen, außerdem schien sie den Reaktionen, die ihre Schönheit hervorrief, keinerlei Bedeutung beizumessen. Er fragte sich, ob dies bewusst geschah oder ob es sich dabei um eine Selbstschutzstrategie handelte. Abgesehen davon hatte Abiker das Flirten inzwischen eingestellt und war zur Sache gekommen.

»Hier ist ein bisschen die Hölle los. Cathy Crabbe, die Virologin, die die Warnung ausgelöst hat, hat mich gebeten, Ihnen auszurichten, dass sie untröstlich ist, Sie nicht empfangen zu können, sie versinkt in Arbeit. Ich für meinen Teil muss zugeben, dass ich erleichtert war, als ich von Ihrer Ankunft erfahren habe. Ich möchte Ihnen so schnell wie möglich unser Elefantenkalb vorstellen. Und dann habe ich noch eine Überraschung für Sie …«

Anna antwortete offenherzig, ohne sich darum zu bemühen, ihre Zweifel zu verbergen. »Und ich brenne darauf, es zu sehen, auch wenn ich, um ehrlich zu sein, einige Schwierigkeiten habe, an solch eine Erscheinung zu glauben.«

Carvalho unterbrach sie plötzlich unruhig: »Sagen Sie mal … Die Presse ist doch nicht auf dem Laufenden, oder?«

»Nein, Gott sei Dank! Und der zuständige Minister hat den Kruger-Nationalpark vor ein paar Tagen für den Publikumsverkehr gesperrt. Wir müssen uns diskret verhalten. Diese Geschichte hat bereits einige Unruhe verursacht, und Sie können mir glauben, dass wir schon genug auf dem Gelände zu tun haben, auch ohne uns auch noch mit einer medienwirksamen Krise herumärgern zu müssen!«

Während ihres Gesprächs hatten sie den Parkplatz des Flughafens erreicht. Abiker zeigte auf einen großen Pick-up, in dem ein ungefähr zehnjähriger Junge wartete. Er hatte zerzaustes, beinahe weißblondes Haar und eine sonnengebräunte Haut. Als sie näher kamen, winkte er ihnen mit strahlendem Lächeln zu.

»Ich habe sieben gezählt!«

»Bist du dir sicher?«

»Ja, Opa.«

»Dann hast du die Wette gewonnen.«

Der Afrikaander schüttelte verschmitzt den Kopf.

»Mit meinem Enkel habe ich um die Anzahl der Land Rover gewettet, die vorbeikommen würden, solange er auf mich wartet. Offensichtlich war ich doch länger weg als vorgesehen … Kyle, darf ich dir unsere Gäste Anna und Lucas vorstellen? Und hier ist der Junge, mit dem alles angefangen hat.« Er wandte sich an Anna und erklärte mit unverhohlenem Stolz: »Kyle hat unser Elefantenkalb nämlich entdeckt. Der kleine Lauser verbringt seine gesamte Freizeit im Park, und nichts entgeht ihm. Seine Mutter führt eine Pension ungefähr dreißig Kilometer von hier entfernt, am Rand des Kruger-Nationalparks.«

»Hallo, Kyle«, lächelte Anna. »Sag mal, hast du deinem Elefanten denn auch einen Namen gegeben?«

»Vier Stoßzähne, aber das ist kein richtiger Name.«

»Also, wenn du mich fragst, finde ich, dass das im Gegenteil ein sehr passender Name ist, und um ganz ehrlich zu dir zu sein, bin ich extrem neugierig auf ihn, diesen mysteriösen Vier Stoßzähne. Macht es dir was aus, ihn mir zu zeigen?«

»Nein, gar nicht!« Dann fügte er noch beeindruckt hinzu: »Bist du vielleicht auch Tierärztin?«

»Nein, das ist mehr Lucas' Fachgebiet. Ich bin Paläontologin. Weißt du, was das ist?«

»Suchst du nach Ruinen?«

»Fast. Nach Skeletten von sehr alten Tieren, die vor Millionen von Jahren gelebt haben.«

»Wie Dinosaurier?«

»Ganz genau!«

»Willst du Vier Stoßzähne deshalb sehen?«

»Du bist ja ein blitzgescheites Kerlchen.«

Halb belustigt und halb neugierig fragte sie Abiker: »Haben Sie es ihm erklärt?«

»Natürlich. Kyle ist für sein Alter sehr gescheit, und wir sind Partner, denn er hat sich entschieden, mein Tierasyl zu übernehmen, sobald er alt genug ist. Ganz im Ernst, ich finde es besser, einem Kind Verantwortungsbewusstsein beizubringen, statt ihm irgendwelche Lügenmärchen zu erzählen, die nur uns selbst beruhigen sollen ...«

Die Fahrt dauerte über vier Stunden, und das Kind nickte schließlich an Annas Schulter gelehnt ein. Sie nutzte diese Pause aus, um ihre Gefährten besser kennenzulernen. Trotz der Arbeit, die auf sie wartete, fühlte sie sich leicht, jetzt, da die Last ihres Teams und die Notwendigkeit von ihr abgefallen waren, sowohl Studierende zu betreuen als auch sich um die Logistik zu kümmern.

Mit Carvalho hatte sie sich vor allem über wissenschaftliche Überlegungen und das Wetter in Neuguinea unterhalten – die Straße, die zum nächsten Flughafen führte, war dermaßen durchgeweicht, dass sie mehrfach stecken blieben –, und nun lernte sie einen Mann kennen, der in französischer Literatur, italienischer Malerei und Kampfsport beschlagen war. Als Sohn eines kapverdischen Vaters und einer eurasischen Mutter hatte Lucas seine Jugendliebe geheiratet. Mit fünfunddreißig Jahren war er schon Vater zweier Jungs in Kyles Alter. Indem er einen

Job bei der größten öffentlichen Gesundheitsorganisation der Welt übernommen hatte, war es ihm möglich, seine beiden Leidenschaften gleichzeitig zu verfolgen, die Politik und die Biologie. Er war ein optimistischer Tausendsassa, der, wie er selbst zugab, davon träumte, Dinge zu verändern.

Dany Abiker war in einem anderen Bereich nicht weniger verblüffend. Mit zweiundfünfzig Jahren hatte er, gelangweilt von einer Karriere in der Werbebranche, noch ein Tierarztstudium in Johannesburg absolviert und dann nach einem langen Marsch durch die Verwaltung – der Kruger-Nationalpark war im Besitz der Allgemeinheit – die Erlaubnis von der Regierung erhalten, eine Tierklinik zu eröffnen. Diese Einrichtung führte er nun seit acht Jahren mit wachsendem Erfolg. Genau wie Carvalho schien auch Dany mit einem unersättlichen Lebenshunger ausgestattet zu sein.

Als sie von der Autobahn abfuhren, spürte Anna auf einmal ihren Jetlag und musste dagegen ankämpfen, um nicht einzunicken. Sie öffnete das Fenster und ließ sich den Wind ins Gesicht peitschen. Die herrschende Trockenheit erschien ihr nach der klebrigen Feuchtigkeit Neuguineas sehr wohltuend. Dort hatte eine Stunde genügt, um einen in einen Wischlappen zu verwandeln, eine unerschöpfliche Quelle für Sams Spott. Sie lächelte beim Gedanken an ihre Studenten und fragte sich, wie weit sie wohl mit dem Verpacken der Fossilien gekommen waren. Dann entschloss sie sich, nicht weiter darüber nachzudenken. Vielleicht gelangte sie gerade an einen entscheidenden Wendepunkt ihres Lebens, da durfte sie sich nicht über eine Transportkiste Sorgen machen.

Während sie allmählich wegdämmerte, erschien Yanns Gesicht vor ihrem inneren Auge, düster vor Zorn. *Er weiß nicht einmal, dass ich in Südafrika bin*, dachte sie. *Er weiß nicht, dass ich den Archäopteryx gefunden habe und mein Leben an einer Kippe steht, es ist ihm ohnehin egal, und ich habe nicht die Kraft, mit ihm darüber zu sprechen.*

Um nicht in Schluchzen auszubrechen, rieb sie sich wütend die Augen und betrachtete die Landschaft. Seit sie auf kleineren Straßen unterwegs waren, schienen sich die Jeeps der Ranger und die Polizeiautos zu vervielfältigen, doch vielleicht war das in diesem Land einfach so … Sie hatte keine Energie, Abiker darüber zu befragen.

Nachdem sie die Stadt Malelane in der Provinz Mpumalanga hinter sich gelassen hatten, bog der Pick-up auf einen nicht asphaltierten Weg ein. Das Kind schlief noch immer tief, gewiegt vom Rütteln der unebenen Straße. Gerührt von seiner Sorglosigkeit, strich sie ihm über das Elfenhaar und dachte darüber nach, was für ein seltsames Gespann sie doch abgaben: ein Junge und sein weit gereister Großvater, Lucas und sie selbst, völlig festgefahren in ihrer verbissenen Suche …

»Willkommen im Wildlife Center des Kruger-Nationalparks!«

Kyle schreckte aus dem Schlaf hoch, sein Blick war noch immer getrübt.

»Sind wir da?«

»Wie du siehst, kleiner Mann.«

Die sichtbare Zärtlichkeit, die Dany seinem Enkel entgegenbrachte, riss Anna aus ihrer Niedergeschlagenheit. Zu beiden Seiten des Feldwegs erhoben sich lange Zäune, sodass der Eindruck erweckt wurde, man befände sich eher in einem Tierpark als in einem Asyl für in Not geratene und kranke Tiere und bewege sich durch ein Konzentrat der afrikanischen Fauna: Strauße, Giraffen und Nashörner lebten hier neben Hyänen, Mangusten, einer Löwin mit hellem Fell und ihren Jungen, Impalas, zwei Zebras und einigen Affen, die in einem Baum fläzten.

Nach einem Kilometer wurde der Weg breiter und mündete in einen Platz, auf dem mehrere Gebäude standen. »Die Notaufnahme und die Operationssäle«, erklärte Dany. 500 Meter weiter hielt der Pick-up vor einem Gehege an. Kyle sprang ganz aufgeregt aus dem Auto.

»Da ist er, Vier Stoßzähne!«

»Scheiße«, entfuhr es Anna.

Ein Blick genügte ihr, um das Tier zu identifizieren. Durch die staubige Windschutzscheibe hindurch sah sie ein Gomphotherium beim Sonnenbad.

Sie hätte sich am liebsten kneifen wollen, so unwirklich erschien ihr dieser Anblick. Die zwei Paar Stoßzähne erweckten den Eindruck einer überlegenen Kraft, verglichen mit heutigen Dickhäutern. Mit einer vor Emotionalität stark veränderten Stimme murmelte sie: »Können wir zu ihm gehen?«

»Natürlich. Kyle, du wartest hier auf uns.«

»Warum denn, Opa? Ich habe ihn doch gefunden, ich möchte mitkommen.«

»Weil ich dich darum bitte, Kyle. Solange wir nicht wissen, woran er erkrankt ist, hältst du dich von ihm fern.«

»Aber ihr geht trotzdem hin!«

»Es wird nicht verhandelt, sonst musst du zurück ins Haus.«

»Na gut …«

Der Junge kannte die Grenzen. So ungerecht er diese Behandlung auch finden mochte, setzte er sich doch ganz brav wieder ins Auto und drückte sich die Nase an der Scheibe platt.

»Anna, Lucas, gehen Sie vor. Ich passe auf, falls es Probleme gibt, aber seien Sie trotzdem vorsichtig. Elefanten sind eigensinnige Tiere …«

Anna hätte ihn fast daran erinnert, dass es sich nicht mehr wirklich um einen Elefanten handelte, aber sie schwieg lieber, aus Angst, er könnte seine Meinung ändern und sie als Vorsichtsmaßnahme doch lieber nicht das Gehege betreten lassen.

Den Anweisungen des Afrikaanders folgend, der sich mit einem Betäubungsgewehr bewaffnet hatte, zogen sie Latexhandschuhe an, bevor sie das Gehege betraten. Anna ging voraus. Sie hob den Metallriegel an und ging auf das Gomphotherium zu. Es blieb ruhig und blinzelte. Um es herum war auf einer Fläche von etwa zwanzig Quadratmetern das Gras völlig verschwunden. Nur noch die nackte Erde war zu sehen, als wäre sie durch den Reißwolf gejagt worden. Das war nicht wirklich verwunderlich, denn diese Art hatte früher auf der Suche nach Nahrung den Boden durchwühlt. *Hatte* durchwühlt. Sie dachte es, als ob das Tier, das vor ihr auf dem staubigen Boden lag, in der heutigen Zeit nicht wirklich existieren könnte.

Als sie bei ihm angelangt war, kniete sie sich hin. Sie musste es berühren, um sicherzugehen, dass es auch wirklich echt war. Langsam streckte sie die Hand aus. Das Bild von Armstrong, wie er den Mondboden betrat, schoss ihr kurz durch den Kopf. Ihre Finger überbrückten den Abstand, der sie von dem Gomphotherium trennte, zehn Zentimeter, die zehn Millionen Jahren entsprachen. Es blieb immer noch ganz ruhig, als interessierte es sich gar nicht für ihre Anwesenheit. Im Gegensatz zu afrikanischen Elefanten besaß es keine Wölbung oben auf dem Schädel. Sie streifte die graue, raue Haut und intensivierte ihre Berührung. Dabei konnte sie den Puls seines Herzens spüren. Ihre Hand glitt zu den überzähligen Stoßzähnen, doch sie hielt kurz vorher inne. Diese Geste konnte sie teuer zu stehen kommen.

Carvalho kauerte sich neben sie. Auch er schien von der gräulichen Haut fasziniert zu sein. Halblaut fragte sie: »Was ist?«

»Die Infektion, die seine Verwandlung in Gang gesetzt hat,

war von starken Verletzungen begleitet. Ich überprüfe, ob es noch Spuren davon gibt.«

»Und?«

»Ich kann nichts entdecken.«

Hinter ihnen bestätigte Abiker das leise: »Ich habe Ihnen ja gesagt, dass er geheilt ist.«

»Ja, als ob die Infektion einfach verschwunden wäre.«

»Überrascht Sie das?«

»Nicht wirklich. Aber diese Stabilisierung ist nicht unbedingt eine gute Nachricht.«

»Eins steht fest«, mischte Anna sich ein, »Vier Stoßzähne ist tatsächlich ein Gomphotherium.«

»Sind Sie diesbezüglich absolut sicher?«

Carvalho wirkte auf einmal ernst, beinahe schon bedrückt.

»Zu hundert Prozent, wenn ich mich auf seine Morphologie verlasse, aber ich bin nur Paläontologin, keine Biologin. Was haben die Blutproben ergeben? Sie haben doch sicher Untersuchungen durchgeführt, oder?«

»Natürlich. Im Moment zeigen sie, dass die DNA sich deutlich von der eines Elefanten unterscheidet; genau aus diesem Grund haben wir uns an Sie gewandt.«

»Wahnsinn, Lucas. Stellen Sie sich das nur mal vor. Wir untersuchen gerade ein lebendiges prähistorisches Tier!«

In ihrer Aufregung war sie laut geworden, sodass sich der Dickhäuter erhob und sie dazu zwang, sich überstürzt zurückzuziehen. Er stieß ein ohrenbetäubendes Trompeten aus, verjagte einen Schwarm Mücken mit einem Ohrenwedeln und legte sich dann ein paar Meter entfernt unter einem Baum wieder hin.

Die beiden Männer, die Frau und das Kind im Pick-up betrachteten ihn staunend.

5

Beim Abendessen, als seine Gefährten davon erfuhren, dass er einige Tauchgänge mit einem U-Boot im Westentaschenformat unternehmen würde, sah Yann Lebel sich stets mit denselben Fragen konfrontiert: »Wie fühlt es sich tausend Meter unter der Wasseroberfläche an, eingesperrt in eine Konservendose? Wenn du mal dringend pinkeln musst? Und wenn irgendein Malheur passiert? Ich kann mir vorstellen, dass Sie furchtbare Angst haben.« Unvermeidlicherweise erweckte seine Antwort dann den Eindruck, er wäre ein Menschenfeind. Es war eine bequeme Art, sich der Lästlinge für den Rest des Abends zu entledigen. »Ach, wissen Sie, das ist auch nicht schlimmer, als zu Stoßzeiten auf dem Boulevard périphérique im Stau festzustecken.«

Den Menschen, die er mochte, erzählte Yann von dem unbeschreiblichen Schwindel, den er empfand, wenn er sich in die braunen Wasser der Tiefsee senkte, von der Stille, die nur vom Piepsen des Radars durchbrochen wurde, dem Eindruck des Erstickens, der einen ergriff und sich mit dem einzigartigen Gefühl vermischte, woanders zu sein, dort, wo kein Geschöpf der Oberfläche je überleben könnte. Er versuchte die Ödnis der Tiefsee zu beschreiben, aber auch die elektrisierenden Erscheinungen wie die der »Schwarzen Raucher«, senkrechte Ablagerungen auf dem Meeresboden, die ihn an gigantische Zigaretten erinnerten. Aus ihnen drangen Wolken einer dunklen, kochend heißen und mineralreichen Flüssigkeit hervor. Nicht unähnlich den

Schweinereien, die Raucher sich durch die Lunge jagen, dachte er manchmal amüsiert.

Es war jetzt zwei Monate her, dass er mit Lucie, seiner Lieblingskollegin, zu dieser Tauchexpedition am submarinen Vulkan vor Culasi im Pazifischen Ozean aufgebrochen war. Die Tauchgänge begannen ihm lang vorzukommen. Er rieb sich über den Schädel, streckte sich und lockerte die Muskeln, um das Taubheitsgefühl loszuwerden, allerdings erfolglos.

Die Gene hatten ihn mit einer kräftigen Knochenstruktur ausgestattet, die, um ehrlich zu sein, alles andere als ideal war, um sich damit ins Innere der *Nautile* zu zwängen, ihres winzigen U-Boots. Allerdings war Mutter Natur nicht allein verantwortlich für seinen massiven Körperbau. Geboren in Grenoble als Sohn eines Hochgebirgsführers, hatte Yann einen Teil seiner Kindheit damit verbracht, die Gipfel des Departements Isère zu erklimmen. Mit sechzehn Jahren wirkte er schon wie ein richtiger Alpinist mit der Erfahrung eines Hochbegabten. Er konnte eine Steilwand »lesen«, bewegte sich katzenhaft und bereitete sich gerade darauf vor, seinen ersten Achttausender zu bezwingen. Die breiten Gipfelwege in der Region hielten keine Geheimnisse mehr für ihn bereit. Mit siebzehn Jahren bereits ein französischer Meister in seiner Altersklasse, bereitete er sich gerade auf den Weltmeistertitel vor. Auch die Sponsoren begannen sich für diesen jungen, vielversprechenden Kletterer zu interessieren. Zu diesem Zeitpunkt war für ihn nichts außer dem Klettern von Bedeutung. Doch sein Schwung war am Abend eines Familienfestes zu einem jähen Ende gekommen. Angetrunken und große Töne spuckend hatte sich das Wunderkind in den Kopf gesetzt, den nördlichen Giebel der Fassade zu erklimmen. Oben angekommen war er ausgerutscht, ganz einfach so. Ein Sturz aus acht Metern Höhe. Sein linker Oberschenkelknochen war vom Aufprall zertrümmert worden und sein Traum gleich mit. Nach sechs Monaten Reha musste er einen anderen Weg einschlagen, diesmal beruflicher Art. Also hatte Yann sich am Boden zerstört an der biologischen Fakultät eingeschrieben. Da die Berge für ihn künftig tabu waren, hatte er sich für Meeresbiologie entschieden, eine Wahl, die so weit weg wie möglich von seiner früheren Leidenschaft war. Wenn seitdem etwas in seinem Leben schiefging, nagte die Bitterkeit an ihm. Wenigstens eins hatte er jedoch gelernt: Ein Ziel zu haben genügte nicht, um es auch zu erreichen, und diese Regel galt ebenso im Gebirge wie in der Liebe.

In den letzten Tagen hatte Yann seine Gedanken übrigens kaum je von Anna wenden und kaum erwarten können, wieder festen Boden unter den Füßen zu haben, um nachzudenken, Bilanz zu ziehen. Er war sich bewusst, dass das Unbehagen gerade dabei war, sie aufzufressen, aber er war wild entschlossen, ihr nicht länger nachzulaufen. Ihre Besessenheit von ihrem Beruf und ihre wolkigen Theorien begannen sie zu entzweien, und er hatte es satt, bei der kleinsten sich bietenden Gelegenheit nach Afrika, in ein chinesisches Wüstengebiet oder in einen entlegenen Winkel Usbekistans zu fahren, nur um in ihrer Nähe zu sein. Es war schon zu lange der Fall, dass er seinen Urlaubsort nicht mehr nach den eigenen Bedürfnissen, sondern nach Annas Aufenthaltsorten auswählte, die noch dazu selten sonderlich anziehend waren. Ihr Alltag als Liebespaar beschränkte sich auf Skype-Dates, Tage, die sie ihrem Team abrang, abgebrochene Projekte … Er konnte so lange unter ihrer Abwesenheit leiden, wie er wollte – sie zu lieben war unter dem Strich eine Illusion, es fühlte sich falsch an, wie eine Art Pflicht, die ihm allmählich immer schwerer fiel, und die Treue, die eigentlich eine Selbstverständlichkeit zwischen ihnen war, begann ihn immer stärker zu belasten. Zwar war er nicht wirklich versucht, aber er verstand den Sinn ihrer Beziehung inzwischen nicht mehr. Was hatte es für einen Sinn, sich ewige Liebe zu schwören, wenn sie nur drei Monate im Jahr gemeinsam verbrachten, ohne auf lange Sicht planen zu können? Wenn sie sich nie aufeinander verlassen, sich nicht anrufen konnten, wenn sie das Bedürfnis danach hatten, nicht nur dann, wenn man einen geeigneten Termin und ein wenigstens einigermaßen stabiles Netz fand?

Er knurrte wütend, was ihm Lucies neugierigen Blick eintrug.

Die junge Frau hütete sich davor, ihn auszufragen. Sie war mit seinem Temperament ausreichend vertraut, um ihn nicht zu überrumpeln, vor allem, wenn es um Liebeswirren ging. Yann war verärgert, das fühlte sie, und es war nicht allzu schwer, sich zu denken, warum. Insgeheim verspürte sie deshalb eine schuldbewusste Genugtuung.

Das Radar zeigte die hydrothermale Quelle an. In der braunen Trübnis erschien, grell angestrahlt von den Scheinwerfern der *Nautile*, ein Kamin. Die Ablagerung musste höher als fünf Meter sein. Monströs und auf bizarre Art schön, schien sie direkt aus der Hölle emporzuragen.

»Noch einmal durch, dann steigen wir wieder auf, in Ordnung?«, fragte Yann und wischte sich den Schweiß von der Stirn.

»Zu Befehl, Chef. Und wenn wir wieder oben sind, gebe ich dir einen eiskalten Mojito aus.«

»Mit einer doppelten Portion Eiswürfel, bitte. Ich bin ausgetrocknet wie ein Brett.«

»Darf ich lachen? Du und ein Brett? Spielst du damit nicht eher auf die Härte deiner tollen Bauchmuskeln an?«

»Lucie, lass es bitte. Kommt nicht infrage, dass ich mich in dieser Nussschale entblättere. Ich hätte nicht mal genug Platz für eine Pirouette.«

»Wie bei einer Boyband? Sei still, sonst fang ich noch an zu träumen.«

Sosehr sie auch losprusteten, zog sich das Herz der jungen Frau doch schmerzhaft zusammen. Es ärgerte sie, dass sie nach all den Jahren immer noch mehr oder weniger verliebt in ihn war. Sie hatten drei Monate eine Affäre gehabt. Selbstverständlich war das vor der heiligen Anna gewesen, Yanns großer Liebe. Eine große Liebe, die ins Wanken geraten zu sein schien. Fühlte sie sich deshalb von ihm in der letzten Zeit so sehr angezogen?

Die Hitze verursachte ihr leichte Kopfschmerzen. Unter dem Einfluss der Schwarzen Raucher stieg die Temperatur im U-Boot auf über 32 Grad. Um in dieser Vier-Quadratmeter-Sauna zu überleben, hatten sie auf die vorgeschriebene Kleidung gepfiffen und waren nur in Shorts und T-Shirt unterwegs, Yann am Steuer, sie links neben ihm ausgestreckt gegenüber dem Bullauge und mit einer unverbaubaren Sicht auf den Meeresboden.

Als sie wieder ernst waren, kündigte er konzentriert an: »Ich nehme ein paar letzte Proben.«

Jedes Mal hoffte der Biologe, auf ein entscheidendes Element zu stoßen. Die Antwort auf das Rätsel der Entstehung des Lebens steckte in diesen hydrothermalen Quellen auf dem Meeresboden, davon war er überzeugt. In den Weltmeeren existierten ungefähr dreißig solcher Gebiete. Dort herrschten die feindlichsten Bedingungen: eine Wassertemperatur von fast 300 Grad und ein extremer Säuregehalt, der eigentlich jedes Leben hätte unmöglich machen sollen. Und dennoch bildeten die Schwarzen Raucher für zahlreiche Arten richtiggehende Oasen, vor allem für eine Reihe von Garnelen und Schwämmen. Wie sollte man da keine Parallele zur Entstehung der Welt ziehen? Am Anfang ähnelte die Erde einer chemischen Hölle, und in dieser unwahrscheinlichen Suppe waren Millionen von Organismen zur Blüte gelangt. Es blieb jedoch ein Rätsel, wie vor vier Milliarden Jahren ein Funke des Lebens in lebloser Materie hatte entstehen können …

Er wurde von Lucies Räuspern aus seinen Gedanken gerissen. »Können wir jetzt los? Ich weiß nicht, wie du es erträgst, hier eingepfercht zu sein, ich wette, ich schwitze zweimal so stark wie du.«

»Versuch dich abzulenken, das ist der einzige Weg. Denk an was Persönliches, statt dir Gedanken über das kochende Wasser zu machen, das sich über unseren Köpfen verteilt, ich denke jedenfalls an was anderes.«

»An Anna zum Beispiel?«

Die Worte waren ihr entwischt, bevor sie sie hatte zurückhalten können. Die Erwiderung ließ nicht lange auf sich warten und war so trocken, dass sie am liebsten im Boden versunken wäre.

»Warum sagst du das?«

Da sie sich nun eben selbst in diese ausweglose Situation manövriert hatte, konnte sie es genauso gut riskieren. Die Scham wich plötzlich einer Welle des Widerstands.

»Yann, verdammt! Es ist wohl kaum zu übersehen, dass es mit eurer Beziehung im Moment nicht zum Besten steht. Hältst du mich für völlig verblödet?«

»Das bildest du dir ein, Luz. Und selbst wenn da was wäre, glaubst du wirklich, dass ich mich ausgerechnet dir anvertrauen würde?«

Lucie lief so tiefrot an, dass Yann seine Grobheit umgehend bereute. Sie wusste allerdings, dass er es hasste, sein Herz auszuschütten. Tatsächlich hatte sie sich aus der Zeit ihrer Beziehung einen Beschützerinstinkt bewahrt, gegen den er nichts ausrichten konnte. Um ihr zu zeigen, dass er nicht verärgert war, fügte er in freundlicherem Ton hinzu: »Ich möchte die Proben rasch untersuchen. Heute habe ich ein gutes Gefühl. Tauchen wir auf?«

Beschämt murmelte sie: »Wie du willst.«

»Okay.«

Nach kurzem Zögern erklärte er mit gezwungener Zuversicht: »Luz, mach dir um Anna und mich keine Sorgen. Bei unserer Rückkehr nach Paris publizieren wir beide Spitzenaufsätze. Worüber sollte ich mich beklagen? Dass ich eine brillante Frau habe?«

»Okay, Mr. Alles-in-Ordnung, du hast wie immer recht.«

»Und du bist meine beste Freundin und Kollegin.«

»Kein Wunder, du hast ja keine anderen.«

Erleichtert schnappte sich Yann das Mikrofon und teilte dem Kapitän der *Atalante* mit, dass sie bereit für den Aufstieg waren. Einige Sekunden später erhielt er die Bestätigung des Mutterschiffs. Kein Hindernis auf dem Weg nach oben. Er befahl die Öffnung des Silos, das mehrere Hundert Kilo Kies enthielt.

»Es geht los, ich werfe den Ballast ab.«

Alles verlief wie immer. Die Minuten und die Ziffern zählten auf der Bordanzeige herunter: -1200 Meter, -800 Meter, -400 … Als sie die -200 hinter sich hatten, hielt Yann die *Nautile* an. Ein Schatten hatte sich soeben durch den Strahl der Scheinwerfer geschoben.

»Hast du das gesehen?«

»Was denn?«

»Irgendwas war da vor uns.«

»Was meinst du mit ›irgendwas‹?«

»Da!«

Er hatte geschrien, und Lucie erstarrte vor dem Bullauge. Ein Geschöpf von der Größe eines Hundes, das mit den Hinterbeinen paddelte, war flüchtig aufgetaucht und dann wieder in der Finsternis verschwunden. Sie glaubte, einen Schwanz erkannt zu haben, sofern es sich dabei nicht um einen Tentakel handelte.

»Unmöglich.«

»Ich weiß. Trotzdem haben wir es beide gesehen.«

»Was gesehen, Yann?«

Statt einer Antwort ließ er den Bathyscaph kreisen, allerdings umsonst; die Scheinwerfer erleuchteten nur noch Leere. Er knurrte durch zusammengebissene Zähne: »Also, wo versteckst du dich?«

Plötzlich nahmen sie ein Geräusch vor dem U-Boot wahr. Ein Kratzen. Als ob sich etwas an einen der Scheinwerfer geklammert hätte.

»Es greift die Strahler an!«

Lucie war kreidebleich. Um sie zu beruhigen, berührte Yann ihre Hand.

»Keine Panik, Luz. Fünf Zentimeter Thermoplast, es kann meinetwegen versuchen, es zu fressen. Versuchen wir rauszukriegen, wie es aussieht …«

Er steuerte die *Nautile* nach links. Vergeblich. Die Kreatur war bereits nach rechts entwischt und fing wieder mit ihren Kapriolen an. Also ließ er erneut Ballast ab, um weiter aufzusteigen. Die Kratzlaute verebbten.

»Ich hätte es gern kennengelernt, aber wir riskieren besser nicht, unser mehrere Tausend Euro teures Baby zu beschädigen, oder, Luz?«

Seine Kollegin schüttelte den Kopf. Den Rest des Aufstiegs wechselten sie kein Wort mehr miteinander. Ein vertrautes Piepsen brachte sie aus diesem Wachalbtraum zurück in die Realität.

Der Gesang der Buckelwale.

6

Der Allradwagen fuhr durch den Kruger-Nationalpark Richtung Norden. Die spärlich mit Sträuchern bestandene Ebene wirkte wie zerquetscht unter dem blendenden Sonnenlicht.

Trotz des Protests seines Enkels hatte Abiker Kyle bei seiner Mutter in der Pension zurückgelassen und ihm dafür das Versprechen gegeben, ihm später von ihren Abenteuern zu erzählen. Mit 32 Jahren war Mary Abiker – eine zarte blonde Frau, die man sich eher in einem bequem gepolsterten Büro denn als Leiterin eines Safarihotels hätte vorstellen können – vom Leben nicht geschont worden. Doch unter der scheinbaren Empfindlichkeit verbarg sich eine ungewöhnliche Sturheit. Ihr Partner war verstorben, als Kyle noch ein Baby war, sodass sie schon verwitwet war, als die meisten ihrer Freundinnen sich vor allem amüsieren wollten. Mary hatte mithilfe ihres Vaters das Grundstück erworben, als er das Tierasyl gegründet hatte, und steckte ab diesem Zeitpunkt den Großteil ihrer Energie hinein. Sie mochte das Leben mitten in der Natur, war sich aber bewusst, dass ihr Alleinsein allmählich zum Problem wurde. Das war einer der Gründe, warum sie Kyle so oft wie möglich in Danys Obhut ließ. Er brauchte ein männliches Vorbild, und da sie keinen Mann fand, der hartnäckig genug war, ihren Schutzwall zu durchbrechen, wuchs der Kleine umgeben von der bedingungslosen Liebe auf, die ihm sein Großvater zuteilwerden ließ.

Die Gäste hatten ihr Gepäck in den gemütlichen Bungalows abgestellt, und weil sie zunächst peinlich berührt vom Luxus der Zimmer protestierten, hatte Mary ihnen erklärt, dass durch das Verbot, das die Regierung erteilt hatte, ohnehin sämtliche Zimmer leer stünden. Es war ein harter Schlag für ihre Finanzen, aber dafür konnte schließlich niemand etwas.

Nach einer Dusche und einem kargen Mahl hatte sich das Trio auf den Weg gemacht, um sich die Überraschung anzusehen, die der Afrikaander ihnen versprochen hatte. Sie fuhren seit einer knappen Stunde, waren dabei nicht einem einzigen Touristenbus begegnet und hatten auch keinen Sonnenhut in den Farben eines Limonadenherstellers oder eines Reiseunternehmens entdeckt. Nur die Jeeps der Ranger durchpflügten die verwaisten Wege. Für Lucas und Anna verstärkte diese unterschwellige Katastrophenstimmung nur ihren unwirklichen Eindruck.

Am Ende des Weges waren einige Männer damit beschäftigt, einen Elektrozaun zu errichten, und Lucas staunte. Irgendetwas braute sich hier zusammen.

»Ich dachte, der Park wäre gesperrt. Was machen sie hier denn genau?«

»Sie sichern das Gelände ab.«

»Mittendrin?«

»Noch ein bisschen Geduld, Sie werden es bald verstehen.«

Das Fahrzeug fuhr den steilen Hang eines Hügels hinauf. Auf dem Gipfel angekommen, stellte Abiker den Motor ab. Er bedeutete seinen Fahrgästen mit einem Zeichen, aus dem Wagen zu steigen. Unter ihnen glitzerte eingeschlossen in eine Senke ein ziemlich großer See, eine wahrhafte Oase des Lebens für Pflanzen und Tiere. Hohe Bäume säumten seine Ufer, bildeten die Andeutung eines Waldes, und auf dem Streifen Erde, der das Wasser und dessen grünen Rand voneinander trennte, zeichneten sich hohe Gestalten im glitzernden Licht ab.

Unmäßig. Von aberwitzigen Ausmaßen. Unmöglich.

Lucas murmelte ein »Scheiße« durch zusammengebissene Zähne. Er wirkte vollkommen verblüfft. Oder wütend. Anna hatte ihrerseits die Luft angehalten.

»Erkennen Sie einige der Arten wieder?«, fragte Dany Abiker in ernstem Tonfall.

»Manche, ja.«

Sie wusste nicht, wie sie mit dieser klaren, fast schon gewöhnlichen Stimme hatte antworten können.

Vier ausgewachsene Gomphotherien bespritzten sich mit Wasser. Neben ihnen nahm eine Art weißes Zebra Witterung auf und hob den Kopf.

»Sehen Sie dieses Säugetier?« Sie zeigt darauf. »Das scheint mir ein Plesippus zu sein, der älteste gemeinsame Vorfahr von Pferd und Zebra.«

Sie richtete das Fernglas auf die Beine des Tieres, dann auf die zertrampelte Erde, in der da und dort Hufabdrücke auszumachen waren.

»Offenbar täusche ich mich, es hat drei Zehen an jedem Huf. Plesippus besaß einen kompakten Huf wie die Pferde. Es ist dann wohl eher Dinohippus, also nicht der Vater des Zebras, sondern dessen Großvater …«

Staunend entdeckte sie eine Giraffenmutter und ihr Junges, das gierig an ihren Zitzen saugte, während sie die Blätter einer Akazie mit gelben Blüten fraß. Das Weibchen wirkte gedrungener als seine Nachfahren, der Hals war kürzer, und den Kopf schmückten vier Hörner, die entfernt an ein Elchgeweih erinnerten.

»Ein Paar über den Augen, das andere neben der Schnauze. Damit kann es sich gegen Beutegreifer verteidigen. Das sind zwei Giraffokeryx; sie haben vor dreißig Millionen Jahren gelebt.«

»Vor genau fünfundzwanzig«, warf Dany ein. »Ich habe ein paar Recherchen angestellt.«

»Und dennoch ist diese kleine Giraffe erst vor …«

»… ein paar Wochen zur Welt gekommen. Die Mutter und ihr Junges haben die Parkwächter zuerst entdeckt, dann die anderen.«

Carvalho unterbrach sie, ohne Rücksicht zu nehmen. Nicht der biologische Aspekt beschäftigte ihn, sondern der Erdrutsch, der sich hier abzuzeichnen begann.

»Wer weiß darüber Bescheid?«

»Cathy Crabbe und ihr Team. Die Regierung, die Parkaufsicht, ein paar Jäger, die uns alarmiert haben. Und jetzt Sie … Die Prähistorischen sind zwei Tage nach der Abriegelung des Parks entdeckt worden. Wir hatten ein Wahnsinnsglück, dass keine Touristengruppe diese … diese … festgehalten hat. Stellen Sie sich nur mal die Panik vor! Und darum errichten sie jetzt einen elektrischen Zaun.«

»Aber woher wissen Sie, ob es nicht noch mehr von ihnen gibt?«

»Das weiß ich nicht. Wir versuchen einfach, so schnell wie möglich Gegenmaßnahmen zu ergreifen.«

Anna hörte ihnen kaum zu. Für sie bestand kein Zweifel: Das Virus, das die Tiere befallen hatte, erzeugte offenbar eine evolutionäre Regression, ganz ähnlich wie die ihres gefiederten Dinosauriers in Neuguinea. Das erklärte auch die zeitliche Anomalie. Nun musste nur noch bewiesen werden, dass das Phänomen periodisch immer wieder auftrat. Das Virus hatte vor zehn Millionen Jahren und in der Gegenwart zugeschlagen. Also zweimal. Mindestens zweimal.

Gebannt von dem Anblick, der sich ihr bot, murmelte sie: »Ein Virus, das eine Regression im Lauf der Evolution herbeiführt … Das ist verrückt. Und jede Spezies kann sich infizieren?«

Lucas rief ihr ungeduldig etwas zu. Es war das erste Mal in zwei Tagen, dass er mit der Situation überfordert zu sein schien. »Sie haben es erraten, oder? Ihre Theorie ließ doch mehr oder weniger darauf schließen.«

»Wahrscheinlich. Aber es ist eine Sache, wenn man zu verstehen versucht, was sich vor zehn Millionen Jahren zugetragen hat. Das hier allerdings …«

»Das hier kann tatsächlich alles verändern. Und falls es sich zu einer Pandemie ausweitet, will ich mir gar nicht vorstellen … Ich muss so bald wie möglich mit Gordon sprechen. Können wir los?«

Da Anna das Gesicht verzog, mischte Dany Abiker sich ein. »Machen Sie sich keine Sorgen, diese Exemplare werden nicht verschwinden, und wir haben gleich neben dem See Wachen postiert. Ihren Beobachtungen zufolge haben sie sich kaum einmal aus dieser Gegend wegbewegt.«

Sie wollten gerade wieder in den Pick-up steigen, als ein markerschütterndes Trompeten sie erstarren ließ. Anna bemerkte Abikers besorgte Miene. Der Direktor des Tierasyls hatte ihnen nicht alles verraten, da war sie sich sicher.

»Was war das? Klang wie ein Warnruf.«

»Genau das war es. Die anderen kommen …«

»Welche anderen?«

Der Afrikaander hatte keine Zeit mehr für eine Antwort. Lucas gab ihnen ein Zeichen, sich zu beeilen. »Sehen Sie nur, die

Gomphotherien ziehen sich zurück. Es sieht fast so aus, als hätten sie Angst.«

Am Waldrand war eine Elefantenherde aufgetaucht und stürmte nun auf den See zu, wobei sie eine Staubwolke aufwirbelte. Die Tiere grunzten und trompeteten. Ihre großen Ohren peitschten heftig durch die Luft. Drei der vier Gomphotherien machten sich davon, doch das letzte sah sich gezwungen, ins Wasser zu flüchten, um dem Angriff zu entgehen. Zwischen Faszination und einer bösen Vorahnung bemühte Anna sich zu begreifen, was hier geschah. Warum waren die Elefanten hinter ihren entfernten Vorfahren her? Sahen sie in ihnen Rivalen? Oder Feinde?

Sechs Dickhäuter hatten sich im Halbkreis aufgestellt, um das Gomphotherium in die Mitte des Sees zu treiben. Das Wasser stand ihm schon bis zum Hals. Völlig verängstigt begann das Tier kläglich zu tröten, es war zu gelähmt, um sich gegen die Bedrohung zu wehren.

»Warum sind die Elefanten so aggressiv?«, fragte Lucas.

Abiker zuckte ratlos mit den Schultern. »Es ist nicht das erste Mal, dass so etwas passiert. Den ersten Beobachtungen nach bringt das Auftauchen einer neuen Art das Ökosystem aus dem Gleichgewicht. Elefanten sind konservative Tiere. Das haben wir schon während ihrer jährlichen Wanderung feststellen können. Sie nehmen immer wieder dieselben Routen durch die Savanne, und sie werden fuchsteufelswild, wenn wir ihnen dabei im Weg stehen. Jedes Jahr werden neu gebaute Dörfer und frisch gepflanzte Felder von außer Rand und Band geratenen Herden verwüstet.«

»Anders gesagt betrachten sie Ihre ›Prähistorischen‹ als Konkurrenten und nicht als Artgenossen?«

»Möglicherweise … Man müsste wissen, was in so einem

Elefantenkopf vor sich geht«, seufzte Dany. »Jedes Jahr bewegen sich Tausende von Touristen vollkommen unbehelligt durch den Park. Und dann wird manchmal ohne erkennbaren Grund ein Auto angegriffen. Warum? Liegt es an der Karosseriefarbe, an einer Geste der Insassen? Wenn es Ihnen gelingen sollte, zu entschlüsseln, was in diesen verdammten Dickschädeln vor sich geht, lassen Sie es mich wissen.«

Mit einer verzweifelten Anstrengung war es dem Gomphotherium gelungen, wieder zurück ans Ufer zu gelangen. Aber nicht für lange. Die Elefanten bedrängten und umringten es erneut. Anna verspürte tiefes Mitleid. Das Tier musste begriffen haben, dass es keinen Ausweg mehr gab, denn es senkte schicksalsergeben das enorme Haupt.

»Aber warum wehrt es sich nicht?«

»Bei sechs gegen einen hat es keine Chance.«

Als der größte Elefant auf es zustürmte, schloss sie die Augen.

Auf dem Rückweg erschien ihr die Ebene, auf der hier und da Schirmakazien standen, plötzlich feindselig. Anna sah die Welt nicht mehr mit denselben Augen. Was ging hier eigentlich gerade vor sich? Lucas riss sie aus ihren Grübeleien.

»Glauben Sie, dass wir eine Parallele zwischen dem Virus, das all diese Tiere infiziert hat, und dem Phänomen der Regression, wie Sie es sich vorgestellt haben, ziehen können?«

»Wahrscheinlich ja. Das Einzige, was mich stört, ist …«

»Das Virus?«

Anna nickte.

»Ich hatte nie in Betracht gezogen, dass diese Tiere, wie mein gefiederter Dinosaurier, sich unter dem Einfluss eines Mikroorganismus zurückentwickelt haben könnten. Ich dachte eher an ein genetisches Missgeschick, eine Art Erbinformation, die aus unbekanntem Grund die Generationen überspringt. Wie ein Superatavismus, der einer ganzen Generation plötzlich altertümliche Merkmale verpasst … Aber das hier …«

Sie lehnte sich gegen die Kopfstütze und schloss halb die Augen. Die Erschöpfung verursachte ihr Herzklopfen. Die untergehende Sonne war nur noch eine Halbkugel und erleuchtete den Horizont mit rosa Schlieren. Der Wind hatte sich wieder gelegt, und die Luft schien stillzustehen, nur ein paar Schatten kreisten am Himmel – wahrscheinlich Geier, die von irgendeinem Kadaver angelockt wurden. Der Allradwagen schaukelte über den Weg, ließ Spurrille um Spurrille hinter sich, als sie etwas registrierte, was sie aufmerken ließ.

»Stopp!«

Das Auto hielt abrupt in einer Staubwolke. Beunruhigt drehte Abiker sich zu ihr um. Ohne darauf zu achten, stieg die junge Frau aus und ging zu ein paar Büschen hinüber, in deren Mitte sich ein majestätischer Baum erhob, der unter einer Fülle malvenfarbener Blüten fast zusammenbrach. Der Afrikaander unterdrückte einen Fluch. Lucas Carvalho hielt ihn am Arm fest. Er dachte, für heute hätte er genug Überraschungen erlebt, aber nach Danys Miene zu urteilen, war es damit noch nicht vorbei.

»Was ist?«

»Dieser Baum … eigentlich müsste er mit gelben Dolden blühen. Das ist nicht normal.«

Anna hatte sich einen Weg bis zum Stamm der Akazie gebahnt. Vorsichtig hob sie eine der herabgefallenen Blüten auf. Ein aufgeregtes, ängstliches Prickeln ließ ihr die Haare zu Berge stehen. Die Knospe bestand aus neun kelchförmigen Blütenkronen. Sie hob den Kopf, um das Laub eingehender zu betrachten. Es war ein wahres Wunder. Aus einem Abstand von zwei Metern wirkten die Blütenblätter riesig. Was sie gerade bewunderte, waren die ersten Blüten, die in der Kreidezeit vor dreißig Millionen Jahren aufgetaucht waren.

Carvalho kam im Laufschritt zu ihr.

»Abiker behauptet, das sei nicht normal.«

Sie wandte sich zu ihm um, noch immer unter Schock.

»Wissen Sie, was ich hier in der Hand halte?«

»Ich würde sagen, irgendeine Art Magnolie.«

»Richtig.«

Der Biologe runzelte die Stirn, er begriff das Problem nicht. Anna musste über seine Ratlosigkeit lächeln.

»Wenn ich Ihnen verrate, dass alle Blütenpflanzen von solchen abstammen, die nahe mit den heutigen Magnolien verwandt sind, verstehen Sie es dann? Auch die Vegetation regrediert, Lucas.«

»Das ist unmöglich. Viren befallen entweder Tiere oder Pflanzen, niemals beide zusammen. Nicht in der Biologie.«

»Na ja, ich fürchte, das ist eine weitere Besonderheit, die wir ins Kalkül ziehen müssen.«

»Mein Gott … Es ist noch schlimmer, als ich befürchtet habe. Wir müssen sofort nach Hause zurück.«

In der Pension war die Atmosphäre beklemmend. Mary hatte einen Anruf von den Behörden erhalten. Die Einwohner des Parks durften bis auf Weiteres das Gelände nicht verlassen, und jeder, der das doch wollte, brauchte einen Passierschein. Kyle konnte also nicht mehr zur Schule gehen, der Unterricht würde übers Internet stattfinden. Das alles natürlich, bis das Risiko einer Epidemie ausgeschlossen werden konnte.

Zum ersten Mal, seit die Sache mit dem Elefantenkalb herausgekommen war, zeigte die junge Frau Anzeichen von Unruhe. Sie fühlte sich gefangen in ihrem eigenen Haus und fürchtete für ihren Sohn, wie es weitergehen würde. Er hatte es schon schwer ertragen, von Dany hiergelassen zu werden, nun musste sie ihn sogar davon überzeugen, dass er den Garten nicht mehr verlassen durfte. Das würde nicht leicht werden.

Sobald die Gäste wieder zurück waren, zog sie sich mit ihrem Vater zurück, um zu überlegen, wie sie die Angelegenheit erklären konnte, ohne in die Psychose zu kippen. Währenddessen schloss Carvalho sich in Abikers Büro ein und kam erst vierzig Minuten später wieder heraus, um Anna zu sich zu rufen. Stephen Gordon wollte sich mit ihr unterhalten.

Der Direktor der WHO hielt sich nicht mit Höflichkeiten auf, sondern kam gleich zur Sache, in helle Aufregung durch das versetzt, was er soeben erfahren hatte.

»Madame Meunier, heute Morgen habe ich mich noch gefragt, ob es einen wahren Kern beim Phänomen der Regression gäbe, und heute Abend schildert mir mein Kollege bereits eine Situation, die schlimmer als alles ist, was wir befürchten konnten. Ich weiß nicht, wie die südafrikanische Regierung mit dieser Angelegenheit umgeht, doch es liegt in der Verantwortung der Wissenschaftler, eine Warnung herauszugeben und das Verbreitungsgebiet des Virus so scharf wie möglich einzugrenzen. Zuerst müssen wir dafür die Anzahl der betroffenen Tiere bestimmen und herausfinden, ob es sich um ein paar Dutzend oder um Hunderte von Exemplaren handelt.«

Anna dachte fieberhaft nach. Das Staunen, das sie vorhin noch verspürt hatte, machte der Angst Platz. Nach kurzem Zögern entschied sie sich, ihm ihre Befürchtungen mitzuteilen.

»Wir haben vorhin Geier gesehen. Wenn sie einen ›prähistorischen‹ Kadaver fressen, besteht das Risiko der Verbreitung …«

Aus Bequemlichkeit hatte sie sich Dany Abikers Begriff zu

eigen gemacht; er war anschaulich genug, um ihn nicht erklären zu müssen.

»Genau das beschäftigt mich. Lucas kann nicht allein vor Ort bleiben, und im Moment würde ich gern die Außenkontakte beschränken. Je weniger Beteiligte es gibt, desto geringer ist das Risiko eines Lecks. Würden Sie sich bereit erklären, Ihre Mission auszudehnen?«

»Natürlich. Der Kruger-Nationalpark ist ein Labor unter freiem Himmel … Aber ich weiß nicht, ob ich Ihnen wirklich nützlich sein kann.«

»Ich brauche Ihre Perspektive als Paläontologin. Lucas ist für die Entnahme der Proben zuständig und wird dabei von Cathy Crabbes Team aus Pretoria unterstützt. Vor Ort ist Abikers Erfahrung für uns wertvoll. Ich habe auch um ein Gespräch mit ihm gebeten. Und darum, dass alle Bewohner des Gebiets es nicht verlassen dürfen.«

»Finden Sie das nicht übertrieben?«

»Überhaupt nicht. Absolute Diskretion ist vonnöten. Nichts darf nach außen dringen. Kein Wort, kein Foto. Können Sie sich die Panik vorstellen, wenn derlei passieren würde?«

»Sicher … Aber das erweckt doch alles den Eindruck einer Quarantäne.«

»Madame Meunier, ich mache das nicht aus Vergnügen, das dürfen Sie mir glauben, aber wir haben keine andere Wahl.«

»Hören Sie, es gibt noch etwas, was mir keine Ruhe lässt.«

»Ja?«

»Hat Lucas Ihnen von der Akazie erzählt?«

»Ich werde Tests veranlassen, um zu überprüfen, ob …«

»Da gibt es nichts zu überprüfen, Mr. Gordon, dieser Baum ist regrediert, davon bin ich restlos überzeugt. Falls das Virus aus dem Park nach draußen dringt und sich über die Landwirtschaft verbreitet, könnte es Verwüstungen schlimmer als jedes Raubtier anrichten. Doch es gibt ein Detail, das mir seltsam erscheint.«

»Nämlich?«

»Das Zebra ist um ungefähr fünfundzwanzig Millionen Jahre regrediert. Ebenso das Gomphotherium. Mein Fossil allerdings nur um zehn und die Akazien um hundertdreißig.«

»Und der Gibbon in Cathy Crabbes Labor um dreißig … Was hat das Ihrer Meinung nach zu bedeuten?«

»Ich habe keine Ahnung, außer dass die Verbindungen sich zufällig zu ergeben scheinen. Es kann eine große Anzahl von Arten treffen und hat eine Spannbreite von mehreren Millionen Jahren.«

Stephen Gordon schwieg. Dan sagte er wie zu sich selbst: »Wir müssen dieses Virus aufhalten, bevor es den ganzen Planeten infiziert.«

II

Schwindel

1

In seinem Genfer Büro schenkte Stephen Gordon sich mechanisch eine neue Tasse Kaffee ein und versuchte, ein bisschen Ordnung in seine zerzauste Frisur zu bringen. Letzte Nacht hatte er nicht viel geschlafen, so sehr hatten ihn die von Anna Meunier gesammelten Neuigkeiten beschäftigt. Im Lauf seiner Karriere als Virenjäger hatte er überall auf der Welt gefährliche Krankheitserreger aufgespürt, aber keine dieser Seuchen hatte ihn auf das Kruger-Virus vorbereitet. Es tötete nicht innerhalb von vier Tagen wie Ebola. Es machte seinen Wirt nicht blutleer und apathisch wie das Marburg-Virus. Tatsächlich verschonte das Kruger-Virus das Leben seines Wirts, doch seine Wirkung war verheerender als ein Bombeneinschlag. *Eine zeitverzögerte Bombe*, dachte er, betroffen von dem Vergleich.

Er hatte viel über die Strategie nachgedacht, die jetzt zur Anwendung kommen sollte. Er musste sich dringend mit seiner Vorgesetzten besprechen und ihr von der Situation berichten. Während er durch die anonymen Gänge des Gebäudes schritt, hatte Stephen das Gefühl, der Überbringer schlechter Nachrichten zu sein, den man opfern würde, sobald er seine Schuldigkeit getan hätte. Der Bericht, den er gleich abliefern würde, war der Albtraum aller für die öffentliche Gesundheit Verantwortlichen.

Margaret Christie reagierte nicht sofort. Sie wirkte wie vor den Kopf gestoßen, etwas zwischen Entsetzen und kalter Wut. Mit zweiundsechzig Jahren hatte sie allerdings schon ganz andere Dinge erlebt. Mit einem Körper wie in Stein gemeißelt und einem stahlharten Temperament ließ sich dieser ehemalige Schwimmchampion nicht leicht aus der Fassung bringen – und das war genau der Grund, warum sie zur Generaldirektorin der WHO ernannt worden war, was einen der Schlüsseljobs der gesamten Organisation darstellte. Nachdem sie ihn schweigend angehört hatte, stand sie auf und stellte sich mit nachdenklichem Blick ans Fenster. Gordon fiel auf, wie müde sie wirkte. Das überraschte ihn. Ihr strenges Kostüm unterstrich ihre Magerkeit. Die einzig dezidiert weibliche Note an ihr war ihre Lieblingshalskette aus Elfenbein.

Als Margaret Christie dann schließlich das Wort ergriff, klang ihre Stimme jedoch fest wie eh und je. »Du musst die Akte an Pablo Aguas schicken, den Direktor der FAO. In kürzester Zeit könnte diese Schweinerei die gesamte Wirtschaft Südafrikas lahmlegen. Deine Madame Meunier hat allerdings ein Problem angesprochen, das mir noch viel besorgniserregender erscheint. Stell dir nur vor, wenn es zu Ernteausfällen beim Getreide kommt. Das würde zu einer furchtbaren Hungersnot führen. Vereinbare so schnell wie möglich ein Treffen mit Aguas.«

»Wenn du erlaubst, würde ich vorher gern einen Krisenstab zusammenstellen, der im Notfall reagieren kann.«

»Ich hoffe, du beauftragst damit keinen deiner Stellvertreter.«

»Nein, das übernehme ich selbst, und ich suche mir unabhängige Leute. Ich möchte ein Team, das eng zusammenarbeitet, aber vielseitig und selbstständig genug ist, um auf Überraschungen wie den Befall der Pflanzenwelt zu reagieren. Ich muss den Dampfer auch kurz mal für eine Dienstreise verlassen können, ohne mir Sorgen machen zu müssen.«

Für einen kurzen Moment wirkte die Direktorin beinahe amüsiert. Sie kannte Gordon schon lange und hatte sich seinen bilderstürmerischen Methoden bisweilen widersetzt, doch sie musste zugeben, dass der Mann eine messerscharfe Effizienz besaß.

»Eine schnelle Eingreiftruppe wie in den guten alten Zeiten … Zum Teufel, Stephen, ich glaube, ich habe mich nie ganz an deinen neuen Verwaltungsjob gewöhnt. Apropos Verwaltung: Bist du Aguas schon begegnet?«

»Ein- oder zweimal, öfter nicht.«

»Wenn ich dir einen Rat geben darf, dieser Kerl ist ein echter Sturkopf. Dein Bericht muss hieb- und stichfest sein, wenn du willst, dass er dir zuhört.«

»Das wird er, mach dir da mal keine Sorgen. Ich hoffe nur, das Virus kommt uns nicht zuvor.«

»Mal den Teufel nicht an die Wand. Und gib dein Bestes.« Als er schon auf dem Weg nach draußen war, fügte sie noch hinzu: »Gute Arbeit.«

»Danke.«

»Das denke ich wirklich. An deiner Stelle hätten die meisten diese Idee als Spinnerei abgetan. Du nicht.«

»Darum habe ich diesen Verwaltungsjob angenommen«, erwiderte Stephen lächelnd.

Das Treffen mit Aguas konnte noch ein paar Tage warten. Trotz aller Dringlichkeit war Stephen Gordon nicht naiv – man gab keine Seuchenwarnung heraus, ohne ein Minimum an Argumenten im Rücken zu haben. Also musste er sich zuerst die notwendige Zeit für die Zusammenstellung seines Krisenstabs nehmen.

Die erste Person, an die er dachte, war ihre fähigste Statistikerin, Gabriella Agnini, eine Mittfünfzigerin, rund, sanft und mit messerscharfer Intelligenz ausgestattet. Die Italienerin willigte ohne zu zögern ein, die Akten, an denen sie gerade arbeitete, auf Eis zu legen, um das Kruger-Virus zu untersuchen. Sie musste nicht einmal überredet werden, Stephen Gordon war ihr Idol. Erst im Laufe des Tages, als sie die Daten genau unter die Lupe nahm, wurde ihr das Ausmaß der Arbeit und der potenziellen Gefahr bewusst, die vom Höhlenvirus ausging.

Um 11 Uhr gesellte sich Tomas Znaniecki zu ihr. Mit seinen gerade mal dreißig Jahren war der Pole ein Biologe mit untypischer Laufbahn. Hinter das rechte Ohr hatte er sich entlang der Drosselvene das Unendlichkeitssymbol tätowieren lassen. Er trug ausschließlich T-Shirts mit dem Bild von Einstein, der die Zunge herausstreckte; davon besaß er ungefähr zehn Stück, in allen Farben von Schwarz bis Rosa. Wenn man ihn nach dem Grund für diese Leidenschaft fragte, antwortete er, dass die Tatsache, sich um seine Garderobe keine Gedanken mehr machen zu müssen, einen weiteren Teil seiner Hirnkapazität freigesetzt hatte. Und auch wenn man seine mangelnde Fantasie in Kleidungsfragen bedauern konnte, hätte niemand sich getraut, eine derartige Kritik auf irgendeinem anderen Gebiet anzubringen, vor allem nicht auf einem, das die Arbeit betraf. Stephen hatte ihn ausgewählt, weil Tomas ein hochbegabter Kreativer war und den Ruf genoss, schnell zu sein und die Bereitschaft mitzubringen, den Dienstweg auch mal zu ignorieren.

Ein Franzose, Dorian Illaire, war das letzte Mitglied seines Teams. Der Mann maß kaum mehr als einen Meter fünfzig (tatsächlich war er genau einen Meter zweiundfünfzig groß, doch er rundete es aus purem Stolz auf fünfzig ab) und hatte gelernt, die seiner geringen Höhe geltenden Blicke zu ignorieren und sich nur auf die Welt der Gedanken zu konzentrieren. Er willigte um halb zwei bei einem Brownie in der Cafeteria ein, nachdem er das klarste Briefing seines Lebens gehört hatte. Dieser ehemalige Tierarzt war ein geborener Forscher. Die Aussicht, an einem mutierenden Virus zu arbeiten, das vielleicht die wichtigste Entdeckung des Jahrhunderts darstellte, war zu fantastisch, um sie auszuschlagen. Die Formalitäten konnten dank des Machtworts der Generaldirektorin umgangen werden: »Absolute Priorität.«

Das Kruger-Virus war kein Krankheitserreger wie alle anderen. Der Gegenangriff machte es erforderlich, gegensätzliche Kompetenzen zu vereinen, und mit seinem Trio von Spezialisten glaubte Gordon einen ausreichend fundierten Plan ausarbeiten zu können, um die Institutionen von der Notwendigkeit des Handelns zu überzeugen. Aguas wäre seine erste Hürde. Wenn er ihn in der Tasche hätte, würden die anderen schon folgen.

Als er seinem Team den Hergang der Ereignisse schilderte, zwang sich Stephen zu einer ausgewogenen Darstellung. Die Untersuchung des Kruger-Virus stand erst am Anfang. Vielleicht handelte es sich dabei nur um ein zufälliges virales Auftreten, das von allein wieder verschwinden würde. Zu diesem Zeitpunkt standen die Alarmsignale allerdings auf Rot. Falls diese Tendenz sich bestätigen sollte, konnte es sich um eine Katastrophe handeln, verheerender als alle Pandemien, die die Welt bisher gesehen hatte. Um genau zu sein, die moderne Welt …

Nach dieser kurzen Einleitung, die die Forscher erstarren ließ, erklärte er, was nun folgen werde. Bevor sie in medias res gingen, mussten sie sich um die Effekte des Virus auf die Pflanzenwelt kümmern. Das war vordringlich. Nachdem sie die FAO gewarnt hätten, könnten sie dann ihre eigenen Ergebnisse mit denen des südafrikanischen Teams vergleichen, das die Untersuchungen an den infizierten Tieren durchführte. In der Zwischenzeit sollte Illaire eine Einschätzung einer möglichen

Übertragbarkeit zwischen Fauna und Flora abgeben. Das Trio sollte jede Hypothese überprüfen und mit Zahlen belegen. Die Gefahr einer Ansteckung, die eventuellen ökologischen Schäden, das gesundheitliche Risiko: Für den Moment würden sie sich auf diese Bereiche beschränken, die für sich genommen schon die Kraft hatten, jede Regierung der Welt in Panik zu versetzen.

Um Platz für sein Team zu schaffen, hatte Gordon den Besprechungsraum neben seinem Büro in Beschlag genommen. Drei Tage lang schlossen sie sich dort ein – außerdem einen Großteil der Nächte –, ernährten sich von belegten Broten sowie von Abendmahlzeiten, die unter Frischhaltefolie aus der Kantine geliefert wurden. Sie verbrachten Stunden am Telefon, jeder an seinem Handy. Gabriella versuchte, von der FAO Auskünfte darüber zu erhalten, welche Art von Nutzpflanzen auf welchem Kontinent vorherrschten, und Tomas unterhielt sich mit einem auf den Anbau von Weizen spezialisierten Landwirt. Illaire bevorzugte hingegen die U-Boot-Methode. Wenn er nicht gerade dabei war, furchtbar komplizierte Rechnungen aneinanderzureihen, vergrub er sich in hoch spezialisierte Studien, die er sich aus dem Archiv hatte bringen lassen. Die Tür zu Stephens Büro blieb die ganze Zeit über offen, die Atmosphäre war arbeitsam, manchmal glich sie der Stimmung in einer Universitätsbibliothek, wenn sich der Pole und der Franzose gegenseitig wilde Hypothesen an den Kopf warfen.

In engem Kontakt mit ihnen standen aus Südafrika Carvalho und Meunier, die den Kruger-Nationalpark durchpflügten, um das Verbreitungsgebiet des Virus einzugrenzen, worum Gordon sie gebeten hatte. Ihnen assistierte dabei ein Stoßtrupp von Parkwächtern. Der Chef der WHO hatte sie aufgefordert, ihn, wenn nötig, stündlich auf dem Laufenden zu halten. Jede bedeutsame Beobachtung, die sie vor Ort machten, sollte sofort an ihn weitergegeben werden.

Als sich in Genf der Marathon schließlich dem Ende zuneigte – am Donnerstag um ungefähr 23 Uhr –, gab Stephen seinem Team die Anweisung, nach Hause zu gehen und ein wenig zu schlafen. Als er allein war, fläzte er sich in seinen Sessel, schloss die Augen und genoss die Stille.

Vor seinem inneren Auge tauchte das Gesicht seiner Tochter wie ein Vorwurf auf, ebenso ernst wie eine Totenmaske. Er hatte sie seit fast einer Woche nicht mehr gesehen und machte sich darüber ein bisschen Sorgen. Eine Welle der Schuld rollte über ihn hinweg. Seit er für die WHO arbeitete, waren sie nur selten voneinander getrennt gewesen. Das war auch einer der Gründe, warum er den Job überhaupt angenommen hatte. Hoffentlich beeinträchtigte seine Abwesenheit ihre Stimmung nicht allzu sehr. Lauryn wirkte ihrer Umgebung gegenüber derart gleichgültig, dass man manchmal vergaß, dass es sich bei ihrem Verhalten nur um einen Panzer handelte. Glücklicherweise hatte sie Eva, Haushälterin und Betreuerin. Die beiden mochten sich gern, jedenfalls soweit die Jugendliche die Gegenwart einer anderen Person überhaupt schätzen konnte. Manchmal stellte er sich die Frage, ob Eva für ihr eintöniges Leben nicht viel wichtiger war als er. Außerdem war sie eine Frau. Jemand, der sie an ihre verstorbene Mutter erinnerte.

Stephen seufzte.

Er schlief bereits.

2

»Ein Virus, das die Arten in eine Zeitmaschine setzt? Haben Sie einen Schlag gegen den Kopf abbekommen?«

Vor erstickter Empörung hatte sich die Gesichtsfarbe des FAO-Direktors in Richtung ziegelrot verändert. Mit hoher Dringlichkeit durch den Leiter der Seuchenabteilung der WHO herbeigerufen worden zu sein, um sich dann irgendwelche Hirngespinste von einer Bande von Wirrköpfen anzuhören, war mehr, als er ertragen konnte.

Der stämmige Kolumbianer ähnelte eher einem Schmied als einem hohen Beamten der UNO. Zunächst war dies ein Detail, was Stephen Gordon gefiel, doch er spürte bereits, dass es kompliziert werden würde, kaum dass Pablo Aguas die Tür zu ihrem Hauptquartier durchschritten hatte.

»Pablo, es besteht keinerlei Zweifel. Wir sind gerade dabei, das Ausmaß der Schäden zu ermitteln, und bald müssten wir über eine geschätzte Zahl der betroffenen Spezies – Tiere und Pflanzen – verfügen. Natürlich sind bereits Maßnahmen ergriffen worden, um den Park zu schließen.«

»Ihre Geschichte ist völlig abwegig!«

»Ich habe schon geahnt, dass die Bilder, die in Südafrika aufgenommen worden sind, sich mit Ihrer Vernunft nicht vertragen würden. Wir haben uns natürlich ebenfalls gefragt, wie ein Virus die Regression einer Art verursachen kann. Die Evolution ist schließlich ein unumkehrbarer Prozess. Allerdings stellen manche Forschende heutzutage diese Theorie infrage … Und das Kruger-Virus scheint ihnen recht zu geben.«

Aguas hatte sich wieder ein wenig beruhigt und richtete sich jetzt hämisch lachend auf. »Mit ›manche‹ meinen Sie doch nicht etwa eine Paläontologin namens Anna Meunier? Die ist doch Ihre Beraterin, oder? Ich habe ihren Namen in der Akte gelesen. Ich habe auch schon von ihr gehört. Das Mindeste, was man sagen kann, ist, dass sie in ihrer Disziplin nicht gerade gut beleumundet ist.«

»Anna Meunier ist nicht die Einzige, die Zweifel hegt. Ein Forscher an der Brigham-Young-Universität in den Vereinigten Staaten hat gezeigt, dass manche Arten früher fliegen konnten, ihre Flügel dann verloren, nur um sie fünfzig Millionen Jahre später wiederzuerlangen.«

»Um es kurz zu machen«, unterbrach ihn Aguas unhöflich, »sollen manche Gene also die Fähigkeit besitzen, über mehrere Millionen Jahre inaktiv zu bleiben?«

»So unglaublich sich das anhört, ja. Indem sie das Genom von Hühnern verändert haben, haben Forscher Embryonen mit Ansätzen eines Reptiliengebisses erzeugt.«

Zum ersten Mal schien Pablo Aguas erschüttert zu sein. »Welche Pflanzen sind betroffen?«

»Wenn das Kruger-Virus sich in ganz Afrika ausbreitet, könnte es die Regression aller Plantagen auf das Produktivitätsniveau vor dem Neolithikum bewirken: -90 % beim Weizen, -55 % beim Roggen, -74 % beim Maniok.«

»Das ist unmöglich!«

»Anna Meunier zufolge sind die Pflanzen durch Zwergzikaden infiziert worden. Mehrere tote Insekten sind unter ihnen gefunden und dann analysiert worden. Sie trugen das Virus in sich. Die FAO muss die systematische Anwendung von

Insektiziden anordnen. Es ist eine drakonische Maßnahme, aber sie ist unbedingt notwendig.«

»Über wie viele Millionen Quadratkilometer reden wir?«

»Knapp zwanzig. Ich weiß, dass dies beispiellos ist, aber es wird nicht einmal genügen, glauben Sie mir. Das Kruger-Virus könnte auch durch Vögel verbreitet werden.«

»Und zu was raten Sie? Zu kollektivem Selbstmord?«

»Die Vorsichtsmaßnahmen auf das ganze Land auszudehnen.«

»Nehmen wir mal an, ich leiste dieser Aufforderung Folge und stimme Ihren düsteren Prognosen zu, dann vergessen Sie noch immer eine Kleinigkeit: In Westafrika verbringen wir unsere Zeit mit der Bemühung, die Farmer davon zu überzeugen, ihre Ernte in Silos zu lagern, um sie gegen die Wanderheuschrecke zu schützen. Wir geben ein Vermögen dafür aus, sanfte Methoden beim Kampf gegen die Schädlinge zu fördern. Wenn wir von heute auf morgen Südafrika dazu auffordern, alles mit Insektiziden plattzumachen, ruinieren wir damit jahrelange Anstrengungen bei der Sensibilisierung.«

»Wir reden hier aber nicht über Heuschrecken.«

»In der Tat … Hören Sie, ich kann die Behandlung der landwirtschaftlich genutzten Flächen in der Nähe des Parks veranlassen, aber das ist alles, zumindest bis ich weitere Daten habe.«

»Pablo …«

»Kommen Sie wieder zu mir, wenn Sie Beweise für die Katastrophen haben, die Sie prophezeien.«

Als Stephen nach 22 Uhr gerade in sein Auto steigen wollte, ertönte ein Gitarrenriff. Auf seinem Handy erschien eine unbekannte Nummer.

»Mr. Gordon?«

»Am Apparat.«

»Ich heiße Axel Cassard und bin Chefredakteur der Zeitschrift *Science & Nature* in New York.«

»Was kann ich für Sie tun?«

»Zunächst einmal könnten Sie mir erklären, was die WHO gerade in Südafrika treibt.«

Der krawallige Ton erwischte Stephen auf dem linken Fuß. Eigentlich hätte er sich längst über eine Krisenkommunikation Gedanken gemacht haben müssen, aber es waren so viele Notfälle zu bearbeiten gewesen, dass er dergleichen nicht hatte kommen sehen. Seit fast einer Woche leistete er Herkulesarbeit, und hier kam nun ein dahergelaufener Schmierfink und befragte ihn mit dem Feingefühl eines Bulldozers. Um einen klaren Kopf zu bewahren, entschloss er sich, ein paar Schritte zu gehen, und zwang sich außerdem, ruhig durchzuatmen.

»Warum glauben Sie, dass in Südafrika irgendetwas los ist?«

Ein Lachen war am anderen Ende der Leitung zu hören, eher hinterhältig als fröhlich. »Mr. Gordon, Ihre Zeit ist wertvoll, meine ebenfalls. Wir werden doch jetzt nicht Katz und Maus miteinander spielen, das wäre wirklich kontraproduktiv. Je hartnäckiger Sie es abstreiten, desto mehr werde ich davon überzeugt sein, dass Sie etwas zu verbergen haben.«

Stephen dachte kurz darüber nach, einfach aufzulegen. Aber dieser Cassard war kein Praktikant, er war der Chefredakteur. Er stand für eine Publikation mit hoher Auflage, das meistgelesene populärwissenschaftliche Magazin auf der ganzen Welt. Unmöglich, ihn einfach abzuweisen, so gern er das auch getan hätte. Er versuchte ein Ablenkungsmanöver, vor allem, um ein wenig Zeit zu gewinnen.

»Wenn Sie wissen wollen, was die WHO in Südafrika für Programme unterhält, kann ich Sie auf unsere Website verweisen.

Dort finden Sie eine ganze Menge Informationen. Gerade haben wir ein Programm zur Bekämpfung der Tuberkulose laufen, die …«

»Mr. Gordon, lassen Sie uns einen Deal machen. Ich sage Ihnen, was ich weiß, und im Gegenzug geben Sie mir ein paar Infos.«

Stephen schwieg und gab Cassard so die Gelegenheit, diese Idee weiter auszuführen.

Der Journalist spürte, dass er ihn am Haken hatte; jetzt würde er nicht mehr lockerlassen. »Vor einer Woche hat Anna Meunier eine Nachricht auf meiner Mailbox hinterlassen, nachdem sie versucht hatte, mich von Neuguinea aus zu erreichen. Darin hat sie eine Entdeckung erwähnt, die Geschichte machen werde. Ich wollte sie zurückrufen, aber vergeblich, und da habe ich erfahren, dass sie sich in Begleitung eines Ihrer Kollegen nach Südafrika in den Kruger-Nationalpark begeben hat. Sie können sich meine Verblüffung vorstellen und sicher auch die legitime Frage, die daraus erwächst: Was treibt eine Paläontologin mit einem Beamten von der WHO? Hat es irgendwas mit ihrer Entdeckung zu tun? Seltsam, nicht wahr?«

Da ihm nichts anderes einfiel, versuchte Stephen halbherzig auszuweichen. »Gar nicht. Ich selbst bin vor einigen Jahren mit Nicolas Barenski, dem Direktor des Naturkundemuseums in Paris, in Kontakt getreten. Logischerweise interessiert sich die WHO auch für die Vorgeschichte von Epidemien und …«

»Ich weiß, ich weiß. Die Paläogenetik, vom Genom zur Archäologie … Wir haben über das Thema auch schon Artikel veröffentlicht. Aber in diesem Fall ist es doch etwas anderes. Es geht nicht um theoretische Forschungen.«

»Mr. Cassard, ich bin in einer Besprechung, Sie müssen mich jetzt entschuldigen …«

»Sie arbeiten aber noch spät …«

»Das ist eine Angewohnheit …«

»Übrigens habe ich selbst ein paar kleine Nachforschungen angestellt. Der Beamte der WHO ist niemand anderes als Lucas Carvalho, Ihr Mitarbeiter, also formuliere ich meine Frage anders: Mr. Gordon, warum hält sich Ihr Kollege in Begleitung einer umstrittenen Paläontologin in einem Naturschutzgebiet auf, das gerade für die Öffentlichkeit gesperrt worden ist?«

»Umstritten?«, wiederholte Stephen, unfähig, die Katastrophe einzuhegen.

»Madame Meuniers Forschungen werden in der wissenschaftlichen Welt nicht einhellig geschätzt, um es vorsichtig auszudrücken.«

»Das geht mich nichts an, ich bin wirklich nicht der Richtige, um mir ein Urteil über die Stichhaltigkeit von …«

»Sie bestätigen jedenfalls, dass Sie Madame Meuniers Rat einholen?«

In diesem Augenblick wurde Stephen bewusst, dass Cassard noch nichts von der Existenz des Kruger-Virus wusste, sondern sich bloß über die Zusammenarbeit zwischen der WHO und einer Paläontologin mit zweifelhaftem Ruf wunderte. Wenn er ihm ein paar Brocken hinwarf, gerade genug, um ihn zufriedenzustellen, ohne dass er allzu große Lust bekäme, tiefer zu graben, blieb ihm vielleicht eine winzige Chance, sich aus der Affäre zu ziehen. Irgendein umständliches oder banales Thema.

»Genau. Madame Meunier hat sich auf unsere Bitte hin in den Park begeben, um ein paar kranke Tiere zu untersuchen. Und ich kann Ihnen versichern, dass sie all ihre Fähigkeiten einsetzt, um uns behilflich zu sein.«

»Wobei kann eine Paläontologin Ihnen denn behilflich sein?«

»Die betreffenden Tiere zeigen Symptome einer Krankheit, die wir seit Langem für ausgerottet hielten. Eine Krankheit, die zu Missbildungen führt. Wir wollten dazu den Rat einer Spezialistin einholen und herausfinden, ob diese Missbildungen vielleicht schon bei irgendwelchen Fossilien aufgetreten sind.«

»Und warum wenden Sie sich an Anna Meunier? Hat es etwas mit ihrer Entdeckung zu tun?«

»Nicolas Barenski hat sie mir empfohlen, Sie werden ja wissen, dass er ihr Vorgesetzter ist«, erwiderte Stephen unschuldig. »Was ihre Entdeckung angeht, über die weiß ich nichts. Außerdem haben Sie es ja selbst betont: Wir haben sie nach Südafrika geholt und damit weit weg von ihrer aktuellen Ausgrabung. Also, ich hoffe, ich konnte Ihre Fragen damit beantworten. Falls diese Routinearbeit Sie weiterhin so sehr interessiert, geben Sie Ihre Kontaktdaten gern meiner Sekretärin. Wir rufen Sie dann zurück.«

Nach kurzem Zögern gab Cassard nach. »Also gut, ich setze mich mit ihr in Verbindung. Erlauben Sie mir eine letzte Frage?«

»Wenn es schnell geht …«

»Könnte diese Krankheit eine Bedrohung darstellen? Und zwar so sehr, dass sie die WHO auf den Plan ruft?«

»Die WHO nimmt alle Krankheiten ernst, selbst solche, die Tiere befallen. Keine Grenze zwischen Spezies ist zu hundert Prozent dicht. Es besteht immer ein Risiko, dass ein tierischer Krankheitserreger eines Tages auf den Menschen überspringt. Um Ihre Frage aber ganz konkret zu beantworten: Ein einziger meiner Mitarbeiter verfolgt diese Geschichte der erkrankten Tiere, der Biologe Lucas Carvalho. Wenn Sie mich jetzt entschuldigen würden, ich werde erwartet.«

3

Yushin Maru 2, Pazifischer Ozean, 12. August

Toshiya öffnete die Tür des schmalen Gangs und hielt sich eine Hand auf den Magen. Ein Krampf schüttelte ihn, und er hatte gerade noch Zeit, sich über die Reling zu beugen, bevor ihm sein Frühstück wieder hochkam. Derart zusammengekrümmt kam es ihm vor, als würde er sich in einem Schwall entleeren. *Scheiß Übelkeit*, dachte er. Warum zum Teufel versteifte sich der Koch darauf, sein widerliches Donburi mit den Fischresten zuzubereiten? Vielleicht weil sie auf einem Walfänger unterwegs waren? Aß ein Metzger denn auch nur die Abfälle, die die Kunden nicht mehr haben wollten?

Nachdem er ein bisschen Galle gespuckt hatte, ging Toshiya Kinosita schimpfend zum Rahsegel zurück. Seine Wache begann in fünf Minuten, und wenn er sich nicht beeilte, würde er sich abermals Hiros Vorwürfe anhören müssen. Sein Mannschaftskamerad achtete wie ein pingeliger Vorarbeiter darauf, dass die Arbeit vollkommen gleichmäßig verteilt war. Toshiya war sich allerdings nicht sicher, ob er bis zum Ende ihres Fischzugs durchhalten würde. Nicht bei diesem verdorbenen Fraß. Die Flotte war erst vor drei Tagen ausgelaufen, und er konnte schon nicht mehr.

Als er sich bückte, um sein Ölzeug anzulegen, bemerkte der Fischer, dass die Übelkeit nicht verschwunden war. Es lag nur an diesem verdammten Smutje. Noch nie hatte er einen schlechteren Koch erlebt, nicht mal in den berüchtigten Spelunken von Nagoya, seines Heimathafens. Er konnte es nicht erwarten, bis die Mannschaft ihre Quote an Walen erlegt hatte und sie wieder auf Kyoto Kurs nahmen. Dann hätte er diesen Drecksfisch hinter sich und könnte wieder Schweinefleisch essen oder, noch besser, ein Steak aus Kobe, das beste Fleisch der Welt. Noch zwei oder im schlimmsten Fall drei Monate …

Er legte seine Schwimmweste an, setzte den vorschriftsmäßigen Helm auf, verließ die Kabine schwankenden Schritts und ging eilig Richtung Bug, der in das blendende Licht dreier Scheinwerfer getaucht war. Das Meer lag an diesem frühen Nachmittag ziemlich ruhig da. Um die Übelkeit loszuwerden, versuchte Toshiya irgendwo eine Küstenlinie zu entdecken, sah aber nichts als das violette Wasser des Pazifiks. Sie konnten nicht mehr weit von Neukaledonien entfernt sein.

Er nahm seine Harpune und betrachtete zerstreut die Wellen auf der Suche nach Fontänen, welche die Präsenz eines Wals anzeigten. Allerdings wusste er auch, dass die richtige Jagd erst später beginnen würde, in den nährstoffreichen Gewässern des antarktischen Ozeans. In dieser eisigen Zone würde die Flotte dann in einer Meute jagen. Ihr Flaggschiff, die *Nisshin Maru*, war ein Monstrum von 130 Metern Länge, auf dem 150 Mann arbeiteten. Es war eine schwimmende Fabrik. An Bord zerschnitten die Männer das Fleisch, das die drei Walfänger der Flotte – die *Yushin Maru 1*, *2* und *3* – ihnen brachten, und froren es danach ein. Letztere jagten vor allem Zwergwale, etwa sieben Meter lange Bartenwale mit spitzer Schnauze. Toshiya war der zweiten *Yushin* zugewiesen worden. Schnell und wendig spürten diese stählernen Haie ihre Beute mit nur neunzehn

Mann an Bord auf, was bedeutete, dass man eine ziemlich gute Entschuldigung brauchte, um sich krankzumelden.

Toshiya drehte sich in der Hoffnung nach hinten um, das Schiff oder sogar die *Sun Laurel* zu sehen, einen Tanker, der sie über die gesamte Jagd hinweg mit Treibstoff versorgte. Ohne diese schwimmende Tankstelle wären sie gezwungen gewesen, immer wieder an Land Nachschub zu holen, und hätten so wertvolle Zeit verloren.

Nichts. Auf dem Meer war nicht das Geringste zu sehen. Der Wind sorgte für ein wenig Seegang, und nur einige Braunalgenteppiche trieben in der Heckwelle des Schiffs. Der Fischer verspürte eine leichte Unruhe. Zu viel Stille war ein schlechtes Zeichen. Jeden Moment konnten die Wale wie durch den Steven angezogen am Rumpf auftauchen und alles in Chaos versetzen.

Ein Geräusch riss ihn aus seinen Grübeleien. Hiro hatte gerade die Brücke verlassen. Endlich war auch er einmal zu spät dran. Er sah auf die Uhr – wenigstens zwei Minuten. Statt sich zu entschuldigen, rief ihm sein Mannschaftskamerad allerdings nur zu: »Halt dich bereit.«

»Beute?«

»Auf dem Radar werden drei kleine Wale angezeigt.«

»Zwergwale?«

»Möglich.«

»Und was machen wir mit ihnen?«

Seit ihrem Aufbruch von der japanischen Küste hatten sie einigen Vorsprung auf das Fabrikschiff herausgefahren. Hiro beruhigte ihn mit einem Zungenschnalzen. »Die anderen sind ungefähr vierzig Meilen hinter uns. Im schlimmsten Fall behalten wir die Beute zwei Tage an Bord. Was ist los?«

Als Toshiya die Schultern zuckte, fragte er freundlicher nach:

»Möchtest du, dass ich den Kapitän bitte, dich zu ersetzen? Du siehst wirklich nicht gut aus, Toshi.«

»Nein, geht schon.«

»Bist du sicher? Sonst kann dich immer noch meine Mutter ablösen …«

Er brach in ein hämisches Lachen aus, das den Harpunier außerordentlich ärgerte. Es fehlte nicht viel, und er hätte sich zu so etwas wie Mitleid hinreißen lassen. Hiro nervte ihn. Seine Besserwisserei und seine Angewohnheit, ihn Toshi zu nennen, als hielte er sich für seinen Chef. Lieber wäre er verreckt, als ihm zu gestehen, dass er sich übergeben hatte. Er suchte nach einer gesalzenen Antwort, als der andere zusammenzuckte und plötzlich warnend den Finger ausstreckte.

»Da!«

Zehn Meter vom Schiff entfernt war die Rückenflosse eines Wals aus dem Ozean aufgetaucht. Der Bartenwal sprang aus dem Wasser und schwebte für einen kurzen Moment in der Luft. Ohne nachzudenken drückte der Fischer auf den Abzug. Ein Schuss ertönte, und die Harpune raste geradewegs auf ihr Ziel zu. Der dumpfe Schlag des Aufpralls bestätigte, dass er getroffen hatte. Als der Wal dann reglos im Wasser trieb, begriff Toshiya Kinosita, dass ihm ein makelloser Schuss geglückt war, beinahe ein Wunder. Die Spitze hatte offenbar das Auge durchbohrt und war direkt ins Gehirn eingedrungen, was den fast unverzüglichen Tod erklärte. Die weiße, mit dunklen Furchen gerillte Haut zeigte an, dass es sich tatsächlich um einen Zwergwal handelte.

»Gut gemacht!«, rief Hiro.

Vor Überraschung zeigte er sich als guter Verlierer.

Der Kapitän, der das Schauspiel offenbar vom Steuer aus beobachtet hatte, stellte den Motor ab, um den Körper zu sichern. Die beiden Harpuniere traten an den zum Ozean hin geneigten Steg. Vier mit Stäben bewaffnete Männer warteten bereits auf sie, um ihnen zur Hand zu gehen. Gemeinsam zogen sie den Bartenwal an den Rumpf und ließen den Kadaver in die vorbereitete Plane gleiten. Hiro sprang schnell wieder auf das Deck, um die Seilwinde in Gang zu setzen. Er hatte niemanden gefragt, sondern maßte sich diese Rolle einfach an, genau wie jene, allen zu allem Ratschläge zu erteilen. Toshiya konnte ihm deshalb noch nicht einmal böse sein. Sein Harpunenschuss hatte ihm gute Laune bereitet. Mit ein wenig Glück würden sie auch die beiden anderen Zwergwale in die Enge treiben und wären somit in einer guten Position, sich eine Prämie zu verdienen. Das war unter den Harpunieren der *Yushin Maru* Tradition.

Der Wal tauchte aus dem Wasser auf, eingeschnürt in seinen Sarkophag aus Segeltuch. Doch das Tau straffte sich, ächzte und begann dann wütend zu zittern. Etwas klemmte. Hiro hielt lieber inne, statt zu riskieren, die Plane zu beschädigen. Ein Tangbündel hatte sich in einem der Taue verheddert und blockierte nun die Seilwinde. Verärgert über diese Widrigkeit schrie er: »Jungs, macht die Sauerei weg!«

Toshiya hatte sich über die Reling gelehnt. Seine Stimme klang wie ein Kläffen. »Verdammt, was ist das?«

In dem grünlichen Algenhaufen war ein regloser Körper zu erkennen. Es sah aus wie ein Tier, hatte aber nichts mit einem Fisch oder sonst einem Meeresbewohner zu tun. Toshiya hielt es wegen des braunen Pelzes und der schmalen Schnauze zunächst für einen toten Wolf. Der Schwanz musste sicher einen Meter lang sein. Dem Fischer wurde erneut übel, und er lehnte sich noch ein bisschen weiter vor, um besser sehen zu können. Keiner der Umstehenden wagte auch nur die Andeutung einer Bewegung.

Schließlich entschied sich der alte Akamaru Tanaka, das Wort zu ergreifen und unterdrückte ein Fluchen: »Kuso! Wie ist dieses Ding nur zwischen die Algen gekommen? Wir sind doch viel zu weit vom Festland entfernt!«

»Es muss wohl von einem Schiff gefallen sein«, vermutete Ichirô mit erstickter Stimme.

Der Junge war noch nicht mal achtzehn und nahm zum ersten Mal an einer Jagd teil. In diesem Moment schien er seine Anwesenheit zu bedauern.

»Was ›es‹?«, fragte einer der Helfer.

»Sicher irgendein Zootier!«, rief Hiro.

An der Kontrolle seiner Seilwinde wartete er darauf, dass sie sich entschieden. *Leicht, einen auf dicke Hose zu machen, wenn du da auf deiner Stange hockst,* dachte Toshiya. Verärgert erwiderte er schroff: »Mitten im Ozean?«

»Es ist vielleicht runtergefallen.«

»Runtergefallen. Du bist vielleicht auf den Kopf gefallen. Komm lieber her und sieh es dir an!«

»Großer Gott, seht nur, es bewegt sich!«, rief Akamaru plötzlich und trat einen Schritt nach hinten.

Er hatte recht. Das Hinterbein des Tieres hatte zu zucken begonnen, und Toshiya spürte, wie ihm der kalte Schweiß ausbrach. Ohne zu überlegen, rammte er seinen Haken in den haarigen Bauch und drückte zu, um die Haut zu durchstoßen, die zäh wie Leder war. Die Kreatur erbebte und öffnete die Augen, sodass erschreckend gelbe Regenbogenhäute zum Vorschein kamen. Sie richtete sich mit einem Ruck auf – war es ein Wolf? Eine Chimäre? –, dann sprang sie mit einem enormen Satz auf den Steg, auf dem zwei Meter weiter oben die Männer standen. Sie knurrte dumpf und fletschte die spitzen Reißzähne.

In dem Moment, in dem sie wieder zum Leben erwacht war,

hatte Toshiya seinen Haken reflexartig wieder zurückgezogen, was ihn wahrscheinlich gerettet hatte. Nun hielt er ihn drohend erhoben, bereit, ihn auf das Monster niedersausen zu lassen; hinter sich nahm er wahr, dass seine Gefährten sich aufs Deck zurückgezogen hatten. Er war wie erstarrt, sein Herz klopfte, als wollte es ihm gleich aus der Brust springen. Er würde sich nicht bewegen, solange dieses Ding noch knurrte. Ein Teil von ihm fragte sich, wie lange er sich mit diesem Haken, den er auf Armeslänge vor sich ausstreckte, zur Wehr setzen könnte. Nicht allzu lange. Seine Übelkeit war verschwunden. Er unterdrückte ein hysterisches Kichern. In diesem Augenblick rief Hiro nach ihm, sodass er den Bootshaken fast hätte fallen lassen.

»Hau ab, das Ding frisst dich sonst noch auf!«

Er schluckte ein »Schnauze« mit zusammengebissenen Zähnen herunter. Abhauen? Wohin denn?

»Verdammt, Toshi, was machst du?«

Ich habe Spaß, sieht man das nicht? Hiro bemerkte nun offenbar, dass er mit Geschrei nichts ausrichten konnte, denn Toshiya hörte Fußgetrappel. Wohin ging er? In den Mannschaftsraum? Was trieb eigentlich der Kapitän? Und die anderen? Der kräftige Kôki? Masaru? Sie hatten ihn alle im Stich gelassen …

Trotz seiner Angst konnte der Harpunier die Augen nicht von der Kreatur abwenden. Je länger er sie betrachtete, desto seltsamer kam sie ihm vor, fast schon übernatürlich. Ihr massiver Schädel hatte keine Ohren, ihr Kiefer war viel zu ausgeprägt, und die Pfoten mit den Schwimmhäuten waren mit Krallen bewehrt, die einen Menschen hätten in Fetzen reißen können. Er dachte an das Kartenspiel seines Neffen zurück, mit dem man unmögliche Tiere zusammenstellen konnte, Vögel mit einem Flusspferdkörper, geflügelte Katzen oder Eidechsendelfine. Der Meereswolf passte in diese Reihe. Ihm fielen seine gut sichtbaren Rippen auf.

Der Hunger hatte ihn ziemlich abmagern lassen. Auf jeden Fall genug, um ihm die Kraft zu geben, alles zu fressen, was seinen Weg kreuzte. Warum also nicht auch ihn, Toshiya?

»Es muss vollkommen ausgehungert sein« stöhnte er laut genug, damit seine Kameraden ihn hören konnten. »Werft ihm irgendwas hin!«

»Verdammt, glaubst du etwa, dass wir mit Taschen voller rohem Fisch herumspazieren?«, rief Hiro von der Reling aus.

»Scheiße, gib dir wenigstens mal Mühe! Was schlägst du vor?«

»Es mit der Harpune zu erlegen. Der Kapitän glaubt, dass …«

»Nein, die Harpune ist keine gute Idee. Seine Haut ist zäh, und wenn du ihn nicht triffst, bin ich tot.«

»Dann lauf! Wir beschäftigen ihn ein bisschen.«

»Soll ich ihm etwa den Rücken zukehren? Lieber verrecke ich! Ich sag dir, das Ding verzieht sich wieder, wenn es sich den Bauch vollgeschlagen hat.«

»Du musst da weg!«

In diesem Moment regneten Gegenstände auf das Tier nieder: Stäbe, Rettungsringe, Blechkanister. Auf Hiros Zeichen hin hatten die Mannschaftsmitglieder, die sich an Deck gerettet hatten, mit allem zu werfen begonnen, was ihnen zwischen die Finger kam. Trotz seines vormals festen Entschlusses dachte Toshiya nicht lange nach und wirbelte mit einem einzigen Gedanken auf dem Steg herum. *Fliehen*. Die Leiter war nur noch einen Schritt entfernt, als er einen scharfen Schmerz durch sein Bein schießen fühlte. Geistesgegenwärtig stieß er mit dem Bootshaken zu, den er noch immer nicht losgelassen hatte, und traf einen Körper. Das Tier stieß ein hohles, bellendes Geräusch aus, irgendwo zwischen Klage und Wutgebrüll, und ein fauliger Schwall Aasgestank stieg dem Harpunier in die Nase. Über ihm schrien die

Männer. Sein Fuß rutschte auf einem Fettfleck weg. Der Rest geschah in einem Sekundenbruchteil. Toshiya ließ sich auf das Deck plumpsen, und das Tier stürzte sich unvermittelt in die schwarzen Fluten des Ozeans.

Die Kameraden traten an den noch immer benommenen Fischer heran und umringten ihn. Akamaru war der Erste, der bemerkte, dass das Hosenbein seines Ölzeugs zerrissen war.

»Bist du verletzt, Toshi?«

Ausnahmsweise nahm Hiro sich zurück. Er hatte sich neben ihn gekauert und wirkte ehrlich besorgt.

»Ich glaube nicht, wenigstens nicht schlimm.«

»Verdammter Hund.«

»Das war kein Hund.«

»Natürlich, was soll es denn sonst gewesen sein? Das Ding muss dir einen Riesenschreck eingejagt haben.«

Toshiya gab sich keine Mühe, eine Erwiderung von sich zu geben. Er zog die Hose runter und untersuchte den Gebissabdruck auf seinem Bein. Zwei gepunktete Linien, über zwanzig Zentimetern lang, zierten seine Wade. Sie waren violett wie ein Knutschfleck und bildeten die zwei Striche eines beinahe perfekten V.

Er richtete sich auf, trat auf, konnte es aber nicht vermeiden, vor Schmerz das Gesicht zu verziehen.

»Warte, ich stütze dich.«

»Geht schon, zieht den Wal raus. Ich komme schon klar.«

»Bist du sicher?«

»Ja.«

Hinkend ging er davon, hatte es eilig, in seine Kabine zu kommen, um die Wunde zu desinfizieren. *Ein Hund würde niemals eine solche Bisswunde hinterlassen*.

Ein Angstschauer lief ihm über den Rücken.

4

Im Kruger-Nationalpark wurde die Allgegenwart des Virus von Tag zu Tag offenkundiger. Das Militär war zu Hilfe gerufen worden, um jedes unerwünschte Eindringen zu unterbinden, Dörfer waren unter dem Vorwand geräumt worden, eine Tuberkuloseepidemie zu bekämpfen, und man hatte kilometerlange Zäune errichtet.

Lucas und Anna verbrachten täglich zwölf Stunden draußen und wurden mit voller Wucht von dem angestauten Stress und der darauf folgenden Erschöpfung getroffen. Auf den fast 20.000 Quadratkilometern, die mithilfe der Parkwacht und mit Unterstützung eines Aufklärungsflugzeugs, das die UNO ihnen zur Verfügung gestellt hatte, überwacht wurden, fanden sie auf mehr als zwei Dritteln der Fläche regredierte Arten. Manchmal waren es zwei oder drei einzelne Exemplare, manchmal aber auch eine ganze Herde. Wenn sie aus dem Koma erwachten, erfreuten sich die Tiere einer tadellosen Gesundheit. Ohne Zäune, die sie aufhielten, bewegten sie sich ungehindert fort und verbreiteten so das Virus.

Carvalho wusste es: Eine Epidemie erlosch von selbst, wenn die Krankheit keine Wirte mehr zur Infektion fand, gleich einem Feuer, das aus Luftmangel erlischt. Das Kruger-Virus hätte nun aber ständig neue Opfer zu befallen. Es sei denn, die Regierungen entschieden sich dazu, die kontaminierten Tiere einzusperren … oder sie zu eliminieren. Und die Felder abzubrennen, Hunderte von Bäumen zu roden, Insekten und Vögel zu vergiften …

Seit er den Park durchpflügte, hatte Carvalho seine übliche Heiterkeit verloren und begann nun, mit dem Schlimmsten zu rechnen. An diesem Tag, als sie gerade am Crocodile River entlanggingen, einem schmalen, langsam fließenden Gewässer, das die südöstliche Grenze des Parks markierte, überkam ihn eine schleichende Panik, gegen die er sich machtlos fühlte. Die Ebene war voll mit Mopanen, jenem Baum mit zitternden Blättern, die Schmetterlingsflügeln ähnlich sehen und in den besonders Elefanten vernarrt sind. Dabei waren sie schon auf mehrere Herden regressiver Tiere gestoßen. Hier und da gaben ihnen unbekannte Pflanzenarten der Landschaft den Eindruck, sich in einer Kulisse für einen Science-Fiction-Film aufzuhalten.

Anna lenkte seine Aufmerksamkeit unvermittelt auf eine Herde Prähistorischer auf einer Lichtung, Antilopen mit drei Paar Hörnern, die ihren Schädel fächerartig bekränzten.

»Hexameryx …«

»Sie kennen sie wirklich alle beim Vornamen?«

Lucas' Frage war witzig gemeint gewesen, verfehlte jedoch ihre Wirkung. Die Müdigkeit ließ ihre Nerven blank liegen. Dany Abiker hielt den Pick-up an und faltete eine großzügig annotierte Karte auseinander. Während Anna die Prähistorischen abzählte und sich dabei bemühte, Männchen und Weibchen zu unterscheiden, zeigte er ihnen, wo genau sie sich befanden. Zwischendurch fotografierte Lucas die Herde mit brennweitengroßer Kamera. Von Weitem wirkten die Antilopen unruhig und drehten die Köpfe mit zitternden Ohren in ihre Richtung.

Eine Viertelstunde genügte. Der Afrikaander fuhr wieder in Richtung der westlichen Schutzzonengrenze. In der kommenden Stunde begegneten sie keiner prähistorischen Art, weder Pflanze noch Tier.

Nachdem sie über mehrere Kilometer einer felsigen Böschung gefolgt waren, bogen sie auf einen Weg ein, der zu einem Hochplateau führte, von dem aus sie die Ebene überblicken konnten: eine Aussicht von über 180 Grad über das Parkgelände. Mit dem Fernglas suchte Anna die Umgebung ab. Carvalho benutzte dazu den Sucher seiner Kamera. Bald entdeckte er eine Herde Dickhäuter am Ufer eines Bachlaufs. Mit Elefantenstoßzähnen – also keine Gomphotherien.

Dany faltete seine Karte auf dem Boden auseinander und stieß dann einen erleichterten Seufzer aus: »Die Zone, in der das Virus gegenwärtig ist, reicht bis hier.«

»Heißt das, dass wir endlich in der Lage sind, sein Verbreitungsgebiet zu bestimmen?«, fragte Anna.

»Ich glaube schon ... Lasst uns mal sehen, was dabei herauskommt.«

Die gepunkteten Linien und die Kreuze zeigten an, dass das Virus von einem halbkreisförmigen Gebiet Besitz ergriffen hatte, einer Art Halbmond.

»Das gefällt mir nicht«, sagte Carvalho und runzelte die Stirn.

»Warum?«

Lucas schnappte sich einen Stock und zeigte damit auf die Grenzen des Nationalparks. Er konzentrierte sich vor allem auf das Gebiet im Süden, wo das Virus anscheinend genau an der Grenze des Parks nicht mehr aufzutreten schien.

»Es gibt keinen Grund, dass das Virus genau an dieser Stelle aufgehalten werden sollte. Es gibt dort keine natürliche Barriere wie eine Bergkette oder eine Wüste. Als wir begonnen haben, ist es uns nicht eingefallen, die Grenze zu überschreiten, weil es dort ja bereits einen Zaun gab. Der war aber deutlich weniger effizient als die Zäune, die wir danach errichtet haben. Im Norden, im Osten und im Westen sind wir kilometerweit gefahren, ohne auf weitere Prähistorische zu stoßen, und logischerweise deckt sich hier der Verlauf der Grenze auch nicht mit der des Parks, sondern entspricht im Großen und Ganzen diesem Halbmond. Ich glaube, wir sollten weiter nach Süden fahren.«

»Sie denken, dass das Virus die Grenze des Parks überschritten hat?«

»Das ist sehr wahrscheinlich. Aber nicht so, wie Sie es sich denken. Ich glaube eher, dass es in den Park eingedrungen, nicht aus ihm hinausgelangt ist.«

Anna wollte sichergehen, dass sie ihn richtig verstand: »Sie glauben, es kam von außen?«

Lucas' Blick verfinsterte sich. »Vielleicht ziehe ich voreilige Schlüsse, aber je länger ich darüber nachdenke, desto weniger verstehe ich, wie unser Elefantenkalb der Ausgangspunkt sein könnte. Wie soll es sich infiziert haben? Das ist unlogisch. Und auch nicht logischer als ein Verbreitungsgebiet, das an den Eingangsschildern des Kruger-Nationalparks haltmacht. Das erste infizierte Tier muss sich demnach außerhalb des Parks befunden haben.«

Er wandte sich an Abiker, der ihnen mit besorgter Miene zuhörte. »Es gibt doch unter den Angestellten Ihres Asyls sicherlich jemanden, dem Sie besonders vertrauen.«

»Natürlich. Einen jungen Mann, den ich ausgebildet habe. Tendaï. Brauchen Sie ihn?«

»Er könnte die Tierarztpraxen südlich des Parks abklappern und in Erfahrung bringen, ob dort irgendwelche Missbildungen an Tieren aufgetreten sind.«

Anna erfasste umgehend die Dimension dieser Hypothese.

»Wenn das tatsächlich der Fall ist, wird unsere Angelegenheit sich beträchtlich verkomplizieren, oder?«

»Das wird es auf jeden Fall sehr schwierig machen, die Epidemie unter Kontrolle zu bringen.«

»Gibt es denn irgendeine Möglichkeit, den wahren Ausgangspunkt zu bestimmen?«

»Wenn wir davon ausgehen, dass das Kruger-Virus sich von einer einzigen Quelle ausgebreitet hat, müsste sein Verbreitungsgebiet wahrscheinlich kreisförmig sein und im Laufe der Zeit einfach nur seinen Radius vergrößert haben. Unser Halbmond würde in diesem Fall nur einen Teil des Gebiets darstellen, in dem das Virus grassiert. Um den Ausgangspunkt zu finden, müssen wir davon ausgehend das Zentrum dieses Kreises finden.«

»Es würde also ausreichen, uns ...«

»In die Nähe der Stadt Malelane zu begeben«, bestätigte Lucas, indem er auf der Karte auf diesen Ort zeigte.

Skeptisch schüttelte Dany den Kopf. »Wie können Sie sich sicher sein, dass das Virus nur eine einzige Quelle hat?«

»Ich schließe das aus der Form des Gebiets, das wir gerade abgesteckt haben. Gäbe es mehr als eine Quelle, hätten wir ein Mosaik von Infektionsherden finden müssen.«

»Und wenn das Virus sich über die Luft verbreitet hat?«

»Das würde die Gegebenheiten natürlich vollständig verändern. Es würde sich nicht mehr konzentrisch ausbreiten. Aber daran glaube ich nicht. Unser Beinahe-Halbkreis legt das nicht nahe. Und betroffene Vögel haben wir bisher auch noch keine gesehen, oder?«

Die anderen nickten.

»Darum bleibt im Moment die glaubwürdigste Hypothese die einer einzelnen Infektionsquelle.«

Anna wurde plötzlich übel. Die Krankheit hatte bereits einen Großteil des Parks befallen, Hunderte von Tieren – verteilt auf neun Arten – waren unter seinen Opfern. Sie fragte sich, wie ihre Weggefährten so ruhig bleiben konnten; wahrscheinlich waren sie zu beschäftigt mit Pläneschmieden, um in Panik zu geraten. *Sie sind Männer der Tat*, dachte sie, *während ich in Endzeitfantasien versinke.*

Die junge Frau verspürte ein Gefühl vollkommener Hilflosigkeit, seit sie einem strengen Kommunikationsverbot unterworfen waren. Kein persönlicher Anruf war erlaubt, und jede SMS – so neutral wie möglich formuliert – wurde von Lucas überprüft. Nun bedauerte sie unendlich, Yann nicht mehr angerufen zu haben, als sie dazu noch die Möglichkeit gehabt hatte, und wäre es nur gewesen, um ihm von der Entdeckung des Fossils zu berichten, ihm zu sagen, dass sie genug hatte und sie sich nun zur Ruhe setzen, ihn wiederfinden wolle ... Im Moment hätte sie alles dafür gegeben, seine Stimme zu hören, selbst wenn er ihr nur Vorwürfe gemacht hätte.

Während sie sich quälte, hatten Lucas und Dany sich in das Studium der Karte vertieft.

»Was liegt in der Gegend von Malelane?«

»Nicht viel Bemerkenswertes. Das ist nur Farmland. Ananasfelder wechseln sich mit Zuckerrohrplantagen ab.«

»Gibt es da keinen Sumpf oder ein Höhlensystem, in dem sich das Virus hätte entwickeln können, ich weiß nicht, vielleicht im Blut einer Fledermaus oder irgendeiner Amphibie?«

»Nicht, dass ich wüsste. Der Boden besteht aus Granit, das heißt, es gibt nur eine minimale Erosion. In der ganzen Gegend werden Sie keine unterirdischen Höhlen finden.«

Der Biologe versuchte vergeblich, ein Gelände ausfindig zu machen, in dem sich irgendeine Tierkolonie hätte bilden können.

Doch Abiker hatte recht, sie mussten nach etwas anderem Ausschau halten.

»Wir sollten uns jedenfalls mal vor Ort begeben. Wie lange brauchen wir bis dorthin?«

»Gut drei Stunden.«

»Das ist für heute zu spät. Und von der Pension aus?«

»Ungefähr zwei Stunden.«

»Okay. Benachrichtigen Sie Tendaï, damit er sich so schnell wie möglich auf den Weg macht. Das Beste wäre, wenn wir für ihn eine Wohnung in der Stadt finden könnten, damit er gleich heute Abend mit den Nachforschungen beginnen kann. Und wir brechen dann morgen in aller Frühe auf.«

5

Die Stadt Malelane war nur noch etwa zehn Kilometer entfernt. Entlang der Straße verbargen Reihen von Eukalyptusbäumen zum Teil die dahinterliegenden Siedlungen. Anna hörte ein Brummen über ihren Köpfen. Als sie den Blick hob, entdeckte sie ein zweimotoriges Flugzeug, das in geringer Höhe über sie hinwegflog. Die Maschine verspritzte einen Regen aus Chemikalien. Es hatte nicht lange gedauert, bis die Anweisungen der FAO befolgt worden waren. Kaum drei Tage. Statt sie zu beruhigen, erschien ihr diese Eile ganz im Gegenteil unheilvoll.

Dany hielt an, um einen Anruf entgegenzunehmen. Es war Tendaï, sein Angestellter, der ihm die Ergebnisse seiner Recherchen mitteilte. Vor zwei Monaten hatte ein Restaurantbesitzer zwischen seinen Mülltonnen einen im Sterben liegenden großen Hund entdeckt, eine Art Kampfhund. Er war von nässenden Wunden übersät gewesen. Da er befürchtete, dass er die Tollwut haben könnte, hatte der Typ Jim Olson angerufen, einen Tierarzt. Nachdem er den Zustand des Tieres als hoffnungslos eingestuft hatte, war ihm nichts anderes übrig geblieben, als den Hund auf der Stelle einzuschläfern.

Als er diese Neuigkeit erfuhr, reckte Lucas triumphierend die Faust in die Luft. »Krass, wir haben ihn!«

»Den Ausgangspunkt?« Anna musste über seine Begeisterung lächeln.

»Jedenfalls nähern wir uns ihm. Und wir haben den Beweis

dafür, dass das Virus südlich des Parks tatsächlich auftritt, wie ich es vermutet habe. Dany, fragen Sie ihn, ob uns der Tierarzt heute Morgen empfangen kann. Wir müssen ihn so schnell wie möglich befragen.«

Der Afrikaander gab Carvalhos Frage weiter und hörte sich dann eine ganze Weile Tendaïs Erklärungen an. Als er auflegte, nicht ohne den jungen Mann vorher wegen seiner ausgezeichneten Arbeit gelobt zu haben, erhellte ein strahlendes Lächeln sein Gesicht, das sowohl von der Sonne als auch von den Sorgen der vergangenen Tage gezeichnet war.

»Wir müssen den Tierarzt nicht besuchen. Der Hund war gechippt. Wir kennen also den Namen seines Halters: Petrus-Jacobus Willems, ein Wachmann. Und stellen Sie sich vor, er ist ein Patient von Jim Olson! Der Tierarzt war erstaunt, als er erfuhr, dass der Kampfhund ihm gehörte. Seines Wissens hatte er nur ein Tier: einen Boerboel, mit dem Willems immer seine Runden dreht. An dem eingeschläferten Tier gab es nichts weiter Bemerkenswertes, er behauptet, es war eine richtige Bestie. Olson hat nach dieser eiligen Einschläferung vergeblich versucht, Willems zu erreichen und ihm schließlich eine Nachricht hinterlassen. Doch er hat ihn nie zurückgerufen.«

»Wahnsinn, Ihr Junge hat echt ins Schwarze getroffen.«

Abiker lächelte weiter wie jemand, der jeden Augenblick eine Taube aus seinem Hut hervorzaubert. »Das Beste habe ich Ihnen noch gar nicht erzählt. Dieser Willems arbeitet ganz in der Nähe des Crocodile River, in unmittelbarer Nähe des Kruger-Nationalparks.«

»Wohnt er weit weg von hier?«

»Ziemlich, ja, das ist das Eigenartigste, er wohnt in Richards Bay, einer Hafenstadt hundert Kilometer von hier entfernt. Daher hat er einen ziemlich weiten Anfahrtsweg zur Arbeit. Ich glaube, wir sollten ihm einen Besuch abstatten. Tendaï hat auch versucht, ihn anzurufen, aber es geht keiner ran.«

Carvalho richtete gedankenverloren seinen Stetson; er ärgerte sich darüber, gleich wieder loszumüssen, obwohl sie gerade erst in Malelane angekommen waren.

»Wir suchen ein Tier, keinen Menschen. Wäre es nicht besser, wenn wir zu klären versuchen, ob der Hund in Kontakt mit der Art gewesen sein könnte, die Träger des Virus ist, oder mit anderen infizierten Tieren?«

Anna schüttelte nachdenklich den Kopf. »Da bin ich anderer Meinung. Dieser Willems kann uns vielleicht wertvolle Informationen liefern, bevor wir die Stadt auf gut Glück durchkämmen.«

»Und wenn er nicht da ist?«

»Dann hinterlassen wir ihm eine Nachricht. Was haben wir schon zu befürchten?«

»Nichts außer einem eingeschlafenen Bein. Und wir könnten unsere Zeit verschwenden.«

Dany mischte sich vermittelnd ein. »Also machen wir es doch einfach so: Zuerst fahren wir zu seiner Arbeitsstätte, das ist ungefähr vierzig Kilometer von hier. Dank Tendaïs Informationen weiß ich ungefähr, wo das Gebäude liegen muss. Wenn wir da nichts finden, haben wir immer noch Zeit genug, um zu ihm nach Hause zu fahren.«

»Okay. Mit ein bisschen Glück erspart uns das vielleicht die Fahrt.«

Sie ließen ein Wohngebiet von Malelane hinter sich, in dem sich opulente Villen mit Schwimmbad aneinanderreihten, und fuhren dann ungefähr dreißig Kilometer auf der einzigen Straße, die von hier zum Kruger-Nationalpark führte. Bei der ersten

Abzweigung nach rechts bogen sie auf einen Feldweg ab. Ein altes Schild war krakelig oder eilig mit dem Wort »River« beschrieben worden. Niemand im Pick-up sprach ein Wort. Endlich stießen sie hinter einer Biegung auf den Crocodile River.

»Jetzt können wir nicht mehr weit weg sein.«

Durch das Fenster sah Anna zwei Huftiere – Wasserböcke –, die ihre Hörner auf einer kleinen Insel spazieren trugen. Offensichtlich war hier alles normal. Über die Karte gebeugt, knurrte Carvalho, dass sie sich trotz der zurückgelegten Distanz noch immer im Bereich des Nullpunktes befanden.

»Zum Teufel, wo ist es nur?«

Abiker begann die Geduld zu verlieren. Zweimal drehte er um, hielt Ausschau nach einer Abzweigung, die er eventuell verpasst haben konnte, und bemerkte schließlich einen Weg, der durch üppige Vegetation getarnt war.

»Kein Schild, das die Richtung anzeigt«, bemerkte Anna. »Sind Sie sicher, dass wir hier richtig sind?«

»Wir haben nichts zu verlieren, wenn wir nachsehen. Vielleicht treffen wir einen Farmer, der uns weiterhelfen kann.«

Der Feldweg war gut in Schuss. Sehr rasch wurde er zu einer geteerten Straße, die hier ebenso fehl am Platz zu sein schien wie ein Viadukt mitten im Dschungel. Nach ungefähr fünfhundert Metern endete der Weg vor einem imposanten schwarzen Tor. Zu beiden Seiten umgab ein mit Stacheldraht gekrönter Zaun ein Gebäude mit einem Parkplatz. Seltsamerweise schien sich niemand hier aufzuhalten, jedenfalls gab es kein geparktes Auto. Das Gebäude war von einem makellosen Weiß und wirkte wie ein uneinnehmbarer Quader.

»Glauben Sie, dass wir hier richtig sind?«, flüsterte Anna.

»Jedenfalls kann man sich hier doch gut einen patrouillierenden Wachmann vorstellen.«

»Das ist komisch«, gab Lucas zu bedenken, »es gibt hier keinen Namen irgendeiner Firma oder wenigstens ein Logo.«

Er stieg aus und suchte nach einer Gegensprechanlage. Nichts. Das Tor schien ihm eine Abfuhr zu erteilen. Die Atmosphäre hatte etwas Versteinertes, alles wirkte verlassen, und das lag nicht an dem leeren Parkplatz.

Ein weiteres Detail störte ihn. Die in die Mauern des Gebäudes eingelassenen Turbinen einer Klimaanlage standen still.

Im Wagen rutschte Dany unbehaglich hin und her. »Was machen wir jetzt? Hier gibt es keine Menschenseele. Wenn wir jetzt losfahren, sind wir am späten Nachmittag bei Willems' Wohnung.«

Lucas musterte den Stacheldraht mit besorgter Miene. »Haben Sie vielleicht einen Bolzenschneider im Auto?«

»Sie wollen da rein? Ermuntert man sie bei der WHO etwa zu solchen Aktionen?«

»Mit diesem Ort stimmt irgendwas nicht, ich sehe mir das mal näher an. Und es kommt nicht infrage, wegen eines Zauns aufzugeben, nicht, solange sich dieses Virus in freier Natur herumtreibt. Was riskiere ich schon schlimmstenfalls? Eine Nacht in einer Zelle?«

Dany zögerte kurz, dann entschied er sich, seinen Kofferraum zu öffnen. Für die Pflege seiner Gehege hatte er immer auch einen Bolzenschneider bei sich. Innerhalb weniger Minuten gelang es Carvalho, ein Schlupfloch im Zaun zu fabrizieren, das groß genug war, und schlängelte sich dann gewandt hindurch. Seinen unvermeidlichen Stetson hatte er abgelegt, und wenn man ihn so entschlossen sah, hätte man fast seine übliche Jovialität vergessen können.

»Wartet hier. Wenn ich geschnappt werde, müsst ihr einfach nur weiter …«

In Wahrheit hatte Lucas ziemliches Muffensausen. Als er sich dem Kasten näherte, ging er noch einmal die Informationen durch, über die er verfügte. Willems arbeitete für eine Firma, die ihren Sitz im Epizentrum der Epidemie hatte; sein Hund war gestorben und vor ungefähr zwei Monaten mit Wunden übersät aufgefunden worden. Das Kruger-Virus? Da er eingeschläfert und dann kremiert worden war, war das unmöglich festzustellen, aber die Wunden konnten denen entsprochen haben, die bei dem Elefantenkalb beobachtet worden waren. Und das würde auch die Frage nach einem zweiten Hund beantworten: Der im Sterben liegende Koloss, den Olson eingeschläfert hatte, wäre dann ganz einfach nur die prähistorische Version seines Boerboel gewesen. Ärgerlich war, dass der Wachmann vom Radar verschwunden zu sein schien, denn nur er kannte die Antworten auf dieses Rätsel.

War Willems vielleicht auch in Kontakt mit dem Virus gekommen? War vielleicht sein Hund der »Nullpunkt« des Ganzen?

Er geht nicht mehr ans Telefon.

Nachdem Lucas vor dem Gebäude angekommen war, versuchte er erfolglos, die Tür zu öffnen. Sie war gepanzert, verriegelt und mit einem Code gesichert. Er entschied sich daher, an der westlichen Fassade entlangzugehen, und stieß schließlich auf ein Fenster. Glücklicherweise war es, anders als alle anderen, nicht aus Milchglas. Die Architekten hatten wohl geglaubt, dass diese Vorsichtsmaßnahme hier nicht nötig wäre, da man von diesem Fenster aus ohnehin nur auf die umgebende Mauer blickte, die das Niemandsland hinter dem Gebäude abschloss.

Der Raum dahinter diente offenbar als Lager. Auf zahlreichen Regalen lag stapelweise Büromaterial: USB-Sticks, Kulis … Doch auf keinen der Gegenstände war irgendein Firmenname gedruckt. Zwei Details ließen ihn stutzen – eine Jacke, die auf dem Boden liegen gelassen worden war, sowie ein iPhone auf einem Schreibtisch. Es sah so aus, als wäre dieser Ort überstürzt evakuiert worden.

Als er wieder vor dem kastenartigen Gebäude stand, entschied Lucas, einen letzten Versuch zu unternehmen und zerrte eine riesige Mülltonne vor den Eingang. Indem er daraufkletterte, erreichte er ein halbmondförmiges Oberlicht. Im Inneren öffnete sich das Treppenhaus auf das obere Stockwerk, und er konnte dort einen verglasten Raum, dessen Tür weit offen stand, einen Labortisch aus Edelstahl und einen Schlauch erkennen, der von der Decke herabhing. Der Schlauch war mit einem weißen Schutzanzug verbunden, der verlassen dalag, halb baumelnd. Es war die Art luftdichter Anzug, wie man sie in … Seine Kehle schnürte sich zusammen. In wenigen Sekunden verarbeitete sein Hirn die Informationen: Stacheldraht, Zaun, verriegelt mit einem Code. So gut wie uneinsehbares Gebäude und Gelände. Luftdicht abgeschlossen. Schutzanzug und Atemgerät.

Es bestand kein Zweifel, so etwas hatte er schon einmal gesehen. Das Gebäude beherbergte ein biologisches Labor der Schutzstufe vier, der höchsten Stufe auf der Risikoskala. Sie waren dazu ausgerüstet, mit Krankheitserregern von extremer Gefährlichkeit zu hantieren.

Auf der ganzen Welt gab es nur ungefähr dreißig BSL-4-Labore – das stand für Bio Safety Level 4. Alle waren sie Teil irgendwelcher staatlicher Organisationen. Ein solches Labor verfügte über gepanzerte Räume, Luftfilter und über Autoklaven, um die verwendeten Materialien zu sterilisieren. Die Biologen trugen diese Art von Schutzanzügen und unterwarfen sich aufwendigen und komplexen Prozeduren. Wer hatte also solch eine Einrichtung finanzieren können? Jedenfalls nicht die Regierung, ansonsten gäbe es hier irgendein offizielles Emblem. Offenbar existierten private Geldgeber, aber wer war das? Außerhalb der Pharmaindustrie hatte kein Unternehmen Millionen von Dollar für eine derartige Ausrüstung übrig. Und selbst eine Pharmafirma, dachte Lucas, würde sich die Kosten mit einem Forschungsinstitut teilen.

Er war so tief in Gedanken versunken, dass das Geschrei, das plötzlich die Stille durchschnitt, ihn nach hinten kippen ließ. Er schlug hart auf dem Boden auf und blieb dort ein paar Sekunden lang benommen liegen.

»Lucas, geht es Ihnen gut?«

Anna beugte sich bereits zu dem Schlupfloch herab, um ihm Hilfe zu leisten.

»Geht schon. Nur eine Beule. Kommen Sie bloß nicht rein!«

Er rieb sich über den Hinterkopf. Seine Hand war blutrot.

In diesem Augenblick fühlte er sich beobachtet und hob den Kopf. Vor Schreck blieb ihm das Herz kurz stehen.

Schwarze Pupillen fixierten ihn durch die Luke hindurch.

Die Augen eines Affen.

Dany hatte nach dem anstrengenden Ausflug zu dem Geheimlabor nichts hören wollen. Sie brauchten alle eine Pause, der Besuch bei Willems musste bis zum nächsten Tag warten.

Lucas Carvalho war jedoch nicht so ruhig. Die Frage, die ihn umtrieb, seit er sich dem Gebäude genähert hatte, begann schmerzhaft an ihm zu nagen: Wenn sich der Hund des Wachmanns infiziert hatte, wie hatte sein Herrchen darauf reagiert? Lag es im Bereich des Möglichen, dass auch er sich angesteckt hatte?

Verpflastert, geduscht und von einem doppelten Whisky getröstet gelang es ihm, seine düsteren Gedanken beiseitezuschieben. Er musste noch eine Nachricht an Gordon schreiben, dann, schwor er sich, würde er nicht mehr daran denken. Sie verbrachten den Abend mit Gesprächen über alles Mögliche, nur nicht über dieses verdammte Virus.

Annas Gesicht erschien vor seinem inneren Auge, als er den letzten Schluck Alkohol trank. Er schüttelte den Kopf, verärgert darüber, dass ihn Verwirrung überkam. Diese Frau war wirklich verdammt hübsch. Zu hübsch? Das Offensichtliche traf ihn beinahe schmerzlich. Es war nicht primär ihre Schönheit, die ihn aus der Bahn warf, sondern vielmehr der Zauber, den sie verströmte, ihre Art, stur und sensibel, staunend und hartnäckig, fröhlich und ernst …

Er stöhnte, um sein Gedankenkarussell anzuhalten. Es war dämlich, er liebte seine Frau, es kam nicht infrage, seine Ehe aufs Spiel zu setzen für … ja, für was? Ein Hirngespinst? Die Müdigkeit und die Furcht vor einer monströsen Pandemie machten ihn der Begierde gegenüber weniger widerstandsfähig als üblich, aber war es wirklich nur das? Es war nicht das erste Mal, dass er einer schönen Frau über den Weg lief, er war häufig auf Reisen, manchmal sogar über Wochen, und doch hatte er noch nie etwas Derartiges gefühlt.

Er schüttelte sich, stand auf und trat ans Fenster. Am Himmel leuchtete riesengroß der Vollmond. Er atmete den berauschenden Duft eines Busches weißer Gladiolen in voller Blüte ein, ließ sich dazu hinreißen, die Augen zu schließen, doch das machte es nur noch schlimmer. Er bemerkte, dass sein Mund halb offen stand, und er seufzte frustriert. Wenn er doch nur mit Manuela hätte sprechen können. Die Nachrichtensperre ließ die Distanz nur noch anwachsen. Er musste hören, wie die Jungs sich stritten oder ihm absurde Fragen stellten, dann musste er seine Frau über alles und nichts reden hören, ihr sagen, dass er sie vermisste, dass er sich nach ihr sehnte …

Der Afrikaander hatte recht, sie mussten ein paar Stunden lang den Fuß vom Gas nehmen, sonst würden sie am Ende noch durchdrehen. Er ging vom Fenster weg, setzte sich an den Schreibtisch und dachte einen Moment lang nach.

Dann flogen seine Finger über die Tastatur.

An: Stephen Gordon

Verstecktes BSL-4-Labor in der Nähe des Kruger-Nationalparks.

Auf den ersten Blick völlig verlassen … bis auf einen Affen.

Ruf mich so schnell wie möglich an.

Als er das Wohnzimmer betrat, wäre er fast gegen Dany gestoßen. »Es tut mir leid, dass ich euch alleinlassen muss. Mary besteht darauf, dass ich sie zu einer kleinen Feier im Freundeskreis begleite, die ich vollkommen vergessen hatte, und da diese jetzt schon seit einem Monat geplant ist … Das kann ich ihr einfach nicht antun.«

»Willst du, dass …« Lucas hielt inne, ohne genau zu wissen, was er vorschlagen wollte. Er konnte schließlich schlecht zugeben, dass ein Abendessen allein mit Anna das Letzte war, was er sich gerade wünschte. »Hab einen schönen Abend.«

»Ich muss dir gestehen, dass ich lieber hiergeblieben wäre. Aber versprochen ist versprochen. Unsere Freundin ist schon beim Aperitif.«

Er zwinkerte ihm zu, und für eine kleine Sekunde glaubte der Biologe, dass er Bescheid wüsste.

Anna empfing ihn mit einem breiten, erschöpften Lächeln und prostete ihm zu.

»Wein? Sagen Sie mir nicht, dass Sie lieber Bier trinken, nicht heute Abend …«

»Warum? Ist das zu amerikanisch?«

Sie stieß ein kehliges Lachen aus, das ihm in den Eingeweiden dröhnte. Mit gespielter Lässigkeit sagte er: »Na, dann zeigen Sie mal Ihren Rotwein her.«

»Er ist ebenso herb wie dieses Land, Sie werden ihn lieben.«

Sie hielt ihm ein volles Glas hin. Er konzentrierte sich auf die rubinrote Farbe, um ihr nicht in die Augen sehen zu müssen, und nippte an dem Gebräu, das ebenso gut strukturiert war, wie sie es versprochen hatte.

»Nicht schlecht.«

Statt einer Antwort begnügte sie sich mit einem Seufzer.

»Müde?«

»Ausgelaugt. Ich … Lassen Sie uns morgen darüber reden, einverstanden?«

»Genau das hatte ich gehofft. Nichts mehr über das Vir … Nichts.«

»Nur heute Abend.«

Sie lächelte matt, und er konnte nicht umhin festzustellen, wie sexy die Erschöpfung sie erscheinen ließ. Er suchte nach einem Gesprächsthema, das nichts mit Begierde zu tun hatte, stammelte ein »Prost«, und sie stießen an. Erneut seufzte sie und deutete durch das Moskitonetz auf den Garten.

»Ich hätte dieses Land gern unter anderen Umständen kennengelernt … Mist, wir haben doch gesagt, nichts über das Virus. Lassen Sie uns lieber über unsere Pläne sprechen. Was haben Sie vor, wenn das hier … vorüber ist?«

»Ich glaube, ich mache dann einen Monat Urlaub in einer Megalopolis.«

»Wirklich?«

»Nein. Aber ich muss zugeben, dass mir die Zivilisation schon ein bisschen fehlt. Meine Frau in die Oper begleiten, ins Kino gehen, durch die Straßen flanieren, banale Dinge, wissen Sie?«

»Sehr gut.«

»Und Sie?«

»Ich …« Nachdenklich presste sie sich das Glas gegen die Schläfe, als wollte sie sich abkühlen. »Ich weiß nicht genau … Schlafen?«

»Kommen Sie, Sie wollen mir doch nicht erzählen, dass das Ihre Idealvorstellung von einem Urlaub ist.«

»Nein, natürlich nicht. Aber ideal oder nicht, jedenfalls warten Ferien auf mich. Dabei gibt es im Museum so viel zu tun …«

»Anna, Sie sind keine Superheldin, hat man Ihnen das noch nie gesagt?«

»Doch, aber weniger freundlich.«

Ihr Blick wurde unscharf, und verblüfft stellte er fest, dass sie am Rande der Tränen war. Ohne nachzudenken stellte er sein Glas ab und nahm sie in die Arme.

»Es tut mir leid … Ich wollte nicht … Ich will nicht …«

Statt zurückzuweichen oder sich abzuwenden, hob sie den Kopf und betrachtete ihn mit bebenden Lippen. Ihr Geruch drang zu ihm, betörend, eine Mischung aus Mandeln und warmer Haut, die ihn vollkommen aus der Fassung brachte. Die Ungeduld verursachte ihm beinahe Übelkeit, und da wusste er, dass sie Bescheid wusste, dass sie es spürte, an ihn gedrückt, hart genug, um sie in zwei Teile zu spalten, sie wusste es schon, seit er hereingekommen war, vielleicht sogar schon vorher, weil der Hunger, den er nach ihr verspürte, zwischen ihnen in der Luft hing. Anna fühlte ihn zwangsläufig auch, unbändig, und seine Schuldgefühle verschwanden in dem Augenblick, in dem sich ihre Lippen berührten.

Es war ein intensiver Kuss, fiebertrunken, voller Lust, Erschöpfung und von einer verrückten Leichtigkeit, ein Kuss zwischen zwei erfahrenen Liebenden, denn Lucas' versteckte Begierde und die flüchtigere von Anna setzten sie unter Spannung.

Sie sprachen nicht, doch ihre tastenden Hände öffneten Knöpfe und Reißverschlüsse, sie drehten sich, schwankten in der Hitze ihrer Nacktheit und ihrer gegenseitigen Liebkosungen. Schließlich sanken sie auf die gewobene Matte am Fuß des Bücherregals, und Anna fragte sich für die Dauer eines Augenblicks, ob irgendwer hereinkommen und sie überraschen könnte, doch Lucas' Mund wanderte bereits über ihren Bauch, und sie stellte das Denken ein, wölbte den Körper, damit er schneller zu ihr kam. In dieser schweißnassen Sekunde hätte sie alles geopfert, alles gegeben, um das Feuer zu löschen, das sie auffraß. Ein Stöhnen entfuhr ihr, und sie öffnete die Augen, um besser zu sehen, wie er in sie eindrang, seine lebkuchenfarbenen Schultern, sein muskulöser Bauch, *so anders*, dachte sie, seine vollen Lippen, er war schön, wie er sich über ihr vor- und zurückbewegte, das Gesicht von der Anstrengung angespannt, und ohne dass sie wusste, warum, fing sie, als die Welle des Vergnügens sie mitzureißen drohte, an zu weinen, dann zu schreien, überwältigt von purer Freude.

Als sie schließlich wiederauftauchte, wie nach einem Atemstillstand, wusste Anna, dass sie nie mehr dieselbe sein würde. Sie hatte ihre Liebe so einfach betrogen, wie man kentert, und das Bild eines Hüpfspiels kam ihr in den Sinn, die Kästchen zwischen Himmel und Erde, sie war gekippt, was auch immer nun passieren würde, es wäre immer da, in ihr, selbst wenn sie das Geheimnis bewahrte – niemals durfte Yann davon erfahren, niemals! –, also drehte sie sich zu Lucas um und flüsterte ihm ganz leise zu: »Heute Abend war das einzige Mal, das wissen Sie, oder?«

Er nickte, ohne ihr zu antworten, dann wandte er sich ihr ebenfalls zu, so ernst, dass es Anna erschütterte. Er nahm ihr Gesicht zwischen seine Hände, sie rochen nach ihnen beiden, und presste seine Lippen auf ihre.

Unfähig, seinen Blick zu ertragen, schloss sie die Augen und spürte, wie er sie losließ und leise aufstand.

Sie wartete, bis sie die Tür klacken hörte, und schlug dann die Augen wieder auf.

Das einzige Mal.

Der Walfänger *Yushin Maru 2* verfolgte weiter seine Route in Richtung des antarktischen Kontinents.

Am Vortag hatte Ichirô sich entschlossen, das Video im Internet hochzuladen, das er von der Reling aus aufgenommen hatte, als sich Toshiya Kinosita und die Bestie aus den Tiefen des Ozeans gegenüberstanden. Der junge Seemann und Fischer hatte ein wenig gezögert, bevor er es geteilt hatte, doch die Neugier gewann die Oberhand über den Schrecken. Er zählte auf die Netzgemeinde, um das Rätsel um diese Kreatur zu lösen.

Als Titel hatte er geschrieben: »Kampf auf Leben und Tod zwischen einem Meerwolf und einem mutigen Harpunier!«

Unter dem Video hatte er dann präzisiert: »Das Tier hat sich vor der Küste Neukaledoniens in einem unserer Netze verfangen. Auf dem Walfänger fragen wir uns alle, um was für ein Tier es sich handelt. Falls irgendwer eine Idee hat …«

POSTS:

Meiner Meinung nach ist das ein neuseeländischer Bigfoot ;)
Murmeltier19, vor einem Tag.

Ich bin mal mit meinen Eltern im Urlaub in Neuseeland gewesen. Tolles Land!
Misspink, vor 11 Stunden.

Aufwachen, Murmeltier! Das ist nicht in Neuseeland, sondern vor Neukaledonien! Nett, dass du uns von deinem Urlaub erzählst, Misspink, und total passend.
Darkforce, vor 10 Stunden.

Ich würde sagen, eine Kreuzung zwischen Wolf und Hund.
Koalamaster, vor 10 Stunden.

Kannst du nicht Wolfshund sagen, wie alle anderen, das wäre einfacher :)
Und was sollte der wohl auf einem Walfänger machen, dein Fifi?
Darkforce: Du musst hier nicht den Dark Vader spielen, jeder kann sich mal irren (und Neukaledonien ist auch echt nett!).
Misspink, vor 9 Stunden.

Ihr seid alle auf dem Holzweg.
Das ist ein Pakicetus, ein Vorfahr der heutigen Wale.
Savetheplanet, vor 8 Stunden.

Vielleicht der Vorfahr des Fellwals? LOL
Misspink, vor 8 Stunden.

Lass gut sein, Misspink. Noch so ein Typ, der uns weismachen will, dass man die Wahrheit vor uns geheim hält und Elvis gar nicht tot ist, blablabla …
Koalamaster, vor 5 Stunden.

Besucht doch mal ein Naturkundemuseum, ihr Schnarchnasen, dann reden wir weiter: Die Wale stammen von einem Landsäugetier ab, das vor 50 Millionen Jahren gelebt hat. Und dieser kleine Kerl ist ein Pakicetus!
Savetheplanet, vor 4 Stunden.

Vielleicht hast du ja recht, Savetheplanet, aber wie soll dein Pakidingsbums denn noch am Leben sein?
Misspink, vor 4 Stunden.

Keine Ahnung. Ich weiß nur, dass das Tier in dem Video degeneriert ist. Es kratzt den Matrosen ja nur. Ich persönlich hätte ihn mit Haut und Haaren aufgefressen, bei all den Massakern, die der Mensch überall anrichtet!
Savetheplanet, vor 3 Stunden.

He, habt ihr gesehen? Es gibt noch so einen Vorfall im Hafen von Busan, in Südkorea.
Gebt mal »Busan« und »komischer Wolf« in eine Suchmaschine ein.
Misspink, vor 2 Stunden.

Im Hafen von Richards Bay in Südafrika auch.
Savetheplanet, vor 1 Stunde.

Krasser Scheiß!
Misspink, vor 30 Minuten.

Krasser Scheiß oder die Neuigkeit des Jahrhunderts ;) Also, ihr kleinen Wölfe, was sagt ihr voraus? Die Rache des Weißen Hais?
Koalamaster, vor 20 Minuten.

III

Ansteckung

1

Stephen Gordon trat an den großen Glastisch, der mit Akten übersät war und den Margaret, die Leiterin der WHO, als Schreibmöbel benutzte. Da sie gerade in ihre Lektüre vertieft war, sah sie kaum auf.

»Was kann ich für dich tun, Stephen?«

»Hast du meine Nachricht gelesen?«

»Ja, selbstverständlich. Glaubst du, dass dieser Willems sich vielleicht angesteckt hat?«

»Theoretisch ist das unmöglich.«

»Aber du bist dir nicht sicher, wenn ich zwischen den Zeilen richtig lese. Und Carvalho auch nicht.«

»Solange wir ihn nicht ausfindig gemacht haben, nein.«

Unvermittelt hob Margaret den Kopf. »Hattet ihr denn seine Adresse nicht?«

»Das ist tatsächlich das, was Carvalho mir gestern Abend am Telefon erzählt hat, aber ich habe lieber gleich eine Überprüfung angestoßen, und die Nachforschungen meines Teams waren nicht ergebnislos: Er ist umgezogen, ohne seine neue Adresse zu hinterlassen.«

»Also habt ihr seine Spur verloren?«

»Nicht vollständig. Seine ehemalige Vermieterin ist überzeugt davon, dass er ein Haus in der Nähe des Hafens gefunden hat. Sie mochte ihn nicht besonders. Ihr zufolge war er unfreundlich, hinterhältig und stank. Nach seinem Auszug musste sie die ganze Wohnung renovieren, so sehr hing darin der Geruch nach wildem Tier.«

»Glaubst du, er hatte noch andere Tiere außer seinem Hund?«

»Zweifellos.«

Margaret Christie sah ihrem Mitarbeiter tief in die Augen. Einmal mehr fiel ihm auf, wie müde sie wirkte. Schlimmer noch. Beunruhigt.

»Stell dir mal vor, wenn dieser Kerl im Besitz unseres ›Patienten Null‹ ist und frei mit anderen Tieren in einer Hafenstadt herumspaziert. Genauso gut könnte man Umschläge mit Milzbranderregern in die ganze Welt verschicken.«

»Vielleicht lebt er genau deshalb da.«

»Ich weiß nicht, ob ich dir folgen kann.«

»Richards Bay und Malelane liegen hundert Kilometer voneinander entfernt, das heißt, er kann unmöglich jeden Abend heimfahren. Außerdem gibt es in diesem Hafen nichts Ansprechendes, außer man hat eine Vorliebe für Industriebrachen und Containerschiffe. Also handelt er. Womit? Wie? Das wissen wir noch nicht, aber wir haben eine Spur, und ich habe meine gesamte Mannschaft darauf angesetzt. Dann gibt es da noch den Ausgangspunkt der Ansteckung.«

»Das Labor?«

»Genau. Ein BSL-4-Labor versteckt mitten im Nirgendwo und der WHO vollkommen unbekannt.«

Margaret wirbelte herum. »Du glaubst, das Virus ist aus diesem Gebäude entkommen? Dass ein Wirtschaftsunternehmen das Kruger-Virus künstlich hergestellt hat?«

»Das ist eine glaubwürdige Theorie, aber …«

»Was?«, hakte Margaret ungeduldig nach.

»Wenn das Kruger-Virus ein Frankenstein-Virus direkt aus dem Reagenzglas ist, wie kann es dann schon vor zehn Millionen Jahren seine Spuren hinterlassen haben? Das kriege ich nicht ganz zusammen.«

»Okay. Das dauert mir alles zu lange. Heute noch wende ich mich an das südafrikanische Gesundheitsministerium und versuche ein bisschen mehr herauszufinden.«

»Wir haben Glück«, rief Gabriella und schwenkte ein Fax, als ihr Chef den Raum betrat. »Willems ist bei den südafrikanischen Bullen aktenkundig!«

»Unsere Italienerin dreht durch. Bald redet sie noch wie irgend so ein Vorstadtgangster«, neckte sie Znaniecki.

»Mein kleiner Tomas, wenn du doch nur endlich lernen würdest, dir die Rotznase abzuwischen, bevor du meine Methoden kritisierst.«

Stephen unterbrach sie, denn er wollte so schnell wie möglich etwas Konkretes erfahren, mit dem er arbeiten konnte. »Was wird ihm denn vorgeworfen?«

»Er hat in einem Lager geklaut, in dem er als Nachtwächter angestellt war. Landwirtschaftliches Material, das er dann im Internet weiterverkauft hat.«

»Hat man ihn nicht verurteilt?«

»Er hat einen Deal ausgehandelt und das Netzwerk auffliegen lassen, das den Betrug eingefädelt hat, dann ist er zu einer Art Informant geworden und hat die Leute vom Zoll bequatscht, sein polizeiliches Führungszeugnis wieder reinzuwaschen. So konnte er sich wieder bei jeder Firma bewerben.«

»Mehr wissen wir nicht?«

»Nein. Ich bin beim Zoll auf ein schlaues Kerlchen gestoßen. Er schien Willems böse zu sein, denn er hat sich große Mühe gegeben, seine Spur für uns wiederzufinden. Anscheinend hat Willems unter demselben Pseudonym wieder zu handeln begonnen.

Er benutzt dabei irgendwelche Algorithmen, die seine IP-Adresse umleiten, was ihm theoretisch erlaubt, nicht getrackt zu werden. Theoretisch. Der Computer, den er verwendet, steht aber, wie wir vermutet haben, noch immer in Richards Bay.«

»Also hast du seine Adresse?«

»22, Paradise Alley.«

»Ich sage Carvalho sofort Bescheid.«

2

Von Weitem beobachtete Lucas das unauffällige Haus aus rotem Ziegel, das am Ortseingang von Richards Bay lag. Neben ihm warteten zwei Sanitäter auf grünes Licht von den Mitgliedern der Hawks, der Eliteeinheit der Polizei, die als Verstärkung eingetroffen waren. Sobald das südafrikanische Verteidigungs- und das Gesundheitsministerium die Aktion genehmigt hatten, hatte sich das Kommando auf den Weg gemacht. Anna wartete ein wenig abseits. Lucas hatte versucht, sie zur Vernunft zu bringen, von den Gefahren und der Prozedur erzählt, aber sie hatte nichts davon hören wollen. Im tiefsten Inneren verstand er sie umso besser, weil er auch nicht anders gehandelt hätte. Seit dem Beginn dieser Angelegenheit war die junge Paläontologin bei allen Schwierigkeiten dabei gewesen, war für ein ganzes Leben genug auf die Nase gefallen, hatte jede Bedingung akzeptiert, die die WHO ihr auferlegt hatte … Es kam für sie überhaupt nicht infrage, ausgerechnet diese wichtige Etappe ihrer Ermittlungen zu verpassen.

Der Anführer der Hawks gab das Zeichen, und sie setzten sich in Bewegung, eingehüllt in ihre weißen Schutzanzüge. Der Kai war auf beiden Seiten abgesperrt worden, und die Paradise Alley 22 lag direkt am Wasser, dort, wo sich die mächtigen Schlepper aufreihten, die jeden Tag die Frachtschiffe in den Hafen geleiteten. Ein starker Geruch nach Schweröl lag in der Luft. Auf dem Asphalt stapelten sich dicht an dicht die Autoreifen.

»Dieser Ort hat wirklich gar nichts mit einem Paradies zu tun«, scherzte Lucas mit durch seine Schutzmaske gedämpfter Stimme.

Die Fensterläden des Hauses waren hermetisch abgeriegelt. Die Hawks stiegen die beiden Betonstufen hinauf. Sie hielten die Waffen im Anschlag. Lucas mochte das zwar nicht, doch in Sachen Sicherheit zählte seine Meinung wenig. Alle waren über die virologischen Gefahren und das Risiko, auf einen höchst ansteckenden Hausbewohner zu stoßen, aufgeklärt worden. Die Sanitäter hielten sich im Hintergrund und würden nicht eingreifen, wenn sie nicht gerufen wurden.

Anna hatte die wachsende Anspannung des Biologen bemerkt. Selbst ohne das, was zwischen ihnen passiert war – *du hast mit ihm gefickt, Anna, und du hast es genossen!* –, konnte sie ihn allmählich gut einschätzen. Manchmal hatte sie den Eindruck, dass sie den Spuren des Kruger-Virus schon seit einer Ewigkeit Seite an Seite folgten, um sich dem Undenkbaren zu stellen. Nach dem Abendessen hatten sie über ihre Hoffnungen und auch über ihre Enttäuschungen gesprochen. Beide kannten sie die Geschichte des jeweils anderen: auf der einen Seite Manuela, die brave Ehefrau, ihre beiden zauberhaften Jungs, ein ziemlich angenehmes Leben in Genf; auf der anderen Seite Yann, eine aufrichtige Liebe und die Zweifel, die Anna zermürbten. Heute machte die Tatsache, miteinander geschlafen zu haben, dieses Thema zu einem Tabu, und die junge Frau konnte sich zusammenreißen, wie sie wollte, sie vermisste ihren ehemals ungezwungenen Dialog. Bei Lucas hatte sie den Eindruck, dass er sie wie nur wenige Menschen vor ihm verstand, natürlich abgesehen von Yann, wenigstens am Anfang. Im Gegenzug hatte sie das Gefühl, diesen Mann in- und auswendig zu kennen, nicht nur, weil sie gespürt hatte, wie er sich in ihr bewegte, sondern weil er eine Art hatte, da zu sein und zuzuhören, die nicht gerade weit verbreitet war. Im Moment war hinter der liebenswürdigen Fassade eine Verwirrung übrig geblieben, etwas Zärtliches und Aufregendes, das sie sich beide zu ignorieren zwangen. Dieses Abenteuer würde sie ganz ohne Zweifel verändern …

Die Eingangstür erzitterte unter den Stößen des Rammbocks. In diesem Augenblick bedauerte Anna, darauf bestanden zu haben, sie zu begleiten. Ihr Stress verstärkte sich durch eine undefinierbare Erregung. Die Aussicht darauf, einem infizierten Menschen zu begegnen, war zugleich surreal und unfassbar Furcht einflößend. Wenn es jedoch der Fall war, würde das all ihre Theorien beweisen. Es reichte sogar noch weiter … Aber wohin? Wie konnte ein Mensch aussehen, der vom Kruger-Virus befallen war?

Sie fröstelte und setzte sich dann in Bewegung.

»Lucas, wenn Willems das erste Opfer ist, haben Sie über …?«

»… sein Aussehen nachgedacht?«

»Ja …«

»Machen Sie sich keine Sorgen, im Moment deutet nichts darauf hin, dass das Virus auch Menschen verändern könnte. Vielleicht kommt es nur zu Wunden, Bewusstlosigkeit …«

»Das Virus hat schon einen Affen befallen. Und Affen sind genetisch nahe mit uns verwandt.«

»Das weiß ich. Und falls Willems infiziert ist, bedeutet das, dass die menschliche Variante wahrscheinlich in diesen Mauern schlummert. Also rühren Sie nichts an. Einverstanden?«

Mit einem Krachen gab Willems' Tür schließlich nach. Ein widerlicher Geruch stieg ihnen in die Nase. Lucas warf Anna einen fragenden Blick zu: »Bereit?«

Aschfahl nickte sie entschlossen. Sie schlüpften hinter dem

Kommando in einen dunklen Gang. Der Gestank war unerträglich. Dick und von pechartiger Beschaffenheit, drängte er sich in die Nasenlöcher, überzog die Schleimhäute und verursachte einen schwer erträglichen Ekel. Sie gingen an einer Küchenzeile entlang. Essensreste lagen auf einem Tisch, und das Spülbecken quoll vor Einwickelpapieren über. Die Schränke schienen ausgeweidet, die Vorräte geplündert worden zu sein. Nur die Konservendosen waren noch intakt und achtlos überallhin geworfen worden.

Im Schlafzimmer war das Bett zerwühlt. Zerrissene Kleidung lag überall auf dem Boden verstreut. Die Hawks hatten bereits das Wohnzimmer besetzt, doch Anna und Lucas ließen sich Zeit. Als er glaubte, die Tür eines Wandschranks zu öffnen, stieß Lucas auf eine Treppe, die in einen Kellerraum führte. Er drückte auf den Schalter einer Deckenlampe und eilte die Stufen hinab, Anna war ihm dicht auf den Fersen. Der Gestank wurde immer dichter, eine ekelerregende Mauer aus verdorbenem Fleisch und Exkrementen. Die Hawks eilten ihnen nach und waren wütend, die Nachhut zu bilden – ihre Vorschriften besagten, sicherzustellen, dass die Zivilisten keinerlei Gefahr ausgesetzt waren, doch dafür war es nun zu spät.

Der Keller war düster und weitläufig. Dutzende von Käfigen waren an der Wand auf Regalbrettern aufgereiht. Im ersten zu ihrer Rechten hatte sich eine vollkommen vertrocknete Schlange um einen Stein zusammengerollt. Im nächsten lag ein Vogel mit einem halb ausgebreiteten Flügel. Anna erkannte ihn sofort als einen Graupapagei, eine der beiden sprachbegabten Papageienarten. Es bestand kein Zweifel: Sie befanden sich hier in der Räuberhöhle eines Händlers von gefährdeten Arten.

»Damit hat er sich also beschäftigt …«

»Jetzt verstehe ich auch seinen Entschluss, sich in einer Hafenstadt wie Richards Bay anzusiedeln. Er musste die Tiere nur noch seinem Netzwerk übergeben.«

Lucas trat an einen der Käfige, um eine Meerkatze zu betrachten, die ohne erkennbare äußere Verletzungen tot auf dem Rücken lag.

Die Hawks sausten hin und her und verursachten einen metallischen Lärm. Anna begriff, dass sie dabei waren, die Gitter aufzubrechen, wahrscheinlich, um zu überprüfen, ob tatsächlich keines der Tiere mehr atmete. Manche der Käfige waren bereits vor ihrer Ankunft geöffnet worden, und den übrig gebliebenen Fleischstücken nach zu urteilen, waren ihre Insassen verschlungen worden. Doch verschlungen wovon? Von welchem Raubtier? Sie taumelte, stand kurz vor der Ohnmacht und drehte sich zu dem Papagei um, um wieder ein wenig Mut zu fassen. Sein Körperbau hatte etwas Seltsames an sich. Er wirkte wie ausgehöhlt. Der durch Schläge leicht verbogene Käfig war nur mit einem einfachen Riegel verschlossen. Sie konnte ihn problemlos öffnen. Mit einer vorsichtigen Geste löste sie den Flügel vom Körper und entdeckte drei kleine Haken. Krallen. Wie bei den gefiederten Dinosauriern. Sie vergaß sämtliche Vorsichtsmaßnahmen und nahm den Vogel in die Hand. Vor hundert Millionen Jahren hatten sich diese kleinen Wesen auf ihre Beute gestürzt, um sie zu zerreißen.

»Anna!«, rief Carvalho.

Sie zuckte so heftig zusammen, dass sie kaum den Schmerz spürte, der ihr in den Daumen fuhr. Sie hatte soeben ihren Handschuh mit einer der Krallen durchstoßen. Ein winziger Blutstropfen quoll durch den Riss. Lucas bemerkte nichts davon, er stand wie angewurzelt vor etwas, dessen imposante Größe es wie ein Gehege wirken ließen. Die junge Paläontologin schloss die Augen, um die Welle der Panik einzudämmen, die sie überrollte und ihr für einen kurzen Moment die Luft raubte. Dieses Blut stammte nicht von dem Vogel, sondern ausschließlich von ihr. Eine Ansteckung war ausgeschlossen. Unmöglich nach all dieser Zeit. Doch wie viel Zeit war überhaupt vergangen? Konnte ein Virus in dieser Umgebung von Wärme und Verwesung vielleicht überdauern?

Unmöglich …

Anna überging ihren Schrecken, denn sie war neugierig, was Carvalho so sehr faszinierte. Man hätte meinen können, er sei zur Salzsäule erstarrt.

Ihnen gegenüber war der Boden des Geheges mit Erdnussschalen, Affenknochen, Obstresten und Exkrementen übersät. Ganz hinten war ein regloser Körper zu erkennen, zusammengekauert, den Kopf zur Wand gedreht. Seine Proportionen entsprachen eher denen eines Affen als eines Menschen, und doch … Anna brauchte ein paar lange Augenblicke, bis sie akzeptieren konnte, was ihr Hirn sich zu formulieren weigerte: Dieses Wesen, das wie ein Primat wirkte, konnte nur Willems sein.

Mit einer Kopfbewegung, um nicht die Aufmerksamkeit der Hawks zu erregen, wies Lucas auf einen Haufen Kleider in einem Winkel. Indem sie sich leicht ins Innere des Geheges vorbeugte, konnte Anna die fast nicht vorhandene Stirn erkennen, die von einer Menge zerzauster Haare bedeckt war. Überaugenwülste wölbten sich vor. Trotz der Mischung aus Faszination und Abstoßung spürte sie ein seltsames Mitgefühl für den Körper, der dort lag. Das Wesen war ausgemergelt, beängstigend mager.

»Das ist ohne jeden Zweifel Willems«, meldete sich Lucas schließlich zu Wort. »Wir müssen die WHO verständigen.«

»Warten Sie! Ich glaube, er atmet noch.«

»Was?«

»Sehen Sie doch.«

Die Flanke hob sich zitternd und kaum wahrnehmbar. Ein Atemzug. Das Herz der beiden Wissenschaftler klopfte bis zum Zerreißen. Hinter ihnen näherten sich die Hawks und leerten die Käfige, überprüften jeden Kadaver. Das Gehege war ihnen noch immer nicht aufgefallen.

Lucas flüsterte: »Gehen Sie beiseite. Ich werde versuchen, ihn auf den Rücken zu drehen.«

»Warum bitten wir nicht sie darum?«

»Bitte, Anna, diskutieren Sie nicht. Nicht jetzt.«

»In Ordnung.«

Zu seiner großen Überraschung gab sie nach, und ihm fiel auf, wie bleich sie war, beinahe leichenblass.

Mit unter seiner Maske zusammengekniffenen Nasenlöchern trat er neben den Affenmenschen, packte ihn an den Beinen und drehte ihn mit festem Griff um. Der Körper kippte, sodass ein behaarter Brustkorb sichtbar wurde, der sich schwach hob und wieder senkte.

Lucas zog sich mit baumelnden Armen zurück.

Neben ihm verharrte Anna wie hypnotisiert angesichts dieser Urzeit-Vision. Ununterbrochen wiederholte sie eine Litanei, unfähig, die Worte zurückzuhalten. »Der Prähistorische lebt, er lebt …«

3

Als sie das Gesicht ihres Direktors sah, begriff Margaret Christie, dass er keine guten Neuigkeiten für sie hatte. Für einen Augenblick war sie versucht, ihm die Tür vor der Nase zuzuschlagen, um nicht das hören zu müssen, was zwangsläufig folgen musste. Seit drei Nächten lag sie nun wach und wälzte apokalyptische Szenarien, drei Nächte, in denen sie sich davon zu überzeugen versucht hatte, dass all das nur ihrer Fantasie entsprang, drei Nächte, in denen sie gefürchtet hatte, als Leiterin der WHO an ihre Grenzen gestoßen zu sein. Heute war sie so weit, an ihrer eigenen Befähigung zu zweifeln. Zu viele Aufgaben. Zu viele – vielleicht nur zur Hälfte – abgewendete Katastrophen. Zu viele Pandemien. Und jetzt das, dieses Höhlenvirus. Was folgte, bestätigte ihre schlimmsten Befürchtungen.

Der Wachmann war lebendig und infiziert aufgefunden worden. »Regrediert«, betonte Gordon. Und dann »affengleich« und »komatös«. Mit einem unmenschlichen Kraftaufwand gelang es Margaret, sich zu beherrschen, und die Erklärungen ihres Untergebenen gelangten an ihr Ende.

»Im Moment befindet er sich in einem Militärkrankenhaus. Natürlich steht er unter Quarantäne.«

Er reichte ihr eine Reihe von Abzügen, die die Metamorphose des Südafrikaners dokumentierten: hervortretende Kieferknochen, verlängerte Arme, explosionsartig gesteigerte Körperbehaarung. Nachdem sie sie ausgiebig betrachtet hatte, lehnte sie sich in ihrem Stuhl zurück und ließ den Kopf hängen. Eine Sekunde nur oder zwei, bis sie wieder zu Atem kam.

»Mein Gott, ich würde alles dafür geben, endlich aus diesem Albtraum aufzuwachen. Natürlich kannten wir die Risiken, wir wussten alle, dass dieses verdammte Virus auf den Menschen überspringen könnte, aber von da bis sich … das hier vorzustellen …«

»Es geht noch weiter, Margaret.«

»Was?«

»Ich habe gerade einen Bericht der südafrikanischen Polizei erhalten. Willems war in einen illegalen Handel mit Tieren verstrickt. Die Polizei ermittelte bereits seit mehreren Monaten gegen ihn, sie hatte den Verdacht, dass er seine Ware in Richards Bay auf Boote verfrachtet. Verstehst du, was das bedeutet? Wenn dieser Typ kranke Tiere verkauft hat …«

»Das Virus hat also wahrscheinlich mehrere Wochen Vorsprung. Mein Gott …«

Sie erhob sich, um die nervenaufreibende Anspannung loszuwerden, stellte sich ans Fenster und versuchte sich mit dem Blick auf die Berge zu beruhigen. Das Bild, das sich ihr schmerzhaft aufdrängte, war das von kranken Tieren, die auf alle Kontinente strömten und …

Gordon fuhr mit finsterer Miene fort. »Wenn die für den Menschen gefährliche Variante leicht übertragbar ist, laufen wir direkt auf eine gewaltige Epidemie zu, und ich würde lieber nicht Klonen von Willems in freier Wildbahn nachjagen müssen. Um Himmels willen, kannst du dir das vorstellen?«

»Was kannst du mir noch über seinen Zustand berichten?«

»Der Chefarzt glaubt, dass das Koma mit seiner extremen Unterernährung zu tun hat und nicht mit dem Virus, aber selbstverständlich bewegt er sich auf unerforschtem Terrain. Wir haben ihm gerade unsere Erkenntnisse übermittelt, die wir anhand des Gibbons gesammelt haben. Das Koma, währenddessen sich die Transformation ereignet, die Hautverletzungen und seine ›Heilung‹, wenn man das so nennen kann. Unterernährung hin oder her, Willems wäre jedenfalls in Lethargie verfallen. Bleibt nur noch abzuwarten, ob er wieder aufwacht …«

Margaret Christie schüttelte sich, ihr Blick war auf einmal hart. »Wir müssen diese Angelegenheit unter Verschluss halten, Stephen, und verhindern, dass die Medien Wind von dem bekommen, was sich in Richards Bay ereignet hat. Wir müssen ganz in Ruhe arbeiten können, ohne auch noch irgendwelchem politischen Druck ausgesetzt zu sein.«

»Einverstanden.«

»Wer weiß Bescheid?«

»Ein Minimum an Leuten. Die Polizisten, die die Razzia bei Willems vorgenommen haben, zwei Sanitäter, aber die gehören zu den Streitkräften. Unser Team vor Ort, Carvalho und Meunier, die Familie Abiker und einer ihrer Angestellten. Das Labor in Pretoria weiß nichts von der Infektion eines Menschen, aber es ist vielleicht nur eine Frage von Stunden, bis sie es erfahren. Cathy Crabbe könnte sich als sehr wertvoll herausstellen; sie war als Erste zur Stelle. Hier ist natürlich der gesamte Krisenstab auf dem Laufenden, und ich habe Gabriella darauf angesetzt, herauszufinden, an wen Willems seine Tiere weiterverkauft hat.«

»Stell sicher, dass diese Nachforschungen diskret vorgenommen werden.«

»Selbstverständlich. Offiziell sind wir nur einem Tierhändlerring auf der Spur, der unter Verdacht steht, Exemplare verbreitet zu haben, die mit einer Form der Tollwut infiziert sind. Das rechtfertigt die Einmischung der WHO.«

»Perfekt.«

Sie seufzte und versuchte sich an einem Lächeln, das aber eher als Grimasse kam. Stephen Gordon begnügte sich mit einem Kopfnicken und verließ dann ohne ein weiteres Wort das Büro.

Im Netz

Die Reaktionen auf Ichirôs Video stiegen seit einigen Tagen sprunghaft an …

POSTS:

Das ist immer noch krasser Scheiß. Oder?
Misspink, vor drei Tagen.

Was?!
Murmeltier19, vor 3 Tagen.

Die Videos dieser kranken Typen über die Seeungeheuer!
Misspink, vor 3 Tagen.

Das sind keine Ungeheuer, sondern Bewohner der Tiefseegräben, die wegen der Erderwärmung an die Oberfläche kommen.
Darkforce, vor 3 Tagen.

Ach ja? Woher weißt du das denn, Mr. Neunmalklug? Hast du schon mal Amphibienmeerwölfe gesehen?
Murmeltier19, vor 3 Tagen.

Lass stecken, Murmeltier19 ;) Dark Vader ist wieder unter uns :) Aber ich muss zugeben, dass seine Idee spontan nicht unplausibel klingt.
Misspink, vor 2 Tagen.

Nehmen wir mal an, du hast recht, Darkforce, wie erklärst du dann den Wolf? Denn wenn ich in Biologie gut aufgepasst hab, gibt es in der Tiefsee doch eher ziemlich klebrige Tintenfische!
Koalamaster, vor 2 Tagen.

Ich erklär hier gar nichts.
Darkforce, vor 2 Tagen.

OMG! Wir haben unseren Darky gekränkt!
Misspink, vor 2 Tagen.

Weißt du, dass ich dich liebe, Misspinkie?
Hast du nicht ein Foto?
Koalamaster, vor 2 Tagen.

:)
Misspink, vor 2 Tagen.

Fragt doch Savetheplanet.
Von wegen Mr. Neunmalklug …
Darkforce, vor 2 Tagen.

Sucht ihr immer noch die Nadel im Heuhaufen? Das sind keine Seeungeheuer, und das hat auch nichts mit der Erderwärmung zu tun, auch wenn es nichts schadet, in diese Richtung zu denken. Diesmal neige ich aber eher dazu, es für militärische Forschung zu

halten, die aus dem Ruder gelaufen ist, wie bei Aids oder Ebola!
Savetheplanet, vor 11 Stunden.

WTF! Weil Aids militärische Forschung ist?
Das ist das Erste, was ich höre!
Misspink, vor 6 Stunden.

Informier dich einfach mal, Misspink, dann wirst du schon rausfinden, dass die Regierungen ein Interesse daran haben, die Eugenik zu beherrschen. Es gibt sehr ernsthafte Leute wie Alex Jones, die dir erklären, warum die Globalisierer das machen.
Savetheplanet, vor 4 Stunden.

Die Verschwörungstheorien fliegen wieder tief!
Und sonst, Savetheplanet, hast du keine Erklärung, die weniger nach Akte X klingt, wenn du weißt, was ich damit meine?
Koalamaster, vor 3 Stunden 55 Minuten.

Immer noch die Gleiche, Koala, ich bin halt kein Fähnchen im Wind: Pakicetus.
Savetheplanet, vor 3 Stunden 51 Minuten.

Wir drehen uns im Kreis.
Misspink, vor 3 Stunden 12 Minuten.

Das wird schon noch Fahrt aufnehmen.
Savetheplanet, vor 3 Stunden 12 Minuten.

Am Ende bist du doch kein Psychopath, nur ein durchgeknallter Endzeitjünger!
Koalamaster, vor 3 Stunden.

Neukaledonien, Südafrika, Korea. Braucht ihr eine Meldung in den Nachrichten?
Savetheplanet, vor 1 Stunde.

Ehrlich, du fängst an, mir Angst zu machen, Savetheplanet!
Misspink, vor 30 Minuten.

Gern geschehen, Misspink ;)
Savetheplanet, vor 15 Minuten.

4

Stephen Gordon saß in einer Bar im Bankenviertel von Stockholm und konnte sich nicht mehr beruhigen, seit er die letzte Ausgabe von *Science & Nature* gelesen hatte. Mit einer Handbewegung in Richtung seines leeren Glases bestellte er beim Barkeeper ein weiteres Bier. Eigentlich hätte er etwas Stärkeres bevorzugt, aber wenn er der Versuchung jetzt nachgab, hätte er nicht mehr die Kraft, wieder aufzustehen, geschweige denn zu seiner Besprechung zu gehen.

Der Artikel mit dem Titel »Die Zeitreisenden« erwähnte das Auftreten missgebildeter Tiere, die Existenz des Virus und einen möglichen Zusammenhang mit den Gerüchten, die sich im Internet verbreiteten. Er begann mit dieser Schlagzeile: »Prähistorische Tiere sind angeblich im Umkreis der großen Welthäfen aufgetaucht …« Und er stammte von Axel Cassard.

Was Stephen vor allem zur Weißglut brachte, war, dass dieser wahnsinnige Chefredakteur nicht einmal den Anstand besessen hatte, ihn noch einmal anzurufen, wenigstens um ihm seine Schlussfolgerungen mitzuteilen oder ihm die Möglichkeit zu einer Erwiderung zu geben. *Du redest von einer Möglichkeit zur Erwiderung, einem Recht, sich zu verteidigen, ja! Dieser Typ wusste, dass du wieder versuchen würdest, ihn durcheinanderzubringen. Du hast gespielt und verloren.*

Selbst in seiner Wut musste er einräumen: Cassard war gut. Nicht einmal zehn Tage hatte er gebraucht, um zwei Informationen miteinander zu verknüpfen – die Nachricht von Meunier und ihre Reise mit einem Mitarbeiter der WHO – und das Ergebnis mit einem viral gegangenen Video aufzuaddieren, um das ganze Puzzle zusammenzusetzen.

Auf seine Anweisung hin hatte Gabriella eine Akte über ihn zusammengestellt. Sohn eines Schallplattenhändlers aus SoHo, Träger eines Masterabschlusses in Molekularchemie, hatte der Mann bei der *New York Times* gelernt. 1988, anlässlich einer Reportage über die Obdachlosen in Manhattan – zum Großteil drogenabhängig und aidskrank –, war er von einem Crackdealer mit einem Messer angegriffen worden. Daraufhin hatte Cassard sich entschieden, seine Recherchetalente in den Dienst seiner anderen Leidenschaft zu stellen: der Wissenschaft.

»Ein Typ, der nie aufgibt« laut seinen Freunden; »ein Pitbull« laut seinen Feinden. Was ungefähr aufs Gleiche rauskam. *Und ein Mann, der auf Rache brennt,* hätte Stephen schwören können. Einzige Genugtuung: Cassard hatte vom ersten menschlichen Infektionsfall keinen Wind bekommen. Noch nicht jedenfalls, denn früher oder später würde er die Wahrheit herausfinden, und wenn er seine Sensationsmeldung ohne Vorwarnung herausballerte, würde sich die Neuigkeit wie eine Pulverlunte über die Welt verbreiten und eine Explosion entfachen.

Gordon trank sein zweites Bier aus. Er war sich bewusst, dass die Erschöpfung ihn schwarzsehen ließ. Er musste sich wieder fangen. In knapp einer Stunde fand die Sitzung mit den Verantwortlichen von ECDC und CDC statt, den beiden zuständigen Organisationen für den Gesundheitsschutz der Industrieländer.

Das Europäische Zentrum für die Prävention und die Kontrolle von Krankheiten (ECDC) spielte die Rolle der Gesundheitswache für die Europäische Union. Es streckte seine Fühler über die ganze Welt aus und lauerte auf Infektionen, die eventuell an Europas Tore klopfen könnten. Wenn es etwas Derartiges entdeckte, war seine Aufgabe die Alarmierung der Mitgliedsländer und die Koordinierung der Gegenmaßnahmen. Das CDC spielte dieselbe Rolle für die Vereinigten Staaten.

Nach den letzten Informationen, die das Genfer Team gesammelt hatte, war das Kruger-Virus bereits in ungefähr fünfzehn großen Hafenstädten nachgewiesen worden. Diese Bilanz war mit Vorsicht zu genießen. Sie gründete sich auf mehr oder weniger vertrauenswürdige Zeugenaussagen von Seeleuten oder Hafenarbeitern, die vorgaben, missgestaltete Kreaturen gesehen zu haben.

Für Gordon war die Feststellung allerdings unwiderlegbar: Das Kruger-Virus hatte seine südafrikanische Wiege verlassen. Und er rechnete mit einem Hagel aus Vorwürfen.

In allen Gesundheitskrisen waren die Öffentlichkeit und die Politik immer schnell bei der Hand, wenn es darum ging, die Unzulänglichkeiten der Wissenschaft sowie ihre Unfähigkeit anzuprangern, unbestreitbare Prognosen vorzulegen, die zuverlässige Antworten und einen Blick in die Zukunft erlaubten. Als wäre eine Epidemie eine exakte Wissenschaft, vorhersehbar und leicht zu bewältigen! Egal, wenn die Verbreitung des Virus unkontrollierbar wurde, stand Margaret im Kreuzfeuer, das wusste er. Gezwungenermaßen verantwortlich … Allerdings hatte er nicht die Absicht, sich als Punchingball missbrauchen zu lassen.

Einer plötzlichen Eingebung folgend, entschloss er sich, Axel Cassard in der Hoffnung anzurufen, den Schaden wenigstens auf dieser Seite so gering wie möglich zu halten. Der Journalist würde jedenfalls nicht lange brauchen, bis er begriff, was vor sich ging, es war nur noch eine Frage von Stunden, bestenfalls von zwei oder drei Tagen. Um die Ankündigung einer menschlichen Ansteckungsgefahr zu verhindern, war er bereit, mit dem Teufel zu paktieren.

Der Journalist von *Science & Nature* nahm sofort ab. Er wirkte kein bisschen überrascht; beinahe konnte man glauben, dass er seinen Anruf bereits erwartet hatte.

»Mr. Gordon, was für eine Freude, von Ihnen zu hören! Geht es Ihnen gut?«

»Spielen Sie nicht den Ahnungslosen, Sie wissen genau, warum ich mich bei Ihnen melde …«

»Hat Ihnen mein Aufsatz nicht gefallen? Dabei beschäftigt er sich doch mit einem Thema, das Sie im Moment brennend interessiert …«

»Warum haben Sie mir nicht Gelegenheit zu einer Erwiderung gegeben? So läuft das normalerweise, vor allem in einem so sensiblen Fall. Man befragt die betroffenen Personen und gibt ihnen die Chance, sich zu erklären, oder täusche ich mich da?«

»Sie hätten mich doch wieder in die Seile geschickt«, spottete Cassard.

»Sie haben ein ziemlich schlechtes Gedächtnis. Ich habe Ihnen doch erzählt, dass wir es in Südafrika mit einer Krankheit zu tun haben, die für Missbildungen verantwortlich ist.«

»Und das ist alles?«

»Was meinen Sie mit ›das ist alles‹?«

»Machen Sie sich über mich lustig? Und was ist mit dem Wiederauftauchen ausgestorbener Arten? Die möglichen Schäden für die Landwirtschaft? Sie haben mir ziemlich viel verschwiegen.«

»Versetzen Sie sich mal in meine Lage, ich habe versucht, das Virus einzudämmen. Ich war mir nicht sicher, wie gefährlich es tatsächlich ist. Mein oberstes Anliegen ist es, eine Massenpanik zu verhindern. Seien Sie doch nicht naiv …«

»Naiv … Sie sind wirklich witzig. Wissen Sie, dass Sie mich in diesem Augenblick am Flughafen von Johannesburg erreichen, Mr. Gordon?«

»Sie sind in Südafrika?«

Stephen biss sich auf die Zunge und schalt sich selbst dafür, dass es ihm nicht gelungen war, den Schock zu maskieren, den diese Neuigkeit bei ihm auslöste. Er versuchte zu retten, was zu retten war, und entschied sich für Ehrlichkeit. Eine begrenzte Ehrlichkeit natürlich …

»Ich würde gern noch mal von vorn anfangen, Axel.«

»Ich bin mir nicht sicher, ob ich Ihnen folgen kann, Stephen.«

»Wenn Sie alle Mosaiksteinchen in der Hand halten, wissen Sie auch, dass jetzt wirklich nicht der richtige Zeitpunkt ist, um den prähistorienbegeisterten Touristen zu spielen. Vor allem in Südafrika muss ich Ihnen davon abraten.«

»Was schlagen Sie stattdessen vor? Einen Handel?«

»Ja. Im Gegenzug für die Informationen, die Sie von mir erhalten, verpflichten Sie sich zu voller Kollaboration.«

»Zu ›voller Kollaboration‹? Hören Sie doch auf, in Rätseln zu sprechen, Gordon.«

»Das Virus hat die Barriere zum Menschen überschritten. Ein Mensch hat sich angesteckt. Reicht Ihnen das?«

Die Ankündigung verfehlte ihre Wirkung nicht. Totenstille. Und schließlich eine mit veränderter Stimme herausgeschleuderte Frage, nicht mehr wiederzuerkennen: »Ein Mensch hat sich angesteckt?«

»Wir wussten schon, dass das Risiko einer Virusmutation bestand, die den Menschen befallen könnte, aber wir dachten, wir könnten sie rechtzeitig einhegen. Nun haben wir aber gerade erfahren, dass die für den Menschen gefährliche Variante sich bereits bei einer Person entwickelt hat.«

»Und … Wie sieht er aus?«

»Er sieht aus wie ein Mensch. Hat aber ein Gesicht, das mehrere Hunderttausend Jahre alt ist.«

»Hat Anna Meunier ihn schon gesehen?«

»Sie ist diejenige, die die Diagnose gestellt hat.«

»Und …«

Dem Journalisten fehlten die Worte.

»… wo lebt er?«

»Das darf ich Ihnen nicht sagen.«

»Wann ist es passiert?«

Stephen hatte die Bar verlassen und ging inzwischen auf den Sitz des ECDC zu. Er entschied sich, dieser Frage auszuweichen. »Unmöglich, das bei seinem gegenwärtigen Zustand zu sagen.«

»Ist er ansteckend?«

»Wir machen gerade Tests, um das herauszufinden.«

Das war eine halbe Lüge, denn die Ergebnisse waren ihm bereits bekannt. Die Proben von Willems waren ins Robert-Koch-Institut nach Berlin geschickt worden, ein BSL-4-Labor. Bei einem derart hochansteckenden Krankheitserreger kam es nicht mehr infrage, dass Cathy Crabbe sich allein damit herumschlug. Durch den Befall eines Menschen hatte das Kruger-Virus seinen lärmenden Auftritt auf der Bühne der großen Seuchen bekommen, neben Ebola und dem Marburg-Virus.

Im Blut des Wachmanns hatten die Biologen hohe Konzentrationen des Virus nachgewiesen. So viel war klar: Die für den Menschen gefährliche Variante des Kruger-Virus übertrug sich über das Blut. Worüber sie noch nicht Bescheid wussten, war, wie hoch dann die Ansteckungsgefahr für andere Individuen ausfiel. Aus diesem Blickwinkel war die Vogelgrippe interessant: Dieses Virus tötete praktisch all seine menschlichen Wirte, die

Ansteckung erfolgte allerdings nur vom Vogel auf den Menschen, nicht von Mensch zu Mensch. Verlief die Ansteckung hier nach demselben Modell? Beim momentanen Kenntnisstand wäre es voreilig gewesen, darüber eine Aussage zu treffen. In der Zwischenzeit war es besser, größtmögliche Vorsicht walten zu lassen.

»Wo ist der Kranke untergebracht?«, versuchte es Cassard erneut.

Stephen zögerte einen kurzen Augenblick. Jetzt, da er seine Bombe hatte platzen lassen, konnte er ihm genauso gut weiter vertrauen. Gewissermaßen war es so: Wenn er sich ihm verpflichtet fühlte, wäre Cassard vielleicht eher dazu bereit, seinen Teil der Abmachung einzuhalten.

»Ich schicke Ihnen seine vollständige Akte sowie einige Fotos zu. Aber nur unter einer Bedingung …«

»… dass ich die Info so lange zurückhalte, bis Sie sich neu sortiert haben, nehme ich an.«

»Sie haben mich genau verstanden. Geben Sie mir ein paar Tage bis zur Publikation. Die Neuigkeit wird um die Welt gehen, und vom Grad unserer Vorbereitung wird unsere Möglichkeit abhängen, eine Panik zu vermeiden. Dieses Virus ist etwas völlig Neues. Meine Teams und die verantwortlichen Mediziner sollen in Ruhe ihrer Arbeit nachgehen können. Wir müssen uns zuerst eine Strategie zurechtlegen, bevor wir irgendein öffentliches Statement abgeben. Kann ich dabei auf Sie zählen, ja oder nein?«

Cassard schwieg einen Augenblick lang. Als er erneut das Wort ergriff, war sein Tonfall kühl und entschlossen.

»Mein Aufsatz soll morgen erscheinen. Ich bin einverstanden, ihn um drei Tage zu verschieben, aber ich habe ebenfalls zwei Forderungen zu stellen. Erstens: Es versteht sich von selbst, dass ich meine Nachforschungen vollkommen autonom weiterführen kann. Zweitens: Sie müssen mir garantieren, dass dieses Individuum zum jetzigen Zeitpunkt wirklich das einzige Opfer ist.«

»Sie haben mein Wort.«

»Die Akte möchte ich bis heute Abend auf meinem Schreibtisch haben.«

»Betrachten Sie das als erledigt. Ich habe in ein paar Minuten eine Besprechung«, erklärte Stephen. »Sobald sie beendet ist, schicke ich sie Ihnen zu.«

5

Der leitende Offizier des Luftwaffenstützpunktes in Nouméa, Neukaledonien hatte seit kaum einer Stunde seinen Dienst angetreten, als bei der vorschriftsmäßigen Begutachtung der Satellitenbilder ein Detail seine Aufmerksamkeit erregte. Auf dem Eismeer im Süden verhielt sich ein Walfänger, die *Yushin Maru 2*, wie führerlos. Obwohl sie sich eigentlich zusammen mit dem Rest der Flotte in der Gegend der Antarktis aufhalten sollte, hatte sie nun schon vor einiger Zeit kehrtgemacht und schien seither nur noch im Kreis zu fahren.

Nachdem er ein paar Erkundigungen eingeholt hatte, stellte sich heraus, dass das Schiff ein Problem signalisiert hatte. Am 12. August hatte die *Atalante*, ein französisches Forschungsschiff, das in diesem Gebiet kreuzte, eine Nachricht des Kapitäns erhalten, dass ein unbekannter Meeressäuger einen seiner Männer angegriffen und verletzt habe, allerdings nicht schwer. Beunruhigend war jedoch, dass trotz der pausenlosen Funkrufe des Flaggschiffs und der anderen Walfänger seither keine Antwort mehr von dem Schiff erfolgt war. Die Reaktion des neukaledonischen Präfekten ließ nicht lange auf sich warten. Ein Hubschrauber startete mit einer Besatzung von acht Soldaten und zwei Ärzten an Bord von der Basis in Nouméa und flog im Anschluss direkt nach Süden in Richtung der *Yushin Maru 2*.

Die Soldaten fragten sich, ob die Besatzung nicht vielleicht von einer hochansteckenden Krankheit befallen worden war, was das dauerhafte Fehlschlagen einer Kontaktaufnahme erklärt hätte. Die zweite Hypothese war weniger düster, wenn auch heikel – ein Angriff von Naturschützern. Doch Kommandant Forges, der mit dem Abfangen des Schiffes betraut worden war, glaubte nicht daran. Zusammenstöße zwischen Walfängern und Naturschützern spielten sich üblicherweise weiter südlich ab, in der Nähe des antarktischen Kontinents.

Die Maschine durchschnitt die reglose Luft. Weiter unten reflektierte das ölige Meer das blendende Sonnenlicht. Mit als Schutz gegen die Strahlen heruntergelassenem Visier entdeckte der Pilot schließlich den Umriss eines Schiffes, der sich am Horizont abzeichnete. Er verständigte umgehend den Kommandanten und flog dann einen weiten Bogen, um den Namen auf dem Schiffsrumpf lesen zu können. *Yushin Maru 2*. Das Deck war anscheinend ebenso verlassen wie das Steuer.

Das Enterkommando machte sich bereit. Die Anspannung war urplötzlich um einen Grad gestiegen. Die Ärzte würden den beiden Gefreiten an dritter und vierter Stelle folgen. Falls ihre erste Hypothese sich als zutreffend erwies, blieb nur wenig Hoffnung, Überlebende zu finden.

»Ist gut, Kommandant, ich kann Sie jetzt absetzen.«

Die Maschine stabilisierte sich senkrecht über der Harpune des Walfängers. Die Soldaten seilten sich einer nach dem anderen ab. Dafür brauchten sie nicht länger als einige Sekunden. Als sie dann auf Deck knieten, verständigte sich die Gruppe, bevor sie über eine Treppe das Heck betraten. Mit der Maschinenpistole im Anschlag betrat Forges die Mannschaftsmesse. Ein Geruch nach wildem Tier stieg ihm völlig unvermittelt in die Nase. Er dachte an ein Stück vergessenes Walfleisch oder, noch wahrscheinlicher, an einen verwesenden Kadaver. Diese makabre Vorstellung schärfte seine Wachsamkeit. Nach zwanzig Jahren bei den Streitkräften konnten ihn die Gestalten, in denen der Tod sich zeigte, nicht mehr schrecken.

Auf einem eingeschalteten Fernsehgerät lief ein Pokerturnier. Niemand war hier, um es sich anzusehen. Zerrissene Kleidungsstücke hingen über einem alten, zerschlissenen Sofa.

Weiter den Gang entlang nahm der ekelerregende Gestank an Intensität zu. Die Männer durchwühlten die Kabinen eine nach der anderen und waren schon darauf vorbereitet, irgendwo einen Leichenberg zu finden. Aber nichts dergleichen.

Sie kamen vor der Kombüse an. Als sie die Tür öffneten, schlug ihnen ein Gestank entgegen, der ihnen den Atem stocken ließ. Seltsamerweise erkannte Forges darin allerdings keinen Verwesungsgeruch.

Die Speisekammer war nicht ganz geschlossen. Kaugeräusche drangen daraus hervor. Der Kommandant spürte, wie sein Adrenalinspiegel sich erhöhte. Mit ein paar knappen Gesten, in aller Stille ausgeführt, verteilte er seine Männer um die über einen Meter hohe Tür und stellte sich selbst davor. Er griff nach dem Türknauf und zog einmal heftig daran. In der nächsten Sekunde verlor er vollständig die Fassung. Nichts hatte ihn auf eine derartige Szene vorbereitet. Irgendetwas zwischen einem Zombiefilm und einem Massaker mitten in der Savanne.

Auf dem Boden saßen ungefähr zehn Kreaturen (er hätte nicht sagen können, ob es sich dabei um Menschen handelte, die Tieren ähnelten oder umgekehrt) vor den Edelstahlschränken und griffen sich daraus wahllos abgelaufene Lebensmittel, die sie sich in den Mund stopften; eingefallene Münder ohne Lippen. Ihre nackten Körper waren von einer gebräunten, behaarten Haut überzogen. Ihre Gesichter waren von einem ausgeprägten, eine Art Knochenschirm bildenden Überaugenwulst gekennzeichnet. Wenn man dann noch das Fehlen eines Kinns hinzunahm, stellte das Ganze einen überaus erschreckenden Anblick dar.

Was ist das für ein Mist? Affen? Oder Affenmenschen?

Entschlossen richtete er seine Maschinenpistole auf sie, ohne entscheiden zu können, um welche Spezies es sich handelte. Doch im tiefsten Inneren hatte er bereits begriffen, vielleicht aufgrund der Fetzen von Kleidung, die noch an ihren Körpern hingen … Die Kreaturen ignorierten die Eindringlinge. Sie waren zu sehr beschäftigt damit, die Schränke auszuräumen und ihre karge Beute zu kauen. Forges schloss langsam wieder die Tür. Er hatte nicht die geringste Lust, eine typisch tierische Reaktion blinder Wut zu provozieren.

Ein Soldat rief ihm mit angstverzerrter Stimme zu: »Scheiße, Kommandant, was war das?«

Er erwiderte kühl, um nicht zu zeigen, wie sehr ihn die Sache selbst mitnahm: »Das war die Mannschaft, mein Junge.«

6

»Gordon, Sie enttäuschen mich … Warum erfahren wir von der Existenz dieses Höhlenvirus aus der Presse?«

Mit einer ausladenden Geste warf Mark Becker, der Leiter des ECDC, ein Exemplar von *Science & Nature* auf den Tisch des Besprechungsraums. Die Zeitschrift schlitterte wie ein Curlingstein weiter, bis sie vor dem Exekutivdirektor der WHO zum Liegen kam, der sie demonstrativ ignorierte. Wütend darüber, den Effekt vermasselt zu haben, öffnete Becker die Arme, um seine beiden Nachbarn mit in seine Predigergeste einzuschließen. *Er übertreibt ein bisschen*, dachte Stephen. *Die Jagd hat begonnen, und sie sind entschlossen, einen Beamten zur Strecke zu bringen, bevor sie sich in Sicherheit begeben. Es wird blutig werden …*

Den vier Männern gegenüber, die bei dieser Besprechung anwesend waren und zu denen sich noch Pablo Aguas gesellte, der per Videokonferenz zugeschaltet war, demonstrierte Gordon absolute Ruhe, was weit entfernt von seinen wirklichen Gefühlen war.

»Dafür kann ich nichts, und das wissen Sie auch sehr gut. Das Kruger-Virus ist vor weniger als drei Wochen über uns hereingebrochen, und wir haben gerade erst damit angefangen, seine Effekte zu bewerten …«

»Kommen Sie, was hätte es Sie denn gekostet, uns gleich vorzuwarnen? Warum haben Sie uns im Unklaren gelassen? Ich spreche hier im Namen des ECDC, aber die Frage stellt sich nicht nur für Europa, und das CDC könnte dasselbe beklagen, nicht wahr, Arthur?«

Der Direktor des CDC, Arthur McCormick, schloss sich der Entrüstung seines Kollegen mit einem Stirnrunzeln an.

»Hören Sie, meine Herren, ich kann ja verstehen, dass Sie wütend sind, wahrscheinlich hätten wir ein bisschen Zeit gewinnen können, aber überlegen Sie mal: Wenn ich Ihnen nicht sofort das Resultat unserer Nachforschungen mitgeteilt habe, dann doch gerade deshalb, weil wir noch im Stadium der Hypothesen und noch nicht bei den Schlussfolgerungen waren. Selbst jetzt, da ich mit Ihnen spreche, sind wir noch immer nicht sicher bezüglich der Bemessung der Reichweite des Virus …«

»Und seit wann wissen Sie Bescheid, dass eine Gefahr für den Menschen von ihm ausgeht?«, schleuderte ihm Becker unwirsch entgegen. »Denn wenn wir heute hier sind, dann geht es doch darum, oder etwa nicht?«

»In der Tat. Erst seit wenigen Tagen.«

»In welchem Zustand befindet sich der Patient?«

»Petrus-Jacobus Willems kommt gerade wieder zu Kräften. Er sollte schon bald wieder auf den Beinen sein.«

»Auf den Beinen schon, aber nicht geheilt, nehme ich an?«, mischte sich nun Marc Antonetti mit eisigem Lächeln ein.

Früher war dieser Mann Stephen Gordons Freund gewesen, und er war auch der Einzige unter den Teilnehmern, der ihn wirklich gut kannte. Der Franzose, Allgemeinmediziner in Diensten der Armee, hatte beim ECDC angeheuert, und Stephen war ehrlicherweise nicht überrascht gewesen, ihm aufs Neue zu begegnen, auch wenn er gehofft hatte, ihm aus dem Weg gehen zu können. Sie sprachen seit 2003 nicht mehr miteinander, als sie beide als Militärärzte im Tschad stationiert gewesen waren. Dort waren drei Soldaten ums Leben gekommen, niedergestreckt von einem viralen Fieber, und Antonetti hatte, wahrscheinlich um sich selbst zu schützen, Gordon beschuldigt, zu lange mit den Blutanalysen gewartet zu haben, was ihm letztendlich eine offizielle Rüge eingebracht hatte. Seitdem herrschte Funkstille.

Um gar nicht auf die unterschwellige Provokation einzugehen, fuhr Stephen in neutralem Ton fort: »Bis das Gegenteil bewiesen ist, sind die Effekte des Virus auf den Menschen dieselben wie auf die Tiere. Nach einer Zeit des Komas und Wunden an der Haut sind die betroffenen Individuen bei bester Gesundheit, allerdings ist ihr Stoffwechsel umprogrammiert worden.«

Der Exekutivdirektor der WHO nutzte diesen Moment, um seinen Gesprächspartnern eine Akte vorzulegen, in der sich unter anderem Bilder des Opfers befanden.

»Wie wird er behandelt?«

»Gar nicht. Er hat eine Infusion und Nahrung erhalten. Doch da er auf den ersten Blick keinerlei Verhaltensauffälligkeiten zeigt, haben die Ärzte es nicht für nötig befunden, ihm ein Beruhigungsmittel zu verabreichen. Sie bevorzugen es, ihn in seinem … natürlichen Zustand zu beobachten.«

»Vergleichen sie ihn mit einem Affen?«

»Ich glaube ja.«

»Hast du die Anfertigung eines Protokolls empfohlen?«

»Nein. Wie gesagt, im Moment sieht es so aus, dass dieser Mann erst einmal wieder zu Kräften kommen muss.«

Antonettis Miene erstarrte bei diesem missbilligenden Ton. »Und wenn er gewalttätig wird und jemanden ansteckt, zum Beispiel, indem er ihn beißt? Ich nehme an, dass das Virus über das Blut übertragen wird, oder? Hast du an diese Möglichkeit gedacht? Man muss ihn unter Quarantäne stellen.«

»Das ist bereits geschehen. Was schlägst du sonst vor? Einzelhaft? Im Moment wissen wir noch gar nicht, ob das Kruger-Virus Auswirkungen auf das menschliche Gehirn hat und das Verhalten beeinflusst.«

»Vielleicht, aber du setzt das medizinische Personal damit einem beträchtlichen Risiko aus.«

Der Waffenstillstand hatte nicht lange gehalten. Antonetti war zum Angriff übergegangen, und Stephen verstand, dass er ihn stoppen musste, bevor es zu einem Blutbad kam. Noch dazu war dieser Augenblick wirklich nicht dazu geeignet, irgendwelche persönlichen Rechnungen zu begleichen. Er sprach ihn also mit seinem Vornamen an, was eine einigermaßen subtile Art war, ihm zu zeigen, dass er sich nicht aus der Ruhe bringen ließ.

»Ich glaube nicht, Marc. Das Kruger-Virus wird tatsächlich über Sekrete und Blut übertragen. Aber als jemand, der mehrfach in Dörfern gearbeitet hat, die von Ebola verwüstet wurden, kann ich dir versichern, dass es nichts nützt, die Nerven zu verlieren und dem medizinischen Personal irgendeine Zwangsjacke anzulegen. Alle sind im Bilde. Die Pflegenden, die in Kontakt mit dem Patienten stehen, wissen, dass sie doppelte Vorsicht walten lassen müssen. Solange alle die Ruhe bewahren und die Vorsichtsmaßnahmen beachten, dürfte nichts passieren. Wahrscheinlich hat es keinen anderen Infektionsherd gegeben, und Petrus-Jacobus Willems bleibt der einzige Fall eines Menschen, das können wir im Moment wenigstens hoffen.«

Sein Gegenüber hatte geduldig auf das Ende des Wortschwalls gewartet und dabei die ganze Zeit spöttisch gelächelt. Es machte keinen guten Eindruck, aber Stephen war weit davon entfernt, sich vorstellen zu können, welche Bombe er gleich platzen lassen würde.

»Dieser Willems ist aber nicht der einzige Fall.«

McCormick reagierte als Erster. »Ist das Ihr Ernst?«

Als oberster Militärarzt war Antonetti einer der ersten Zuständigen gewesen, die informiert worden waren. Er hatte im Morgengrauen eine Nachricht von »hoher Dringlichkeit« auf seinem Handy erhalten.

»Die französische Armee hat einen japanischen Walfänger überprüft, der vor der Küste Neukaledoniens in Seenot geraten war. Das Schiff antwortete nicht auf Funksprüche. Die gesamte Mannschaft ist mit dem Kruger-Virus infiziert. Zehn Seeleute sind in der Speisekammer entdeckt worden, acht weitere in der Kabine des Kapitäns.«

Stephen fühlte sich, als würde er gerade von einem Dreißigtonner überrollt. »Wie sehen sie aus?«, presste er hervor.

»Es sind mehr oder weniger Abziehbilder von diesem Willems, wenn ich mich an die Fotos in deiner Akte halten kann.«

»Du lieber Gott …«

»Siehst du jetzt, wohin uns deine Heimlichtuerei gebracht hat, Stephen?«

»Was?«

»Wenn du gleich eine Warnung der Stufe vier oder wenigstens der Stufe drei veranlasst hättest, wären diese Männer wahrscheinlich noch bei bester Gesundheit. Ich möchte nicht in der Haut des Beamten stecken, der den Angehörigen der Seeleute die Nachricht überbringen muss.«

»Marc, da du ja so gut informiert bist, weißt du sicher auch, dass eine Warnung der Stufe vier nur im Fall einer Ansteckung zwischen Menschen herausgegeben wird, um der Verbreitung auf gesamtgesellschaftlicher Ebene vorzubeugen. Was Stufe drei betrifft, kommt sie nur zur Anwendung, wenn mehrere Fälle der Ansteckung beim Menschen dokumentiert sind. Und davon war bis gerade eben noch nicht die Rede. Niemand hätte das voraussehen können, niemand!«

»In der Zwischenzeit wird die Situation von Stunde zu Stunde düsterer, und ich mache dich dafür persönlich verantwortlich.«

»In einem so ernsten Moment kann überstürztes Handeln sich als gefährlicher erweisen als Vorsicht. Und im Moment sehe ich nicht, wie dieser Willems, den wir vor erst fünf Tagen bewusstlos bei sich zu Hause vorgefunden haben, irgendeine direkte Rolle bei der Verbreitung des Kruger gespielt haben könnte. Weißt du, wie und wo die Japaner sich angesteckt haben?«

»Den Ärzten zufolge sind sie von einem vom Virus befallenen Tier gebissen worden.«

»Es war Träger der für den Menschen gefährlichen Variante?«

»Wahrscheinlich. Doch eine Sache ist sicher: Vor einigen Wochen ist die Mannschaft von einem unbekannten Meeressäuger angegriffen worden. Das beweist auch ein Video, das im Internet die Runde macht.«

Becker unterbrach ihr Wortgefecht. »Hat es sich dabei um eine regredierte Kreatur gehandelt?«

»Sie ähnelt einem Wolf mit langem Schwanz. Ein User glaubt, darin einen lange ausgestorbenen Vorfahren der heutigen Wale erkannt zu haben. Einen Pakicetus.«

Während er diese neuen Daten verarbeitete, versuchte Stephen, klar Schiff zu machen. »Das Robert-Koch-Institut hat herausgefunden, dass keins der Säugetiere im Kruger-Nationalpark Träger der für den Menschen gefährlichen Variante war.«

»Was willst du damit sagen?«

»Dass es eher unwahrscheinlich ist, dass die Ansteckung von deinem prähistorischen Meeressäuger stammt.«

»Wie auch immer, die Krankheit tritt bereits im Pazifik auf, nachdem sie am anderen Ende der Welt erstmals ausgebrochen ist.«

Nun entschloss Pablo Aguas sich, aus seinem Büro in Rom das Wort zu ergreifen. Der Leiter der FAO hatte sich nicht nach Stockholm begeben wollen, nur um sich dort einer Krise unvergleichlichen Ausmaßes gegenüberzusehen. Und was er jetzt zu Ohren bekam, beruhigte ihn keinesfalls. »Meine Herren, ich fürchte, das Problem könnte noch sehr viel schwerwiegender sein, als Sie es sich vorstellen«, rief er.

»Was meinen Sie damit?«, fragte Becker.

»Das Kruger-Virus hat auch Pflanzen befallen. Nach den Daten zu urteilen, die uns erreichen, hat es die Grenzen Südafrikas überschritten. Die Geschwindigkeit seiner Ausbreitung ist beunruhigend.«

»Könnten Sie das genauer ausführen?«

»Manche Ernten sind betroffen, das wissen wir jetzt schon. Jeder befallene Hektar wird niedergebrannt, aber wir müssen uns auf die Bauern selbst verlassen, damit sie uns die Virusinfektion anzeigen und wir die Epidemie eindämmen können. Um die Zahl der Überträger zu begrenzen und somit zu helfen, das Kruger-Virus im Zaum zu halten, haben wir auch den systematischen Einsatz von Insektiziden empfohlen, was – darüber sind wir uns im Klaren – vom ökologischen Standpunkt her katastrophale Auswirkungen haben wird. Der Staat hat mit einer großflächigen Spritzaktion aus der Luft begonnen, ohne zuerst das Einverständnis der Landwirtschaftsverbände einzuholen, und zwar mit dem Vorwand, die massive Ausbreitung von Heuschreckenschwärmen verhindern zu wollen. Im besten Fall rechnet die FAO mit einer empfindlichen Reduktion künftiger Ernten, im schlimmsten …«

Er hielt einen Moment lang inne und hob dann die Hand,

um anzuzeigen, dass er noch nicht fertig war. »Es ist vollkommen sinnlos, Stephen Gordon zu beschuldigen. Weder er noch sonst irgendjemand hätte die Geschwindigkeit voraussehen können, mit der sich das Kruger-Virus ausgebreitet hat. Wir stehen einer Plage in einem Ausmaß gegenüber, wie wir sie noch nie zuvor erlebt haben.«

Verärgert darüber, dass seine Anschuldigungen so beiläufig vom Tisch gewischt wurden, maulte Antonetti: »Die WHO muss herausfinden, wie der Übertragungsweg der für den Menschen gefährlichen Variante aussieht, und zwar schnell.«

Ein plötzlicher Lärm, laute Rufe und Fußgetrappel bremsten seinen Schwung.

»Was ist da los?«, fragte Aguas besorgt.

Draußen erklang ein Schrei, etwas zwischen dem Ton eines Saxofons und einem gutturalen Krächzen. Stephen eilte, gefolgt von den anderen, auf den Gang. Durch eines der Fenster sah er einen Schatten verschwinden. Er stürmte die Treppe hinunter bis vor die Tür. Eine Gruppe von Mitarbeitern hatte eine Rasenfläche in diesem Stockholmer Wohngebiet umringt. Auf dem grünen Gras wartete ein Vogel von seltsamer Gestalt. Er ähnelte keinem bekannten Vogel, und unter seinem weißen Federkleid ragte ein knochiger Schwanz von etwa vierzig Zentimetern Länge hervor. Die Flügelspitzen waren grau, der Kopf schimmerte in einem metallischen Blau.

»Da sind noch mehr, sehen Sie nur!«, rief Becker, der sich zu ihnen gesellte und kurz vor einem Herzinfarkt zu stehen schien.

Mehrere der Kreaturen flogen über das Gebäude hinweg, bevor sie über ihnen zu kreisen begannen. Der Vogel am Boden erwiderte ihren rauen Schrei, schlug mit den Flügeln und hob dann ab.

Die Vögel beschrieben weiter Kreise über einem kleinen See.

Einer von ihnen stieß im Sturzflug herab wie ein Eisvogel. Als er die Wasseroberfläche durchbrach, benutzte er seinen Schwanz, um die Flugbahn in einem Neunzig-Grad-Winkel abzulenken, und raste im Tiefflug ein paar Zentimeter über das Wasser hinweg. In seinen Krallen hielt er den glänzenden Körper eines Fischs.

Der Archäopteryx ließ sich auf einer Bank nieder und begann, seine Beute zu verschlingen.

Im Netz

Seit mehreren Tagen war das Netz in Aufruhr und spiegelte damit die beginnende Panik, die sich nach und nach des Planeten bemächtigte. Aus allen vier Himmelsrichtungen wurden Sichtungen von prähistorischen Tieren gemeldet.

Eines der meistgeklickten Videos – nach dem des Meerwolfs – war die Geburt eines Kalbes mit archaischem Körperbau. Das Ereignis hatte in Kalkutta stattgefunden, auf einer Hauptverkehrsstraße voller Autos und Lieferdreiräder. Wie aus dem Nichts war eine Kuh mitten in den Verkehr getreten. Das Bild zitterte, da die für die Aufnahmen verantwortliche niederländische Touristin kein besonders großes filmisches Talent besaß. Dennoch sah man, wie das Rind zwischen zwei Autos glitt, mit zögerlichem Schritt die Straße überquerte und sich dann am Ende seiner Kräfte auf den Asphalt legte.

Da man das heilige Tier nicht einfach entfernen konnte, wurde der Verkehr zunächst langsamer und kam schließlich ganz zum Erliegen. Die Niederländerin wunderte sich darüber, wie ruhig die Inder blieben: kein Hupen, keine demonstrative Ungeduld, der Großteil der Autofahrer wartete in einer Mischung aus Schicksalsergebenheit und Neugier ab. Einige versuchten dennoch, die Kuh dazu zu bewegen, auf den staubigen Gehweg umzuziehen, gaben aber auf, sobald sie bemerkten, dass die Wehen eingesetzt hatten. Die Frau, die das Video aufnahm, hielt direkt auf die Schnauze, die aus ihren Eingeweiden hervorschaute, dann ertönte ein schreckliches Röhren. Blanker Schmerz.

Die Niederländerin hatte das Filmen einen Augenblick einstellen müssen. Als das Video dann weiterging, waren Autos im Kreis um das Neugeborene geparkt, um Platz für es zu schaffen. Im Inneren dieses Kreises warfen sich ungefähr fünfzig Inder vor dem ungewöhnlich großen Tier auf den Boden: einen Meter vierzig am Widerrist, doppelt so groß wie normal. Ein Kaiserschnitt war notwendig gewesen, um das Kalb aus dem Leib der Mutter zu holen, die ein wenig abseits unter einem weißen Laken auf dem Asphalt lag.

Abgesehen von seiner Größe zeigte das Kalb zwei weitere einzigartige Merkmale: ein dunkelbraunes Fell, das im Gegensatz zu dem hellen Beige des Kuhfells stand, und vor allem zwei lange Hörner, die himmelwärts wiesen.

Laut einem Ethnologen von der Universität Kalkutta, der in einem zweiten verlinkten Video befragt wurde, ähnelte es den Auerochsen, die vor dreitausend Jahren die Erde bevölkert hatten. Diese Art war durch Klimaveränderungen, Jagd und Zucht dezimiert worden. Der Wissenschaftler schloss mit folgender feierlicher Erklärung: »Wir Inder vergöttern Kühe als Symbol der Mutter Kultur, die uns mit ihrer nahrhaften Milch versorgt. Die Geburt dieses Kalbes wird als Anbruch eines neuen Zeitalters für unser Land gedeutet werden. Die Logik der Gläubigen verleiht den zufälligen Effekten der Genetik einen Sinn.«

POSTS:

OMG! Die Horrorvorstellung einer Kuh, die ein prähistorisches Wesen zur Welt bringt. Das ist ja wie im Horrorfilm! Hoffentlich wird die Jagd bald eröffnet!
Koalamaster, vor 3 Stunden.

Was hab ich gesagt?
Savetheplanet, vor 2 Stunden.

Weiß irgendwer, was mit dem supersüßen Kälbchen passiert ist?
Misspink, vor 2 Stunden.

Ich hab gelesen, dass es von einem Lkw mit Milchpulver überfahren worden ist.
Koalamaster, vor 2 Stunden.

Ha ha ha! Wirklich zu komisch, Koalamaster :(
Misspink, vor 2 Stunden.

Hey, da ist gerade wirklich was los!!! Gebt mal »prähistorische Tiere« bei Google News ein. Das macht einem echt Angst, total abgefahren!
Murmeltier19, vor 1 Stunde.

Irre!
Misspink, vor 1 Stunde.

Und wer hat es euch angekündigt? Erst der Pakicetus, jetzt der Auerochse … Was kommt als Nächstes? ;)
Savetheplanet, vor 1 Stunde.

Okay, Savetheplanet, du bist der Meister! Wenn ich Zeit dafür hätte, würde ich mich verneigen, aber ich muss jetzt los, eine Safari liegt in der Luft. Hat irgendwer Lust, einen Archäopteryx abzuknallen?
Koalamaster, vor 30 Minuten.

Hast du sie noch alle? Du kannst die doch nicht jagen!
Savetheplanet, vor 28 Minuten.

Ich halt mich sicher nicht zurück! Man hat ja nicht jeden Tag die Gelegenheit, auf ein prähistorisches Tier zu ballern.
Koalamaster, vor 26 Minuten.

Du bist ein armer Irrer, Koala. Ein Wunderding taucht auf, und dir fällt nichts Besseres ein, als deine Knarre rauszuholen. Ist das dein Ernst?
Savetheplanet, vor 24 Minuten.

Wisst ihr was? Savetheplanet ist ein verdammter Ökopazifistentroll! Also, ihr Clowns, ich lass euch dann mal allein, ciao!
Koalamaster, vor 20 Minuten.

Als der User Murmeltier19 eine neue Googlesuche startete, ergab das Stichwort »prähistorische Tiere« 800.000 Treffer. Das war um 9.30 Uhr GMT.

Um 12.15 Uhr spuckte Google schon eine Million Treffer aus.

Um 17 Uhr waren es 99 Millionen.

7

Im Herzen eines kleinen Tals eine Dreiviertelstunde Fahrt von Genf entfernt im Kanton Waadt war Stephen Gordons Chalet von der Straße aus nicht zu sehen. Um es zu erreichen, musste man das Vorgebirge des französischen Jura erklimmen und dann über eine Straße fahren, die sich in Serpentinen mitten durch die Tannen zog. Als er auf sein Leben als Virusjäger verzichtet hatte, hatte Stephen Lauryns Wohlergehen an die erste Stelle gesetzt und sich für einen ruhigen Wohnort entschieden.

Bei gutem Wetter konnte man in der Ferne die makellose Kuppel des Mont Blanc sehen. Wenn er von der Arbeit heimkam, hatte er es sich angewöhnt, ein bisschen auf der Terrasse zu sitzen, während Eva zu ihm kam und ihm kurz die Ereignisse des Tages zusammenfasste. Er liebte den Anblick der Berge. Dieses Übermaß setzte die Dinge ins Verhältnis und beruhigte ihn. Normalerweise. Seit sie allerdings entdeckt hatten, dass das Kruger-Virus auch auf den Menschen übertragen werden konnte, hatte Stephen das Gefühl, buchstäblich gar nichts mehr unter Kontrolle zu haben.

An diesem Abend hörte er nicht auf, immer wieder die Ereignisse durchzugehen und nach dem Fehler zu suchen, den er begangen hatte. Doch er konnte sich das Hirn zermartern, solange er wollte, im Grunde wusste er, dass niemand die Entwicklung hätte voraussehen können, Sogar Aguas hatte ihm in diesem Punkt zugestimmt. Die Ansteckung der japanischen Seeleute hatte seinen Hoffnungen ein Ende gesetzt: Die für den Menschen gefährliche Variante des Kruger-Virus war ebenso leicht übertragbar wie diejenige, welche die Tiere befiel.

Der einzige Vorteil dieser brutalen Erkenntnis bestand darin, dass sie eine Schockwelle durch die wissenschaftliche Gemeinschaft gejagt und die Kooperationsbereitschaft der Regierungen in Bezug auf diese Krise für den Moment gesichert hatte. Überall wollte man nähere Auskünfte über das weitere Vorgehen, neue Anweisungen, kurz gesagt, man verließ sich auf die Instanzen, die das Virus einhegen sollten. Was die Welt allerdings nicht wusste, war, dass sie bereits am Rand einer Epidemie stand. Niemand konnte voraussagen, was sich von nun an ereignen würde. Bestenfalls lief es auf Tausende von Infektionsfällen und eine durch drastische Maßnahmen eingedämmte Pandemie hinaus. Schlimmstenfalls ging es um hunderttausende, vielleicht sogar millionenfache Krankheitsfälle unter Menschen und Tieren und um ebenso viele Hektar betroffenes Kulturland, um eine teilweise Ausrottung mancher Arten, unter ihnen die des Menschen. Wahrscheinlich käme es nicht zur schon tausendfach vorhergesagten Apokalypse, aber man käme ihr wohl nahe.

Die Haushälterin trat auf die Terrasse, und ihm fiel auf, dass sie Regenmantel und Reisetasche bei sich hatte. Angesichts dieses eiligen Aufbruchs empfand er einen Hauch von schlechtem Gewissen. Seit die Krise ausgebrochen war, hatte sie klaglos Überstunden an Überstunden gereiht, ohne die beiden Nächte zu erwähnen, die sie im Chalet verbracht hatte.

»Eva! Es tut mir so leid, ich nutze Sie im Moment wirklich aus.«

»Machen Sie sich keine Sorgen, Stephen. Mich erwartet zu Hause ohnehin niemand … Ich kann so oft hier sein, wie Sie wollen.«

»Leider werde ich auf dieses Angebot tatsächlich wieder zurückkommen müssen. Die Lage verschlimmert sich, es wird bald in den Nachrichten kommen.«

»Verlassen Sie sich auf mich.«

»Danke, Eva. Ohne Sie …«

»Ohne mich wären Sie trotzdem ein wunderbarer Vater. Übrigens habe ich zum Abendessen Zucchinigratin und Salat vorbereitet. Sie müssen nur noch die Soße drüberkippen.«

»Großartig. Sie sind …«

»Eine gute Fee, ja.«

Als sie aufbrach, winkte sie ihm kurz zu und tat so, als bemerkte sie seine wässrigen Augen nicht.

Das muss wohl der Stress sein. Der Stress und das Gefühl, an der Schwelle zu einer Katastrophe zu stehen …

Lauryn saß auf einem Sofa dem Panoramafenster gegenüber. Wenn man sie so sah, mit ihren modischen Ballerinas, ihrem Einteiler und dem Pony, der ihr in die Stirn fiel, hätte man sie für ein ganz normales siebzehnjähriges Mädchen halten können. Nur der leere Blick gab einen Hinweis auf ihre Krankheit. Sie langweilte sich, tat aber nichts, um diesem Zustand Abhilfe zu schaffen.

Er kniete sich neben sie hin und versuchte ihre Aufmerksamkeit zu gewinnen. »Hallo, meine Süße, wie geht's dir heute?«

Der Kernspintomografie zufolge litt Lauryn nicht an einer neurologischen Störung, sondern lediglich an einer so tiefen Depression, dass diese sie in einen Zustand quasi dauerhafter Apathie versetzte. Es war nun fast zehn Jahre her, dass sie nach dem Tod ihrer Mutter in dieses Loch gefallen war. Zehn Jahre, in denen er gehofft hatte, sie würde irgendwann wieder aufwachen und weiterleben.

»Entschuldige mich bitte, ich muss was essen, ich bin heute

Mittag zu nichts gekommen. Willst du vor dem Abendessen noch was knabbern?«

Seine Tochter schüttelte den Kopf, ohne ihren Vater wirklich wahrzunehmen. Er sagte sich, dass er vielleicht doch diesen Magnetiseur ausprobieren sollte, den man ihm in der Savoie empfohlen hatte. Noch einer.

Als er sich in der Küche ein Glas Weißwein einschenkte, wanderte sein erhitzter Geist ganz automatisch wieder zurück zum Steinzeitvirus. Konnte Willems' Handel mit wilden Tieren allein die Epidemie in Gang gebracht haben? Als Carvalho die dem Mann als Lager dienende Bruchbude durchsucht hatte, waren ihm Unterlagen in die Hände geraten, welche die verdächtigen Verkäufe der letzten zwei Monate dokumentierten. Vier Graupapageien waren nach Südamerika verschickt worden, ein Ara-Pärchen in den Fernen Osten.

Ein Gitarrenriff ertönte. Seit einiger Zeit hatte Stephen eine Abneigung gegen diesen Klingelton entwickelt. *Ich sollte ein verdammtes Weihnachtslied einstellen oder eine Andenflöte.*

Widerstrebend nahm er ab. Er hatte eine schlechte Vorahnung. Gabriellas melodiöse Stimme besänftigte ihn einen Moment lang. Aber nur kurz.

»Ein neuer menschlicher Krankheitsfall ist in Korea aufgetreten, im Hafen von Busan. Noch ein Matrose. Er hat an Bord eines Frachtschiffs gearbeitet, das im Hafen lag …«

»Das kann doch nicht wahr sein!«

»Der Typ hat sich über einen Stich am Bein beklagt. Am selben Abend ist er ins Koma gefallen und hat heftiges Fieber bekommen. Innerhalb weniger Stunden war sein Körper mit blutigen blauen Flecken übersät. Als er nach sechsunddreißig Stunden wieder aufwachte, hatte er sich um eine knappe Million Jahre zurückverwandelt.«

»Wer hat ihn behandelt?«

»Das örtliche Krankenhaus. Die Ärzte haben ihre Regierung kontaktiert, die uns dann alarmiert hat.«

»Wende dich so schnell wie möglich an die Zweigstelle der WHO vor Ort«, wies Stephen sie an. »Wir müssen wissen, was für ein Tier ihn gestochen hat.«

»Hat Dorian schon erledigt.«

»Steht der Kranke unter Quarantäne?«

»Natürlich. Im Moment können wir nichts anderes tun, als abzuwarten.«

»In Ordnung. Fährst du heim?«

»Nein. Ich habe heute Abend Bereitschaft.«

»Ach, na klar. Ich bin so gerädert, dass ich alles durcheinanderbringe.«

»Du musst dich ausruhen, Stephen.«

»Ich weiß. Halt heute Nacht die Ohren steif.«

»Danke. Du auch. Und schlaf mal.«

»Versprochen.«

Stephen legte auf. Dieses System von Tag- und Nachtschichten war sicherlich kein Allheilmittel, aber es war immer noch besser, als im Fall eines extremen Notfalls kalt erwischt zu werden – ein Vorfall am anderen Ende der Welt wie dieser Kerl in Busan, das Aufflammen einer Epidemie, was für eine Katastrophe auch immer.

Es war nun fast so weit. Er schaltete den kleinen Fernseher ein, der auf einem Regal in der Küche stand. Für gewöhnlich sah er sich die Nachrichten lieber hier an. Es war besser, Lauryn die Meldungen aus aller Welt zu ersparen, auch wenn es nicht den Anschein machte, als mäße sie ihnen besondere Bedeutung bei. Seine Tochter interessierte sich augenscheinlich nur für kitschige Liebesserien oder Vampirfilme, was in Hollywood ungefähr auf dasselbe hinauslief, aber er wollte nicht, dass die apokalyptischen Szenarien, die die Journalisten ganz zweifellos beschreiben würden, sie verängstigten. Die Ansteckung der Menschheit zu verheimlichen war von nun an unmöglich, ja sogar politisch gefährlich. Margaret Christie hatte deshalb entschieden, die Dinge selbst in die Hand zu nehmen, indem sie die erste Pressekonferenz zum Steinzeit-Virus selbst gab. Sie nannte es bei dieser Gelegenheit nur »Kruger-Virus«, um üble Assoziationen zu vermeiden. Gordon beneidete sie nicht. Der Druck, der auf ihren Schultern lastete, musste grauenvoll sein. Um nichts auf der Welt hätte er gerade den Platz mit ihr tauschen mögen.

Die erste Meldung der Abendnachrichten war die von ihrer Konferenz, sie hatte Vorrang vor allen anderen Themen. Die Leiterin der WHO trat auf dem Bildschirm mit ernster Miene vor einen Wald aus Mikrofonen. Nach einer kurzen Erklärung zum Virus selbst berichtete sie vom Ereignisverlauf, der dazu geführt hatte, von Regression zu sprechen. Ihr Tonfall war nüchtern, ihre Darstellung präzise.

»Das Kruger-Virus hat zunächst bestimmte Wildtiere befallen, dann Pflanzen der Gattung der Sorghumhirsen und Akazien, was auf eine bedeutende Mutationsfähigkeit hinweist, sodass wir mit dem Schlimmsten rechnen mussten, einer Variante der Krankheit, die den Menschen infiziert. Heute muss ich Ihnen bedauerlicherweise mitteilen, dass sich unsere Befürchtungen bestätigt haben: Neunzehn Personen haben sich mit dem Virus angesteckt.«

Die Verblüffung unter den Zuhörern führte zu einem surrealen Moment vollkommener Stille, die schließlich von einer Fragenexplosion durchbrochen wurde: »Löst die Infektion beim Menschen dasselbe aus wie bei Tieren?«, »Wer sind die Kranken?«, »Welche Staatsangehörigkeit haben sie?«, »Wie haben sie sich mit der Krankheit infiziert?«, »Wie ist ihre Lebenserwartung?«, »Besteht Hoffnung auf Heilung?«, »Wie sehen die Infizierten aus?«, …

Margaret Christie entschied sich vorsichtshalber, auf die letzte Frage zu antworten. »Das Virus verursacht körperliche Veränderungen, sodass die Opfer Merkmale ihrer stammesgeschichtlichen Vorfahren aufweisen, die …«

Ein spanischer Reporter fiel ihr abrupt ins Wort: »Was für eine Art genau? Neandertaler? *Homo sapiens*?«

»Ich bitte Sie, lassen Sie uns doch nicht alles miteinander vermischen.«

Die Direktorin zögerte einen kurzen Augenblick. Am Bildschirm war das kaum zu erkennen, aber für jemanden, der sie kannte, war es eine auffällige Pause.

»Aus Rücksicht gegenüber den Kranken und ihren Familien werden wir keine Bilder zeigen. Ich kann Ihnen nur sagen, dass ihr Schädelumfang abgenommen hat und gewisse Merkmale ihrer Gesichter, insbesondere ihre sehr kleine Stirn, an unsere Vorfahren erinnern. Allerdings weigere ich mich zu erklären, dass das Kruger-Virus eine bestimmte Menschengattung wieder zum Vorschein gebracht hat. Das wäre eine falsche Darstellung der Geschehnisse. Ich halte mich lieber an die Fakten, nämlich dass die Opfer unter Missbildungen leiden.«

»Wie haben sich diese Kranken angesteckt?«

»Es geht um vereinzelte Fälle. Wir vermuten, dass diese Personen zunächst von Tieren gebissen worden sind, die Träger des Virus waren. Daraufhin haben sie Krankheitssymptome entwickelt. Nach unserem derzeitigen Kenntnisstand muss ich daher einen Aufruf an die Bevölkerung aller Länder starten. Halten Sie sich fern von den neuen Tierarten. Das Kruger-Virus wird durch Sekrete und Blut übertragen. Nähern Sie sich ihnen nicht, auch keinem toten Tier. Viele werden versucht sein, diese Wesen aus der Nähe zu betrachten. Denken Sie immer daran, dass sie Träger eines unbekannten, höchst ansteckenden Virus sind.«

Eine junge Journalistin, die an einer Seite des Raumes stand, bat um das Wort. »Forscht die WHO nach einem Impfstoff?«

»Wir haben schon heute Morgen verschiedene Virostatika an den Patienten getestet; bisher hat keins von ihnen zu einer Verbesserung ihres Zustands geführt. Blutproben sind an drei der weltweit größten Zentren für die Untersuchung hochgefährlicher Erreger geschickt worden. Ich hoffe, dass sie einen Ansatz zu einem Impfstoff finden, aber wir müssen uns darüber im Klaren sein, dass dies Zeit benötigen wird. Wir wissen nichts oder wenig über die biologischen Mechanismen der Regression. Bisher gehen wir davon aus, dass sie durch die Aktivierung schlafender Erbanlagen in unserem Genom verursacht wird.«

Dieser Versuch einer Erklärung erzeugte eine Welle der Aufregung. Unter den anwesenden Journalisten arbeiteten viele für wissenschaftliche Medien, und sie schienen sich plötzlich darüber bewusst zu werden, mit was für einem gewaltigen Problem sie es zu tun bekamen.

Mit einer Geste brachte Margaret Christie den Saal zum Schweigen. »Unsere vordringliche Aufgabe ist es nun, den Überträger der Krankheit zweifelsfrei zu identifizieren. Diese konzentriert sich auf die wichtigen Schifffahrtswege, wahrscheinlich weil sie auf den Booten verbreitet wird. Das ist alles, was wir bis jetzt wissen. Um die Ausbreitung des Virus zu begrenzen, habe ich ein Gesuch bei den Regierungen eingereicht, eine Blockade der Hafenstädte einzurichten. Ich bin mir wohl bewusst, dass es sich dabei um eine extreme Maßnahme handelt, die bedeutende wirtschaftliche Auswirkungen haben wird, doch das ist der Preis, den wir für die Eindämmung des Virus zahlen müssen. Ich weiß, dass die verantwortlichen Politiker unseren Empfehlungen folgen werden. Vielen Dank.«

Benommen von dem soeben Gehörten oder vielmehr von der Tatsache, dass die Epidemie bereits eine andere Dimension erreicht hatte als das, was öffentlich verlautbart wurde, schaltete Stephen den Fernseher und sein Handy aus. Er hatte keine Lust, während des Abendessens mit Anrufen bombardiert zu werden; das war auch das Mindeste, was er Lauryn schuldete. Er hatte den Eindruck, sie seit einer Ewigkeit vernachlässigt zu haben. *Eine Stunde. Ich genehmige mir eine Stunde, dann gehe ich wieder an die Arbeit.*

Wie üblich begnügte sich die junge Frau damit, einsilbig auf seine Gesprächsangebote zu antworten. Er versuchte sie mit Anekdoten über Tomas' T-Shirt-Sammlung oder Gabriellas legendäre Zerstreutheit aufzuheitern, die an einem Tag, an dem sie besonders in Gedanken versunken war, ihre Tasche in den Kühlschrank gestellt hatte, doch nichts war von Erfolg gekrönt. Lauryn waren seine Kolleginnen und Kollegen egal, und nur das Versprechen, nach dem Essen einen Fantasyfilm anzuschauen, heiterte sie schließlich auf. In diesem Augenblick traf Stephen die Ironie der Situation wie ein Blitz: Während seine traumatisierte Tochter sich mit absurden Märchen tröstete, sah sich die Welt einer viel schrecklicheren Bedrohung als ein paar haarigen Blutsaugern gegenüber.

Gegen 21 Uhr, als Lauryn vor *Beautiful Creatures – Eine unsterbliche Liebe* saß, entschied er sich, auf sein Telefon zu schauen. Die Mailbox war randvoll. Wissenschaftler, Krankenhausdirektoren, Berater von Ministerien, alle wollten sie seinen Rat. Axel Cassard hatte zweimal versucht, ihn zu erreichen, bevor er sich mit einer Nachricht begnügte. Als er es unterlassen hatte, ihn über die Fälle der japanischen Matrosen zu unterrichten, war Stephen sich bewusst gewesen, ihre Vereinbarung gebrochen zu haben. In Wirklichkeit hatte er allerdings nie vorgehabt, sie einzuhalten. Er hatte nur sein Möglichstes getan, um ein wenig Zeit zu gewinnen.

Die Stimme des Chefredakteurs klang scharf und war voll spürbar unterdrückter Wut: »Mr. Gordon, ich dachte, Sie wären ein Ehrenmann. Da habe ich mich offenbar getäuscht. Sie können in diesem Moment auf der Internetseite von *Science & Nature* meine Reportage über Südafrika lesen. In Zukunft müssen Sie sich nicht mehr die Mühe machen, mich zu kontaktieren, um das Erscheinen eines Aufsatzes hinauszuzögern. Ich vertraue Ihnen nicht länger. Sie dürfen sicher sein, dass ich von nun an, was auch immer Sie verbergen mögen, alles daransetzen werde, es aufzudecken, und ich werde keinerlei Skrupel haben, meine Erkenntnisse zu veröffentlichen. In der Zwischenzeit empfehle ich Ihnen, sich die Zeichnungen dieser seltsamen Wesen anzusehen, die meinem Artikel beigefügt sind.«

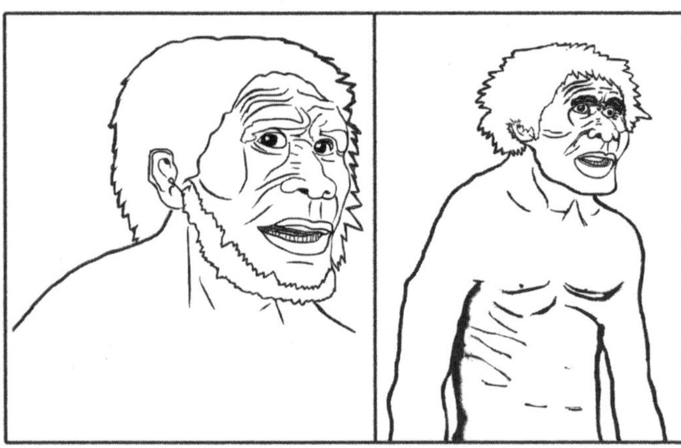

8

An diesem 24. August traf im Hof des Élysée-Palasts in Paris wie in einem perfekt choreografierten Ballett ein Auto mit getönten Scheiben nach dem nächsten ein. An den abgespannten Mienen erkannten die in großer Zahl anwesenden Journalisten, dass die Lage ernst war, aber keiner der Minister gab eine Erklärung ab. Der Präsident hatte einen außerordentlichen Krisenstab einberufen. Nach dem Schock der Enthüllungen bezüglich der infizierten Menschen und dem wachsenden Druck der Medien ging es nun darum, nicht nur eine Krisenkommunikation auf die Beine zu stellen, sondern auch Maßnahmen zu ergreifen, um die Bevölkerung zu beschwichtigen und sich einem Verständnis dessen anzunähern, worüber man noch sehr wenig wusste.

Nachdem er die üblichen Grußformeln losgeworden war, gab der Innenminister einen eher beruhigenden Bericht ab. Laut den Präfekten war noch nirgends ein Aufwallen von Panik zu beklagen, nur die übliche Aufregung in den sozialen Netzwerken.

»Allgemein scheint die Meinung vorzuherrschen, skeptisch gegenüber den Katastrophenszenarien zu sein, die von der Presse an die Wand gemalt werden. Auch bei der BSE-Krise haben sich die angekündigten Gruselgeschichten ja nicht bewahrheitet. Das haben die Menschen nicht vergessen. Außerdem sind die Augusturlauber noch am Strand.«

Der Präsident nickte, ohne den Versuch zu unternehmen, die Atmosphäre zu entspannen. Im Augenblick beunruhigte ihn eher das wirtschaftliche Chaos, das sie möglichst weitgehend beschränken mussten. Das Virus hatte – was die Infektion von Menschen anging – noch nicht auf Europa übergegriffen, und mit ein bisschen Glück würde es auch ausgesperrt bleiben. Die WHO-Direktorin hatte recht: Trotz der Blockade, die einen empfindlichen Verlust für die Exportwirtschaft und eine Verschwendung von Rohstoffen bedeutete, hätte die Situation auch deutlich ernster sein können.

Der Verteidigungsminister meldete sich zu Wort, um darauf hinzuweisen, dass der medizinische Generalinspekteur der Armee, Marc Antonetti, in sämtliche internationalen Schutzkomitees eingebunden wäre.

»Er ist ein erfahrener Mann, der ganz genau weiß, wie es bei der UNO läuft. Wir können uns darauf verlassen, dass er uns berichtet, was sie dort aushecken.«

Das Justizministerium nutzte die Gelegenheit, sich wieder einzuschalten und für eine internationale Krisenbewältigung zu plädieren. Der Justizminister wirkte angespannter als seine Kollegen. »Das Auftauchen der Infektionsherde überall auf der Welt erfordert, dass die UNO die Leitung der Maßnahmen übernimmt, wenigstens solange wir nichts Genaueres wissen und noch die Möglichkeit haben, einen eigenen Plan für die Zukunft zu entwerfen. Für den Moment fahren wir auf Sicht, das kann so nicht weitergehen …«

Der Präsident machte sich Notizen. Er brauchte einen Gesamtüberblick. Am Ende der Besprechung waren mehrere Angriffslinien aufgetaucht, die von sehr konkreten Dingen – den Notfallmaßnahmen, die die medizinische und wirtschaftliche Risikoeinschätzung sowie die Mittel umfasste, die eingesetzt werden mussten, um die Verbreitung des Virus zu unterbinden – bis zu sehr philosophischen Fragen reichte – etwa jener, wie die vom Kruger-Virus infizierten Menschen zu betrachten waren.

Sobald die Minister sich mit einem genauen Kommunikationsplan in den Händen wieder entfernt hatten, blieb der Präsident noch einige Minuten allein. Er wurde die Bilder nicht los, die der Generalstab der Marine ihm von diesen … Mutanten übermittelt hatte. Er atmete tief durch und verspürte einen Augenblick lang die Versuchung, diese Bilder ins Reich der Fantasie zu verweisen. Er wollte sich gar nicht vorstellen, was passieren würde, sollte sich das Virus wirklich in seinem Land verbreiten.

9

Anna hatte zugestimmt, dass Lucas Carvalho sich ins Militärkrankenhaus nach Durban begab, in das Willems verlegt worden war, während sie in die Pension zurückfuhr, um ihre Rückkehr vorzubereiten. Sie hatte noch keine drei Schritte gemacht, als Mary von der Veranda her auftauchte und sie hektisch ausfragte. Die beiden Frauen schätzten sich, und Anna wusste, dass sie sich auf die Diskretion der Südafrikanerin verlassen konnte, konnte sich allerdings nicht dazu entschließen, ihre Befürchtungen mit ihr zu teilen, kürzte das Gespräch daher ab und verschwand in ihrem Bungalow. Seit der Pressekonferenz von Margaret Christie spukte ihr ein Satz im Kopf herum: »Wenn es möglich ist, meiden Sie Hafenstädte …«

Bei all dem Irrsinn der letzten Tage hatte sie kaum einmal an Yann gedacht, und widersinnigerweise hatte die Kontaktsperre, so schwierig sie zuvor auch gewesen sein mochte, ihr dabei geholfen, sich zu entspannen. Doch nun, da die Nachricht von der Epidemie raus war, fegte das Bedürfnis, seine Stimme zu hören, alles andere hinweg, ihre lautstarken Streitereien, die Missverständnisse, einfach alles.

Yanns ozeanografische Mission sollte im August abgeschlossen sein. Die *Atalante* sollte im Hafen von Nouméa neue Vorräte an Bord nehmen, um dann gleich wieder in See zu stechen. Wenn das Boot durch die neuen Anweisungen wegen der Blockade nicht mehr auslaufen dürfte, würde er einen Flug nehmen, sodass sie ein paar Tage gewinnen würden. Das hätte Anna eigentlich freuen sollen, aber sie wurde auf einmal von einer bösen Vorahnung überfallen. War es die Spur eines Schuldgefühls? Seit ihrem One-Night-Stand mit Lucas war der Großteil ihres Grolls auf Yann wie weggeblasen, als ob sie sich von einer unsichtbaren Last befreit hätte, indem sie gegen die Regeln ihrer sakrosankten Liebe verstieß. Sie checkte ihre Nachrichten, um sich zu beruhigen und zu entscheiden, was sie als Nächstes tun wollte.

In diesem Moment erschien wie ein Augenzwinkern des Himmels Yanns Name in ihrem Posteingang. Das Herz der jungen Paläontologin setzte für einen Schlag aus. Sie klickte auf die Nachricht.

Anna,
seit heute Morgen hängen wir vor dem Fernseher im Gemeinschaftsraum, und alle Tauchgänge sind verschoben worden. Was da gerade passiert, ist absolut unfassbar. Du hattest recht! Du, meine Anna, hast ganz allein eine solche Theorie ins Auge gefasst, als Einzige auf der Welt! Vieles überschlägt sich nun in meinem Kopf. Ich kann mir deine Freude vorstellen, richtig gelegen zu haben, aber auch deine Angst vor der künftigen Welt. Ich habe versucht, dich anzurufen, bin aber nur auf eine volle Mailbox gestoßen. Du musst furchtbar beschäftigt sein. Es ist idiotisch, aber das alles hat mich ins Grübeln gebracht. Ich bin egoistisch gewesen, ich habe diese ewigen Trennungen nicht mehr ertragen, die jedes Mal länger wurden … Ich hatte schon damit angefangen, die Tage zusammenzurechnen, die wir miteinander verbracht haben, und habe mir dadurch von vornherein jene verdorben, die noch kommen, vor allem auf meiner letzten Reise vor inzwischen fast vier Monaten. Ich würde mit dir gern darüber reden, sobald

du wieder zurück in Paris bist. Ich nehme doch an, dass du bei allem, was jetzt los ist, heimkommst, oder?
Wir wissen noch nicht, wann wir hier abreisen können, alles hängt von der Situation ab. Lucie und ich glauben, nach unserer letzten Tauchfahrt beim Aufstieg ein prähistorisches Tier gesehen zu haben, eine Art großen Otter mit einem Hundekopf. Weißt du, was das sein könnte?
Dieses verdammte Kruger-Virus rechtfertigt gerade die beiden letzten Jahre, die du weit weg von mir gekämpft und deine Fossilien gesucht hast … Ich fürchte mich vor der Zukunft, aber ich kann nicht anders, als mir zu sagen, dass wir uns wiederfinden werden und der ganze Rest nicht zählt; diese ständige Abwesenheit, unsere Streitereien, all das liegt jetzt hinter uns.
Ich liebe dich,
Yann

Aufgewühlt formulierte Anna sofort eine Antwort. Ihre Finger flogen geradezu über die Tastatur.

Mein Liebster,
du kannst dir gar nicht vorstellen, wie gut mir deine Worte tun. Auch ich bedaure vieles, vor allem, dir nicht gestanden zu haben, wie schwierig unsere Trennungen für mich jedes Mal gewesen sind. Ich wusste nicht, wie ich dir den Drang erklären sollte, der mich immer weitergetrieben hat und den nichts und niemand stoppen konnte. Doch jetzt liegt das hinter uns, du hast recht.
Ich komme heim. Neuguinea habe ich schon vor einer Weile verlassen, mehr kann ich dir jetzt noch nicht sagen. Ich erzähle dir alles in Paris. Glaubst du, dass du Anfang September zurück sein wirst? Ich bin Ende des Monats wieder bei uns zu Hause.
Ich kann unser Wiedersehen nicht erwarten. Lass uns über alles

reden und alles ausräumen, was uns schadet. Es gibt nur noch dich und mich, für immer. Egal, was passiert, wenn wir zusammen sind, bringt mich nichts ins Zweifeln.
A.

PS: Wahrscheinlich hast du einen Pakicetus gesehen.
PPS: Du kannst mich anrufen, ich habe mein Handy jetzt wieder.

Sie wartete fünf Minuten, dann zehn, die Augen auf das Postfach gerichtet. Er musste anscheinend aufgebrochen sein, bevor er ihre Antwort gelesen hatte.

Das Bedauern umschlang sie, aber vielleicht war es besser so. Sie zog dies jedenfalls einem durch eine schlechte Verbindung erschwerten Gespräch vor. Eine schlechte Verbindung! Das Wortspiel hinterließ einen bitteren Nachgeschmack bei ihr. Ihr Seitensprung änderte nichts an ihrer gemeinsamen Geschichte, vorausgesetzt, dass sie nicht der Versuchung erlag, alles zu gestehen. Sie schaltete den Computer aus und verließ den Bungalow. Sie fühlte sich nicht in der Lage, sich weiter ihren Mails zu widmen, nicht nach Yanns Worten und der Liebe, die alles heilte. *Genau das ist es. Wenn ich Yann wiederfinde, bin ich wieder heil.*

Draußen warf der Vollmond ein silbriges Licht auf die Savanne und tauchte die Erde in einen übernatürlichen Schimmer. Die nächtliche Kälte ließ sie erschaudern. Mit den Ellbogen auf das Geländer gestützt, spürte sie, wie eine Welle der Übelkeit sie derart überwältigend ergriff, dass ihr die Luft wegblieb. Ihr wurde schwindlig, sie schloss die Augen, ließ sich auf den Schaukelstuhl sinken und tastete nach der Wasserkaraffe, die irgendwo auf dem kleinen Tisch stehen musste. Was war mit ihr los? Ein Bild, das sie zu verscheuchen suchte, drängte sich ihr wieder auf: Willems' Keller, der Sporn des Papageien, der Blutstropfen, der aus dem zerrissenen Handschuh quoll …

Es war unmöglich, nichts ließ auf solch einen Übertragungsweg schließen. Der Vogel war schon vollkommen vertrocknet gewesen. Außerdem war das Ganze inzwischen schon eine Woche her. Die Inkubationszeit war längst verstrichen. Was war also mit ihr los?

Sie ging wieder in das Hauptgebäude der Pension, von Zweifeln geplagt. Durch das Küchenfenster sah sie Mary und Joy, Tendaïs Cousine, die das Abendessen vorbereiteten. Kyle fing sie auf der Veranda ab, bevor sie noch ihre Hilfe anbieten konnte.

»Anna! Ihr habt einen Menschen gefunden, der sich genauso infiziert hat wie Vier Stoßzähne! Opa hat Mama erzählt, dass Lucas ihn gesehen hat! Und du? Warst du bei ihm? Ich habe keine Lust mehr, hierzubleiben, kann ich morgen mit dir kommen? Wenn du dabei bist, ist Mama einverstanden. Die Schule ist schon geschlossen, obwohl es noch einen Monat bis zu den Herbstferien ist. Opa arbeitet fast gar nicht mehr im Tierasyl, jedenfalls will er nicht, dass ich es betrete, nicht mal, um Vier Stoßzähne zu besuchen! Ich habe ihn jetzt nicht mehr gesehen, seit … seit wir am Flughafen waren, als wir euch abgeholt haben! Ich darf überhaupt nichts mehr!«

»Oje, nicht alles auf einmal! Deine Mutter hat doch recht, wenn sie vorsichtig ist, Kyle. Und ich denke, du bist schon groß genug, um zu verstehen, dass das alles kein Spiel ist, oder?«

Der Junge nickte widerstrebend. Er war in eine dumme Falle getappt und hätte besser nur um einen einzigen Gefallen bitten sollen. Um einen Spaziergang durch das Buschland zum Beispiel. Er hatte wirklich mehr als genug davon, den halben Tag lang eingesperrt zu sein.

Angesichts seiner mürrischen Miene lächelte Anna schelmisch. »Soll ich dir eine hieb- und stichfeste Idee verraten, die auch deiner Mutter gefallen wird?«

»Was denn?«

»Die Sicherheitsvorschriften gelten für alle, du kannst also deine Freunde zu dir einladen oder sie besuchen. Es gibt doch sicher welche, die in der Gegend wohnen, oder?«

»Das ist deine Idee?«

Der Junge war viel zu aufgeweckt, um sich an der Nase herumführen zu lassen. Anna seufzte.

»Sie ist nicht brillant, das gebe ich zu. Ich glaube, ich brauche ein bisschen Ruhe.«

Er zuckte mit den Schultern und warf ihr einen Seitenblick zu, als wollte er abschätzen, ob er ihr etwas anvertrauen konnte.

»Peter und Thomas sind unsere Nachbarn, aber Thomas kann ich nicht so gut leiden … Sonst spiele ich immer mit Sipho, Joys Sohn, aber Mama will nicht, dass wir uns draußen rumtreiben. Ich darf nicht mal mehr im Internet surfen, außer ich gucke mir irgendwelche total lahmen, uralten Filme an. Sie überwacht alles, was wir machen!«

»Großer, diese Virusgeschichte ist ernst. Alle müssen Opfer bringen, verstehst du?«

»Ja.«

Diesmal errötete Kyle mit einer Mischung aus Verwirrung und Bitterkeit. »Ich weiß, was du mir sagen wirst, dass ich Mama helfen soll, weil sie sich Sorgen macht, auch wenn sie so tut, als wäre es nicht so. Du spielst auch Theater!«

»Ich?«

»Ihr habt alle Angst.«

»Stimmt, ein bisschen, aber dafür muss man sich nicht schämen. Und du, Kyle? Wie denkst du über all das?«

»Ich weiß nicht so recht. Vier Stoßzähne hat niemanden angegriffen, nur die anderen mögen ihn nicht. Vielleicht erfahren wir mit der Zeit noch mehr? Opa sagt, wenn man die Natur wirklich beobachtet, kennt man sie am Ende auch.«

»Dein Großvater ist ein weiser Mann.« Anna zögerte kurz, bevor sie weitersprach. »Um ehrlich zu sein, Großer, mache ich mir Sorgen, und ich muss wieder zurück nach Frankreich.«

Kyle wollte schon mit fassungslosem Gesichtsausdruck protestieren.

»Moment, ich bin noch nicht fertig. Ich verspreche dir, dass wir vor meiner Abreise noch einen Ausflug unternehmen, wohin du willst, eine Safari nur für uns beide. Ich bin sicher, dass deine Mutter damit einverstanden ist. Dann erzähle ich dir alles, was ich weiß, einverstanden?«

»Okay …«

Er lächelte tapfer, halb getröstet. Er war sich bewusst, dass sein Kummer angesichts des Übels, das die Welt befallen hatte, nicht allzu schwer wog.

IV

Gegenangriff

1

Als Anna die Tür des Krankenhauses in Durban aufdrückte, eines kleinen, vierstöckigen Baus im Herzen eines Militärkomplexes in der Hafengegend, konnte sie einen Schauder nicht unterdrücken. Es war dieselbe Angst, die sie dem Schauspiel der auslaufenden Containerschiffe gegenüber verspürt hatte, die als potenzielle Überträger des Kruger-Virus in alle Welt fuhren.

Um einen Passierschein für sie und Dany Abiker zu erhalten – der sie hergefahren hatte –, mussten Carvalho und sein Chef bei der WHO ein gutes Wort für sie einlegen. Sie hatte selbst in letzter Minute darauf bestanden, diesen Besuch durchzuführen. Bevor sie nach Paris zurückkehren und sich in ihre theoretischen Studien stürzen würde, war es ihr wichtig, Willems' Verhalten zu beobachten. Es würde ihr bei ihrer Forschung nützlich sein, und wenn sie wirklich aufrichtig war, musste sie sich eingestehen, dass sie darauf brannte, diesen Höhlenmenschen noch einmal länger zu Gesicht zu bekommen. *Wann genau bin ich nur so zynisch geworden? Und wenn ich an der Stelle dieses armen Kerls wäre? Wenn ich mich infiziert hätte?*

Lucas erwartete sie im Empfangsbereich und führte sie dann in Willems' Krankenzimmer, das im zweiten Stock unter Quarantäne stand. Sein isoliertes Zimmer war mit einer Panzertür gesichert, hinter der sich eine mit einem großen Sichtfenster ausgestattete Schleuse befand.

Zuallererst warnte Lucas sie vor. »Wir haben versucht, ihm Kleidung anzuziehen, aber er reißt sie sich jedes Mal wieder vom Leib, sobald wir ihm den Rücken zukehren.«

»Kommuniziert er?«

»Nein. Er versteht anscheinend weder Afrikaans noch Englisch. Außerdem haben wir alle möglichen Tests durchgeführt, er scheint die Phoneme moderner Sprachen nicht unterscheiden zu können. Alle Versuche, mit ihm in Kontakt zu treten, sind für den Moment gescheitert, aber die Tatsache, dass er in diesem Keller fast verhungert ist, sowie seine Isolation erklären diese Reaktion vielleicht zum Teil.«

»Könnte er noch Erinnerungen an sein früheres Leben haben?«

»Auf den ersten Blick: nein. Wir haben ihm Bilder von seinem Haus gezeigt. Keine Reaktion.«

Abiker war an das Sichtfenster getreten, um den Hominiden zu betrachten, und wirkte verblüfft: »Großer Gott, dieser ... dieser Prähistorische wirkt so ... fehl am Platz! Anna, wissen Sie, welcher Gattung er angehört?«

»Ohne eine gründliche Untersuchung ist das schwer zu beantworten. Auf den ersten Blick kann ich nur sagen, dass er älter als *Homo sapiens* zu sein scheint und wir also wenigstens 200.000 Jahre in der Zeit zurückgereist sind.«

»Wie können Sie sich da so sicher sein?«, staunte Dany.

»Anhand einiger charakteristischer Merkmale, wie seinen enormen Überaugenwülsten. *Homo sapiens* ist vor etwa 200.000 Jahren auf der Erde aufgetaucht, davor besaßen unsere Vorfahren einen Knochenschild, der dieselbe Rolle wie ein Stahlträger in einem Gebäude spielte: Er verstärkte die besonders empfindlichen Teile des Schädelknochens. Wir haben ihn verloren, als unser Gehirn gewachsen ist, und er ist durch eine größere Stirn ersetzt worden. Die Tatsache, dass Willems diesen Wulst besitzt, erlaubt es mir, seine Art mehrere Hunderttausend Jahre nach hinten zu datieren. Zudem ist sein Schädelvolumen nicht so klein wie bei einem Australopithecus. Doch nach ihm kamen noch fünfzehn weitere Menschengattungen: *habilis, ergaster, erectus, heidelbergensis* … um nur einige von ihnen aufzuzählen. Unser Prähistorischer gehört zu einer von ihnen.«

»Und Sie können nicht genau bestimmen, zu welcher?«

»Das ist komplizierter, aber nicht unmöglich …«

Sie klopfte mit dem Finger gegen die Scheibe, um die Aufmerksamkeit des Affenmenschen zu erregen. Umgehend stürzte dieser zur Tür, presste sein Gesicht gegen das Glas und entblößte dabei sein kräftiges Gebiss. Die Backenzähne erinnerten an Schmiedehämmer. Da er nichts mehr hörte, wurde er dessen bald überdrüssig und entfernte sich wieder watschelnd. Um ihn zu beschäftigen, hatte das Krankenhauspersonal ihm Kissen und etwas Plastikspielzeug hingelegt, Quader, die groß genug waren, dass er sich nicht verletzten konnte. Einen davon nahm er nun beiläufig in die Hand und warf ihn dann mit einer mechanischen Geste wieder weg, ohne etwas anderes als tiefe Langeweile zur Schau zu stellen.

Anna konzentrierte sich, um ihn genauer zu betrachten. »Dieser Willems ist ein perfekter Zweibeiner.«

»Was meinen Sie damit?«, fragte Lucas nach, der sich ihr genähert hätte, sodass er sie nun beinahe berührte.

»Grob gesprochen hat sich die Gattung *homo* vor etwa drei Millionen Jahren aus den Hominiden entwickelt. *Homo erectus* taucht vor ungefähr anderthalb Millionen Jahren in Asien und Afrika auf und kommt dort bis vor hunderttausend Jahren vor. In Kenia hat man Fußabdrücke gefunden, die beweisen, dass diese Urmenschen beim Gehen das Gewicht von der Ferse auf den Ballen verlagerten. Wörtlich heißt *Homo erectus* »aufrechter Mensch«, er war der erste unserer Vorfahren, der uns in dieser Beziehung ähnelte. Wie wir besitzt er lange Beine und im Verhältnis zum Oberkörper kurze Arme, doch seine Körpergröße ist bescheidener, nur ungefähr einen Meter fünfzig. Er ist robust, ausdauernd, er könnte sich mit den besten heutigen Marathonläufern messen. Sehen Sie, Willems besitzt auch Überaugenwülste, der Unterkiefer zeigt eine deutliche Prognathie, wie bei Affen, und wenn er den Kopf dreht, sieht man, dass er trapezförmig ist. Das ist typisch.« Mit einem bewundernden Flüstern fügte sie nachdenklich hinzu: »Ich glaube, das ist er … ein *erectus*!«

»Wirklich?«

Tatsächlich überraschte Lucas das kaum, denn die Ärzte, die Willems betreuten, waren zu derselben Auffassung gelangt, doch er wollte eine Bestätigung hören.

»Ich bin keine Spezialistin für Humanpaläontologie. Sie müssten ein MRT machen und es an Nicolas Barenski schicken. Er kann Ihnen das mit Sicherheit beantworten.«

»Das werde ich dem Ärzteteam vorschlagen. Jetzt würde ich Sie bitten, diese Overalls und Schutzmasken anzulegen. Das Virus verbreitet sich zwar nicht über die Luft, aber wir sollten lieber vorsichtig sein. Falls es ein Problem gibt, bin ich vorbereitet, machen Sie sich keine Sorgen.«

Er unterstrich seine Worte mit einer Geste und zeigte ihnen einen Elektroschocker. Angesichts der bestürzten Mienen schwächte er seine Warnung ab. »Ich werde ihn schon nicht brauchen, Willems scheint eher ein sanftes Temperament zu besitzen. Es ist nur zur Sicherheit.«

»Hat er nie Anzeichen von Aggressivität an den Tag gelegt?«

»Lassen Sie uns reingehen, und sehen Sie selbst.«

Die Schleuse stand unter leichtem Unterdruck, damit auch das kleinste bisschen möglicherweise verunreinigte Luft aus dem Krankenzimmer gefiltert wurde.

Als er hinter Anna und Lucas das Zimmer betrat, zögerte Dany Abiker kurz. Als die Kreatur sie gehört hatte, hatte sie ihr affenähnliches Gesicht gehoben und begonnen, sie anzustarren, ohne dass sie den Ausdruck ihrer Miene wirklich deuten konnten.

»Man könnte meinen, er will kommunizieren …«

Dany entschloss sich, seine Befürchtungen in den Wind zu schlagen und weiterzugehen. Sofort richtete das Wesen sich auf und ging direkt auf ihn zu, wobei es eine Puppe in der Hand schwenkte.

»Haben Sie keine Angst, es geht um einen Tausch«, erklärte Lucas leise. »Im Gegenzug müssen Sie ihm ein Geschenk machen.«

»Das hätten Sie mir doch vorher sagen können …«

Er vergaß das Protokoll, öffnete den Overall und zog eine Packung Kaugummi aus seiner Tasche hervor. Der *erectus* schnappte sie sich mit einer abrupten Geste und warf sie auf seine Decke, ohne sie eines Blickes zu würdigen.

»Die Seeleute von dem Walfänger legen dieselbe Folgsamkeit an den Tag«, erklärte Lucas weiter. »Meiner Meinung nach haben wir von ihnen nichts zu befürchten, solange wir uns ruhig verhalten. Das Virus scheint sie wieder in kindliche Gemüter zu verwandeln.«

»Die Kindheit des Menschen …«, murmelte der alte Mann, unwillkürlich gerührt.

»Genau das.«

Nachdem sie in der Krankenhauskantine zu Mittag gegessen hatten und sich schon wieder für die Abfahrt bereit machen wollten, holte Anna einmal tief Luft und bat Dany Abiker darum, ihre Abreise auf den morgigen Tag zu verschieben. Sie schützte eine dringende Untersuchung vor, ohne sich genauer darüber auszulassen. Glücklicherweise brauchte Dany noch ein bisschen medizinische Ausrüstung für seine Tiere und sagte nichts weiter dazu. Es wäre eine gute Gelegenheit, den Abend mit Carvalho zu verbringen, dessen Gesellschaft er ein wenig vermisste.

Anna versuchte ihren Stress zu unterdrücken, den sie seit dem Auftauchen der ersten Schwindelgefühle verspürte. Jetzt hatte sie keine Wahl mehr, sie musste Lucas gestehen, was in dem Keller vorgefallen war, auch wenn das ihren Rückflug nach Paris verzögern würde. Der Biologe könnte ihr helfen; jedenfalls hatte sie sonst niemanden, dem sie sich hätte anvertrauen können. Dany war ein wunderbarer Mensch, aber er steckte zu tief in der Sache drin und würde logischerweise zuallererst seine Familie beschützen wollen.

Du wüsstest es längst, wenn du dich angesteckt hättest, mach dich nicht verrückt, Anna. In Wirklichkeit wuchs die Angst in ihr immer weiter, bis zu dem Punkt, an dem sie ihre Urteilsfähigkeit zu verlieren drohte. Sie war keine Wissenschaftlerin mehr, nur noch eine Frau, die starr vor Angst war, im Würgegriff albtraumhafter Vorstellungen.

Nach dem Besuch bei Willems hatte Carvalho sie umgehend allein gelassen. Er verbrachte seine Tage zwischen medizinischen Besprechungen und Videokonferenzen und hatte immer noch nicht die Gelegenheit erhalten, Cathy Crabbe kennenzulernen, obwohl sie eine ganze Menge zu überprüfen hatten. Allen lief die Zeit davon.

Doch als Anna ihn auf dem Handy anrief, ging er nicht nur sofort ran, sondern gewährte ihr auch ohne zu zögern ein Vieraugengespräch, bevor er ihr den Weg zu seinem Büro erklärte.

Bevor sie noch die Tür geschlossen hatte, überfiel er sie mit einer Fürsorge, der es nicht an Beunruhigung mangelte. *Hat er etwas bemerkt?*

»Was ist los, Anna? Ich habe Sie noch nie mit solch einem Gesicht gesehen, nicht einmal nach einer durchwachten Nacht. Ist etwas passiert?«

»Ja. In Willems' Keller. Ich habe mich nicht getraut, Ihnen schon früher davon zu erzählen, um Sie nicht zu beunruhigen. Ich bin von einem der Vögel gekratzt worden.«

Da er darauf nicht reagierte, fügte sie mit gesenktem Blick hinzu: »Tatsächlich bringt mich die Angst fast um.«

Lucas war erbleicht. Allerdings klang seine Stimme vollkommen ruhig, als er entgegnete: »Okay. Wie fühlen Sie sich?«

»Vorgestern war mir übel, danach war mir öfter schwindlig, aber sonst nichts, ich habe nicht das Bewusstsein verloren.«

»Falls Sie sich wirklich mit dem Kruger-Virus angesteckt hätten, wären Sie bereits ins Koma gefallen … und wieder aufgewacht.«

»Ich weiß … Es gelingt mir nur nicht, den Gedanken daran loszuwerden. Ich sage mir, dass es sich vielleicht um eine abgeschwächte Form handelt, weil es wirklich nur ein Kratzer war, dass es vielleicht länger braucht, bis die Krankheit ausbricht.«

»Anna, wahrscheinlich haben Sie gar nichts, beruhigen Sie sich. Wir werden ein paar Untersuchungen durchführen, damit nicht der leiseste Zweifel bleibt.«

»Glauben Sie denn, dass ich mir eine Variante des Virus zugezogen haben könnte? Eine Infektion, die leichter verläuft?«

»Ich glaube das nicht.«

Er hatte nicht »Nein« gesagt. Die Worte »leisester Zweifel« wirbelten wie ein Bienenschwarm durch ihren Kopf. *Leisester Zweifel, leisester Zweifel, leisester Zweifel* ... Wie war ein »leisester Zweifel« auf der Risikoskala einzuordnen?

Sie folgte ihm in einen kleinen Raum. Als er ihr Blut abnahm, bemerkte sie, dass er Handschuhe und eine Maske angelegt hatte, die die Hälfte seines Gesichts bis zur Nasenwurzel bedeckte. Darüber wirkte sein verbissener Blick so sanft wie ein Streicheln; sie hatte Schwierigkeiten, ihn zu ertragen, so sehr fürchtete sie, in Schluchzen auszubrechen. Schließlich entfernte er sich und ließ sie allein, nachdem er die Tür hinter sich geschlossen hatte. *Abgeschlossen? Werden Sie mich in ein steriles Zimmer stecken wie den anderen?*

Sie hätte Yann anrufen können, aber dazu fehlte ihr die Kraft. Diesmal ging es nicht um Wiedersehensfreude oder um den Wunsch, ihm ihr Glück direkt mitzuteilen. Was sie quälte, war ein Knebel aus purer Panik.

Sechzig endlose Minuten lang konnte sie nicht aufhören, sich vorzustellen, wie sich ihr Körper verformte, ihre Stirn sich wölbte und ihre Muskeln sich zu kompakten Knoten verhärteten. Was spürte man während der Verwandlung? Litten die Prähistorischen? Blieb ihnen ein Rest ihres alten Bewusstseins, der dem unwiederbringlichen Verlust ihrer Identität hinterherschrie? Und dann? Was passierte dann, aus ihrer Sicht, während man sie ernährte, pflegte oder in jeder nur denkbaren Hinsicht untersuchte? Wovon träumten sie völlig niedergeschlagen vor ihren Plastikspielzeugen?

Als Lucas ohne Gesichtsmaske erneut auftauchte, konnte sie einen erleichterten Aufschrei nicht unterdrücken.

»Sie können aufatmen, Anna, Sie sind nicht mit dem Kruger-Virus infiziert.«

Sie geriet beim Aufstehen ins Taumeln, sodass er nach vorn sprang und sie in die Arme nahm. Er roch nach einem leicht zitronigen Parfum. Er drückte sie so fest an sich, dass ihr die Luft wegblieb. Sie schüttelte den Kopf, unfähig auszudrücken, was sie gerade überwältigte.

»Danke. Ich hatte solche Angst. Sie …«

»Vielleicht können wir uns jetzt duzen, finden Sie nicht?«

»Doch …«

»Ich freue mich für dich, ich hätte … es gehasst, wenn ich dir hätte … Kurzum, es ist überstanden.«

Sie lösten sich mit einer Unbeholfenheit voneinander, die etwas Zärtliches an sich hatte. Anna spürte den Funken eines unangemessenen Begehrens wie einen scharfen Stich. Fühlte er ebenfalls diese Verwirrung? Das war unmöglich zu beantworten. Lucas begnügte sich mit einem Kopfschütteln, seinen Blick in ihren versenkt. Er hatte einen seltsamen Gesichtsausdruck aufgelegt, irgendwas zwischen Verlegenheit und Verwirrung.

»Du bist zwar nicht infiziert, dafür hast du aber einen überhöhten Beta-hCG-Spiegel.«

»Das heißt?«

»Dass du ein weiteres Zimmer wirst einrichten müssen.«

Sie schaute ihn verständnislos an, immer noch benommen von den aufwallenden Gefühlen. Doch dann bahnte sich das Verständnis einen Weg, und sie schluchzte: »Du meinst … ich bin schwanger?«

»Ja, fast schon im fünften Monat.«

Einen kurzen Moment lang wusste Anna nicht, ob sie jubeln oder zusammenbrechen sollte. Ein Baby statt der Krankheit. Ein Baby von Yann. Vier Monate!

Ein zweiter Gedanke überrollte sie: *Glücklicherweise besteht kein Zweifel bezüglich der Vaterschaft.* Sie lief puterrot an, als sie sich an Lucas' Bewegungen in ihr erinnerte. *Das einzige Mal,* hatte sie sich geschworen.

»Eine letzte Sache noch. Auch wenn es nichts Natürlicheres als eine Schwangerschaft gibt, würde ich es begrüßen, wenn du deinen Rückflug um wenigstens eine Woche verschieben könntest. Dein Erschöpfungszustand macht es notwendig. Du hast dich in letzter Zeit nicht gerade geschont, und dein Körper braucht Ruhe.«

»Du weißt so gut wie ich, dass ich niemals stillhalten könnte.«

»Anna – eine Woche ist nicht das Ende der Welt. Und du kannst sie nutzen, um mir zu helfen und deine eigenen Notizen zu aktualisieren. Bitte …«

»Einverstanden, aber unter zwei Bedingungen. Zunächst darf niemand etwas erfahren. Außerdem möchte ich ein privates Zimmer, denn es kommt nicht infrage, dass ich hier schlafe.«

»Deal«, lächelte Lucas milde.

Das Duzen zerstörte das subtil verwirrende Spiel der Höflichkeit, indem es sie einander plötzlich viel weniger geheimnisvoll erscheinen ließ.

Lucas' Telefon klingelte. Er hob ab, sagte zweimal »Ja« und gab ihr zu verstehen, dass man auf ihn warte. Als sie ihm nachsah, sagte sie sich, dass er die brennende Lust vergessen zu haben schien, die sie miteinander geteilt hatten.

Ein Kind … Sie musste natürlich Yann Bescheid sagen, aber nicht sofort, nicht solange die Nachrichtensperre anhielt. Im Grunde war das auch besser so. Sie hätte es gehasst, ihm diese

Neuigkeit per Mail oder am Telefon zu überbringen, mit all dem Knistern, dem Netzversagen und seinem Schweigen. Außerdem brauchte sie noch Zeit, um die Spuren ihres Abenteuers zu tilgen. Es war ja eigentlich nicht mal ein Abenteuer gewesen, nur die Verwirrung einer einzigen Nacht, die bereits verblasste.

2

Seitdem vor einer Woche die offizielle Verlautbarung erfolgt war, schwankte die Welt zwischen Unglauben und Paranoia. Stephen wusste, dass die Schockwelle ihren Höhepunkt noch nicht erreicht hatte. Die Mehrzahl der Geld gebenden Länder der WHO wollten Zugang zu sämtlichen Daten, doch diese waren so dürftig und unsicher, dass daraufhin Frustration vorherrschte.

Als er sein gesamtes Team versammelt hatte, kam Stephen sofort zur Sache. »Ich habe Nicolas Barenskis Anmerkungen zum MRT erhalten. Er stützt Anna Meuniers Meinung: Willems besitzt die Anatomie eines *Homo erectus*, und dieser Befund wurde außerdem von den japanischen Ärzten bestätigt, welche die infizierte Mannschaft versorgt. Das Kruger-Virus lässt die Menschen um anderthalb Millionen Jahre regredieren.«

»Das ist weniger als bei den anderen Arten«, bemerkte Illaire ratlos.

»Stimmt. Dafür muss es einen Grund geben.«

»Mir ist da was eingefallen«, mischte sich Gabriella ein. »Wenn wir die Statistiken über die betroffenen Spezies heranziehen, scheint sich eine Regel abzuzeichnen. Je ›primitiver‹ sie sind, desto weiter scheinen sie sich in ihrer Stammesgeschichte zurückzubewegen. Hundert Millionen Jahre bei den Vögeln, zwanzig bei den Elefanten, kaum zwei bei den Menschen.«

»Interessant, das ist sehr interessant, Gabriella. Jungs, das ist eine Hypothese, der wir auf den Grund gehen sollten, ich verlasse mich auf euch … Tomas, kannst du uns die Weltlage zusammenfassen?«

Znaniecki ergriff sehr ernst das Wort. Die Neuigkeiten, die er zu berichten hatte, waren nicht gerade erfreulich.

»Vor nicht einmal einer Woche waren nur Afrika und Südostasien betroffen; aktuell haben wir es bereits mit zehn Infektionsherden zu tun. Die Epidemie hat inzwischen alle Kontinente erfasst.«

Hinter ihm erzeugten auf dem riesigen Bildschirm rot blinkende Lichtpunkte Schwindelgefühle. In düsterem Ton fuhr er fort. »Diese Seuche ähnelt keinem bekannten Modell. Das Virus entwickelt sich spontan und anarchisch. Bis zum heutigen Tag zählen wir 1163 Opfer. Überall gleichen sich die Symptome: Muskelschmerzen, Fieber, Blutungen der Haut, dann Koma 2. Grades. Während dieses Abschnitts, der zwischen 36 und 72 Stunden andauert, verändert sich der Körper. Die Folgen sind euch bekannt. Sobald sie wieder zu sich kommen, haben die Kranken ein ›prähistorisches‹ Erscheinungsbild angenommen. Die Geschwindigkeit ist eines der wichtigsten Charakteristika des Kruger-Virus.«

»Danke«, sagte Stephen Gordon. »Bezüglich des Übertragungswegs haben wir bis jetzt nur die Zeugenaussage eines Arbeiters, der dem Kruger-Virus zum Opfer gefallen ist. Er hatte gerade noch genug Zeit, seiner Frau zu erzählen, dass er ›von einer Ratte gestochen‹ worden sei. Offenbar redete er wirres Zeug …«

Dorian Illaire meldete sich wie in der Schule. Bei seiner Körpergröße hätte er fast auch als Schüler durchgehen können, den die Sorgen frühzeitig hatten altern lassen.

»Ich kann dieses Rätsel vielleicht aufklären.«

Er begab sich ins angrenzende Büro und kam von dort mit einem Kühlbehälter zurück.

»Gibst du eine Runde Bier aus?«, scherzte Znaniecki.

»Komm nicht zu nahe, sonst vergeht dir die Lust.«

Der Franzose zog sich einen Handschuh über und entriegelte den Deckel. Eine Dampfwolke entwich, bevor sie in zähen cremeweißen Schwaden herabsank. In dem Glasbehälter, den er daraufhin aus der Kühlbox zog, war eine reglose Masse zu erkennen.

»Ich präsentiere euch unseren Feind Nummer eins. Den Überträger der menschlichen Variante des Kruger-Virus.«

Der Dampf verzog sich und enthüllte einen gedrungenen Rattenkörper.

»Vor euch seht ihr *Rattus norvegicus,* wenigstens auf den ersten Blick. Sie ist auf einem Containerschiff gefangen worden, das von Richards Bay ausgelaufen ist.«

»Warum *auf den ersten Blick*?«, fragte Gabriella.

»Wegen dieser Kleinigkeit …«

Er zog sein Handy hervor, das mit einem kleinen Projektor ausgestattet war, sodass das vergrößerte Bild des Hinterbeins des Nagers sichtbar wurde. Auf Höhe des Knöchels schien ein Stachel den Knochen zu durchbohren, wie der Sporn eines Kampfhahns oder ein stählerner sechster Zeh.

»Das Foto ist von der Einrichtung aufgenommen worden, die das Tier sichergestellt hat: das Zentrum für biologische und gesundheitliche Analyse in Busan, einer Hafenstadt in Südkorea, die das Ziel des südafrikanischen Frachters bildete.«

»Welche Schlüsse haben sie daraus gezogen?«, fragte Stephen der Form halber.

Ihm gefiel gar nicht, was er hier sah. Es kam dem schlimmsten Albtraum eines Epidemiologen ziemlich nah … Eine Ratte!

»Die DNA dieses Tierchens zeigt fast keinen Unterschied zu *Rattus norvegicus*, jedenfalls keinen bedeutenden.«

»Willst du damit sagen, dass …«

»Dieses Tier ist, genauer gesagt, die regredierte Form der Ratte, eine Variante, die vor achtzig Millionen Jahren gelebt hat. Ihr Sporn ist ein Giftstachel, wie man ihn noch heute bei Schnabeltieren findet.«

Er hielt kurz inne und schüttelte mit finsterer Miene den Kopf. Die anderen warteten mucksmäuschenstill darauf, dass er weitersprach.

»Um sicherzugehen, habe ich heute früh am Morgen Anna Meunier angerufen. Nach ihrer Aussage entspricht das genau der Hypothese, nach der die ersten Säugetiere, die die Erde besiedelt haben, giftig gewesen seien. Die Forscher haben begonnen, sich diese Frage zu stellen, als ein Paläontologe in Afghanistan das Skelett eines Nagetiers ausgegraben hat, das einen ähnlichen Stachel aufwies.«

»Logisch. Grob gesagt verfügten die kleinen Tiere den Dinos gegenüber über den Vorteil der chemischen Bewaffnung«, warf Tomas in einem kläglichen Versuch ein, die Atmosphäre zu entspannen.

»Nur dass die heutzutage auftretenden Arten es nicht mehr mit vielen Tonnen schweren Monstern zu tun haben.«

Stephen war erschüttert. »Großer Gott, ein anderer Überträger wäre mir lieber gewesen. Stellt euch die braune Pest vor, nur tausendmal gefährlicher … Also gut, lasst alles, woran ihr gerade arbeitet, stehen und liegen, und aktiviert eure Netzwerke.«

3

An Bord der Atalante, Pazifischer Ozean, 3. September

Ein dumpfer Laut riss Yann aus dem Schlaf. Jemand klopfte an seine Kabinentür. Er verzog das Gesicht, richtete sich auf und massierte sich die Stirn. Eine schlimme Migräne wrang ihm den Schädel aus, und er fühlte sich leicht fiebrig und taub. Als er die leere Whiskyflasche auf dem Boden liegen sah, schüttelte er fassungslos den Kopf.

»Herein!«

Er musste nicht fragen, um zu wissen, wer vor der Tür stand. Lucie hatte sich nie dazu durchringen können, seine Privatsphäre zu respektieren. Er mochte sie wirklich sehr, menschlich gesehen war sie eine tolle Frau und außerdem eine großartige Taucherin, aber sie bemutterte ihn, als wäre er zwölf Jahre alt.

Sie erschien auf der Schwelle zu seiner Kabine und blickte ihn vorwurfsvoll an. »Du siehst ziemlich fertig aus.«

»Hallo, Lucie, ich habe gut geschlafen, danke, und selbst?«

»Machst du dir Sorgen?«

»Was soll die Frage? Sehe ich so schlimm aus?«

»Normalerweise betrinkst du dich nicht ganz allein.«

»Ich habe mich nicht betrunken, sondern unsere Rückkehr gefeiert. Wie spät ist es?«

»Sieben Uhr.«

»Bist du verrückt?«

»Geht es um Anna?«

»Lucie … Erstens ist es noch früh am Morgen, und zweitens geht dich das einen feuchten Kehricht an. Anna geht es gut und mir auch, also vergiss es.«

»Du solltest es besser vergessen.«

Als er dunkelrot anlief, hob sie die Hand, bevor er platzte.

»Lass gut sein, ich hätte mich nicht einmischen sollen … Du wirst an Deck erwartet. Du musst dir ein Wahnsinnsding ansehen!«

»Okay, aber ich hoffe, das ist es wert, denn im Moment habe ich einfach nur Lust, irgendwem den Hals umzudrehen!«

Murrend schlüpfte er in eine kurze Hose und zog sich das T-Shirt vom Vortag über, sprang in seine Flip-Flops und kletterte noch im Halbschlaf in den Gang. Der Kapitän, für einen Seemann ein ziemlich cooler Typ, stand auf dem Oberdeck und blickte mit dem Fernglas Richtung Süden.

»Sieh dir das mal an.«

Er zeigte auf eine von Blasen aufgewühlte Stelle. *Ein Buckelwal? Es war Paarungszeit, aber mich dafür aus dem Bett zu holen …* Das Strudeln im Wasser wurde stärker, und ein Tier tauchte auf, als würde es von einer herkulischen Kraft hervorgeschleudert. Sein leuchtend grauer Körper war unglaublich schlank und sehnig, wie bei einer Riesenschlange, der Kopf erschien im Vergleich dazu lächerlich klein. Als die Kreatur mit einer grazilen Bewegung wieder abtauchte, enthüllte sie eine ebenso bescheidene Schwanzflosse.

»Verdammt, das sieht aus wie ein Basilosaurus!«, rief Yann, schlagartig hellwach.

»Ein was?«, fragte der Kapitän ungläubig.

»Ein Basilosaurus, oder auch der ›König der Eidechsen‹. Im Gegensatz zu dem, was sein Name vermuten lässt, handelt es sich dabei um ein Säugetier. Meine Freundin ist Paläontologin«, fügte er erklärend hinzu.

Das Tier tauchte erneut auf. Diesmal begnügte es sich damit, sich träge auf dem Rücken zu schlängeln, als läge es auf einem dicken Teppich. Yann konnte deutlich die winzigen Brustflossen erkennen. Außer sich vor Aufregung führte er weiter aus: »Der Basilosaurus ist der Nachfahr des Pakicetus, des Tiers, das die *Nautile* angegriffen hat. Verdammte Scheiße, in nur drei Wochen ist das unsere zweite Sichtung eines prähistorischen Tiers! Ich muss Anna Bescheid sagen. Sie wird durchdrehen, wenn sie hört, dass ich das mit eigenen Augen gesehen habe.«

Die Miene des Kapitäns verfinsterte sich. Bei den neuen Sicherheitsmaßnahmen und dieser Blockadegeschichte war er sich ziemlich sicher, erst einmal monatelang an Land festzusitzen. Und doch hatte er keine andere Wahl, als eine Meldung zu übermitteln.

»Ich benachrichtige die Marine.«

Yann und Lucie hörten ihm schon nicht mehr zu, das Schauspiel faszinierte sie zu sehr. Mit einer plötzlichen Schwanzbewegung schoss das Tier nun direkt auf die *Atalante* zu. Am Rumpf angelangt, tauchte es ab. Die beiden Biologen eilten in der Hoffnung nach Steuerbord, es dort noch einmal zu sehen, aber das Meer hatte sich bereits über ihm geschlossen; als Folge der auf diese Weise erzeugten kurzen Welle tanzte raschelnde Gischt, so weit das Auge reichte. Sie suchten mit zusammengekniffenen Augen, irritiert durch die Lichtreflexe, das Meer ab. Unvermittelt durchbrach der Basilosaurus ungefähr dreißig Meter entfernt abermals die Wasseroberfläche und hielt sich für ein paar Sekunden über dem Wasser, eine Säule aus Fleisch und Fett wie eine Rakete oder ein stählerner Totempfahl, dann tauchte er wieder ab und verschwand.

Erschüttert von dieser völlig unwahrscheinlichen Sichtung, traf Yann die Erkenntnis: Er konnte ihn nicht entwischen lassen, ohne zu versuchen, ihn aus der Nähe zu sehen. Er rannte zum Lagerraum. Lucie war ihm dicht auf den Fersen. Als sie sah, wie er seinen Taucheranzug vom Haken nahm, versuchte sie, ihn zur Vernunft zu bringen.

»Ich weiß nicht, ob das so eine gute Idee ist, und dir geht es nicht gut genug für einen Tauchgang. Bleib hier, wir erhalten sicher noch weitere Gelegenheiten ...«

»Ich habe die Möglichkeit, neben einer vierzig Millionen Jahre alten Kreatur herzuschwimmen. Ich muss es tun.«

»Und der Kapitän?«

»Der Kapitän ist beschäftigt. Wir sagen ihm bei unserer Rückkehr Bescheid.«

»Mit anderen Worten: Wenn er nicht mehr widersprechen kann.«

»Du hast es kapiert.«

Sie zögerte einen kurzen Moment. Yann hatte recht. Es wäre dumm gewesen, solch eine Gelegenheit verstreichen zu lassen. Sie wären wahrscheinlich die ersten Menschen auf der Welt, die so etwas erlebten.

»Okay. Aber du wartest auf mich. Kein einsamer Tauchgang, du kennst die Spielregeln.«

»Okay. Das wird für uns der Trip des Jahrhunderts!«

4

Nach einer neuerlichen Besprechung mit seinem Team sah Stephen seine schlimmsten Befürchtungen bestätigt: Die Epidemie breitete sich aus. Auch Genf war nicht verschont geblieben. Am Vortag war ein Kanalarbeiter im Keller eines Wohnblocks von einer Ratte gestochen worden.

Die Durchlässigkeit des sanitären Sperrbezirks erklärte für sich genommen nicht die Schwierigkeiten bei der Einhegung des Kruger-Virus. Die Ratten waren naturgemäß überall, in Kellern, Tunnels, in den Kanalisationen der Städte, auf Dachböden, in Luftschächten und Zwischengeschossen. Im Herzen der industrialisierten Megalopolen lebten sie versteckt und ignorierten die Welt der Menschen, nur in den armen Ländern wurden sie leicht zu Krankheitsüberträgern. Leider waren die Prähistorischen nicht so diskret wie ihre Nachkommen, und langsam stellte sich ernsthaft die Frage: Warum verließen die prähistorischen Ratten ihren dunklen und feuchten Untergrund und griffen die Menschen an?

Laut Dorian war die Antwort einfach: Die Ratten und ihre Vorfahren bekriegten sich, und das verschärfte ihr Problem.

»Was meinst du mit ›verschärfen‹?«, hatte Stephen beunruhigt nachgefragt.

Er war vollkommen ausgelaugt und träumte davon, endlich mitgeteilt zu bekommen, dass ein Mittel gegen die Epidemie gefunden war, irgendetwas, was einen Gegenschlag ermöglichte.

»Der Krieg der Ratten hat in Europa bereits im 18. Jahrhundert stattgefunden, als die Wanderratte mit Schiffen aus Asien eingeschleppt wurde und sich auf die Territorien der Hausratte in den Städten vorwagte. Es hat dabei nur einen Sieger gegeben – den Eindringling. Heute kämpfen erneut zwei Arten um dieselbe ökologische Nische, der alte Eindringling und sein prähistorischer Vorfahr. Wanderratten dulden die Eindringlinge nicht und reagieren wie alle anderen Tiere, die ihren alten Versionen gegenüberstehen, mit systematischer Ablehnung.«

Gabriella hatte das bestätigt: »Dorian hat recht, die Prähistorischen sind dabei, den Kampf zu verlieren.«

»Ist das so schlecht für uns?«

»Es ist das Schlimmste, was passieren konnte. Durch die Vertreibung aus ihren Territorien zwingt die Wanderratte die Prähistorischen dazu, an die Oberfläche zu fliehen, wo die Menschen leben. Und es gibt noch ein weiteres Problem: Auch wenn die Wanderratte den Eindringling zurückdrängt, genügt ein einziger Biss, um die gesamte Kolonie zu infizieren. Nun gehen die klassischen Schätzungen aber davon aus, dass in den Großstädten eine Ratte auf einen Einwohner kommt. In mehreren Metropolen, zum Beispiel in Paris, ist die Situation seit mehreren Jahren bereits katastrophal, so sehr haben sich die Rattenpopulationen vermehrt. Selbst wenn nur ein Zehntel dieser Populationen regrediert – eine weibliche Ratte hat zwischen zwanzig und fünfunddreißig Junge pro Jahr –, müssen wir uns darauf einstellen, dass bald mehrere Millionen Gifttiere durch die Straßen der Hauptstädte der Welt spazieren.«

»Machst du Witze?«

»Sieht es so aus?«

»Nein.«

Im Netz

Vorsicht vor den Mutantenratten! Die stechen!
Koalamaster, vor zehn Minuten.

Was soll das sein? Irgendein B-Movie? Oder deine ganz persönliche Wahnvorstellung?
Savetheplanet, vor 7 Minuten.

Informier dich mal, dieses Ungeziefer ist für menschliche Verwandlungen verantwortlich! Ein Stich mit dem Giftstachel, und du verwandelst dich in einen Erectus!
Koalamaster, vor 7 Minuten.

Scheiße …! Tatsächlich scheinst du diesmal nicht zu übertreiben, Koalamaster!
Savetheplanet, vor 5 Minuten.

Äh … Ratten gibt es doch überall, oder?
Misspink, vor 5 Minuten.

Du kapierst schnell, Misspink. Und jede dieser Ratten ist ein künftiger Erectus. Kann ich jetzt endlich die Knarre rausholen?
Koalamaster, vor 4 Minuten.

Meinen Segen hast du! Umweltschützer zu sein heißt ja nicht, eine Todessehnsucht zu haben, eher genau das Gegenteil.
Savetheplanet, vor 4 Minuten.

Hört auf, ich dreh grad total durch!
Misspink, vor 4 Minuten.

Mach dir mal keine Sorgen, wir sind sicher verhungert, bevor wir gestochen werden!
Koalamaster, vor 3 Minuten.

Was ist das für ein Gerücht? Soll mich das beruhigen?
Misspink, vor 3 Minuten.

Was erzählst du da?
Savetheplanet, vor 3 Minuten.

Ich habe einen Kumpel, der als Lagerist bei einer großen Supermarktkette arbeitet. Er sagt, seit einer Woche kommen die Waren nur noch tröpfchenweise.
Koalamaster, vor 2 Minuten.

OMG!? Was hat das mit den Ratten zu tun?
Misspink, vor 2 Minuten.

Die Blockade. Es gibt nicht mehr so viel zu essen, und die Vorräte können nur noch schwer verschifft werden.
Koalamaster, vor 1 Minute.

Wie lange reichen die Vorräte noch?
Savetheplanet, vor 1 Minute.

Kann ich unmöglich sagen, aber ich hoffe, du magst Müsliriegel und Trockenfrüchte, denn in einem Monat wird es wahrscheinlich nichts anderes mehr geben.
Koalamaster, gerade eben.

5

»In einem Monat wird es wahrscheinlich nichts anderes mehr geben.«

Jérémie Mons alias Savetheplanet starrte geplagt von einer dumpfen Furcht auf seinen Computerbildschirm. Wie immer beendete er seinen Tag im Technikraum des Jardin des Plantes in Paris, um seine Akten zu vervollständigen, und er hatte natürlich unbedingt wieder in diesen verdammten Chat schauen müssen … Das reichte, um ihm den kommenden Abend zu verderben. Am Anfang hatte er sich an den Diskussionen beteiligt, um sein Englisch zu verbessern. Durch Zufall war er auf dieses Diskussionsforum gestoßen, in dem sich alle in der Sprache Shakespeares unterhielten, und hatte im Lauf der Unterhaltungen kapiert, dass die meisten seiner Gesprächspartner Amerikaner waren. Es hatte ihm Spaß gemacht, dass niemand ihn verdächtigte, ein kleiner Frenchy zu sein, man hielt ihn einfach für einen überdurchschnittlich verklemmten Landsmann. Daraufhin hatte er mitgespielt. Die Epidemie der Prähistorischen übertraf alles, wovor er sich fürchtete – den Klimawandel, die Vergiftung der Böden, vielleicht sogar eine nukleare Katastrophe.

Als Tierpfleger im Jardin des Plantes kannte er sich mit Tieren sehr gut aus, und was sich hier zusammenbraute, fühlte sich schlecht an. Koalamaster war zwar sicherlich ein Riesendepp, aber er hatte nicht unrecht, wenn er von der Notwendigkeit sprach, die Anzahl der regredierten Arten zu regulieren oder sie sogar zu eliminieren. Allerdings täuschte er sich in einem Punkt: Auch wenn alle Jäger der Welt sich auf die Suche nach Wildtieren machten, würde das überhaupt nichts ändern, denn die Ratten waren viel zu schlau.

Er tippte seine Antwort ein und fügte dann noch aus reiner Gewohnheit zu widersprechen hinzu:

> Hör auf, Gerüchte zu verbreiten, bevor du genau weißt, was du sagst, Koalamaster, sonst richtest du vielleicht mehr Schaden als Nutzen an.
>
> **Savetheplanet**, gerade eben.

Unmittelbar danach schaltete er seinen Computer aus. Es war schon 19.30 Uhr und damit höchste Zeit, Schluss zu machen. Zumal er sich später am Abend auch noch mit Charlotte traf, sein erstes Date seit ... Wie viele Jahre war das mit Léa jetzt her?

Tatsächlich war es ziemlich lange her, dass seine Ex-Freundin ein Lebenszeichen von sich gegeben hatte. Wahrscheinlich hockte sie in irgendeinem Ashram, lernte wieder richtig zu atmen, während sie Mantras rezitierte, oder sie irrte durchs Land und predigte Freiheit und Brüderlichkeit ... Fürs alltägliche Leben konnte Jérémie sich nur auf seine Mutter Nona verlassen, die, als Léa ihn verlassen hatte, in die Wohnung neben seiner gezogen war.

Er setzte seine Kopfhörer auf, vertiefte sich in seine Playlist und ging einen Schritt schneller. Eine Frage quälte ihn: Wenn die Lage allmählich schlimmer wurde, wie sollte er dann Chloé beschützen?

Bei sich zu Hause angekommen, ging Jérémie sofort in ihr Zimmer. »Geht's dir gut, Kleine?«

Seine Tochter hob den Kopf und bedachte ihn unter ihrem blonden Pony hervor mit einem finsteren Blick. Sie trug einen rosa Pyjama und gab so eine eher komische Version eines Vorwurfs ab.

»Ich bin nicht ›deine Kleine‹, ich bin Chloé.«

»Weiß ich doch. Aber ›Kleine‹ fängt dem Sound nach genauso an, also verwechsle ich das manchmal.«

»Meine Lehrerin nicht.«

»Darum ist sie ja auch Lehrerin. Lehrerinnen machen nie Fehler.«

»Stimmt das?«

»Natürlich. Komm jetzt mit, Nona hat uns gerufen.«

Jérémie war ausgehungert.

Als sie sich an den Tisch setzten, knurrte Nona: »Genießt es. Vielleicht ist das für lange Zeit unsere letzte Pasta.«

»Gibt es denn keine mehr?«

Das Mädchen hatte sich auf der Suche nach Bestätigung mit großen Augen zu ihrem Vater umgedreht.

»Das reicht, Mama! Wir waren uns doch einig, dass du aufhörst, die Kleine mit deinen wolkigen Theorien zu erschrecken. Darf ich dich daran erinnern, dass sie erst sechs ist?«

Chloé unterbrach sie. »Papa, können wir uns heute wieder die historischen Tiere im Fernsehen anschauen?«

»Heute nicht. Ich muss noch mal weg, und Nona liest dir lieber eine Geschichte vor.«

Bei diesen Worten warf er seiner Mutter einen bedeutungsschweren Blick zu.

Chloé bohrte allerdings weiter. »Stimmt es denn, dass, wenn wir uns alle aufgegessen haben, nur noch historische Menschen übrig bleiben, weil die wissen, wie man jagt?«

»Okay. Ich bringe dich lieber ins Bett. Und dabei erkläre ich dir alles noch einmal, meine Süße. Außerdem heißt es nicht ›historisch‹, sondern ›prähistorisch‹.«

Um 21.30 Uhr stand Jérémie Mons vor dem heruntergelassenen Gitter der U-Bahn-Station. Für einen kurzen Moment fragte er sich, ob Feiertag war. Sein Kopf weigerte sich, das Offensichtliche anzuerkennen. Bei der nächsten Station war es derselbe Zirkus: ein heruntergelassenes Gitter und nicht die kleinste Erklärung durch die Verkehrsgesellschaft.

Er entschloss sich, zu Fuß zu gehen, und eine Dreiviertelstunde später tauchte er in die Atmosphäre aus elektronischer Musik im *Cow's Gun* ein. Mit weit ausholenden Bewegungen bahnte er sich einen Weg durch die Menge. Sein Handy vibrierte. Eine Nachricht.

Chloé schläft, ich habe nachgesehen. Tut mir leid, dass ich dich verärgert habe. Ich hoffe, du hast dein Treffen nicht versäumt.

Er konnte sich über seine Mutter im Grunde ärgern, wie er wollte, er schaffte es doch nicht, ihr lange böse zu sein.

Sie ist noch nicht da.

Hast du sie verpasst? Paris ist heute Abend die Hölle. Es gibt keine einzige offene Metrostation.

Jérémie setzte sich an die Bar, damit er Charlotte nicht verpasste. Seit er Chloé allein großzog und ihre Mutter sich praktisch zwangsweise bei ihm einquartiert hatte, hatte er keinen Kopf mehr für Abenteuer gehabt. Aber diese Frau gefiel ihm wirklich. Er hatte sie letzten Monat kennengelernt. Sie war mit einem kleinen Jungen im Tierpark gewesen, als er gerade die roten Pandas fütterte. Sie hatte ihm Léon vorgestellt, ihren Sohn, und er ihr Rosemarie und Gaspard, die Pandas. Sie hatten sich über Greenpeace unterhalten sowie über ihre liebsten Urlaubsorte, und am Ende hatten sie Telefonnummern ausgetauscht. In der Folge hatten sie sich gut hundert Textnachrichten geschrieben.

Eine neue SMS. Diesmal war sie es.

Jérémie, ich kann heute Abend leider nicht kommen, tut mir leid. Ich habe lange gezögert, aber wegen dieser Erectus-Geschichte und den giftigen Ratten verlasse ich Paris mit Léon lieber. Versprochen, wir gehen ins Cow's, sobald das alles vorüber ist, ich lade dich ein :)! Charlotte xxx

Unvermittelt fühlte Jérémie sich furchtbar einsam. Er schob sein Bier von sich und fühlte sich jetzt schon erschöpft bei dem Gedanken an den Heimweg zu Fuß. Als er den Kopf hob, stieß sein Blick auf die feuchten Ränder, die das trockene Steingewölbe verunzierten. Siedend heiß wurde ihm bewusst, dass er sich in einem Keller befand und Ratten diese Orte liebten …

Ratten.

Er eilte zum Ausgang.

In der Metro, die seit 20 Uhr gesperrt war, strömte die Flut der prähistorischen Ratten wie ein anschwellender Gebirgsbach. Als die Masse bei der Station Ledru-Rollin ankam, teilte sie sich in drei Teile, und einer der Ströme – bestehend aus etlichen Tausend Nagern – zweigte zu den angrenzenden Gängen ab, teilte sich wieder bei jeder neuen Kreuzung, bis ungefähr dreißig Exemplare an einem kleinen Gitter anlangten, an dem die ersten zerquetscht wurden. Doch irgendwann gab das Gitter unter dem Druck nach …

Wegen des Lärms, der im *Cow's Gun* herrschte, bemerkten die Gäste nicht sofort, dass sich Ratten zwischen ihren Beinen drängelten. Doch als eine junge Frau einen ihrer Ohrringe aufheben wollte, erstarrte sie vor Entsetzen.

Als sie spürte, wie das erste Nagetier ihr Bein hinaufkrabbelte, begann sie zu schreien.

Jérémie war gerade am oberen Ende der Treppe angekommen, als er das Geschrei hörte. Er lehnte sich über das Geländer. Unter ihm war gerade jemand dabei, sich einen Weg mitten durch die aneinandergepressten Grüppchen zu bahnen. Die Person kam voran, es war eine junge Frau, an der fünf Ratten hingen, die ihr das Hosenbein hinaufkletterten und bereits oberhalb des Knies angekommen waren. Trotz des Halbdunkels, das hier unten herrschte, konnte er deutlich ihre Augen erkennen, zwei blaue Murmeln, die flehentlich dreinsahen. Ihr Blick bettelte, aber niemand rührte sich, außer um ihr den Weg frei zu machen.

Sie erreichte die unterste Stufe, und er begriff, dass nichts mehr zu machen war; die junge Frau war verloren, ihr zu helfen liefe darauf hinaus, das gleiche Schicksal zu erleiden. Sie zuckte zusammen und schien zur selben Erkenntnis zu kommen, denn sie begann panisch um sich zu schlagen, ergriff die Tiere, die sie wild zu zertrampeln versuchte, bis sie eins mit ihrem Pfennigabsatz aufspießte. Berauscht von ihrem Erfolg, verdoppelte sie die Anstrengungen, schlug um sich, boxte die Nager weg, riss sie ab, bis aus ihrer Kehle ein hysterischer Schmerzenslaut drang. Plötzlich verlangsamten sich ihre Gesten, und ihr Schrei verebbte, sie taumelte und brach schließlich zusammen. Der Fall ihres reglosen Körpers führte dazu, dass die Ratten in sämtliche Richtungen flohen.

Die Männer und Frauen, die wie versteinert um sie herumgestanden waren, schienen aufgrund der Panik plötzlich wieder zum Leben zu erwachen und stürmten nach vorn auf die Treppe zu, um dem ekelhaften Gewimmel zu entgehen. Die ersten von ihnen rempelten Jérémie an, der beinahe umgestoßen worden wäre und seine Rettung nur dem Geländer verdankte, das er reflexhaft umklammerte. Mit einem Satz sprang er durch die Tür des *Cow's Gun* und lief, so schnell er konnte, hundert Meter, zweihundert, dann hielt er inne, vollkommen außer Atem, die Trommelfelle dröhnten ihm noch von den entsetzlichen Schreien der jungen Frau. Wie hatte so eine Hölle einfach so mitten in Paris losbrechen können? Und warum sie und niemand sonst?

Das Knattern eines Motors riss ihn aus seinem erstaunten Entsetzen. Ein Militärtransporter war gerade an ihm vorbeigesaust und bremste vor der Metrostation. Aus dem Lkw mit Plane sprudelte ein Trupp Soldaten, die mit Flammenwerfern bewaffnet waren. Blitzschnell entriegelten sie das Gitter vor dem Eingang und verschwanden im U-Bahn-Schacht.

V

Sich alles Lebende unter den Nagel reißen

1

Die prähistorischen Ratten in der Kanalisation wissen, dass es ihre letzte Chance ist. Viele von ihnen haben seit Tagen nichts gefressen, manche seit einer Woche. Es riecht dort nicht nach ihnen, sondern nach ihren Feinden, den Wanderratten. Ihnen bleibt keine Wahl: Sie müssen sich auf die Suche nach Nahrung machen, wenn sie überleben wollen. Also verlassen sie ihre Schlupfwinkel. Eine krabbelt aus dem durchlöcherten Tetra Pak, in den sie sich verkrochen hat, eine andere aus der Spalte, in der sie Zuflucht fand, eine dritte lässt den Verteilerkasten hinter sich, der sie und ihre Familie beherbergt. Während sie durch das labyrinthische Netz des Untergrunds nach oben kommen, machen sich die Prähistorischen auf, neue Räume zu erobern und strömen an die frische Luft.

Aus der Sicht des Menschen genügt die Grenze aus Beton und Gittern, die die Oberflächenwelt von der unterirdischen Dunkelheit trennt. Aber für ein Geschöpf, das in der Lage ist, seine Seiten einzuschnüren und sich zu strecken, um nicht mehr breiter als ein Zentimeter zu sein, ist diese Grenze durchlässig, beinahe nicht vorhanden.

Dutzendweise spucken die Kanalisationen giftige Nager aus. Sie strömen in den Hauptschächten zusammen, und je weiter sie vordringen, desto mehr nimmt ihre Anzahl zu. So steigt die Flut in die Gänge, die Gullys, die engen Rohrsysteme, um sich schließlich nach draußen zu quetschen. In unsere Welt hinein …

Stephen Gordon sah von seiner Tageszeitng auf, den *Dernières Nouvelles de Genève,* während er darauf wartete, dass die Ankunft des Flugs aus Kapstadt ausgerufen wurde.

Als er Anna den Zollbereich verlassen und dann die Flughafenhalle durchqueren sah, dachte er zunächst, er hätte sich getäuscht. Er erinnerte sich, sie wegen ihrer weißen Haut und der braunen Mähne mit der Heldin aus *Twilight* verglichen zu haben, allerdings war sie in Wirklichkeit noch viel schöner. Und als sie ihn zur Begrüßung anlächelte, die smaragdgrünen Augen neugierig zusammengekniffen, musste er sich Mühe geben, um einen einigermaßen sinnvollen Satz hervorzustammeln.

»Willkommen in Genf, der übelst befallenen Stadt der Welt.«

»Genf?«

»Ich mache nur Witze, aber unsere Schweizer Freunde sind noch nie mit einer solchen Gefahr konfrontiert gewesen, und die Behörden verhalten sich eher panisch. Stellen Sie sich den Schock in einem Land vor, das Ordnung und Sauberkeit bis zur Lebenskunst verfeinert hat.«

Auch wenn er Humor gewählt hatte, um seine Verwirrung zu verbergen, gab in Wirklichkeit nichts Anlass zu Optimismus. Nachdem die WHO systematische Operationen zur Rattenbekämpfung befürwortet hatte, war sie noch einen Schritt weitergegangen und hatte die Schließung der Schulen empfohlen. U-Bahnen und die zugehörigen Untergeschosse waren abgeriegelt und durch Buslinien ersetzt worden. Dafür hatte man die ausgemusterten Modelle reaktiviert, während man auf eine Flotte brandneuer Fahrzeuge wartete.

Die Lage verschlimmerte sich von Tag zu Tag. Regredierte Hunde und Archäopteryxe waren in den Zentren der meisten europäischen Hauptstädte fotografiert worden, und viele Grünflächen verwandelten sich in Freiluftzoos. Im Moment waren mehrere Tausend infizierte Personen zu beklagen.

Um die Epidemie einzuhegen, waren inzwischen neben der Polizei auch alle anderen Sicherheitskräfte im Einsatz: Militär, Reservisten, private Wachdienste … Doch trotz aller Maßnahmen gewann das Virus in allen vier Himmelsrichtungen an Gelände, die panischen Reaktionen vervielfachten sich, und die Armee durchpflügte inzwischen die Städte, um die Ausschreitungen im Zaum zu halten. Überall erhoben sich Bürgerwehren, um Menschen und Güter zu schützen. Die Staatschefs riefen zur Besonnenheit auf, doch solche Appelle überzeugten niemanden mehr.

Natürlich gab es noch immer die Verschwörungstheoretiker oder irgendwelche selbst ernannten Propheten, die in allem eine Strafe Gottes oder des Ökosystems sahen. Doch es gab auch Stimmen, welche die stattfindenden Mutationen bestaunten. Anna hatte gelesen, dass sich in Kalifornien ein Wald aus Mammutbäumen inzwischen mit bizarren, sternförmigen grünen Blüten von einem Meter Durchmesser schmückte. In einem Interview mit der *New York Times* hatte einer der Förster begeistert erklärt: »Das sind keine Blüten, sondern die Blätter der ersten Koniferen, die vor 300 Millionen Jahren zum ersten Mal aufgetreten sind. Es ist unbeschreiblich, das mitanzusehen! Stellen Sie sich nur vor, wir befinden uns wieder in der Entstehungszeit der Welt!«

Im Taxi setzte Stephen ihr die Maßnahmen auseinander, die in allen europäischen Ländern ergriffen worden waren. Dann dankte er Anna für die Notizen, die sie ihm am Vortag geschickt hatte, eine bemerkenswert fundierte Zusammenfassung dessen, was sie schon über das Kruger-Virus wussten. Insgesamt war es eine Herkulesarbeit von einer Person, die sich laut Lucas'

Empfehlungen nach einem besorgniserregenden Schwächeanfall eigentlich hätte ausruhen sollen.

Angesichts des Vorwands, den Carvalho erfunden hatte, um ihre Schwangerschaft geheim zu halten, lächelte Anna stumm und wartete auf den Rest des Briefings. Die Selbstsicherheit ihres Gastgebers hatte etwas Beruhigendes, und er war sehr viel herzlicher, als sie es erwartet hatte, außerdem weniger exotisch. Der Mann trug ein weißes Hemd und eine wenig aufsehenerregende Stoffhose, die direkt aus der Schleuder zu kommen schien, weitab von dem Bild, das man sich von einem »hohen Beamten bei der WHO« machen konnte.

Als sie ihn amüsiert musterte, entschuldigte er sich erneut. »Tut mir leid, dass ich Sie von Ihren Forschungen abhalte. Niemand konnte voraussehen, welche Dimension diese Angelegenheit annehmen würde, aber ich wollte Sie vor Ihrer Rückkehr nach Frankreich wirklich gern kennenlernen.«

»Machen Sie sich keine Sorgen, außerdem ist das hier ja nur ein winziger Umweg. Meine Fossilien und mein Liebster werden sich schon noch ein paar Tage gedulden.«

Sie lachte beim Gedanken an ihr Wiedersehen. Nicht einmal das Kruger-Virus konnte ihre Ungeduld dämpfen oder ihr die Vorfreude verderben.

Gordon nickte. »Sie haben in Südafrika fantastische Arbeit geleistet. Ohne die Hilfe von Ihnen dreien hätten wir monatelang gebraucht, um die Quelle des Virus ausfindig zu machen. Ich hoffe, ich werde Gelegenheit haben, Dany Abiker kennenzulernen, aber unter uns gesagt mache ich mir Sorgen um ihn. Er wohnt mitten im Ausbruchsgebiet.«

»Mich beunruhigt das auch. Ich finde das nicht sehr umsichtig, aber dieser Mann ist ein verdammter Sturkopf. Er glaubt, dass die Gefahr in der Savanne oder in einem Viertel von Johannesburg dieselbe ist, und wenn er wählen muss, fühlt er sich bei sich zu Hause sicherer.«

Sie seufzte und setzte eine sorgenvolle Miene auf, dann schien ihr jedoch etwas einzufallen, und ihr Gesicht heiterte sich auf; ihre Schönheit war so strahlend, dass Stephen davon erneut der Atem stockte.

»Lucas hat mir gesagt, Sie hätten etwas über den Verbreitungsweg des Kruger-Virus herausgefunden …«

»Ungefähr. Jedenfalls haben wir die Varianten, die Tiere, Pflanzen und Menschen befallen, isoliert und jeweils die DNA analysiert.«

Da sie darauf zu warten schien, dass er fortfuhr, holte er noch einmal Luft und fügte hinzu: »Die für den Menschen gefährliche Variante unterscheidet sich in zehn Atomen von der tierischen. Können Sie sich das vorstellen? Nur zehn kleine Atome haben genügt, um das Unheil auszulösen.«

»Es war doch von vornherein vorstellbar, dass das Virus mutieren würde, oder?«

»Ich habe es befürchtet. Meine Arbeit hat mich immerhin das gelehrt: Der Mensch ist ein Wassertropfen in einem Ozean des Lebens. Es existieren zehn Millionen Lebensformen. Wenn man alle lebenden Organismen miteinbezieht, die unseren Planeten seit Anbeginn der Zeit bevölkert haben, steigt diese Zahl auf zehn Milliarden an. Warum sollte sich eine dieser Spezies so radikal von allen anderen unterscheiden? Warum sollte ausgerechnet der Mensch einem polymorphen Virus entkommen, das sonst sämtliche Lebewesen befällt? Tief im Inneren habe ich allerdings inständig gehofft, mich zu täuschen.«

Mit einem angedeuteten Lächeln entgegnete sie: »Wissen Sie, Monsieur Gordon, am Baum der Evolution ist der Mensch nur ein kleiner Zweig am Ende des Astes der Säugetiere, ein kleines Missgeschick. Trotz ihrer Intelligenz und ihrer Grausamkeit hätte die menschliche Rasse ebenso gut auf vier Beinen am Ende einer Leine in der Hand eines zweibeinigen Hundes enden können.«

»Bitte, nennen Sie mich doch Stephen. Für mich sind Sie bereits Anna.«

»Es stimmt, dass wir für zwei Unbekannte schon eine ganze Reihe von Verbindlichkeiten mit uns rumschleppen … Stephen.«

»Apropos Verbindlichkeiten, die WHO hat bei den südafrikanischen Behörden ziemlich schnell um die Erlaubnis gebeten, das heimliche Labor betreten zu dürfen, das Sie in der Nähe von Malelane entdeckt haben. Wir glauben, dort den ursprünglichen Erreger finden zu können. Allerdings hat die Regierung uns bis jetzt den Zutritt verwehrt.«

»Handelt es sich um eine Privatfirma?«

»Ohne jeden Zweifel. Die Anlage gehört dem Pharmakonzern Futurabio.«

»Haben Sie Kontakt zu ihnen aufgenommen?«

»Noch nicht, aber wir wissen, dass uns da ein schwerer Brocken bevorsteht …«

Er hielt ihr eine Nachricht mit dem CIA-Siegel hin, die die verfügbaren Informationen über den Konzern zusammenfasste.

Eingetragen ins südafrikanische Handelsregister, ist Futurabio ein Pharmakonzern, der sich auf die Entwicklung von Impfstoffen gegen Tropenkrankheiten spezialisiert hat. Er wird von Paloma Weber geführt.
Heute ist das Unternehmen im Besitz Hunderter Patente auf die Flora des südamerikanischen Kontinents. Darunter sind ein Mittel gegen Malaria aus Chinarinde und ein Medika-

ment gegen die Ruhr aus einer in Peru endemischen Liane. Futurabio stellt sich als eine Ausnahme in der kapitalistischen Welt der multinationalen Konzerne dar. 2009 hat das Unternehmen unentgeltlich Impfstoffe in westafrikanischen Ländern verteilt, die von einer bakterieninduzierten Meningitisepidemie heimgesucht worden waren: in Burkina Faso, Mali, Niger.
Dank dieser karitativen Operationen genießt das Unternehmen den Ruf der Menschenfreundlichkeit. Einige Gegner verdächtigen den Konzern allerdings, in undurchsichtige Geschäfte verstrickt zu sein. Kürzlich ist eine der Niederlassungen wegen Handels mit gefälschten Medikamenten in Uganda und im Sudan ins Gerede gekommen. Es gibt außerdem Gerüchte über einen stellvertretenden Direktor, der in Korruptionsaffären mit afrikanischen Politikern verwickelt sein soll.

Anna rief überrascht aus: »Oha! Die scheinen ein bisschen grenzwertig zu sein.«

»Offenbar.«

»Und glauben Sie, dass sie kooperieren werden? Ihnen den Zugang zum Labor in Malelane erlauben?«

»Natürlich nicht.«

»Aber es handelt sich doch um einen absoluten Notfall! Die südafrikanische Regierung kann dergleichen doch nicht einfach geschehen lassen!«

»Leider verfügt der Konzern offensichtlich über Beschützer in den höchsten Kreisen, denn die Behörden haben sich, wie schon gesagt, ziemlich widerspenstig gezeigt. Es ist die Rede von Privatinteressen, Vertrauensverhältnissen … Aber diese Position wird sicher unhaltbar, da das Virus nun auf den Menschen übergesprungen ist, und sie können sich unseren Anfragen gegenüber nicht weiter taub stellen.«

»Woher kommt dieses Maß an Schutz? Es ist doch nur ein Labor.«

»Futurabio gehört zu den nationalen Kronjuwelen, die man nicht anrührt, sie ist eine der fünf umsatzstärksten Firmen im Land.«

Darauf folgte ein erdrückendes Schweigen. Seit ihrer Landung fühlte Anna sich ein wenig unwohl. Sie fragte sich, ob dieses Gefühl der Verletzlichkeit von der Kombination aus Schlafmangel, Stress und Hoffnung herrührte. *Oder von den Hormonen?*

Sie unterdrückte den Gedanken an das kleine Wesen, das in ihr heranwuchs, und wandte sich plötzlich neugierig an Gordon. »Warum genau wollten Sie, dass ich herkomme?«

»Eben weil die Generaldirektorin von Futurabio sich gerade in Genf aufhält. Sie soll morgen an einer WHO-Konferenz teilnehmen. Bei dieser Frau liegt beinahe sämtliche Macht im Unternehmen, und ich hoffe, dass sie sich einsichtig zeigt. Ich zähle auf Ihre Hilfe, um Druck auf sie auszuüben.«

»Auf meine Hilfe?«

»Sie sind die Erste, die die Regressionshypothese in Betracht gezogen hat. Ich glaube, Sie sind sich noch nicht darüber im Klaren, welches Gewicht Ihr Wort seit dem Auftreten des Virus in der wissenschaftlichen Welt erlangt hat. Die Konferenz dreht sich um »Müll-DNA« … Ich glaube, dafür interessieren Sie sich, oder? Ich glaube, mich an Sie zu wenden, hat mich sehr inspiriert.«

Die junge Frau lächelte schwach. Sie wirkte erschöpft, und er spürte einen schuldbewussten Stich, sie so sehr in Anspruch genommen zu haben.

Im Hotel angekommen – in welchem Stephen ein Zimmer für Anna reserviert hatte –, beschlossen sie, sich für die Mittagszeit zu verabreden, um das Gespräch mit Paloma Weber zu suchen. Gabriella, die sich als unvergleichliche Ermittlerin erwies, hatte durch eine Indiskretion gerade erfahren, wo die Direktorin von Futurabio zu Mittag essen wollte, und Stephen hoffte darauf, noch vor der morgigen Konferenz eine Übereinkunft mit ihr aushandeln zu können.

Das Restaurant *Le Lac de Côme* lag oberhalb der Stadt und war einer von Paloma Webers Lieblingsorten. Sie saß an einem runden Tisch, von dem aus man eine atemberaubende Aussicht genoss, steckte die Nase in eine Akte und bemerkte nicht, dass der Gegner im Anmarsch war. Der Kurzhaarschnitt und das leuchtend weiße Haar ließen ihren Kopf wie den eines Vogels erscheinen. Ihre Nase war ein bisschen zu groß, die Wangenknochen offenbar gestrafft, ihr Mund wirkte gierig, doch die Strenge des Blicks machte die Sinnlichkeit, die daraus erwuchs, zunichte. In ihrem eng anliegenden weinroten Kleid, das von einer Eleganz war, die jede Vertraulichkeit im Keim erstickte, trug sie ihre Weiblichkeit wie einen Panzer.

Um vom Oberkellner nicht belästigt zu werden, hatte Stephen behauptet, dass sie erwartet würden. Er setzte auf den Überraschungseffekt. Anna folgte ihm schweigend. Als er sich zu ihr hinabbeugte und sie dabei fast berührte, zuckte die Direktorin unmerklich zusammen, überspielte das allerdings umgehend mit einem kühlen Lächeln.

»Liebe Ms. Weber, entschuldigen Sie vielmals, wir stören Sie mitten in den Vorbereitungen zu Ihrem Vortrag … Ich heiße Stephen Gordon und bin Exekutivdirektor der Seuchenabteilung der WHO, und das hier ist Anna Meunier.«

»Ich muss mich entschuldigen«, gab sie zurück und schlug die Akte zu, »ich kann einfach nicht aufhören zu arbeiten. Zwar habe ich unsere Biologen gebeten, eine Pille zu entwickeln, die meine DNA umbaut, aber die Forschungen sind an einem toten Punkt angelangt … Anna Meunier?«

»Eine brillante Paläontologin, die mir bei der Bewältigung der Krise hilft, die das Kruger-Virus verursacht hat.«

»Und die Fossilien welcher Epoche sind Ihr Spezialgebiet, Miss? Kreidezeit? Jura?«

»Ich interessiere mich vor allem für die Epochen der Regression, die auf der Erde in der Vergangenheit aufgetreten sind.«

»Aber natürlich, wo bin ich nur mit meinen Gedanken? Sie sind doch die Wissenschaftlerin, die regelmäßig Anlass zu Gerede gibt, nicht wahr? Ich habe Sie gar nicht erkannt. Dabei sind Sie nicht zu übersehen.«

Ihr giftiges Lächeln verschwand und machte einer in der Umgebung dieses gedämpften Viersternelokals beinahe schockierenden Härte Platz. Sie wandte sich von Anna ab und erklärte unvermittelt: »Lassen Sie uns dieses Schauspiel beenden, Mr. Gordon. Ich kann den Zweck dieses Überfalls leicht erraten. Hat Ihnen die Ablehnung meiner Regierung nicht genügt?«

»Ich lasse mich nie entmutigen. Auch ich muss mich wohl genetisch umprogrammieren lassen.«

Mit einem einzigen Satz hatte Paloma Weber gerade die Wahrheit über ihr Labor eingeräumt. Anna beschloss sich einzumischen; etwas an dieser Frau missfiel ihr zutiefst, nicht nur ihre Härte, sondern auch ihr unerträglicher Zynismus.

»Ms. Weber, ich glaube, Sie haben keine Wahl, Sie müssen uns Zugang zum Labor in Malelane gewähren.«

»Und aus welchem Grund, Miss?«

»Wir halten es für sehr wahrscheinlich, dass das Virus aus dieser Einrichtung entkommen ist.«

»Das halten Sie für wahrscheinlich? Nun, das ist aber noch kein Beweis, was gerade Sie doch sehr genau wissen, nicht wahr?«

»Das Gebäude steht mitten im Zentrum des Gebiets, in dem das Kruger-Virus zuerst aufgetreten ist, und es ist mehr als wahrscheinlich, dass es sich von dort ausgebreitet hat. Das wird Ihnen jeder beliebige Epidemiologe bestätigen.«

»Ich höre nur Vermutungen. Ich wiederhole: Unser Unternehmen steht nicht unter Verdacht, und anzunehmen, dass es für eine Epidemie verantwortlich sein könnte, ist nicht nur absurd, sondern auch üble Nachrede. Außerdem gab es uns vor zehn Millionen Jahren noch nicht, und das Virus grassierte bereits damals.«

Die Schwäche des Arguments war verblüffend, so man die Möglichkeit ausschloss, dass Paloma Weber bluffte, um ihr Unwohlsein zu überspielen.

Anna blickte die Südafrikanerin so verächtlich wie nur möglich an. »Jetzt mal im Ernst, Ms. Weber. Dass das Virus früher bereits existiert hat, schließt keineswegs die Verantwortlichkeit von Futurabio aus, einem Labor der Riskogruppe 4, wenn ich mich nicht täusche. Ihre Forscher könnten einen biologischen Mechanismus aufgespürt haben, der in der Vergangenheit am Werk gewesen ist. So gehen Sie doch vor, oder? Sie lassen sich vom Leben bei der Entwicklung neuartiger Medikamente inspirieren.«

»Das ist völliger Unsinn. Kein Biologe auf der ganzen Welt kann erklären, wie das Kruger-Virus wirkt, und unsere Forscher sollen es herausgefunden haben? Na, das wäre doch wirklich eine fantastische Neuigkeit.«

»Wie rechtfertigen Sie dann, dass das Gebäude verlassen ist? Ein Unfall hat sich ereignet, und Sie haben die Evakuierung der Einrichtung angeordnet. Ihr Wachmann, Mr. Willems, ist mit ziemlicher Sicherheit sogar der erste infizierte Mensch.«

»›Mit ziemlicher Sicherheit‹. Immer noch nichts als Vermutungen. Sie besitzen eine zu blühende Fantasie, Miss. Wir haben unsere vierzig Mitarbeiter nach Hause geschickt, weil wir einen Umzug planen. Wir sind dort zu weit von den universitären Zentren entfernt. Unsere Ansiedlung in der Nähe des Kruger-Nationalparks ist ein Fehler gewesen.«

»Ms. Weber, Sie lassen uns keine andere Wahl«, unterbrach Stephen sie. »Morgen wird die Presse von der Existenz dieses Labors erfahren. Und ich hoffe, dass diese Enthüllung keine Auswirkungen auf die Verkäufe Ihrer Medikamente zeitigen wird.«

Weit entfernt davon, aus der Fassung zu geraten, erhob sich die Generaldirektorin mit einem strahlenden Lächeln auf den Lippen. »Das ist Ihr einziger Trumpf?«

Aus einer rotledernen Aktentasche zog sie einen Zeitungsausschnitt und warf ihn auf den Tisch.

»Das hier stammt von heute Morgen. Sie finden den Artikel auch auf der Internetseite von *Science & Nature*. Sie können ihn behalten, ich habe noch ein weiteres Exemplar. Er wird Sie interessieren.«

Benommen schüttelte Stephen den Kopf. Der Titel war deutlich in fetten Buchstaben zu lesen: »Die Region, in der das Virus wiederaufgetaucht ist.« Unten auf der Seite war das Foto eines quaderförmigen Gebäudes abgebildet, das Anna sofort erkannte.

»Sie entschuldigen mich sicher, aber ich muss Sie jetzt verlassen. Am Vortag einer Konferenz verspüre ich nie sehr großen Hunger.«

Dann fügte sie mit einem unmerklichen Augenzwinkern, das sie für einen kurzen Augenblick ein bisschen menschlicher erscheinen ließ, noch hinzu: »Das Ende des Artikels dürfte Sie faszinieren. Dort ist zu lesen, dass das Virus in der Vergangenheit nicht nur ein-, sondern viermal aufgetreten ist. Sie werden also Schwierigkeiten haben, die Öffentlichkeit davon zu überzeugen, dass Futurabio der große, böse Wolf in dieser Geschichte ist.«

Nach diesem Debakel hatte Stephen keinen Appetit auf Mittagessen in diesem Palast der Genfer Gastronomie mehr. Er ging mit Anna in den Park und stand einen Moment lang still vor dem glitzernden See. Anna sagte nichts, sie war sich des Schlamassels sehr wohl bewusst.

Schicksalsergeben zuckte er mit den Achseln. »Ich gehe oft in ein kleines Gartenlokal, wo es ganz ausgezeichnete Barschfilets gibt. Haben Sie Lust?«

»Gern. Tut mir leid.«

»Sie können nichts dafür. Ich habe Mist gebaut, als ich mir einbildete, dass ich sie so leicht in die Enge treiben könnte. Es ist allein meine Schuld.«

»Aber mal ehrlich, was für ein Miststück. Ich glaube, ich hätte sie gern bei lebendigem Leib seziert.«

»Ich bin mir nicht sicher, ob sie überhaupt irgendwelche Innereien hat, oder falls doch, dann sind sie aus Stahl.«

»Sie hat unseren Plan schon lange vorausgeahnt.«

»Oh, noch mehr, als Sie glauben … Ich frage mich, ob sie nicht selbst diese Infos durchgestochen hat, gerade jetzt, anlässlich der Konferenz. Vergessen Sie nicht, dass Futurabio einen Forscherstab unterhält; sehr wahrscheinlich wissen sie von der Existenz dieser aufeinanderfolgenden Epidemien.«

»Sie haben recht … Um ehrlich zu sein, wusste ich selbst über diese vier regressiven Perioden Bescheid.«

»Sie?«

»Ich wusste schon seit Langem, dass es mehrere dieser Episoden gegeben hat, aber nichts Genaues. Die letzten Untersuchungen weisen allerdings auf klar abgegrenzte Zeitspannen hin. Ich dachte nicht, dass das etwas zu bedeuten hätte, und um Ihnen alles offenzulegen, hatte ich das von meinem Direktor – ich dachte eigentlich, es wäre allgemein bekannt.«

»Offenbar ist es uns entgangen. Aber es hätte auch nicht viel geändert. Was mich am meisten ärgert, ist die verpasste Gelegenheit. Auch wenn das Argument schwach ist, wird Futurabio Zeit gewinnen, indem sie behaupten, das Virus sei natürlichen Ursprungs. Die südafrikanische Regierung wird sich weigern, Druck auf sie auszuüben, und so werden wir weitere Tage und Wochen verlieren.«

»Das stimmt wohl.«

Annas Handy vibrierte. Sie spürte, wie ihr ein kalter Schauer über den Rücken lief, als sie den Namen auf dem Display sah: Lucie Dole, Yanns Kollegin. Lucie rief sie nie an. Sie mochten einander nicht besonders, ohne dass sie es laut aussprechen mussten. Es handelte sich um eine stille, gleichwohl aber heftige Rivalität. *Wenn die* Atalante *in Nouméa angelegt hat, warum ruft Yann mich dann nicht selbst an? Vielleicht hat er sein Handy verloren, oder sein Akku ist leer, und er will mir Bescheid geben, dass … was?*

Sie entschuldigte sich, entfernte sich ein paar Schritte und nahm ab. Ihr Mund war trocken, und ihre Stimme klang seltsam rau, als sie endlich sprach.

»Ist irgendwas nicht in Ordnung?«

Am anderen Ende der Leitung hielt die Stille zwei, drei Sekunden an, lange genug, damit ihre Angst sich in Panik verwandelte. Dann fiel jedes Wort mit der Gewalt eines Dolchstichs auf sie nieder.

»Ich wollte es Ihnen selbst sagen, Anna …«

»Mir was sagen?«

Plötzlich wünschte sie sich, Lucie würde schweigen und einfach wieder auflegen. Auf keinen Fall wollte sie hören, was sie zu sagen hatte. Sie fühlte die Katastrophe wie eine Welle anschwellen, ein riesiger Tsunami, der sie zu verschlingen drohte.

»Yann ist im Krankenhaus. Er ist …«

Krankenhaus. *Wenn er im Krankenhaus liegt, ist er nicht tot. Reg dich nicht auf.*

Sie flüsterte: »Er lebt?«

»Ja, Anna, aber …«

Ein neuerliches Schweigen. *Bitte, das darf nicht wahr sein, nicht das, nicht …* Die Worte sprudelten aus ihr heraus, bevor sie versuchen konnte, sie zurückzuhalten: »Er hat das Kruger-Virus?«

»Ja, Anna. Es tut mir so leid.«

»W … wie? Sind Sie sicher?«

»Ja.«

»Wie ist das passiert?«

»Ich weiß es nicht. Yann wollte sich einen Basilosaurus aus der Nähe ansehen. Wir sind getaucht. Aber es ging ihm gut. Gestern dann …«

»Wo ist er jetzt?«

»Als sich die ersten Symptome gezeigt haben, hielt der behandelnde Arzt es für besser, ihn mit dem Hubschrauber ins Krankenhaus nach Nouméa zu fliegen. Dort hat er die Diagnose erhalten, und er ist noch immer dort. Er liegt im Koma. Die Ärzte geben ihm noch ein paar Stunden, bevor die Verwandlung einsetzt.«

Anna fühlte, wie ihr übel wurde. Mit schwacher Stimme erwiderte sie: »In Ordnung. Ich bin unterwegs.«

»Nein, das ist sinnlos, Anna. Er wird nach Paris überführt. Ich halte Sie auf dem Laufenden. Es tut mir so leid, ich rufe Sie wieder an, sobald …«

Am Boden zerstört, hatte Anna bereits aufgelegt.

Ein Gedanke drängte sich ihr auf, der so überraschend kam, dass ihr der Atem stockte. *Ich bin schuld. Ich habe ihn betrogen.*

Sie sank zu Boden, konnte sich nicht mehr aufrecht halten. *Yann, mein Liebster, ich habe alles kaputtgemacht.* Das schlechte Gewissen verursachte ihr einen heftigen Brechreiz. Selbst in dem Strudel aus Angst wusste sie, dass sie verrückt werden würde, wenn sie sich von der Schuld überwältigen ließ. Ihr Seitensprung hatte nichts damit zu tun …

Dann durchfuhr sie ein scharfer Zorn. Und er! Was hatte er sich nur dabei gedacht, sich derart in Gefahr zu begeben?! Die Häfen und die Schiffe waren die ersten Infektionsorte gewesen – hatte ihn denn niemand gewarnt? Wenn sie es doch hätte tun können! Stattdessen hatte sie ihre dämliche Kontaktsperre befolgt!

Die Reue hämmerte heftiger auf sie ein als ein Platzregen. Sie kauerte sich stöhnend unter ihrer Gewalt zusammen. Würde sie jemals zwischen persönlicher Verantwortung und Pech trennen können? Hatte das überhaupt irgendeine Bedeutung? Nein, natürlich nicht, es würde nichts ändern …

Sie spürte, wie sie hochgezogen wurde und ließ sich wie eine Stoffpuppe hängen. Gordons Stimme kitzelte an ihrer Wange.

»Es wird schon wieder, ganz langsam, stützen Sie sich auf mich. Halten Sie sich nicht zurück, Anna, weinen Sie.«

Ihrer zugeschnürten Kehle entfuhr ein heiserer Schrei. Er schoss aus ihr heraus wie eine Kugel und riss unterwegs ihr

Herz mit sich. Weinen, wenn sie es doch nur gekonnt hätte. Aber sie war nichts mehr als eine leere Hülle.

Am selben Abend fuhr Gordon Anna so gut wie stumm wieder zum Flughafen. Nichts hielt sie mehr in Genf, und auch wenn sie nicht wusste, wann ihr Freund nach Hause überführt werden würde, wollte sie vor Ort sein und sich vorbereiten. Nach dem Schock der Nachricht hatte sie praktisch nichts mehr gesagt, sie hatte sich einfach nur in einen Block aus Verzweiflung verwandelt, und er hatte nicht gewusst, wie er sie trösten sollte. So viel stummem Schmerz gegenüber erwachten auch seine alten Erinnerungen wieder neu.

Bis zum Boarding blieb er an ihrer Seite, um sie im Kampf mit ihrem Albtraum nicht allein zu lassen, und da ihm nichts Besseres einfiel, gab er ihr das Versprechen, sein Möglichstes zu tun, um ihr mit den Militärbehörden behilflich zu sein.

Nachdem er sich die ganze Nacht herumgewälzt hatte, ohne ein Auge zuzutun, stand Stephen Gordon nun im Begriff, sich Paloma Webers Vortrag im großen Saal der WHO anzuhören. In seiner durchwachten Nacht war er zu einer sicheren Erkenntnis gelangt: Futurabio war in das Auftreten des Kruger-Virus verwickelt. Er hatte sich in die erste Reihe des Konferenzsaals gesetzt, in die Mitte, dem Rednerpult direkt gegenüber. Annas Kummer diente ihm als Antrieb. Um nichts auf der Welt wollte er bei Paloma Weber den Eindruck erwecken, dass sie das Match gewonnen hatte.

An diesem Morgen hatten sein Team und er zwei Hypothesen entworfen. Die erste ging von dem Postulat aus, dass Futurabio 2011 das Virus im Kruger-Nationalpark entdeckt hatte, um es dann zu studieren. Ihr Fehler wäre dann also gewesen, als Wachmann einen Wildtierhändler eingestellt zu haben, der das Virus exportiert hatte. Die zweite Hypothese ging davon aus, dass Futurabio selbst die Problemquelle bildete. Die Forscher der Firma hatten demzufolge das Kruger-Virus erschaffen oder ein schon existierendes Virus verändert und es dann – absichtlich oder nicht – in die Natur entwischen lassen. In beiden Szenarien trugen sie eine kritische Verantwortung, aber sie besaßen auch einen offensichtlichen Wissensvorsprung bezüglich der Krankheit, vielleicht sogar einen Ansatz zur Bewältigung der Krise. In diesem Fall kam es auf das Gleichgewicht zwischen Drohung und Verhandlungsgeschick an.

Paloma Weber begann ihren Vortrag auf klassische Weise mit einer kühnen These, die angesichts der Umstände schockierend wirken konnte.

»98 % der DNA unseres Genpools sollten nutzlos sein? Von den drei Milliarden Bausteinen, aus denen die menschliche DNA zusammengesetzt ist, soll unser Körper nur hundert Millionen benutzen? Schwer zu glauben, oder? Darum hat die Firma Futurabio viel in das Projekt ENCODE investiert, eines der größten wissenschaftlichen Programme weltweit in den letzten zehn Jahren. Und wir sind stolz darauf, unter den 400 Forschungseinrichtungen zu sein, die unter Federführung der großen amerikanischen Universitäten wie Harvard oder dem MIT daran mitarbeiten. Ich verrate Ihnen keine Neuigkeiten, wenn ich Ihnen sage, dass ENCODE vollkommen unbekannte Therapiewege eingeschlagen hat, um Krankheiten wie Krebs oder Alzheimer zu bekämpfen.«

Stephen hatte den Eindruck, einer Platte mit Sprung zuzuhören; es waren die einstudierten Worthülsen der multinationalen Biotechnologiekonzerne, die dem ganzen Planeten eine strahlende Zukunft versprachen. Rasche Fortschritte waren gemacht worden, aber wie oft waren die Wissenschaftler bereits hellauf begeistert gewesen, bevor sie ihre Meinung hatten ändern müssen, weil ihre Versuchsanordnungen nicht zum Erfolg führten? Er fragte sich, wann sie auf die weltweite Lage zu sprechen kommen und welchen Blickwinkel darauf sie einnehmen würde, um den Kritikern keine offene Flanke zu bieten.

»ENCODE hat uns erlaubt, in der Müll-DNA eine Art Kontrollmechanismus ans Tageslicht zu bringen, mit Millionen von Schaltern, die die Aktivität unserer Gene regeln und in der Lage sind zu entscheiden, ob dieses oder jenes zum Einsatz kommen soll oder nicht. Ohne diese Schalter wäre keinerlei Einheitlichkeit möglich, wir wären allesamt Abweichungen! Unser Genom funktioniert dank Millionen von Knöpfen, die darüber entscheiden, ob ein bestimmtes Gen an- oder ausgeknipst wird.«

Stephen stutzte bei diesem letzten Satz. Wie sollte er nicht die Parallele zum Kruger-Virus sehen? Dieses Virus erweckte inaktive Gene wieder zum Leben, was ganz offensichtlich darauf hinauslief, *ausgeknipste* Gene wieder *anzuknipsen*. Die Idee war wortwörtlich dieselbe. In einem Anflug von Egoismus bedauerte er, dass Anna nicht mehr hier war. Er wusste, dass er einer großen Sache auf der Spur war.

Während er weiterhin mit einem Ohr zuhörte, überlegte er fieberhaft. Und wenn nun die Forscher die Schalter gefunden hatten, die in der Müll-DNA die Gene wieder aktivieren konnten, die für die Regression verantwortlich waren? Wissenschaftlich gesehen war an dieser Idee nichts absurd, und Futurabio war zweifellos fähig, eine solche Meisterleistung zu vollbringen.

Dieser Gedanken ließ ihm einen kalten Schauer über den Rücken laufen.

Auf der Bühne nahm Paloma Weber ihren Applaus entgegen. Offensichtlich hatte sie ihr Publikum mitgerissen, auch wenn sie einfach nur ihr Talent als Rednerin sowie für unverkennbare Demagogie bewiesen hatte.

Am Ende hatte Stephen den Eindruck gewonnen, dass die Generaldirektorin ihm eine Botschaft hatte zukommen lassen, indem sie sorgsam die Frage des Kruger-Virus aussparte: »Wir sind stärker als du, und der Druck der WHO wird nichts daran ändern.« Als sie sich dann zurückzog, eilte er ihr nach, fest entschlossen, ein Treffen mit ihr zu vereinbaren, aber sie verschwand zu schnell hinter den Kulissen, und er stieß nur noch auf eine geschlossene Panzertür.

2

Paris war fortan zur Beute der Metamorphose geworden. Schnell und erschreckend. Erst am Abend zuvor, als sie im Stadtzentrum in einer baumbestandenen Straße eintraf, war Anna sich dessen durch den Nebel ihres Schmerzes hindurch bewusst geworden. Die hundertjährigen Platanen hatten sich in Bäume mit malvenfarbenen Blüten verwandelt, und sie hatte die Magnolien wiedererkannt, die auch in Südafrika blühten. Militärfahrzeuge waren allgegenwärtig, durchpflügten die Straßen und lagen an den Kreuzungen auf der Lauer. Auf den Gehwegen schienen sich eilige Fußgänger nur noch in Grüppchen fortzubewegen.

Es war ihr schwergefallen zu begreifen, was sich da vor ihren Augen abspielte. Ihre vertraute Welt war in sich zusammengebrochen, nicht nur die Stadt, die sie kannte, sondern ihre ganze Existenz, ihre Lebensgrundlage. *Was soll ich nur ohne dich machen, Yann?* Sie hatte sich in tiefer Trauer und wie enteignet gefühlt, dabei war er nicht tot. Sie konnte nicht einfach so tun, als wäre das der Fall, auch wenn der tatsächliche Fall in gewissem Sinne sogar noch schlimmer lag. *Nein, nicht schlimmer, Anna, das Schlimmste ist die Abwesenheit.* Es musste doch sicher etwas geben, was in seinem neuen Körper überlebt hatte, ein wenig von ihrer Liebe, wenn es vielleicht auch nur eine sehr vage Erinnerung war. Der Geschmack ihrer Lippen auf seinen. Ihr Geruch. Ganz egal, sie würde es finden.

In ihrer Wohnung hatte alles sie an den Yann erinnert, den sie liebte. Ein auf der Sessellehne vergessenes Hemd, seine alten Turnschuhe, die einfach irgendwo im Flur lagen, die rechts neben seinem Bett aufgestapelten Zeitschriften. Auf dem Abtropfbrett der letzte Abwasch, den er dort hatte stehen lassen. Und überall die Stille, eine Friedhofsstille, die wie ein bleierner Deckel auf ihr lastete und sich zu ihrer Migräne gesellte.

Sie hatte den Abend damit verbracht, ziellos umherzulaufen, ohne den Mut aufzubringen, ihre Koffer auszupacken. In den Spätnachrichten hatte sie dann von den ergriffenen Maßnahmen erfahren; es ging nur um neue Einschränkungen, Katastrophengebiete wie die Seineufer, den Canal de l'Ourcq und den Canal de Saint-Martin, das Bassin de la Villette, die öffentlichen Parks und den Bois de Boulogne sowie um die behördlich angeordnete Schließung gewisser Einrichtungen, die den Standards nicht entsprachen. Schließlich hatte sie sich ins Bett gelegt und ein paar Stunden lang gedöst.

Am Morgen erhielt sie dann endlich eine Bestätigungs-SMS von Lucie und spürte, wie die erdrückende Last etwas leichter wurde. Kaum merklich, aber es genügte, damit sie wieder besser atmen konnte.

> Yann ist heute Nacht ins Val-de-Grâce eingeliefert worden. Ich bin mit ganzem Herzen bei Ihnen. Luz.

Direkt danach traf eine SMS von Stephen Gordon ein:

> Marc Antonetti, medizinischer Generalinspekteur der Armee, hat Ihnen die Genehmigung erteilt, Ihren Freund zu besuchen. Er liegt im Val-de-Grâce, ich habe Kontakt zu Dr. Feutren aufgenommen,

dem Chefarzt, der sich mit den Kruger-Patienten befasst. Er ist über Ihr Kommen informiert. Ich denke an Sie. Herzlich, Stephen.

Er hat Wort gehalten.

Sie duschte und zog sich dann wie zu einer Expedition an: Drillichhose, T-Shirt und eine leichte Jacke. Ihren Ausweis, Geld, ein Notizbuch ... Würde sie ihn überhaupt wiedererkennen?

Sie bestellte sich ein Taxi für 10 Uhr, damit sie nicht zu früh kam. Die U-Bahn fuhr nicht mehr, und auch wenn Buslinien als Ausgleich für die Schließung eingerichtet worden waren, hatte sie keine Kraft, diejenige herauszusuchen, die sie zum Val-de-Grâce bringen würde.

Um 9.55 Uhr stellte sie sich auf den Gehweg unten vor ihrem Haus und wurde sich schlagartig bewusst, dass es gar nicht mehr wirklich ihr gemeinsames Haus war. *Dein Haus, Anna, ab jetzt ist es dein Haus. Er wird im Krankenhaus leben. Bis wann? Und danach?* Der Hals schmerzte ihr, so sehr musste sie sich anstrengen, um nicht zu weinen.

Der Chauffeur traf pünktlich um 10 Uhr ein, ein ziemlich netter Typ, aber er redete zu viel. Als er die einsilbigen Antworten seines Fahrgasts bemerkte, gab er das Reden allerdings glücklicherweise bald auf. Der Verkehr war die Hölle, man hätte meinen können, dass sämtliche Pariser unterwegs wären. In der Nähe des Jardin du Luxembourg tauchte unvermittelt ein Wolfsrudel vor ihnen auf, das einem Hund hinterherhetzte. Anna hatte keine Zeit, sich darüber zu wundern, dass ein Polizeiauto sie mit jaulender Sirene überholte und am Eingang zum Park, dessen Tor mit einem Schloss versperrt war, eine Vollbremsung hinlegte. Männer in schwarzen Anzügen und den charakteristischen Kapuzen der schnellen Eingreiftruppe der Polizei sprangen aus dem Auto. Sie brauchten gerade mal ein paar Sekunden, um anzulegen, und schossen dann mehrere Salven ab. Zwei der Wölfe gingen zu Boden, in vollem Lauf erwischt, die anderen machten sich davon. Anna begriff, dass sie soeben Zeugin einer Jagdszene in den Straßen der Hauptstadt geworden war. Ein Pärchen hatte sich hinter eine Bank geduckt und die Hände schützend über den Kopf gelegt. Niemand stieg aus einem der Autos, um sich das alles näher anzuschauen; was den Chauffeur betraf, so legte er eine übertriebene Trägheit an den Tag, wahrscheinlich, um sie für ihr Schweigen büßen zu lassen. Sie fragte nicht nach. Sie wollte weder über das Virus sprechen noch über die Gefahr, die die Regredierten für die »Normalen« bedeuteten, schon gar nicht wollte sie sich einen endzeitlichen Sermon anhören. Sie fuhren 300 Meter weiter, bis sie wieder an der Haltestelle Boulevard de Montparnasse ankamen.

Anna, die mit ihrer Geduld am Ende war, beschloss zu zahlen und den Rest des Wegs zu Fuß zu gehen. Sie schlängelte sich durch das Chaos des Staus. Ein paar Schritte die Straße hinunter riefen ungefähr tausend Demonstranten Slogans gegen die Wucherpreise. Schilder wurden geschwungen: »LEBEN ZU TEUER, TOD AUF RATEN«, »BROT IST LEBEN« oder auf einem langen Transparent: »BROT x 4, GEMÜSE x 6, OBST x 10, DAS HALTEN WIR NICHT LANGE DURCH«.

Anna quetschte sich durch die Menge der Protestierenden. Am Vortag hatte sie noch gelesen, dass die weltweiten Preise für Grundnahrungsmittel wegen des erwarteten empfindlichen Einbruchs der Ernten explodiert waren. Laut den Voraussagen würde die Situation in den kommenden Monaten nur noch schlimmer, bei der Geschwindigkeit, mit der das Kruger-Virus sich ausbreitete. Trotz ihrer gewaltigen Getreidevorräte brach sich also Panik in den Industrieländern Bahn, unterstützt von den sozialen Netzwerken, die sich nicht damit zurückhielten, auch noch die haarsträubendsten Gerüchte zu verbreiten. Die Behörden konnten zu Besonnenheit aufrufen, so viel sie wollten, manche Stichwörter blühten im Netz auf und schürten die Psychosen: »Hungersnot«, »Lebensmittelknappheit«, »Quoten« oder auch »Rationsscheine« …

Ein Mann packte sie an der Jacke und versuchte ihr ein Flugblatt zuzustecken. »Das ist das Ende der Welt, und die Regierungen tun nichts dagegen!«

Es gelang ihr, ihn auf Abstand zu bringen und dem Demonstrationszug zu entkommen, um den Boulevard de Port-Royal bis zum Krankenhaus Val-de-Grâce hinaufzugehen. Dort genügte ihr Ausweis, damit sie am von einem bewaffneten Soldaten bewachten Pförtnerhäuschen durchgelassen wurde. Am Empfang schickte man sie ins Zimmer 54, wo sie nach Dr. Feutren fragen sollte. Sie durchquerte die Eingangshalle bis zu einer Schwingtür, die in den Quarantänebereich im Erdgeschoss führte.

Anna spürte, wie ihr das Herz in der Brust hämmerte. Von völliger Sinnesverwirrung halb orientierungslos, ging sie weiter. Bevor sie das Zimmer betrat, musste sie durch eine Schleuse, die jener in Durban glich. Ihr wurde schwindlig, und als sie entsprechend zögerte, tauchte ein Mann neben ihr auf. Er sprach mit ihr, und sie musste sich furchtbar anstrengen, um sich auf seine Worte zu konzentrieren: »… immer noch nicht bei Bewusstsein wegen der Beruhigungsmittel. Das kaledonische Ärzteteam hat sein Koma künstlich verlängert, um seinen Rücktransport zu erleichtern. Wir haben auf Sie gewartet, um …« Sie nickte mechanisch. Er streckte ihr einen Mundschutz und einen Schutzanzug entgegen.

Als sie fertig war, gab der Mann ihr ein Zeichen, einzutreten. Die junge Frau atmete kurz und flach, behindert durch die

Schutzmaske und ihre Übelkeit. Mit zitternder Hand stieß sie die Schleusentür auf. Ein Bett füllte den Raum aus, dann sah sie eine graue Decke. Und einen Kopf, der aus den Laken hervorragte. Sie hatte sich darauf vorbereitet, aber der Schock machte sie benommen.

Yann hatte gebräunte Haut. Große Knochenwülste verformten seine Stirn, kräftige Kiefer trieben ihm die Wangen auseinander. Seine Nase war platt, sein Mund breit wie eine halb geschlossene Spalte, und darin waren riesige leuchtende Zähne zu erkennen.

Sie trat einen Schritt vor. Selbst nach seiner Verwandlung war es eindeutig er, das spürte sie. Die Narbe am Ohr war noch immer sichtbar, Zeichen eines alten Tauchunfalls – eine aufgestörte Muräne hatte ihm einen Teil des rechten Ohrläppchens abgerissen. Sie fragte sich, durch welches Wunder er diese einzigartige Schwellung konserviert hatte und ob das bedeutete, dass auch andere Spuren in ihm weiter vorhanden waren …

Sie trat noch ein bisschen näher, nah genug, um ihn zu berühren, ohne dass sie sich jedoch dazu entschließen konnte. Stattdessen hob sie die Decke an, die ihn bis zum Kinn bedeckte. Man hatte ihn unbekleidet gelassen, und der erste Anblick des geliebten Mannes, schutzlos seinem furchtbaren und ungewissen Schicksal ausgeliefert, erfüllte sie mit Mitleid. Er war geschrumpft, sein Oberkörper war breit und gedrungen, die muskulösen Arme und die Beine waren mit einem leichten Flaum bedeckt. Beinahe wäre sie ohnmächtig geworden. Nie zuvor hatte sie den Schmerz seiner Abwesenheit so heftig empfunden, und dennoch lag er ausgestreckt in dem schmalen Bett vor ihr. Schließlich konnte sie ihren Kummer nicht länger zurückhalten, all die aufgestauten Tränen ergossen sich sturzbachartig.

Yanns Haut verströmte einen Moschusgeruch, wie bei einem Tier. Mehr als die Verwandlung selbst war es das, was sie sich des Verlusts bewusst werden ließ. Das Wesen vor ihr war nicht mehr dasselbe, das sie geliebt hatte. Und dennoch musste doch irgendetwas von ihm überlebt haben …

Eine Stimme riss sie aus dem Unbehagen, das sie zu übermannen drohte. »Madame …«

Sie wischte sich die Wangen ab und schluckte ein Schluchzen herunter. »Tut mir leid.«

»Ich kann mir vorstellen, wie furchtbar das sein muss.«

Dr. Feutren sah sie mit wohlwollender Besorgnis an. Er war ein kleiner, rundlicher Mann mit freundlichem Gesicht, ganz anders, als man sich einen Militärarzt vorstellte. Er geduldete sich ein paar Minuten, bis er sicher war, dass sie sich wieder einigermaßen gefangen hatte.

»Sind die Eltern informiert worden?«

»Yann hat nur noch eine Mutter«, stammelte sie. »Sie leidet an Alzheimer und lebt in einem Pflegeheim. Sie ist schon sehr alt, ich bin nicht sicher, ob sie begreifen würde, was ihrem Sohn zugestoßen ist. Es wäre wohl besser, sie nicht einzuweihen.

»Das erscheint mir tatsächlich auch vernünftiger, Madame Lebel.«

Anna korrigierte den Fehler nicht. Yanns Namen zu tragen brachte sie ihm näher.

»Wenn Sie bereit sind, können wir ihn jetzt aufwecken.«

»Ist gut.«

Der Arzt rief die beiden Schwestern herein, die in der Schleuse warteten. Sie traten ein und schnallten Yann an den Bettpfosten fest, und eine von ihnen gab ihm eine Spritze. Dann traten beide aus Vorsicht einen Schritt zurück. Überwältigt lehnte Anna sich gegen die Wand, um nicht zusammenzubrechen. Er würde die

Augen aufschlagen. Und wenn er sie wiedererkannte? Selbst ein winziger Rest von Erinnerung … Solange er schlief, gab es noch Hoffnung. Aber tief im Inneren wusste sie Bescheid. Sie wusste, dass beim Auftauchen der *andere* vollständig die Kontrolle übernehmen würde. Wer wäre er dann? Was? Ein *Homo erectus*? Sie hatte furchtbare Angst.

Rasch häuften sich die Anzeichen seines Erwachens. Ein nervöses Zittern begann in seine Finger einzukehren, die Lider zuckten, und er stöhnte leicht. Unvermittelt riss er die Augen auf. Seine blauen Regenbogenhäute waren verschwunden und durch ein dunkles Braun ersetzt worden.

»Mein Gott!«

Die Worte waren ihr von ganz allein entfahren, aber er ignorierte sie, weil er zu sehr damit beschäftigt war, unter dem Eindruck der Überraschung zu atmen. Er versuchte sich aufzurichten, aber umsonst. Er zerrte an den Gurten, die ihn einschnürten. Eine heftige Gefühlswelle stieg in ihr hoch.

»Yann?«

Er hatte sie noch immer nicht angesehen, aber er suchte das ihn umgebende Zimmer mit Blicken ab, während ein Zittern seine Panik verriet. *Er muss sich noch viel mehr fürchten als ich …*

»Wir sind in Paris, mein …«

Sie hielt inne, unfähig, die beiden Silben auszusprechen. Sie liebte ihn, aber das hatte nun praktisch keine Bedeutung mehr; sie liebte nicht diesen Affenmenschen, sondern den, der er einmal gewesen war. *Das ist Yann, dein Yann, auch wenn er sich zurückentwickelt hat …*

Schließlich setzte sie halblaut noch einmal an, um ihn nicht noch mehr zu erschrecken. »Ich bin Anna. Du heißt Yann Lebel und bist Meeresbiologe.«

Als er ihr noch immer nicht die leiseste Beachtung schenkte, sprach sie lauter. »Erinnerst du dich an die *Atalante*?«

Da sie anscheinend nicht verstanden wurde, hoffte sie, seine Verzweiflung mit dem Klang einer vertrauten Stimme zu besänftigen. Und wie durch ein Wunder wandte Yann nun den Kopf in ihre Richtung. Seine dunklen Pupillen wirkten leer und lieblos.

»Erinnerst du dich an Paris? Dort leben wir, du und ich.«

Anna hob die Hand, und er folgte ihr endlich mit dem Blick. Er schien mehr auf ihre Bewegungen als auf ihre Stimme zu reagieren. Wenn sie nur beharrlich blieb, konnte sie vielleicht irgendeine vergrabene Erinnerung freisetzen. Vielleicht hatten tief in seinem Inneren Bilder und Klänge überdauert.

»Anna«, sagte sie und deutete auf ihren Bauch.

Das medizinische Personal beobachtete ihre Bemühungen sehr aufmerksam. Sie waren einer der Gründe, warum der oberste Militärarzt Feutren überhaupt seine Erlaubnis erteilt hatte. Er hoffte, durch die Begegnung eines *erectus* und einer ihm nahestehenden Person, die bereits mit den Forschungen vertraut war, eine Verhaltensdiagnose erstellen zu können. Anna Meunier bot dafür einfach die perfekte Gelegenheit.

Yann neigte den Kopf zur Seite und runzelte die Stirn. Da er an dieser Stelle keine Haare mehr hatte, warf nur die Haut Falten. Er wirkte verunsichert und begnügte sich damit, ratlos auf ihren Finger zu starren.

»Anna«, wiederholte sie und vollführte ihre Geste noch einmal mit mehr Nachdruck. Er schnupperte und verzog leicht das Gesicht. Dann zeigte sie auf ihn und achtete auf das kleinste Anzeichen des Verstehens. »Yann Lebel. Du bist Biologe, Spezialist für extreme Ökosysteme. Du hast in der Wüste nach Bakterien gesucht, die in großer Trockenheit überleben können. Du bist in alle Weltmeere abgetaucht, um das Geheimnis der Entstehung des Lebens zu lüften. Yann Lebel.«

Beim Rhythmus ihrer Worte schien er sich zu beruhigen, also machte sie in der Hoffnung weiter, irgendeine Reaktion zu erzeugen.

»Du bist in Grenoble aufgewachsen, im Departement Isère. Dein Vater hieß Joël, deine Mutter Agnès. Dein Vater hat dich an den Wochenenden zum Klettern mitgenommen. Als du fünfzehn warst, ist er an einem Herzinfarkt gestorben. Du hast schon immer das Gebirge geliebt, das Klettern, du wolltest es zum Beruf machen, doch dann hattest du einen schlimmen Sturz und bist stattdessen Biologe geworden. Du hast gesagt, dass das am Ende ein Glück gewesen ist. Dass wir uns ohne diesen Unfall vielleicht nie begegnet wären … Du hast mir einen Ring geschenkt, aus einem Meteoriten …«

Anna verstummte, um nicht wieder zu weinen anzufangen, denn die anderen hörten ihr zu, und Yann bedachte sie weiterhin lediglich mit seinem Zombieblick. Sie fühlte, wie ihr der Boden unter den Füßen wegsackte und wollte sich nicht derart entblößen, also verließ sie überstürzt das Zimmer.

Als sie endlich allein im Flur stand, riss sie sich die Maske herunter und holte tief Luft. Der Schmerz nagte an ihren Eingeweiden, und zwar so stark, dass sie hätte losbrüllen können. Der Tränenstrom kehrte zurück, und sie flüsterte: »Yann, Yann, Yann …«, als könnte die Wiederholung seines Namens ihn ihr zurückbringen. Das Echo ihrer eigenen Klage war die einzige Antwort, die sie erhielt.

3

In Washington war Ned Lash, der amerikanische Gesundheits- und Sozialminister, dafür bekannt, gern ein gutes Leben zu führen. Unter normalen Umständen hätte er sich auf einen wohlverdienten Wochenendtrip vorbereitet, doch bei der Krise, die die Welt gerade erschütterte …

Das Klingeln des Telefons ließ ihn aus seinem Bedauern hochschrecken.

Seufzend nahm er ab. »Ja, Allison?«

»Margaret Christie von der WHO.«

»Okay, stellen Sie sie durch. Dann können Sie gehen, ich brauche Sie heute nicht mehr.«

»Danke, Ihnen noch einen schönen Abend.«

Als er das Gespräch entgegennahm, sagte er sich, dass es, wenn seine Gesprächspartnerin ihn anrief, obwohl es in der Schweiz schon nach drei Uhr morgens war, sicher nicht um eine nichtssagende Plauderei ging.

»Liebe Margaret, kann ich etwas für Sie tun?«

»Etwas? Das hoffe ich sehr. Die Situation ändert sich jede Stunde, und bevor ich irgendetwas entscheide, muss ich wissen, ob wir uns nicht abstimmen können. Diesmal kommt es nicht infrage, dass wir die Gelegenheit verpassen.«

Die WHO-Chefin musste nicht weiter ausführen, worauf sie anspielte. Das schlechte Management der Epidemie des Virus H1N1 im Jahr 2009 war beiden in übler Erinnerung.

Da Ned Lash sie aus Neugierde darüber, worum es ging, nicht unterbrach, fuhr sie fort. »Die Aussichten sind trübe, es ist nun an der Zeit, gemeinsam voranzugehen. Ich spreche nicht nur von Europa und den Schwellenländern, ich möchte, dass wir unsere Bemühungen im Weltmaßstab koordinieren und die Meinungsverschiedenheiten zwischen Nord und Süd oder Demokratien und Diktaturen vergessen.«

»Na ja, solange sich meine russischen und chinesischen Kollegen offen für Ihre Argumente zeigen …«

»Das werden sie unter Garantie. Aber ich verhehle nicht, dass ich mit dem Anruf bei Ihnen die leichteste Aufgabe zuerst erledigt habe, lieber Ned.«

»In Ordnung, Margaret. Habe ich noch Zeit, mir einen Hamburger zu bestellen?«

»Ja, legen Sie Vorräte an, das ist sicherer.«

4

Im Lauf der Zeit hatte sich der Konferenzraum des »Kruger-Teams«, wie es bei der WHO in Genf genannt wurde, mit allem möglichen Material gefüllt, vor allem mit einer Wand aus Bildschirmen, auf denen Fernsehprogramme aus der ganzen Welt ausgestrahlt wurden. Die meiste Zeit über war der Ton abgestellt, doch Gabriella hatte ihn nun hochgedreht, um die neuesten Schätzungen des Tages zu hören. Um 18 Uhr belief sich die Zahl der bekannten *erectus* auf 51203 Individuen.

Stephen kam gerade aus einer Besprechung mit Margaret Christie und allen Leitern der WHO. Einstimmig hatten sie beschlossen, die höchste Alarmstufe auszurufen, was darauf hinauslief, den Regierungen mitzuteilen: »Wir haben es mit einer Pandemie eines vollkommen neuen Typs zu tun. Sie müssen radikale Maßnahmen ergreifen, um Ihre Bevölkerung zu schützen.«

Er hatte es selbst übernommen, die schlechte Nachricht Mark Becker und Arthur McCormick zu überbringen, die in Europa und den Vereinigten Staaten den Zentren für die Prävention und die Kontrolle von Krankheiten vorstanden. Diesmal zeigten sich die beiden Männer deutlich kooperativer und hatten versprochen, die Warnung an die verantwortlichen Politiker weiterzuleiten.

Die amerikanische Präsidentin war die Erste, die sich öffentlich äußerte. Sie war außerdem die Erste, die in der Öffentlichkeit die Bezeichnung *erectus* verwendete. Aus dem Weißen Haus verkündete sie mit strenger Miene, dass sich die Krankheit nach Südafrika, Südkorea und Neukaledonien inzwischen auf allen Kontinenten ausgebreitet habe und die Notfallkräfte sämtlicher Krankenhäuser sich auf das Eintreffen höchst untypischer Kranker vorbereiten müssten. Folglich würde der Flugverkehr in den Vereinigten Staaten auf Rettungsmissionen und den Handel beschränkt. Sie schloss damit, ihre Mitbürgerinnen und Mitbürger dazu aufzufordern, außerhalb der Arbeitszeit zu Hause zu bleiben, und versprach die Einrichtung von Versorgungsmaßnahmen für ländliche Gebiete. Unmittelbar nach ihrer Ansprache ergriff der Gesundheitsminister das Wort; er bekräftigte, dass die ersten medizinischen Untersuchungen nicht mit Sicherheit ergeben hätten, dass alle am Virus Erkrankten von Prähistorischen gestochen oder gebissen worden seien und als Vorsichtsmaßnahme (solange der Beweis des Gegenteils noch nicht erbracht war) jeder Intimkontakt verboten sei, selbst ein einfacher Kuss, um die Übertragung durch Speichel zu verhindern.

Sehr schnell hielten die europäischen Staatschefs ihrerseits eine in groben Zügen ähnliche Rede. Auch die Schwellenländer folgten dem Beispiel des Westens und trafen Maßnahmen, um der Seuche Einhalt zu gebieten. Manche afrikanischen und asiatischen Länder – vor allem Indien – nutzten das, um eine allgemeine Sperrstunde zu verhängen: Nach dem schwindelerregenden Anstieg der Preise für Reis und Öl erschütterten blutige Aufstände beide Kontinente. Nur China blieb stumm, was die chinesischen Journalisten und Experten aufmerken ließ, obwohl sie an die unabhängige Politik ihres Landes gewöhnt waren.

In Frankreich versammelte der Krisenstab des Élysée zur Stunde ungefähr fünfzig Experten und Ministerialberater. Nach einem neuerlichen Eingreifen der Präsidentin, die zur Vorsicht mahnte, konnte sich die Zentrale der kostenlos eingerichteten Telefonnummer, bei der man sich über das Virus informieren konnte, vor Anrufen nicht mehr retten. Trotz der eher optimistischen Prognose des Innenministers war die Panik dabei, vom gesamten Land Besitz zu ergreifen, und die Presse tat nichts, um die Gemüter zu beruhigen. *Le Monde* titelte: »Kruger: Reise ohne Wiederkehr.« Ausnahmsweise wurde die Auflage der Zeitung auf eine Million Exemplare erhöht.

In Genf zwang sich Gordon, der allgemeinen Katastrophenstimmung zu widerstehen, obwohl er wusste, dass es nicht genügen würde, die Ansteckung zu stoppen, um die Pandemie einzudämmen. Die Suche nach einem Impfstoff musste beschleunigt werden, und dafür mussten die Labore weltweit überzeugt werden, zusammenzuarbeiten.

Margaret Christie hatte ihn gerade damit beauftragt, ein Komitee zusammenzustellen, das den biologischen Gegenangriff leiten konnte. Er und sein Team verbrachten die komplette Nacht damit, potenzielle Kandidatinnen und Kandidaten zu sichten. Die Formierung dieses Notfallkomitees kam einem Seiltanz gleich, denn in der wissenschaftlichen Gemeinschaft wüteten die Kämpfe der Egos. Um jeden Preis mussten fruchtlose Auseinandersetzungen vermieden werden. Sie brauchten überaus kompetente Persönlichkeiten, die neuen Ideen gegenüber offen genug waren, um es mit dieser ungeheuren Herausforderung aufzunehmen: dem Verständnis vollkommen unbekannter biochemischer Mechanismen, die zu einer Regression der Arten führten. Am Ende hatten drei Kriterien Vorrang: Erfindungsreichtum, Effizienz und Komplementarität.

Im Morgengrauen des 12. September verfügte Stephen über

eine Liste von zehn Namen. In den kommenden Stunden wurden unter dem Druck von Becker und McCormick, die darauf erpicht waren, dem Komitee ebenfalls ihren Stempel aufzudrücken, noch einige Veränderungen daran vorgenommen. Er übernahm es persönlich, die Kandidatinnen und Kandidaten zu kontaktieren, ohne auch nur eine Ablehnung hinnehmen zu müssen.

Unter den zehn Forschenden waren fünf Nobelpreisträgerinnen und -träger, darunter die schwedische Biologin Linn Visnar, die das Notfallkomitee leiten sollte.

Kyles Tagebuch

Mama und Opa haben gestern Abend gestritten. Sie dachten wohl, dass ich schlafe, weil es schon sehr spät war. Sie hat gesagt, er hat nicht das Recht, weiter im Tierasyl zu arbeiten, wegen des Virus. »Worauf wartest du nach drei Regressionen denn noch? Du musst sie freilassen!«, hat sie geschrien. Opa hat geantwortet: »Kommt nicht infrage«, weil sie sonst von den anderen aufgefressen würden und weil es seine Aufgabe wäre, sich darum zu kümmern, vor allem jetzt, da Tierärzte, Forscher und Freiwillige gebraucht wurden.

Opa will nicht mehr, dass ich ihn ins Tierasyl begleite, aber er hat mir geschworen, dass es Vier Stoßzähne sehr gut geht.

Ich habe den Pakicetus, eine ganze Menge Angriffe von prähistorischen Vögeln und giftigen Ratten gesehen und bin nicht daran gestorben, ich habe nicht mal besonders viel Angst. Wer jetzt rausgehen will, muss dicke Stiefel anziehen und sich außerdem mit einem stinkenden Zeug einreiben, das Insekten abwehrt, nur für alle Fälle.

Damit ich mich nicht langweile, haben sie mir immerhin erlaubt, einen Schutzraum im Speicher zu bauen. Tendaï hat damit angefangen, alles zu isolieren, dann hat er doppelte Wände hochgezogen, um sicherzustellen, dass auch nicht das kleinste Tier sich dort reinquetschen kann. Drinnen stehen ein Bett, zwei Sessel, eine Truhe, ein Schreibtisch, und überall gibt es Kissen. Zeichnungen, Poster und eine kleine Stereoanlage. Dorthin verziehe ich mich mit Sipho und Peter. Man könnte meinen, man ist in einem Bunker. Es ist ein Platz, wo die Erwachsenen nicht hindürfen. Ich habe ein Schild aufgestellt: »Eltern und Prähistorische, Zutritt verboten.« Opa musste darüber lachen.

5

Jérémies Mutter saß auf einem Stuhl in der Küche und versuchte, ihre Nerven zu beruhigen, indem sie einen Liebesroman las. Seit zwei Stunden war ihr Sohn nun schon draußen. Seit mehreren Tagen kam es regelmäßig zu Prügeleien in Paris. Im Morgengrauen hatten sogar ganz gewöhnliche Leute einen Supermarkt gestürmt und ihn bis auf die letzte Konservendose geplündert. Sie wusste es, weil sie durch die verwüsteten Regalreihen geschlichen war, ohne dort noch etwas Essbares zu finden. Die Pariser drehten durch. Sie prügelten sich um die Vorräte, und den Schwächsten – wie ihr selbst – blieb nichts weiter übrig, als zu zittern.

Als sie das Geräusch des Schlüssels im Schloss hörte, verspürte sie eine große Erleichterung. Jérémie erschien mit leeren Händen im Türrahmen.

»Kein Glück?«

»Ich bin das ganze Viertel abgelaufen. Kein Geschäft ist mehr geöffnet. Mach dir keine Sorgen, ich gehe in einen der großen Supermärkte.«

»Jérémie, die Leute verlassen die Stadt. Wir sollten das auch tun. Ich habe gut darüber nachgedacht, bevor ich mich dazu entschlossen habe, aber ich glaube, dass wir bei deinem Vater in Sicherheit wären. Er wohnt in einem Dorf, dort sind sie gewöhnt daran, zusammenzuhalten.«

»Ich dachte, du erträgst ihn nicht länger als eine Stunde?«

»Diesen Zombies ziehe ich ihn immer noch vor.«

»Hör zu, ich kann nicht, ich hab's dir gesagt. Ich bin verantwortlich für das Tiergehege.«

»Eben! Du steckst dich da noch an!«

»Darüber haben wir doch schon gesprochen. Wenn alle jetzt einfach ihren Job hinschmeißen, landen wir in der Anarchie. Du beschwerst dich über das Verhalten der anderen, aber eigentlich willst du genau dasselbe tun.«

»Nämlich?«

»Vorräte horten, dich bewaffnen und paranoid werden.«

6

In dem Raum, den man ihm im Jardin des Plantes reserviert hatte, thronte der Archäopteryx, den sie in Neuguinea entdeckt hatte, auf einem Edelstahltablett. Mit einer Pinzette entnahm ihm Anna ein wenig Knochenstaub und platzierte ihn auf einem Objektträger. Dabei trug sie Nitrilhandschuhe, ein besonders widerstandsfähiger synthetischer Kautschuk, bei dem es keinen Abrieb gab, der die Probe verunreinigen konnte. Alles musste streng nach Vorschrift und mit Sorgfalt erledigt werden, denn sie hatte keine Zeit, alles über Wochen und Monate hinweg immer und immer wieder zu überprüfen. *Eine Art* One Shot, *meine Schöne.* Sie schob den Objektträger in ein hochauflösendes Massenspektrometer, das wie ein großer Kopierer aussah. Eine Dreiviertelstunde später spuckte es die ersten Ergebnisse aus.

Nun konnte sie diese mit denen des Notfallkomitees vergleichen, die Stephen Gordon ihr übermittelt hatte. Dessen Analyseergebnisse stammten von einem der »modernen« gefiederten Saurier, der von der Armee ein paar Tage zuvor irgendwo in Europa abgeschossen worden war. Sie musste die beiden Untersuchungen nur noch am Bildschirm übereinanderlegen, um etwaige Ähnlichkeiten ausfindig zu machen.

Das Ergebnis übertraf ihre Erwartungen. Alles, was sie vermutet hatte, bestätigte sich. Die Kurven waren absolut deckungsgleich.

Das Kruger-Virus begnügte sich definitiv nicht damit, nur einige schlafende Gene zu aktivieren, die bestimmten morphologischen Merkmalen entsprachen. Es programmierte vielmehr den gesamten Organismus um und versetzte sein Genom exakt in ein früheres Stadium, als gäbe es ein genetisches Archivsystem. Ein Mikroorganismus besaß demnach die Fähigkeit, den Menschen in seiner Entstehungsgeschichte zurückzuschicken.

Schnell übermittelte sie ihre Schlussfolgerungen an Stephen Gordon und setzte Linn Visnar ins Cc. Mit ein wenig Glück würde ihnen diese vergleichende Studie ein wenig Zeit verschaffen.

7

Am Ende dieses Sommers war an den Stränden von Qingdao im Osten der chinesischen Provinz Shandong der »Facekini« in Mode, eine Art Stoffmaske, welche die Haut vor den Sonnenstrahlen schützte. Für Chinesinnen blieb Blässe selbst Anfang des 21. Jahrhunderts noch immer ein Zeichen der Vornehmheit. Eine zerfurchte Haut stigmatisierte im Gegensatz dazu die Feldarbeiter und Frauen aus einfachen Verhältnissen. Nur Augen, Nasenlöcher und Mund waren von der Maske ausgespart, die zum angesagten Accessoire der eleganten Frau geworden war. In dieser Saison galt es als besonders schick, einen der vielen Facekinis zu tragen, die sich an den bunten traditionellen Masken der Pekingoper orientierten.

Als diese Frauen derart eingeschnürt in mächtige Schwimmringe im Wasser herumplantschten, brüllte plötzlich ein Polizist durch seinen Lautsprecher: »Alarm! Weg hier!« Am Rand der Sandbank hatte sich eine behaarte Kreatur in den Schatten eines Sonnenschirms geflüchtet. Innerhalb weniger Sekunden eilten Hunderte von Familien unter einem ohrenbetäubenden Kreischkonzert im Laufschritt zur Straße nach oben. Schaufeln, Eimer und Luftmatratzen ließen sie einfach liegen.

Anders als die panische Menge war ein junger Mann zurückgeblieben und näherte sich nun langsam und mit beruhigend ausgestreckten Armen der Kreatur. Als ein bewaffneter Trupp der Volkspolizei mit angelegten Maschinengewehren eintraf, rief er ihnen mahnend zu: »Das ist kein Monster, bleiben Sie ruhig!«

Zang-Lu hatte sofort begriffen. Er studierte Geografie an der Universität von Shandong, und seit Anfang Dezember hatte er die seltenen Artikel verschlungen, die im chinesischen Internet über die seltsamen regressiven Phänomene aufgetaucht waren. Abgesehen von seiner angeborenen Neugier, begeisterte sich der Student für Vor- und Frühgeschichte und wusste alles über die in Zhoukoudian zu Beginn des 20. Jahrhunderts entdeckten »Peking-Menschen«, die ersten Fossilien von *Homo erectus* in China.

Als er nur noch ungefähr zehn Meter von der Kreatur entfernt war, kniete er sich hin, um nicht bedrohlich zu erscheinen, und lächelte breit. Es war ein männlicher *erectus*, offenbar in fortgeschrittenem Alter; er war damit beschäftigt, einen Schmalzkringel zu verschlingen, den er aus einem Picknickkorb genommen hatte. In der allgemeinen Aufregung, in der sich der Strand geleert hatte, hatte er nicht das leiseste Anzeichen von Emotion gezeigt, sondern sich damit begnügt, sich leicht zusammenzukauern und schneller zu essen.

Plötzlich erregte ein Detail Zang-Lus Aufmerksamkeit. Das Geschöpf hielt eine zweiklappige, mit Zeichen bedeckte Muschel in der Hand. War das ein schlichter Zufall? Wenn er sich recht erinnerte, hatten die Frühmenschen der Küstenregion die Sitte gepflegt, etwas in Muscheln einzuritzen. Der junge Mann war so gebannt von der Szene, die sich ihm darbot, dass er darüber die Polizeieinheit ganz vergaß.

Eine Stimme schnarrte trocken: »Er bewegt sich! Hau ab, wenn du keine Kugel abkriegen willst!«

Der Anführer des Trupps hatte auf den *Homo erectus* angelegt. Zang-Lu begehrte auf, ohne sich darüber bewusst zu werden, dass er damit seine Lage empfindlich verschlimmerte.

»Schießen Sie nicht, er ist doch harmlos!«

Diesmal hatte sich das Geschöpf, aufgeschreckt durch das Geräusch, auf seinen kräftigen Beinen aufgerichtet und nahm nun misstrauisch Witterung auf. Die Kreatur war ziemlich behaart, allerdings deutlich weniger als ein Menschenaffe, und seine Körperhaltung ließ wenig Zweifel daran aufkommen, dass er trotz seines wilden Erscheinungsbilds zur menschlichen Gattung gehörte. Konnte er die Wellen aus Angst und Aggressivität »riechen«, die von den Polizisten ausgingen? Unvermittelt blieb sein Blick an einem Stück schwarzem Stoff hängen, das auf dem Sand lag. Es war ein überstürzt zurückgelassener Facekini. Er begann zu knurren, wobei seine Nasenflügel bebten und er von einem Fuß auf den anderen trat. In dem Moment, in dem er sich nach vorn warf, zerschmetterte ihm eine Kugel den Schädel, sodass das Blut rot auf den Sand spritzte. Der *Homo erectus* sackte leblos in sich zusammen. Zang-Lu sank seinerseits auf die Knie, und der Atem stockte ihm. Diese dummen Soldaten hatten gerade ein gewaltiges Naturphänomen so selbstverständlich getötet, als hätten sie eine Kakerlake zertreten. Er hatte keine Zeit, zu protestieren, denn ohne großes Federlesens zerrten ihn zwei Männer auf die Füße und legten ihm Handschellen an.

»Ich habe nichts Falsches getan. Das war ein *Homo erectus*, kein wildes Tier!«

Sein Widerspruch war reine Formsache, genauso gut hätte er gegen eine Wand reden können. Es war klüger, sich mitnehmen zu lassen und zu beten, dass ihr Vorgesetzter ein bisschen gebildeter war als diese Bande hirnloser Killer.

Doch tatsächlich begann das Martyrium für Zang-Lu gerade erst. Kommissar Tang, der für seine Befragung zuständig war, wollte herausfinden, warum ein Geografiestudent entgegen jeder Vernunft versuchte, ein wildes Tier zu beschützen – so bezeichnete er den Urmenschen –, und dabei das Leben seiner Mitbürger in Gefahr gebracht hatte. Sehr rasch war die Rede von konzertiertem Aktivismus, Störung der öffentlichen Ordnung, kurzum: Es war jene Juristensprache, die üblicherweise bemüht wurde, wenn man nach Gründen für eine Verurteilung suchte. Im Lauf der folgenden Stunden begann der Unglückliche die Gründe für diese Hartnäckigkeit zu erahnen. Am vorigen Abend war in Shanghai auf dem Bund, der berühmten Uferpromenade, bereits eine ähnliche Kreatur abgeschlachtet worden, als sie versucht hatte, auf den Jin-Mao-Turm zu klettern, einen der höchsten Wolkenkratzer der Stadt.

Während er ohne Unterlass vom Kommissar und zwei seiner Kollegen verhört wurde, durchsuchte ein Trupp der inneren Sicherheit bereits seine Wohnung in Shandong. Ein Computer wurde beschlagnahmt, die Festplatte durchkämmt. Der Suchverlauf war belastend: Dutzende von Artikeln über die Regression der Arten, in denen von giftigen Ratten die Rede war, die in den großen Häfen der chinesischen Küste aufgetaucht seien, von der Bedrohung für die Produktion bestimmter Getreidearten und von der Ansteckung des Menschen. Besonders schwer wog ein Chat, an dem er sich in einem Forum beteiligt hatte, auf dem sich dem Verdacht nach Aktivisten herumtrieben, die die verrücktesten Theorien in Umlauf brachten.

Mehr brauchte es nicht, um den Studenten noch am selben Abend dem Volksgerichtshof zu überstellen.

In Peking beunruhigte die Sache mit den Prähistorischen die höchsten Machthaber. Für die Partei war es undenkbar, zuzulassen, dass auch nur die geringste Auskunft über das Kruger-Virus publik wurde, und alle Mittel waren recht, den Informationsfluss zu unterbinden. Während sie so wenig wie möglich das diplomatische Spiel beeinflusste, warf die Partei bei dieser Angelegenheit ihr gesamtes Gewicht in die Waagschale. Die Presse wurde angewiesen, keine »konterrevolutionären Gerüchte« zu verbreiten, und die Geheimdienste standen Gewehr bei Fuß. Die Chinesen fragten sich: Wie lange sollten sie sich noch in diesem Maß isolieren? Und warum?

8

»Das hört sich verrückt an.«

Hinter ihrem Schreibtisch wusste die Generaldirektorin der WHO nicht so recht, ob sie sich über die Neuigkeiten freuen sollte, die Stephen ihr gerade überbrachte, umso mehr, da Letzterer eine undurchsichtige Miene aufgesetzt hatte.

Sie klappte Anna Meuniers Bericht zu und sagte: »Könnte man von einem Speicher sprechen?«

»Genau. Die DNA verfügt ganz offensichtlich über einen Speicher ihrer früheren Zustände.«

Sie überlegte kurz und verzog dabei seltsam das Gesicht. »Auf Initiative Frankreichs und der Vereinigten Staaten tritt der Sicherheitsrat übermorgen zu einer außerordentlichen Sitzung zusammen. Ich muss da hin, aber du solltest mich begleiten. Die Krankenhäuser sind vollkommen überlastet, Kasernen sind beschlagnahmt worden, um in Feldlazarette umgewandelt zu werden, und manche Mitglieder fragen sich, ob es nicht an der Zeit wäre, über radikalere Lösungen nachzudenken.«

»Nämlich?«

»Es wird die Möglichkeit erwogen, die Kranken in Lagern zu internieren.«

»Machst du Witze?«

»Du hast mich schon richtig verstanden. Es ist erst ein Vorschlag, aber er findet allmählich immer mehr Anhänger.«

»Eine gefährliche Idee.«

»Da bin ich ganz deiner Meinung. Darum musst du mich auch begleiten und noch einmal bestätigen, dass wir in unseren Bemühungen, einen Impfstoff zu finden, nicht nachlassen.«

»Margaret, ich habe wirklich keine Zeit, nach New York zu fliegen. Dieses ungelöste Problem mit den Pflegekräften wird immer größer …«

Tatsächlich erhoben sich nach und nach immer mehr unzufriedene Stimmen unter der Ärzteschaft. Angesichts der Pandemie machten sich die Gewerkschaften Sorgen bezüglich der Risiken für das medizinische Personal. Die Unzufriedenheit hatte im Northwestern Memorial Hospital in Chicago ihren Ausgangspunkt genommen. Nach einem unglücklichen Sturz hatte sich eine Schwester infiziert. Der Unfall war passiert, als das Krankenhaus zwanzig *erectus* aufgenommen hatte. Nach einer Dreißigstundenschicht vollkommen erschöpft, hatte die Krankenschwester Reagenzgläser mit Blutproben ins Labor gebracht und war im Flur gestolpert. Dabei hatte sie sich an der Hand verletzt, indem sie auf die vom Blut der Kruger-Patienten verseuchten Glasscherben gestürzt war. Die Angelegenheit hatte eine hartnäckige Psychose verursacht.

»Ich muss darauf bestehen, Stephen. Die Frage, was aus den Kranken wird, ist nur eins der Themen, die angeschnitten werden, aber wir brauchen eine konkrete Prognose, und du bist derjenige, der sie uns am ehesten liefern kann. Ich verlasse mich darauf, dass du mitkommst. Vor dem Beginn der Ratssitzung haben wir sicherlich auch noch Gelegenheit, uns mit Linn Visnar zu unterhalten.«

»In Ordnung, aber ich muss das organisieren. Das Beste wäre, wenn ich die Nacht hierbleiben könnte. Wie machen wir es mit dem Flug?«

Er rieb sich die Augen, und Margaret verspürte bei dem Gedanken an seine durchwachten Nächte kurz Gewissensbisse. Gordon verschrieb sich seiner Aufgabe mit Haut und Haaren und beklagte sich nie.

»Ich habe für morgen Nachmittag einen Flug gefunden. Dir bleibt also noch ein wenig Zeit.«

»Dann schaue ich auf einen Sprung bei mir zu Hause vorbei. Wie viele Tage bleiben wir dort?«

»Wahrscheinlich zwei. Wie geht es deiner Tochter?«

»Unverändert.«

»Kommt sie mit deinen häufigen Abwesenheiten klar?«

»Ich habe den Eindruck, dass sie sich darum nicht allzu sehr schert. Aber eigentlich habe ich absolut keinen Schimmer, Margaret.«

»Na ja, ich für meinen Teil bin mir sicher, dass sie im Grunde ihres Herzens weiß, was für ein toller Vater du bist.«

»Das ist nett.«

»Nein, Stephen, ich sage das nicht aus Nettigkeit, ich meine es auch so. Und ich bin überzeugt, dass deine Tochter das auch spürt, selbst wenn sie es nicht ausdrücken kann.«

9

Die verwaisten Hallen des Flughafens ähnelten einer postapokalyptischen Szenerie, als wären alle Menschen brutal von der Erdoberfläche getilgt worden. Das Echo ihrer Schritte hallte derart laut wider, dass es fast einschüchternd war. Wenigstens liefen sie nicht Gefahr, Zeit beim Schlangestehen zu verlieren. An ihrem Gate angekommen, erblickten Stephen Gordon und Margaret Christie schließlich die ersten Mitreisenden auf ihrem Flug.

Nur Maschinen mit Sondererlaubnis flogen ungehindert, was auch für das Flugzeug galt, in dem sie gleich zusammen mit einigen Geschäftsleuten Platz nehmen würden.

Stephen lehnte sich zu Margaret und flüsterte ihr ins Ohr: »Fragst du dich nie, ob die Geschäftsleute, während sie in ihre Akten vertieft sind, über Gott und die Welt nachdenken? Man könnte meinen, das Kruger-Virus existiert für sie gar nicht.«

»Täusche dich nicht, einige von ihnen sind sich der Situation sehr genau bewusst.«

»Aha … Alles eignet sich dafür, Geld zu verdienen. Was willst du im Rat tun?«

»Die internationale Gemeinschaft darum bitten, den Schraubstock ein bisschen zu lockern. Die ärmsten Länder können so nicht lange überleben. Sie brauchen wenigstens Medikamente und Nahrung. Und ich möchte die Kruger-Opfer gegen die aufkeimenden radikalen Ideen verteidigen.«

Das Flugzeug hatte die Wolkendecke durchstoßen und flog nun im unendlichen Blau dahin. Das Panorama war grandios. Stephen fühlte sich auf einmal sehr weit weg von Genf. Er dachte an Lauryn in ihrer Klinik für depressive Reiche. Wenigstens war sie dort vor jeder Gefahr in Sicherheit. Eva hatte versprochen, jeden Tag einmal dort vorbeizuschauen. Und er würde sie sofort nach der Landung in New York anrufen.

Unvermittelt musste er an Anna Meunier und ihren Freund denken. Er erinnerte sich an den Schmerz in den Augen der jungen Frau, ihren Ausbruch von Panik und Verzweiflung. In diesem Moment begriff er, dass der von einer Embolie herbeigeführte Tod seiner Frau im Vergleich mit dem Wirken des Virus etwas beinahe Barmherziges gewesen war.

Mit diesem Gedanken schlief er ein.

10

In den letzten Tagen fühlte sich der amerikanische Gesundheitsminister Ned Lash, als ob er den Boden unter den Füßen verloren hätte. Er spürte, dass er seine Fähigkeit, wie ein Stein zu schlafen, verloren hatte, was seit seiner Prüfungsphase in Stanford nicht mehr vorgekommen war.

Heute musste er ein belastbares Gleichgewicht zwischen der offiziellen Position der Regierung zu den *erectus* und der halbamtlichen Wirklichkeit finden, die erkennbar weniger freundlich ausfiel. Grob gesagt lief es etwa auf Folgendes hinaus: »Was sollen wir mit diesen verdammten Zurückentwickelten nur machen?«

Ned Lash wollte sich gerade in den x-ten Bericht stürzen, als er die Notiz »dringend« bemerkte, die seine Assistentin Allison ihm offenbar während der täglichen Besprechung hinterlassen hatte, die zu einer für ihn vollkommen unchristlichen Uhrzeit stattfand.

Rufen Sie Ihre chinesischen und russischen Kollegen zurück.

Als ob er die zwei vergessen könnte … Die Gespräche zwischen den für die Gesundheit Verantwortlichen, den Diplomaten, Botschaftern und sogar den Sekretären, waren nur die Spitze des Eisbergs. In den Augen der Welt arbeiteten alle Länder zusammen. Doch tatsächlich erwiesen sich diese beiden Blöcke als völlig resistent gegenüber jeder gemeinsamen Politik.

Er seufzte, fühlte sich plötzlich ausgelaugt. Der Tag würde kein Ende nehmen. Wie lange würde es noch dauern, bis er sich in seine geflickte Latzhose wegträumen konnte, die er von seinem Vater geerbt hatte, in seine Anglerstiefel, dass er einfach die Leine in der reglosen Oktoberluft auswarf und auf die Stille horchte, die nur durch das leise Rattern des seidenen Fadens durchbrochen wurde, der um sein Handgelenk tanzte? Bis er endlich allein war?

Denn das war Ned Lashs Geheimnis, es ermöglichte ihm durchzuhalten. Er stellte sich Angeltouren vor und wie er in der Abenddämmerung mit einem Lachs oder einem Barsch wieder aufbrach, einem riesigen Fisch, den er vor seiner Blockhütte auf den Grill warf. Den würde er dann mit gesundem Appetit verspeisen – kein Fleisch, den Doktor würde das freuen –, alles mit Whisky begießen und dabei zuschauen, wie die Sterne langsam zu funkeln begannen. Wenn das Feuer dann verlosch, würde er schlafen gehen und erst im Morgengrauen wieder aufwachen. Allein.

11

New York war zu einer Geisterstadt geworden – verlassene Straßen, trostlose Stimmung. Als sie mit dem Taxi die Fifth Avenue in Richtung Central Park hinauffuhren, bemerkten die Delegierten der WHO Bäume mit malvenfarbenen Blüten, zurückentwickelte Spezies, die für Amateurfotografen das reine Glück darstellten, die ihre Abzüge zumeist mit Bildunterschriften wie »Central Jurassic Park« oder »Old York City« veröffentlichten. Über ihnen zogen gefiederte Dinosaurier – ehemalige Möwen – auf der Suche nach Beute ihre Kreise. In dieser Umgebung aus Glas und Stahl wirkte dies beinahe surreal.

Am Ufer des East River stand das Gebäude der UNO, die Fahnen davor wehten fröhlich in einer kühlen, leichten Brise. Wie jedes Mal, wenn Stephen dieses Gebäude betrat, staunte er über seine riesigen Dimensionen. Linn Visnar hatte sich mit ihnen im Morgengrauen vor dem Chagallfenster verabredet. Er wusste nicht, welche Meinung sie bezüglich des Themas vertrat, das sie später beschäftigen würde. Er wusste nur, dass Margaret Christie sie aufrichtig bewunderte.

Die beiden Frauen hatten sich vor einigen Jahren anlässlich einer desaströs verlaufenen Impfkampagne gegen die Kinderlähmung in Nigeria kennengelernt. Seither brachten sie einander unendlich großen Respekt entgegen, und diese Freundschaft hatte für Stephens Wahl bei der Zusammenstellung des Notfallkomitees durchaus eine Rolle gespielt.

Als Linn Visnar mit einer halben Stunde Verspätung endlich eintraf – ihr Flugzeug war gerade erst gelandet –, beobachtete Gordon das Wiedersehen mit amüsiertem Interesse. Die dunkelhaarige Fünfzigjährige entsprach nicht gerade dem typischen Bild der nordischen Frau. Wie Margaret strahlte sie eine natürliche Autorität aus, die nichts mit ihrem schwarzen Kostüm zu tun hatte, sondern mit ihren strengen, fast ausgemergelten Zügen. Nach der zweckmäßigen Begrüßung und einigen Fragen zu den jeweiligen Familien kamen sie rasch auf den Grund dieses informellen Treffens zu sprechen.

Linn musste sich einer ausgiebigen Befragung vor dem Sicherheitsrat unterziehen. Man hatte ihr fünfzehn Minuten für eine erste Bilanz der Experimente gegeben, die das »Kruger-Komitee« ausgeführt hatte (diese Bezeichnung war schnell um die Welt gegangen). Sich direkt vor der Sitzung zu treffen war ein Vertrauensbeweis, den die Nobelpreisträgerin der Leiterin der WHO entgegenbrachte, denn nichts verpflichtete sie dazu, und als Margaret schließlich fragte, was »der Tenor ihrer Einlassung« sein werde, entgegnete sie mit einer Offenheit, die etwas Brutales an sich hatte: »Ich sehe schwarz für die Möglichkeit, in kurzer Zeit einen Impfstoff zu entwickeln. Das Virus scheint schlafende Gene zu aktivieren, die in der Müll-DNA vorhanden sind, da bin ich mit Anna Meunier einer Meinung, aber das bedeutet eine ganz neue Art von Biologie.«

»Und was heißt das?«

»Dass wir alles neu erfinden müssen.«

»Was verstehst du denn unter einer ›kurzen Zeit‹?«

»Wenn ich dir sage, dass die Wirkungsweise des Aids-Erregers verglichen mit dem Kruger-Virus ein Kinderspiel darstellt, gibt dir das vielleicht einen Hinweis?«

»Mein Gott …«

»Das HI-Virus ist zu Beginn der 1980er-Jahre entdeckt worden. Dreißig Jahre später suchen wir noch immer nach einem Impfstoff.«

Margaret Christie schöpfte ihre Inspiration aus dem gigantischen Fresko im Konferenzraum des Sicherheitsrates, das die universale Liebe feierte, und war fest entschlossen, sich nicht kampflos geschlagen zu geben. Sie wusste, dass die Zeit den Gemäßigten nicht in die Hände spielte, aber sie war ebenso überzeugt davon, dass, falls die Regierungen sich nicht die Ausmaße der Krise vor Augen führten, die sie gerade durchmachten, die Menschheit wahrscheinlich in ihren Grundfesten erschüttert würde.

Sie ergriff das Wort. »Meine sehr verehrten Damen und Herren, das Kruger-Virus stellt die Gesundheitssicherung vor Probleme, die wir so bisher noch nicht kannten. Das medizinische Personal hat es nicht mit klassischen Kranken zu tun, mit denen es interagieren könnte. Die Wesen, denen sie gegenüberstehen, verstehen weder, was man ihnen sagt, noch, was mit ihnen geschieht. Doch wir können sie auch nicht wie gewöhnliche Tiere behandeln, die man zusammenpferchen und zum Schlachthof führen würde. Es handelt sich um …«

»Schlachthof! Das ist ein großes Wort!«, rief der Russe Andrej Akulow dazwischen. »Um offen zu sprechen, Ms. Christie … Falls ich Linn Visnars Ausführungen vorhin richtig verstanden habe, stehen die Chancen schlecht, in den nächsten Jahren einen wirksamen Impfstoff herzustellen, vielleicht sogar in den nächsten ein bis zwei Jahrzehnten. Wissen Sie, wie sich die Pandemie innerhalb dieses Zeitraums entwickeln wird?«

Andrej Akulow trug einen unförmigen grauen Anzug, der auch in der Breschnew-Ära nicht herausgestochen hätte. Der

Mann wirkte auf einen ersten oberflächlichen Blick vielleicht gewöhnlich, fast schon freundlich, wären da nicht seine eisblauen Augen gewesen, die niemals blinzelten. Sein Aufzug und sein absichtlich ungehobeltes Auftreten waren eine Falle, die er schamlos aufstellte. Mit 58 Jahren schien die Zeit spurlos an ihm vorübergegangen zu sein. In Wirklichkeit war Akulow alterslos und gehörte keiner Epoche außer dem großen sowjetischen Zeitalter an. Wenn er sich irgendeinem Widerspruch ausgesetzt sah, konnte er sich als ebenso zerstörerisch wie eine Bombe erweisen. Doch Margaret Christie ließ sich von ihm nicht beeindrucken. Sie hasste diesen Typen.

»Herr Botschafter, wenn Sie erlauben, würde ich gern den Leiter der Seuchenabteilung der WHO bitten, auf Ihre Frage zu antworten. Er leitet die täglichen Gegenmaßnahmen vor Ort.«

»Ich nehme an, Sie meinen Stephen Gordon?«

»Korrekt.«

Dass Akulow den Namen eines Untergebenen kannte, war kein gutes Zeichen, und in der Folge bewahrheitete sich diese Befürchtung rasch.

»Derselbe Stephen Gordon, dem CDC und ECDC vorgeworfen haben, seine Informationen nicht mit ihnen geteilt zu haben?«

Margaret unterdrückte ihren Zorn. *Treffer.* Er hatte seinen Schlag vorbereitet, und das bestätigte ihre böse Vorahnung.

»Ich kann vor dieser Versammlung bezeugen, dass Stephen Gordon sich vorbildlich verhalten hat. Ohne ihn wäre das Virus unseren Organisationen noch immer unbekannt und …«

»Gebührt das Lob nicht vielmehr dem Leiter eines Tierasyls sowie einer südafrikanischen Laborantin?«

Stephen hatte sich hinter seinem Pult aufgerichtet. Mit einer

Geste bat er ums Wort. Margaret dankte ihm mit einem Nicken. Seine Stimme klang vollkommen ruhig.

»Dany Abiker und Cathy Crabbe. Aber ich bezweifle, dass solche Details für die Mitglieder dieser Versammlung von Bedeutung sind. Da man mich als Spezialisten für die Maßnahmen vor Ort um meine Meinung gebeten hat, würde ich Ihnen gern erläutern, wie weit wir mit dem Kruger-Komitee sind, das, wie Sie alle wissen, von Linn Visnar geleitet wird. Die Voraussagen darüber, wie sich die Pandemie entwickeln wird, hängen von unseren Verteidigungsfähigkeiten ab, vor allem von der Effizienz der Rattenbekämpfung, die wir gerade durchführen. An dem Tag, an dem die Ratten die für den Menschen gefährliche Variante des Virus nicht länger übertragen, werden wir einen großen Schritt weitergekommen sein.«

»Nur einen großen Schritt?«, spottete der Russe.

»Ja, denn alle lebenden Träger des Virus sind eine Ansteckungsquelle.«

»Und wenn wir die Bedrohung durch die Ratten in einem vernünftigen Zeitrahmen ausradieren, was glauben Sie, wie hoch wird die Zahl der Infektionsfälle bis dahin sein?«

»Heute stehen wir bei 150.000 Opfern. Wenn es in dieser Geschwindigkeit weitergeht, schätzen wir nach den Simulationen der besten Statistiker, dass sich die Zahl bei ungefähr …« Stephen legte eine Pause ein. Er konnte nicht anders, als Margarets Blick zu suchen, die ihm zunickte. »… bei ungefähr fünf Millionen Opfern einpendeln wird.«

Die fünfzehn ständigen Mitglieder des Sicherheitsrates sahen ihn fassungslos an.

»Und in welcher Zeitspanne erreichen wir diese katastrophale Zahl?«, fragte die UNO-Generalsekretärin nach.

»Wahrscheinlich in etwa einem Jahr …«

Akulow warf die Arme hoch. »Die Menschheit muss sich also darauf vorbereiten, sich in den kommenden Monaten in ihren jeweiligen Grenzen zu verschanzen, die Wirtschaft steht kurz vor dem Zusammenbruch, und wenn ich Ihnen folgen kann, ist alles, was die WHO vorschlägt: ›Wir brauchen mehr Betten, um die Kranken aufzunehmen!‹ Und dann, Mr. Gordon, was wollen Sie dann mit diesen … *erectus* anstellen?«

Stephen ballte die Fäuste. Vielleicht reagierte dieser Typ besonders heftig, aber das würde ihn nicht daran hindern, ihm ebenso leidenschaftlich zu antworten. »Es geht natürlich nicht darum, einfach unsere Krankenhauskapazitäten auszuweiten. Wir empfehlen eher die Eröffnung von Sammelstellen, eine Art von Sanatorien, in denen die Patienten bis zur Entdeckung eines Impfstoffs leben können.«

»Sie wissen doch sicher, dass die *erectus* allmählich Anzeichen einer Rebellion zeigen … Was wollen Sie machen, wenn sie aus Ihren Impfstellen ausbrechen?«

Margaret sprang ihm beiseite. Dieses Treffen wurde zu einem Schlagabtausch mit dem russischen Botschafter, und das konnte ihnen nur schaden. »Dieses logistische Problem muss auf nationaler Ebene besprochen werden. Wir brauchen natürlich eine Aufstockung des medizinischen Personals, aber es bleibt ebenfalls die Wahrheit, dass diese Patienten das Recht auf eine Behandlung haben.«

Ein hämisches Grinsen machte sich auf Akulows blassem Gesicht breit. »Durch Personal, das weiterhin einer Ansteckungsgefahr ausgesetzt ist und selbst das Virus nach draußen tragen könnte. Seien Sie doch ehrlich, Ms. Christie, das ist unrealistisch. Lassen Sie mich Sie an Ihre eigenen Worte erinnern: ›Wir haben es nicht mit klassischen Kranken zu tun.‹ Als Folge daraus fordere ich, dass die WHO von der Verwaltung dieser Pandemie entbunden wird. Die *erectus* müssen unter militärische Aufsicht gestellt werden!«

Der ganze Saal brach in aufgeregtes Murmeln aus. Einige Mitglieder protestierten, aber die meisten wirkten einfach ratlos, vielleicht sogar schon halb überzeugt.

Nachdem sie die Versammlung wieder zur Ordnung gerufen hatte, wandte sich die Präsidentin in strengem Ton an Akulow: »Und was wollen Sie dann mit dieser … Population anstellen?«

»Wir isolieren sie vom Rest der Gesellschaft.«

»Und wo?«, fragte zaghaft Hubert de Saint-Léger, der französische Gesandte.

»In Lagern.«

Das Wort erregte Anstoß und führte zu einer neuerlichen Welle von Gemurmel.

Der Amerikaner reagierte als Erster: »Sie können diese Leute doch nicht wie Gefangene behandeln. Sie sind krank und außerdem unsere Vorfahren!«

»Unsere Vorfahren! Was für eine Idee! Ihre vielleicht, lieber Mr. Calloway. Allerdings …«

Er hatte jedoch keine Zeit, seinen Satz zu beenden, denn die Türen flogen auf, und Slogans, die man im allgemeinen Durcheinander kaum verstehen konnte, wurden geschrien. Eine Gruppe von Aktivisten lief den Mittelgang hinunter. Der Anführer des Kommandos hielt den Kadaver eines großen, gefiederten Sauriers mit einem überdimensionierten Schnabel in der Hand. Als er in dem Kreis angekommen war, der von den Pulten begrenzt wurde, warf er den Kadaver mit einer wütenden Bewegung zu Boden und begann zu brüllen: »Tod den Prähistorischen! Die Sicherheit muss Vorrang haben!«

Hinter ihm stimmten seine Mitstreiter mit ein und schwenkten ihre Schilder. Die Slogans waren mit roter Farbe geschrieben worden, und die verlaufene Schrift erinnerte an Blutspuren. Die Texte waren unmissverständlich: »SIE ODER WIR, KEIN PARDON FÜR DAS VIRUS!«, »KRUGER = MASSENAUSSTERBEN!«, »AUSROTTUNG DES STEINZEIT-VIRUS!«

Statt den Versuch zu unternehmen, den Saal räumen zu lassen, ließ die Präsidentin ihren Hammer niedersausen. »Die Sitzung ist vertagt. Wir machen heute Mittag weiter!«

Sie war sich sicher, dass bis dahin der Sicherheitsdienst diese Störenfriede verjagt haben würde. Trotzdem war dieser Vorfall ein Himmelsgeschenk für die Verfechter der harten Methode. Eine konzertierte Aktion?

Am Ende war das so gut wie bedeutungslos. Die Ratspräsidentin wusste bereits, welche der beiden Strömungen den Sieg davonzutragen versprach.

Einige Minuten später, während sie gerade einen Kaffee in einem der Salons tranken und auf die Wiederaufnahme der Sitzung warteten, trat der russische Botschafter zu Stephen und Margaret an den Tisch. Andrej Akulow musterte sie mit einer Ironie, die an Beleidigung grenzte, bevor er in dröhnendes Gelächter ausbrach.

»Wieso diese Leichenbittermiene, Mr. Gordon? Wegen der armen Demonstranten? Sie müssen sich gut vorbereitet haben, um durch die Maschen des Netzes zu schlüpfen, aber ich gebe zu, dass die Sicherheit offenbar nicht sehr effizient gearbeitet hat. Denken Sie nur, was gewesen wäre, wenn sie einen Gast mitgebracht hätten.«

»Ich nehme an, damit meinen Sie einen Patienten?«

»Sehr richtig.«

»Mr. Akulow, die Zeit, in denen Lepröse eingesperrt wurden, ist lange vorbei; heutzutage behandeln wir sie in Krankenhäusern.«

»Sie können gern weiter Ihre prähistorische Art schützen, ich persönlich sorge mich lieber um unsere Bevölkerung.«

»Wovon reden Sie? Es handelt sich um Männer und Frauen, die einem Virus zum Opfer gefallen sind. Wer sagt Ihnen, dass wir kein Mittel finden, um den Prozess umzukehren?«

»Und was ist mit einem Mittel, das uns alle unsterblich macht, wenn wir gerade dabei sind? Wirklich, Gordon, machen Sie die Augen auf! Von nun an existieren zwei menschliche Spezies auf der Erde, und Sie müssen sich für eine entscheiden.«

»Warum sind Sie nur so radikal und kompromisslos?«, unterbrach ihn Margaret.

»Um eine Katastrophe zu verhindern …«

Der Russe hielt ihnen ein Tablet hin, auf dem ein Artikel aus *Science & Nature* zu lesen war. Stephens Blick fiel sofort auf den Namen des Autors. *Axel Cassard, natürlich. Dieser Typ ist permanent auf der Suche nach einer Sensationsmeldung …*

Im Zentralkrankenhaus von Pretoria hat das Entkommen eines Kruger-Kranken zu einer Tragödie geführt. Nachdem das Individuum aus seinem Zimmer ausgebrochen war, hat es sechs Mitarbeiter attackiert, die den Inifizierten zu stoppen versuchten. Seine Flucht endete auf dem Vorplatz des Krankenhauses. Ein Polizist erschoss ihn mit einer Kugel, die ihn am Kopf erwischte. Den ersten Ermittlungsergebnissen zufolge handelte es sich dabei um einen legitimen Akt der Selbstverteidigung. Unser Sonderberichterstatter konnte die Schäden bezeugen, die der *erectus* anrichtete. Fünf Personen landeten in der Notaufnahme, zwei mit einem gebrochenen Arm (vielleicht wäre »zerquetscht« eine geeignetere Vokabel) und drei mit mehreren schweren Blutergüssen im Gesicht. Beim sechsten Opfer handelt es sich um einen Pfleger, der in die Hand gebissen und sofort unter Quarantäne gestellt wurde, während auf die Analyseergebnisse gewartet wird. Allerdings gibt es kaum Zweifel daran, wie sie ausfallen.

Das ist nur das jüngste dramatische Beispiel für die Probleme, vor denen unsere Krankenhäuser stehen. Sie sind dazu gezwungen, Kranke aufzunehmen, die sich in vorzüglicher körperlicher Verfassung befinden, in sich aber ein höchst ansteckendes Virus tragen. Der Zorn der Bevölkerung schwillt weiter an, und wenn unsere Regierungen keine angemessenen Lösungen finden, steht zu befürchten, dass sich diese Art von Tragödie in Zukunft wiederholt …

Ein aus einiger Entfernung aufgenommenes Foto zeigte einen *erectus*, der in einer dunklen Lache lag, sowie Männer, die sich wie Astronauten gekleidet um ihn herum zu schaffen machten.

»Was für ein Arschloch.«

Cassard hätte sich keinen besseren Tag auswählen können. War es Absicht? Wenn er selbst Druck auf die Sicherheitsratsabstimmung hätte ausüben wollen, hätte er das nicht anders angestellt. Übrigens schlug der Russe genau in diese Kerbe.

»Und Sie trauen sich immer noch, von ›Opfern‹ zu sprechen. Diese Kranken sind Zeitbomben. Sie sind keine Menschen mehr …«

Am Ende der außerplanmäßigen Sitzung des Sicherheitsrates hatten die Mitglieder quasi einstimmig für die Internierung der *erectus* gestimmt.

Stephen Gordon hatte daraufhin entschieden, einen Spaziergang entlang des East River zu unternehmen, bevor er ins Hotel zurückkehrte. Er grübelte gerade noch einmal über seine Enttäuschung nach, als Lucas Carvalho ihn anrief.

»Ich habe eine schlechte Nachricht. Dany Abiker ist krank.«

»Krank?«

»Er hat sich das Kruger-Virus eingefangen. Ich habe gerade mit seiner Tochter telefoniert. Sie hat ihn am Steuer seines Pick-ups in einem Straßengraben gefunden. Er lag im Koma.«

»Dann ruf sie gleich noch einmal an und sag ihr, sie soll auf keinen Fall ins Krankenhaus gehen, sonst läuft sie Gefahr, ihn nie mehr wiederzusehen. Der Sicherheitsrat hat vorhin drastische Isolationsmaßnahmen angeordnet. Großer Gott, ich habe Anna ganz vergessen. Ich muss ihr Bescheid geben!«

»Lass gut sein! Das erledige ich, sobald ich mit Mary Abiker gesprochen habe.«

12

An einem Pariser Metroausgang fütterte eine Obdachlose zwei Archäopteryxe mit einer Mischung aus Körnern und Butter, die sie offenbar selbst hergestellt hatte. Es war jedoch offiziell verboten, die Prähistorischen zu füttern. Wegen der in der Hauptstadt vorhandenen Taubenkolonien stellten die geflügelten Saurier mittlerweile ein ernstes Problem dar.

Die alte Frau schüttelte ihre Plastiktüte, wollte ihnen auch die letzten Brosamen des Festmahls noch geben, aber das stachelte die Gefräßigkeit der beiden Tiere nur noch weiter an, die sich an ihrer Kleidung festkrallten, kreischten, mit den Flügeln durch die Luft peitschten und schließlich mit ihren Schnäbeln auf die Beine der Unglücklichen einhackten.

Jérémie Mons eilte der Obdachlosen zu Hilfe, die schrie und sich wehrte. Es gelang ihm, sie von ihren Angreifern zu befreien, dann brauchte er noch eine halbe Stunde, um sie wieder zu beruhigen.

Es war fast 20 Uhr, als er bei sich zu Hause ankam. Das Stadthaus hatte die Hälfte seiner Bewohner verloren. Übrigens hatten auch Chloé und Nona auf dem Land Schutz gesucht. *Es wirkt wie im August oder in einer belagerten Stadt*, dachte er. *Doch diesmal geht es nicht um die Deutschen, sondern um eine Horde von Geflügel und Ratten … Für wie lange noch? Und wenn es schlimmer wird?*

Als er gerade in seiner Wohnung Zuflucht suchen wollte, die

inzwischen viel zu still war, hörte er plötzlich im Treppenhaus jemanden weinen. Besorgt stieg er zwei Stockwerke hinauf. Das Weinen war nun ganz nah. Die Kleine aus der fünften Etage? Die Familie war erst vor wenigen Monaten dort eingezogen, und sie kannten sich noch nicht richtig, wenn man von beiläufigen Grüßen absah. Er hatte sie nun schon seit einer guten Woche nicht mehr gesehen, sodass er schon angenommen hatte, sie wären ebenfalls aufgebrochen.

Ihre Wohnungstür war nur angelehnt. Vorsichtig stieß er sie auf und sah, dass der Schlüsselbund von der anderen Seite steckte. Das Mädchen saß im Schlafanzug im Flur. Ängstlich hob sie die tränengeröteten Augen und sah ihn an. Ihr Haar war zerzaust, der Rotz lief ihr aus der Nase. Jérémie schätzte sie auf kaum vier Jahre, jedenfalls war sie jünger als Chloé.

»Hallo«, murmelte er in sanftem Ton mit seiner beruhigenden Vaterstimme. Da sie nicht reagierte, kauerte er sich hin und berührte sie leicht am Arm, sodass sie zurückzuckte. »Ich heiße Jérémie. Ich bin dein Nachbar. Ich wohne im zweiten Stock zusammen mit Chloé, meiner kleinen Tochter. Erinnerst du dich an Chloé?«

Das Kind presste sich die Hände auf die Ohren. Sie wirkte völlig verängstigt.

»Ist deine Mama nicht hier?«

Statt ihm zu antworten, fixierte sie ihn weiter und zog die Nase hoch.

Ein wenig entfernt von ihr standen ein paar gepackte Koffer. Die Familie schien kurz vor dem Aufbruch zu stehen, aber in diesem Fall konnte er sich eine solche Stille nicht erklären.

»Wo sind deine Eltern?«

Sie blinzelte und blickte vage nach rechts.

»Sie sind da drin, ja?«

Sie blinzelte noch einmal wie zur Bestätigung.

»Warum lassen sie dich weinen?«

Das Kind senkte den Kopf. Jérémie stand auf und ging wie in Zeitlupe zu der Tür, hinter der er das Schlafzimmer vermutete. *Irgendwas stimmt hier nicht*. Sein Puls hämmerte ihm in den Schläfen, die Angst ließ ihn beinahe hecheln. Paradoxerweise war es die Kraft seiner Angst, die ihn vorwärtstrieb. Er konnte nicht kneifen, nicht dann, wenn draußen ein derart verängstigtes kleines Mädchen stand.

Hinter der Tür bot sich ihm ein albtraumhafter Anblick. Ein *Erectus*-Weibchen saß auf dem Doppelbett. Ihr gegenüber lag ein vollkommen nackter Mann mit aufgerissenem Bauch. Überall war Blut. Das Geschöpf ergriff etwas – ein Stück Fleisch? – mit beiden Händen und verschlang es gierig.

Jérémie zog sich unendlich vorsichtig zurück. Er atmete mit geschlossenen Augen durch, um ein wenig Mut zu fassen. Als er sich sicher war, wieder aufrecht gehen zu können, kehrte er zu dem Kind zurück.

»Wie heißt du?«

»Lucie.«

Sie lispelte, und dieses Detail zerriss ihm endgültig das Herz.

»Ich nehme dich mit zu mir, Lucie. Wenn du hierbleibst, könnte dir etwas passieren. Verstehst du?«

»Ja.«

»Also in Ordnung, kommst du mit?«

Sie nickte und fragte dann: »Soll ich zu Mama Tschüss sagen?«

»Lieber nicht, meine Kleine. Das ist nicht mehr wirklich deine Mama.«

»Und mein Kuscheltier?«

»Ist es in deinem Zimmer?«

Die Kleine nickte überzeugt. Er hatte nicht die Kraft, ihr diesen Wunsch abzuschlagen, und zwang sich zu einem Lächeln.

»Okay, hol es.«

»Mit dir.«

»Nein, ich muss hierbleiben. Beeil dich.«

Er wollte nicht riskieren, dass die Mutter die Wohnung verließ. Wenn sie einmal draußen wären, musste er abschließen und die Behörden alarmieren. Wie lautete noch mal die Notfallnummer?

Er wartete gute zwei Minuten, bevor er halblaut nach dem Kind rief, um nur ja keine Aufmerksamkeit zu erregen. Was trieb sie nur so lange?

»Lucie, bis du so weit? Wir müssen jetzt gehen.«

Nichts.

»Lucie?«

Plötzlich schoss ihm etwas durch den Kopf. Die Zimmer waren nur durch eine einfache Wand voneinander getrennt. Und wenn es zwischen ihnen eine Tür gab? Er entschloss sich, dem Mädchen zu folgen, und er spürte bereits eine Art finsterer Taubheit. Zuerst fielen ihm die überall verstreuten Spielsachen auf. Dann die Verbindungstür, die er bereits vorausgeahnt hatte. Sie stand offen. Auf der anderen Seite stand das Mädchen vor dem blutbeschmierten Bett und streckte eine Hand nach dem *erectus* aus, während sie sich mit der anderen einen Hasen mit langen Ohren gegen die Brust drückte.

»Tschüss, Mama.«

»Lucie, weg da!«

Sie bekam nicht einmal mehr die Gelegenheit, ihn anzusehen.

Im Bruchteil einer Sekunde hatte sie der *erectus* gepackt und ihr mit einer raschen Geste das Genick gebrochen.

Ein trockenes Knacken, wie ein zerbrochener Zweig.

Jérémie wusste nicht, wie er wieder in seine Wohnung gelangt war. Als er aus dem Albtraum auftauchte, bemerkte er, dass er noch immer die Schlüssel zur Nachbarwohnung in der Faust hielt und sein Telefon hervorgezogen hatte. Einen kurzen Moment fragte er sich, was er tun sollte. *Die Polizei. Die Ambulanz anrufen*. Dann würde er gehen. Er konnte nicht länger hierbleiben. Er würde zu Chloé gehen und zu vergessen versuchen, was er gesehen hatte, würde sich so weit von dieser Wohnung entfernen wie nur möglich.

Die *erectus* waren verflucht, das wusste er jetzt.

Im Netz

Mein Nachbar von gegenüber versteckt einen erectus, da bin ich so gut wie sicher. Ich hab hinter den Vorhängen irgendeinen verschwommenen Umriss gesehen, außerdem hat er alles verrammelt!
Misspink, vor 6 Stunden.

Dein Nachbar bringt uns alle in Gefahr. Du musst ihn anzeigen.
Murmeltier19, vor 5 Stunden 45 Minuten.

Glaubst du? Vielleicht ist es seine Frau oder sein Sohn. Er hat einen supersüßen kleinen Jungen. Was würdest du denn an seiner Stelle machen, wenn du erfahren würdest, dass ein Elternteil von dir sich zurückentwickelt?
Misspink, vor 5 Stunden 30 Minuten.

Erspar uns die alte Leier à la Savetheplanet! Die erectus sind nichts als Tiere. Weißt du, was passiert, wenn man sie frei rumlaufen lässt? Hast du von dem armen Kerl in Washington gehört, den sie halb aufgefressen gefunden haben?!
Koalamaster, vor 5 Stunden.

Schon gut, Koala, das ist jetzt wirklich nicht der richtige Zeitpunkt. Savetheplanet, was sagst du dazu?
Misspink, vor 4 Stunden 48 Minuten.

Savetheplanet?
Misspink, vor 1 Stunde 50 Minuten.

Vielleicht ist dein Liebling ja in der Zeit zurückgereist! Er hat bestimmt seine infizierte Freundin versteckt, und sie hat ihn schließlich gebissen! ;)
Murmeltier19, vor 1 Stunde 47 Minuten

Ich glaube eher, dass er genug von unseren Diskussionen hat!
Misspink, vor 1 Stunde 46 Minuten.

Ich mein es ernst, Misspink! Ruf die Polizei an. Das geht jetzt alles schon zu lange. Wir müssen diese Menschenfresser ausradieren.
Koalamaster, vor 1 Stunde 26 Minuten.

?!
Misspink, vor 1 Stunde 15 Minuten

»Im Laufe der Reifung ihres Gehirns werden die erectus Verhaltensweisen entwickeln, die sie früher besessen haben.« Das

stammt wortwörtlich aus einer Erklärung eines biologischen Experten. Die erectus waren Kannibalen, und so wird es auch bei dem Ding sein, das dein Nachbar versteckt. Willst du vielleicht auf seinem Teller enden?
Koalamaster, vor 1 Stunde 10 Minuten.

Koala, hör auf, ihr Angst zu machen!
Murmeltier19, vor 1 Stunde 7 Minuten.

Wer macht hier irgendwem Angst? Ich oder die Vorsitzende des Kruger-Komitees, die verkündet hat, dass erst in ein paar Jahren mit einem Impfstoff zu rechnen ist? Wie stehen bis dahin unsere Chancen, entweder an einem Grillspieß oder als Bigfoot zu enden?
Koalamaster, vor 1 Stunde 5 Minuten.

Da hast du einen Punkt. Das jagt mir auch eine Heidenangst ein.
Murmeltier19, vor 1 Stunde 2 Minuten.

Für alle, die in New York leben, habe ich eine Gruppe gegründet, die die Arbeit anstelle der Regierung erledigt. Wir geben die Städte den Menschen wieder. Den richtigen Menschen.
Koalamaster, vor 59 Minuten.

Ach was?!! Ich wohne nur eine halbe Autostunde von NY weg! Ich hätte dich eher nach Hongkong gesteckt, als Expat! Wahrscheinlich wegen deinem Nick! :)
Misspink, vor 45 Minuten.

Du bist niedlich, Misspink. Ich wohne im russischen Viertel in New York. Bei all dem Essen, das die Sowjets in ihren Läden

lagern, kann ich dir sagen, dass es hier genügend Nager pro Quadratmeter gibt, um den Hunger auf der Welt auszurotten.
Koalamaster, vor 42 Minuten.

Hast du keinen Schiss?
Misspink, vor 40 Minuten.

Mach dir keine Sorgen, wir haben uns Antirattenanzüge gebastelt. Diese wandelnden Sozialbauten für Flöhe kriegen uns nicht. Sie nicht und die erectus auch nicht.
Koalamaster, vor 39 Minuten.

Was startet ihr denn für Aktionen?
Darkforce, vor 35 Minuten.

»WIR GEBEN DIE STÄDTE DER MENSCHLICHEN RASSE WIEDER.« Ist das klar genug, oder soll ich es dir aufmalen?
Koalamaster, vor 30 Minuten.

Das interessiert mich. Ich wohne in Manhattan. Habt ihr auch Waffen, die ihr zur Verfügung stellen könnt?
Gunstrider, vor 25 Minuten.

Es ist besser, wenn du selber eine hast, die sind bei uns knapp.
Koalamaster, vor 20 Minuten.

Und wenn man dich findet? Hast du keine Angst, dass die Bullen bei dir aufkreuzen?
Misspink, vor 17 Minuten.

Und die Marines, wo wir schon dabei sind! Die Bullen sind Leute wie du und ich, die haben genauso die Hosen voll. Es gibt sogar drei Polizisten in meiner Gruppe.
Koalamaster, vor 13 Minuten.

Wenn du Waffen willst, wieso holst du dir dann nicht welche aus einer Waffenhandlung?
Darkforce, vor 10 Minuten.

Und wie komm ich in die rein, du Schlaumeier?
Koalamaster, vor 8 Minuten.

Ich arbeite bei einer Firma für Fernüberwachung, ich kann nur von hier aus helfen, denn ich bin zu weit weg (Detroit, die gefährlichste aller Städte, yeah!).
Darkforce, vor 2 Minuten.

Super! Deal!
Koalamaster, vor 1 Minute.

Scheiße, was ihr da treibt, ist echt krass! Ist das ein Fake?
Murmeltier19, gerade eben.

13

New York, 22. September, 20 Uhr

Die Verpuffung ließ das gesamte Haus erzittern. Der Sprengstoff aus Eigenproduktion verbreitete einen Geruch nach Schießpulver und Putzmittel in der Luft, der im Hals kratzte. Verschanzt hinter einem kleinen Lieferwagen, wartete Jeffrey Bones alias Koalamaster, bis sich die Staubwolke wieder verzog, dann gab er seinen Truppen ein Handzeichen, durch das klaffende Loch in der Fassade in die Waffenhandlung einzusteigen. Das Einsatzkommando gehorchte aufs Wort. Sie waren zu achtzehnt, alles Bürger, die bereit waren, zur Tat zu schreiten – und bald wären sie wohl noch mehr, wie seine randvolle Mailbox bewies. Selbst Roxane alias Misspink hatte sich ihnen angeschlossen. Sie war noch keine achtzehn Jahre alt – und daher ihre jüngste Rekrutin –, sodass Jeffrey gezögert hatte, sie mitzunehmen, aber ihre Begeisterung hatte ihn letztendlich überzeugt, und nicht zuletzt war sie außerdem ziemlich hübsch. Mit ihrem kurz geschnittenen roten Haar versuchte Misspink sich das Aussehen eines *Bad Boy* zu verleihen, dabei unterstrich diese Frisur nur noch ihren Sex-Appeal. Er war schon ein bisschen in sie verschossen, zeigte es aber bewusst nicht. Es wäre nicht sehr männlich gewesen, vor allem nicht mitten im Einsatz.

Um sich vor Rattenbissen zu schützen, trugen alle tarnfarbene Paintballanzüge. Sie hatten darauf geachtet, ihre Hosen in die Schuhe zu stecken, um so zu verhindern, dass die Nager ihnen die Beine hinaufkrabbelten, und ihre Ärmel waren mithilfe von breitem Paketband fest mit ihren Handschuhen verklebt. Im Moment waren sie noch unbewaffnet. Jeffrey hatte es für besser gehalten, nicht zu viel Ballast mitzuschleppen, da sie ja schließlich nicht mit leeren Händen wieder abziehen würden.

Mit 32 Jahren hatte Jeffrey Bones lange davon geträumt, Hubschrauberpilot zu werden wie sein Vater, einer der Helden des ersten Golfkriegs. Unglücklicherweise war er bei den Zulassungstests durchgefallen, weil diese Mistkerle von der Armee ihn als zu instabil eingestuft hatten. Daraufhin hatte er tausend Gelegenheitsjobs angenommen, ohne jemals länger als drei Monate im selben Unternehmen zu bleiben. Auch sein Liebesleben glich seiner beruflichen Laufbahn. Es war nur bruchstückhaft vorhanden. Unter normalen Umständen versank er häufig in Unentschlossenheit. Es war sein größter Fehler, als ob ihm ein verdammter Nebel durchs Hirn waberte und ihn daran hinderte, einen klaren Gedanken zu fassen und die richtigen Entscheidungen zu treffen. Daher handelte er oft impulsiv und geriet in Schwierigkeiten. Doch diese Zeiten waren nun vorbei. Jetzt hatte Jeffrey eine Mission. Der Ausbruch der Kruger-Epidemie war drauf und dran, sein Leben zu verändern und ihm eine Bestimmung zu verschaffen, das wusste er so sicher wie die Tatsache, dass ihm das Herz in der Brust pochte und ihn mit Siegestrunkenheit erfüllte.

Jubelschreie signalisierten, dass Waffen entdeckt worden waren. Der Albtraum war beendet. Seit dem Auftauchen der giftigen Ratten spukte ihm im Kopf herum, dass New York diesen Tieren in die Klauen fallen könnte, *King Kong* hoch tausend. Der Gedanke daran, dass die Natur die Oberhand über die Menschen gewann, stieß ihn ab.

Die Plünderung dauerte kaum vier Minuten. Die Vorhängeschlösser, die die Schränke schützten, widerstanden den Bolzenschneidern nicht lange, die der Kfz-Mechaniker der Gruppe ihnen zur Verfügung gestellt hatte. Als sie sich die Waffen geschnappt hatten, rief Jeffrey die beiden Pick-up-Fahrer zu sich: Dan, ein Informatiker, der sich in seinem Job langweilte, und Greg, ein Golfkriegsveteran, der auf die schiefe Bahn geraten war und ein bisschen zu viel trank, ihm allerdings versprochen hatte, heute Abend nüchtern zu bleiben. Jedenfalls gehörte ihm der Pick-up, und irgendwie hatte er das Transportproblem lösen müssen, denn Jeffreys Wagen hätte dafür niemals ausgereicht.

Roxane eilte zu ihnen und grinste bis über beide Ohren. Trotz der Pistole, die sie in einer Hand schwenkte, wirkte sie wie ein kleines Mädchen, dem gerade eine Karussellfahrt spendiert worden war.

»Der Alarm ist nicht mal losgegangen. Darkforce hat sich darum gekümmert.«

Jeffrey gab sich Mühe, nicht herumzuprahlen. Die Zeit drängte. Er faltete die Karte auseinander und winkte sie heran. »Wir sind hier«, sagte er und deutete auf das Viertel Little Odessa. »Und wir gehen dorthin …« Er ließ seinen Finger einen Kilometer weiter nach Norden wandern, bis zu einer Stelle, an der sich Dutzende von Kreisen häuften.

»Wie kann es in dem Gebiet denn so viele *erectus* geben?«, mischte Greg sich mit einem Anflug von Misstrauen ein. »Bist du dir da sicher?«

»Da ist ein Nest.«

»Ein Nest? Was soll das heißen?«, fragte Roxane.

»Lass dich überraschen. Ein Bulle hat mir den Tipp gegeben.«

Obwohl er alles, was auch nur von Weitem nach Obrigkeit aussah, verabscheute – Armee, Polizei, Behörden –, hatte Jeffrey letztendlich mit den Ordnungskräften paktiert, genauer gesagt mit einer Gruppe von »Ultras« – so nannten sie sich –, die von der chaotischen Atmosphäre, die in New York herrschte, sowie von den Plünderungen der Banden oder den Aufrufen zur Menschlichkeit gegenüber den *erectus* angewidert waren. Ihrer Meinung nach verkam die Stadt langsam, und die Regierung zögerte einfach zu lange damit, die notwendigen Maßnahmen zu ergreifen. Unweigerlich radikale Maßnahmen.

Einige der Rekruten stiegen in Jeffreys Auto, andere in die beiden Pick-ups – manche auch auf die Ladefläche –, und alle fuhren gemeinsam los. Roxane saß vorne neben Jeffrey.

Sie zappelte unter seinen Blicken herum und fragte ihn schließlich glucksend: »Was ist los?«

»Nichts.«

»Sag schon.«

»Es gefällt mir einfach, dass du hier bist.«

»Weißt du, was ich komisch finde?«

»Nein, was?«

»Ich mochte dich am Anfang gar nicht.«

»Sag bloß.«

»Als du im Netz geschrieben hast, dass du Jagd auf die Archäopteryxe machen willst …«

»Du hast mich für einen Irren gehalten, stimmt's?«

»Nee, einfach nur für 'nen Schwätzer. Dabei ist Savetheplanet der Loser der Gruppe.«

»Und was hältst du jetzt von mir?«

»Ich finde, du bist ein Supertyp. In der Schule erzählen sie uns immer wieder, dass die Arten überleben, indem sie sich anpassen, sie reden von natürlicher Auslese, Gesetzen der Evolution, und doch hat niemand irgendwas kommen sehen. Die *erectus* könnten doch da sein, damit wir uns ändern, und du hast das vor allen anderen kapiert. Du bist für uns zum Beispiel geworden, eine Art Vorbild, weißt du? Ich weiß nicht, ob ich mich klar ausdrücke.«

»Sehr klar, Roxane. Und es freut mich wirklich total, das zu hören.«

In den 32 Jahren, in denen er nun schon auf dieser Erde herumspazierte, hatte Jeffrey sich noch nie so stolz gefühlt. Er hätte sterben können, genau in dieser Sekunde, und er wäre direkt im Paradies gelandet. Aber die anderen saßen ja auch noch hinten im Auto. Und obwohl sie wahrscheinlich nicht viel von ihrem Gespräch mitbekommen hatten, war dies wirklich nicht der richtige Augenblick, um zu flirten.

Plötzlich entdeckte Roxane ein »E«, das mit roter Farbe auf eine Kirchentür geschmiert worden war. In den letzten Tagen war das zu einer gängigen Praxis geworden: Die Graffiti zeigten die Orte an, an denen sich die *erectus* verkrochen hatten.

»Halten wir an?«, fragte sie.

»Nicht nötig.«

»Warum?«

»Scheiße …«

Sie drehte den Kopf. Auf dem Gehweg stand eine dunkle Gestalt über einen Mülleimer gebeugt da. In mehreren Metern Umkreis lag der Müll auf der Straße verstreut. Roxane musste an einen Priester in Soutane denken, doch als die Gestalt sich aufrichtete, bemerkte sie, dass es sich um einen Affenmenschen handelte. Unvermittelt stürmte er mit großen, ungleichmäßigen Schritten auf sie zu wie bei einem Hürdenlauf. Erstarrt beobachtete Jeffrey, wie die Gestalt ihnen direkt entgegenstolperte. Er wollte sich bewegen, aber seine Hand war wie versteinert. Eine heftige Detonation ertönte direkt hinter ihnen. Eines der Gruppenmitglieder hatte mit einer Pumpgun einen Schuss abgegeben. Der *erectus* brach mit einem Kopfschuss zusammen. Die Wucht hatte ihm einen Teil des Kiefers abgerissen.

»Yeah, ein Ungeziefer weniger!«, brüllte Jeffrey, dessen Lähmung sich unverzüglich löste.

Er gab dem Pick-up ein Zeichen, weiterzufahren und ließ selbst den Motor wieder an, kurzatmig vor Aufregung. Das nächste Mal wäre er bereit. Er hatte sich überraschen lassen. Es war wegen Misspink und ihrer Flirterei. *Roxane heißt sie jetzt*.

Der Konvoi fuhr mehr als einen Kilometer an den Metallstreben einer oberirdischen U-Bahn-Linie entlang und bog dann nach rechts in eine Allee ab, die zu einer Mauer führte, hinter der man Baumbestand erahnen konnte. Auf dem Frontgiebel über dem hohen Tor verkündete eine Inschrift: EDINGTON HOSPITAL.

»Sieht aus wie 'ne Privatklinik. Gibt es hier *erectus*?«

»Ein paar Mitarbeiter haben sich infiziert. Die anderen sind evakuiert worden, aber die *erectus* sind eingeschlossen worden, bis die Armee anrückt. Mein Informant hat mir gesagt, dass es noch ein bisschen dauern wird, bis sie hier aufschlagen.«

Jeffrey stieg aus und nahm sich eine Maschinenpistole aus dem Kofferraum. Die, die sich noch nicht bewaffnet hatten, taten es ihm eilig nach. Dann reihten sie sich in einer Art Habachtstellung vor ihm auf.

»Haben alle, was sie brauchen?«

»Ja!«

Die Mienen waren ernst, die Augen glänzten. Roxane entfuhr ein kleines, kehliges Lachen. Sie hatte nur Augen für ihn.

»Perfekt. Wir bleiben in Gruppen zusammen, okay? Diese Kreaturen sind Tiere. Sie würden eure Augen fressen, wenn sie die Gelegenheit dazu hätten. Versucht also nicht, die Helden zu spielen.«

Nach einer kurzen Pause zog er einen Zettel aus der Tasche, auf dem er sich eine kleine Ansprache notiert hatte. Es war ein feierlicher Moment. Künftig gäbe es ein Davor und ein Danach, und es war an ihm, diesen Moment zu markieren.

»Vielleicht verspüren einige von euch so etwas wie ein schlechtes Gewissen, sobald ihr diesen Kreaturen gegenübersteht, und ihr zögert mit dem Abdrücken. Wenn das der Fall sein sollte, ruft euch eine Sache in Erinnerung, Jungs: Diese Tiere haben nichts mehr mit dem Familienvater oder der Familienmutter, dem Feuerwehrmann oder dem Rechtsanwalt zu tun, die sie mal waren. An ihnen ist nichts Menschliches mehr. Es sind nichts als wilde Tiere, die uns unseren Platz streitig machen wollen. Verstanden?«

»*Yes!* Er hat recht!«

Roxane hatte die Faust zum Himmel gereckt, und die anderen taten lautstark ihre Zustimmung kund.

»Sie oder wir, Jungs! Das ist alles. Heute beginnt der Dritte Weltkrieg.«

Am selben Morgen, als er seine Rede vor dem Badezimmerspiegel geübt hatte, hatte er sich noch gefragt, ob sie nicht zu hochtrabend war. Der Applaus, der auf sie folgte, beruhigte ihn nun vollkommen.

Das Tor war mit einer Kette und einem dicken Vorhängeschloss gesichert. Jeffrey wandte sich an ihren Sprengmeister. Gunstrider hatte einen Schießstand in Greenwich, Connecticut betrieben. Er trug einen Schnäuzer, das Haar zum Pferdeschwanz gebunden und hatte sich ein Bild von Jesus auf den Unterarm tätowieren lassen, nachdem er seinen Job verloren hatte. Im normalen Leben hieß er Philip Birch.

»Phil, glaubst du, dass du das Schloss aufkriegst?«

»Warum nicht einfach alles in die Luft jagen?«

»Ich fände es besser, wenn wir das Tor hinter uns wieder schließen könnten.« Da sein Gegenüber sich darüber zu wundern schien, fügte er mit blutrünstigem Lächeln hinzu: »Ich würde lieber keinen von ihnen entkommen lassen ... Wir versperren den Ausgang wieder mit der Kette, sodass diese Affen sie nicht entwirren können.«

»Betrachte es als erledigt, Chef.«

Tatsächlich brauchte er fünf Minuten, und die Detonation war stark genug, um ihre Beute vorzuwarnen. Umso besser. Jeffrey bevorzugte ein bisschen Sport.

Der Park, den sie nun betraten, ging in einer seltsamen Vegetation unter, einer Kreuzung aus mehreren Metern hohem Bambus und Tannen. Als das Kommando an ihnen vorbeikam, flatterten drei Archäopteryxe, die an einer Taube herumpickten, auf und versteckten sich in den Wipfeln.

Jeffrey kam es vor, als wären sie in eine andere Zeit gesprungen, weit, weit in die Vergangenheit. In die Zeit, als die Stämme sich noch gegenseitig umbrachten, um ein Territorium in Besitz zu nehmen. Die Schreie, die seine Begleiter ausstießen, um sich Mut zu machen, verstärkten den Anachronismus. Er verspürte eine große Lust, endlich loszulegen, gleichzeitig eine verstörende Vorahnung fast sexueller Natur. Es war der Blutrausch. Das Herz hämmerte ihm gegen die Flanken. Roxane lief an seiner Seite.

Im Gebäude war im Erdgeschoss ein Fenster eingeschlagen worden. An der Fassade, an der sie nun entlanggingen, waren ausladende Büsche über und über mit roten Früchten bedeckt, die einen säuerlichen Geruch verströmten. Manche waren zu Boden gefallen und halb zerquetscht. Als Jeffrey begriff, was das bedeutete, war es bereits zu spät. Der *erectus* hatte sich in einem

Beet versteckt. Er sprang vor, und Jeffrey spürte, wie sich unglaublich harte Finger um seine Kehle schlossen. Der Druck war phänomenal, schlimmer als ein Stahlseil. Er erstickte, hörte das Blut in den Ohren wie wütendes Meeresrauschen, dann folgte ein trockenes Knacken, und er versank im Nichts.

Jeffreys Kopf stand in einem unnatürlichen Winkel vom Rest des Körpers ab. Entsetzt sah Roxane der gedrungenen Gestalt des *erectus* nach, die sich aus dem Staub machte. Sie hatte nichts tun können. Um sie herum erhoben sich erneut noch lautere, noch eindringlichere Schreie. Protest oder Panik, sie hatte keine Ahnung; sie legte mit ihrem Gewehr an und gab zwei Schüsse ab, ohne etwas zu treffen. Plötzlich zerriss ein Sirenenkonzert ihr die Trommelfelle.

»Die Bullen, weg hier!«

Irgendwer packte sie am Handgelenk. Sie wollte sich sträuben, nachsehen, ob Koalamaster wirklich tot war, ob sie ihn nicht doch retten konnten, aber der andere zog sie mit sich davon. Sie wusste nicht, wer es war, und es war ihr auch egal.

Der *erectus* hatte Jeffrey getötet.

Er hatte recht gehabt. Es war gewissermaßen das Ende der Welt.

Sie schwebten alle in Gefahr.

VI

Sind Erectus Menschen?

1

Val-de-Grâce, Paris

Als Anna im Krankenhaus ankam, hatte die Armee das Gebäude bereits besetzt. Im Laufschritt passierte sie die Militärlaster, die dem Eingang gegenüber parkten. Fast zwei Tage war es nun her, dass sie Lucas Carvalhos Nachricht erhalten hatte und sich auf diesen Moment vorbereitete. Fast zwei Tage, in denen sie gegen die Bilder von Massenverhaftungen kämpfte und sich einzureden versuchte, dass es auf jeden Fall weniger schlimm kommen würde, als sie befürchtete, in denen sie sich allerdings trotzdem Sammellager und Yann gefangen inmitten dieses Schreckens vorstellte.

Als sie den Krankenhausflur betrat, geriet sie mitten in einen Albtraum. Vermummte Männer in luftdichten Schutzanzügen hatten ungefähr ein Dutzend Kranke an Halsschlingen aus den Zimmern gezerrt. Manche standen merklich unter Betäubungsmitteleinfluss und folgten ihnen fügsam und mit leerem Zombieblick. Yanns Zimmer lag am hinteren Ende des Gangs, es blieb ihr noch eine kleine Chance.

Sie kam an einem *erectus* vorbei, der sich wehrte und von der eisernen Schlinge gewürgt wurde, während sein Kerkerwächter ihn mit seinem Schlagstock in Schach zu halten versuchte, und erreichte außer Atem das Zimmer Nr. 54. Die Tür stand sperrangelweit offen, und das Zimmer war leer. In diesem Augenblick wurde ihr siedend heiß bewusst, dass das Wesen, das sich aufgelehnt hatte, nur Yann sein konnte. Sie wirbelte herum und sah ihn inzwischen halb erstickt am Boden liegen.

»Warten Sie! Dieser Mann ist mein Verlobter. Ich bitte Sie, lassen Sie ihn frei, er hat nichts Böses getan.«

»Wir haben die Anweisung erhalten, alle Infizierten zu transferieren.«

»Wohin?«

»Das ist eine vertrauliche Information. Und jetzt gehen Sie aus dem Weg, Madame, Ihr …« Der Soldat zögerte und verzog das Gesicht, als hätte er gerade in eine Zitrone gebissen. »Ihr Freund könnte beißen.«

Anna eilte zu ihm, ergriff seinen Arm und flehte: »Ich habe eine Sondergenehmigung vom Kruger-Komitee. Sie können nachfragen, ich besuche ihn, und ich versichere Ihnen, dass er mich erkennt.«

»Die Genehmigungen sind nicht mehr gültig, wir evakuieren sie alle. Und jetzt treten Sie beiseite, Madame!«

»Sie müssen doch meinen Namen gehört haben, Anna Meunier, die Paläontologin. Der Mann, den Sie mitnehmen, ist ein Studienobjekt. Er heißt Yann Lebel.«

»Madame …«

Der Ton wurde langsam bedrohlich, und trotz ihres aufgewühlten Zustands begriff Anna, dass sie ein stichhaltiges Argument finden musste. »Hören Sie, wenn wir mit diesen Beklagenswerten zusammenleben wollen, müssen wir sie verstehen lernen. Ich begreife ja, dass Sie Befehle haben, aber warten Sie doch bitte noch ab, bis ich mit General Antonetti gesprochen habe.«

Den Namen hatte sie zufällig genannt, denn sie erinnerte sich daran, dass Gordon über ihn die Besuchserlaubnis erwirkt hatte.

Ohne es zu wissen, hatte sie einen Volltreffer gelandet. Die Internierung der *erectus* vollzog sich unter der Aufsicht des medizinischen Generalinspekteurs der Armee Antonetti. Allerdings kümmerte das den Soldaten nicht, und statt ihr zu antworten, bellte er nur in sein Walkie-Talkie: »Sergeant Bazile. Ich brauche Hilfe mit dem Gefangenen.«

In der kommenden Minute, während sie ihn weiterhin zur Vernunft zu bringen versuchte, stolperten zwei Soldaten im Laufschritt in den Flur.

»Halten Sie diese Frau zurück, bis wir hier fertig sind!«

Anna stand machtlos daneben, als Yann von dem Sergeanten und einem der Soldaten davongezerrt wurde, während ein junger Pickliger sie festhielt. Sie spürte, wie ihr vor Wut die Tränen in die Augen stiegen. Diese Typen waren schlimmer als Roboter.

»In Ordnung, ich habe kapiert. Ich will einfach nur telefonieren. Dazu habe ich doch sicherlich wenigstens das Recht?«

Der Junge nickte und ließ sie los, trat ihr aber in den Weg für den Fall, dass sie auf die Idee kommen sollte, fortzulaufen. Eilig wählte sie Stephen Gordons Nummer, aber er war nicht zu erreichen. Nach zwei vergeblichen Versuchen tippte sie Lucas Carvalhos Handynummer ein. Als sie seine Stimme hörte, gab etwas in ihr nach, und sie begann zu schluchzen.

»Lucas, ich bin's, Anna. Ich bin im Krankenhaus und … Die Armee … Ich wollte …«

»Es tut mir leid, Anna.«

Sie atmete tief durch und fing sich wieder ein wenig. »Ist das Krankenhaus in Durban ebenfalls geräumt worden?«

»Ich warte auf die Soldaten. Ich lege Wert darauf, zu überwachen, dass sie sich den Kranken gegenüber korrekt verhalten.«

»Sie haben gerade vor meinen Augen Yann abgeführt, es war schrecklich, sie behandeln ihn wie Vieh.«

»Es ist nur vorübergehend, Anna, bis die WHO …«

Zornig fiel sie ihm ins Wort: »Wieso habt ihr nichts unternommen, dein Chef und du?«

»Über die Maßnahme wurde bei der UNO abgestimmt! Glaub mir, Stephen hat dafür gekämpft, sie zu verhindern. Kein Mitarbeiter der WHO unterstützt diese Entscheidung, wir waren für weniger harsche Methoden und vor allem dagegen, dass die Armee mit der Lösung des Problems beauftragt wird. Ich weiß, es ist schrecklich, aber du musst dich beruhigen.«

Lucas konnte tatsächlich nicht viel dafür, und ihm böse zu sein, nützte rein gar nichts, dennoch flammte ihre Wut erneut auf. Sie lachte freudlos beim Gedanken daran, was sie beide miteinander getrieben hatten, direkt auf dem Boden, wie läufige Tiere. Und derselbe Typ wagte es jetzt, sie zu belehren.

»Mich beruhigen? Glaubst du wirklich?«

»Entschuldige, das war ungeschickt ausgedrückt, wirklich. Anna …«

Sie bemerkte seine schmerzhafte Zärtlichkeit, und auf einmal wurde ihr klar, dass er bis dahin nur den coolen Typen gespielt und eigentlich gar nichts vergessen hatte. Das tröstete sie jedoch nicht, stattdessen wurde sie von ihrer Niedergeschlagenheit überwältigt.

»Was machen sie mit ihnen?«

»Sie werden in Militärlager gebracht.«

»In Lager? Wo?«

»Ich weiß es nicht, aber wir erfahren es bald. Die Armee muss mit den Gesundheitsbehörden zusammenarbeiten, das bestreitet niemand.«

»Ich will ein Besuchsrecht. Bei meinem letzten Besuch hat

Yann reagiert, als ich ihn mit seinem Vornamen angesprochen habe. Ich bin sicher, dass sein Gehirn auf neue Reize anspricht, es ist nur eine Frage des Trainings. Mit ein wenig Geduld schaffe ich es, noch weitere Erinnerungen in ihm wachzurufen.«

Am anderen Ende der Leitung ertönte ein vielsagendes Seufzen. »Anna, du hast den Mann verloren, den du liebst, ich kann mir deinen Kummer vorstellen, aber wieg dich nicht in Illusionen. Selbst wenn wir einen Impfstoff finden, heißt es nicht, dass du ihn wiederbekommst.«

»Bitte, nicht du auch noch …«

Sie hielt erschöpft inne. Er, der sie im Arm gehalten und sie zum Höhepunkt gebracht hatte, wusste besser als jeder andere, dass sie daran glauben musste. Stille kehrte ein, auf seltsame Weise besänftigend. Lucas hatte weder Worte des Trostes noch genügend Hoffnung, um mit ihr übereinzustimmen, doch immerhin tat er nun auch nicht mehr so.

Nach einem weiteren Seufzer fuhr er fast widerstrebend fort: »Ich wollte es dir nicht sagen, aber auch Dany ist infiziert.«

»Dany!«

»Anna, so hart dir das heute auch erscheinen mag, du musst dich schützen.«

»Mich schützen? Wovor? Vor den *erectus*? Vor Yann? Vor dir? Was willst du mir damit sagen? Dass ich meinen Mann vergessen soll, so tun, als ob …«

»Nein, Anna. Du sollst dir nur über die Sache klar werden, dich ausruhen, nicht gegen das Unausweichliche ankämpfen. Und mit deinen Kräften haushalten, denn viele Menschen verlassen sich auf dich und deine Forschungsarbeit. Für den Augenblick können wir nichts tun, als abzuwarten, wie die Lage sich entwickelt. Ich werde schon irgendwie an Informationen kommen. Und ich bin für dich da. Was auch immer geschieht, vergiss nicht, dass ich da bin. Du kannst mich Tag und Nacht anrufen.«

Sie unterbrach ihn, verärgert über seine Freundlichkeit. Er hörte ihr einfach nicht zu.

»Lucas, ich weiß, dass es möglich ist, mit den *erectus* zu kommunizieren!«

»Und ich bin da eben nicht so optimistisch. Entschuldige, wenn ich das so geradeheraus sage, aber ich habe Willems wirklich gründlich unter die Lupe genommen und mit ihm drei seiner Artgenossen. Es sind ungehobelte Wesen, die von grundlegenden Instinkten angetrieben werden: essen, spielen, streiten, wenn man sie lässt. Natürlich sind sie auch neugierig, sie besitzen ganz zweifellos die Fähigkeit, Gesten wiederzuerkennen, und sie erlernen sogar …«

»Man könnte meinen, du sprichst von einer Gruppe Orang-Utans!«

»Von denen sind sie weniger weit entfernt als von uns.«

»Scheiße! Wenn du schon so denkst, stell dir nur vor, wie die Armee sie betrachtet!«

»Ich will doch nur, dass du vorsichtig bist …«

»Hör zu, du musst diese Leute unbedingt davon überzeugen, dass ich meine Experimente mit Yann fortsetzen kann. Vielleicht kann ich ihm verständlich machen, dass seine Art für unsere eine Gefahr darstellt, dass sie nicht beißen dürfen …«

»Ich tue mein Bestes, das schwöre ich dir. Und in einem Punkt hast du auf jeden Fall recht: Wir können die Soldaten nicht schalten und walten lassen, wie sie wollen. Die *erectus* haben Rechte, und bevor wir klar bestimmt haben, welche, vergewissern wir uns, dass ihnen kein Leid geschieht.«

»Danke.«

»Ich … Es tut mir leid, Anna. Wenn du mich brauchst …«

»Ich weiß, das hast du schon gesagt, aber alles, worum ich dich bitte, ist herauszufinden, wohin sie Yann gebracht haben. Und einen Passierschein.«

2

Nach diesem Anruf sprang Carvalho ins Auto und fuhr Richtung Kruger-Nationalpark. Das Gespräch hatte seine Unruhe nur noch verstärkt. Er verstand Anna – und zwar viel besser, als er hatte zugeben wollen –, und der Gedanke daran, Dany Abiker in einem Lager eingesperrt zu sehen, war ihm unerträglich. Der Afrikaander hatte der WHO zu sehr geholfen, um solch eine Behandlung zu verdienen.

Die Risiken, dass es dazu kam, hätten übrigens minimal sein müssen, denn Mary war seinen Anweisungen gefolgt. Statt das Krankenhaus anzurufen, das mit dem Abtransport der *erectus* betraut worden war, hatte sie ihren Vater in Kyles Zimmer eingesperrt. Doch hier endete ihr Glück; die Behörden waren durch Tendaï von seiner Ansteckung in Kenntnis gesetzt worden, der meinte, das Richtige zu tun, als er seinen Arbeitgeber aus dem Koma hatte erwachen sehen.

Seitdem steckte Lucas bis über beide Ohren in Arbeit und hatte Mary keine große Hilfe sein können. Jetzt bedauerte er, sich nicht schon früher die Zeit genommen zu haben, denn aus sicherer Quelle wusste er, dass die Armee unterwegs war, um Dany abzutransportieren.

Erst nach acht langen Stunden Fahrt kam er am Tierasyl an, nachdem er um Haaresbreite den Zusammenprall mit einem Gomphotherium vermieden hatte. Die letzten Kilometer legte er mit durchgedrücktem Gaspedal zurück, da er hoffte, der Armee zuvorzukommen, deren gesamte Lkw-Flotte inzwischen im Militärlager von Durban stationiert war.

Bei seinem Eintreffen fand er die junge Frau in der Küche mit vor Müdigkeit und Tränen geröteten Augen vor.

Sobald sie ihn erblickte, bombardierte sie ihn mit Fragen: »Sind Sie sicher, dass sie Bescheid wissen? Tendaï hat bei einer lokalen Einheit angerufen.«

»Alle Anzeigen landen in einem zentralen Ordner, aber zuerst werden sie ins Asyl fahren. Wir müssen ihn wegbringen. Haben Sie sich entschieden, wohin?«

»Zu den Smiths. Das sind alte Freunde meines Vaters.«

»Verfügen sie über ein sicheres Versteck?«

»Es ist eine Unterkunft, die sie nicht weit von ihrer Pension gemietet haben. Als die Sperrstunde eingeführt worden ist, haben sie sie wie alle anderen vorübergehend zugemacht. Gestern habe ich mit Christian telefoniert, er ist einverstanden.«

»Perfekt.«

Kyle erschien mit ernster Miene in der Küchentür. Carvalho fragte sich, wie er sich verhalten sollte, doch Mary kam ihm zuvor.

»Geht es Großvater gut?«

»Er spielt.«

»Du kommst mit uns. Wir müssen ihn woanders hinbringen.«

»Warum?«

»Die Armee möchte alle Kranken zusammenlegen.«

»Sie wollen Opa wegbringen?«

»Nicht, wenn wir uns beeilen …«

Das Geschöpf, das noch vor zwei Tagen Dany Abiker gewesen war, zerstörte sorgfältig ein Gebäude aus Bauklötzen. Als sie eintraten, stand er rasch auf, kam mit einem breiten Lächeln auf den Jungen zu und schwenkte einen der Klötze, doch die

Fessel, die mit dem Heizkörper verbunden war, beeinträchtigte seine Begeisterung. Er runzelte die Stirn und stieß ein paar murrende Laute aus, frustriert über diese Einschränkung. Tendaï hatte die Fessel aus dem Gurt gemacht, den sie für den Transport von Vier Stoßzähne verwendet hatten. Angesichts dieses Schauspiels wurde es Lucas übel. Wenn Danys prähistorische Version auch einige Charakteristika des Alters bewahrt hatte – das weiße Haar, eine runzlige Haut mit der vertrauten Narbe –, war seine Muskulatur im Gegenzug ebenso beeindruckend wie bei den jüngeren *erectus*. Wie sie besaß er ausgeprägte Kieferknochen, die stark genug gewesen wären, ein Schienbein zu zermalmen.

Kyle wollte sich ihm nähern, doch seine Mutter hielt ihn umgehend zurück. Das Kind protestierte und versuchte sich aus ihrem Griff zu winden.

»Lass mich, das ist Opa!«

»Nein, Kyle, nicht mehr wirklich.«

»Warum will er mir dann Bauklötze geben?«

»Weil er … Weil die *erectus* gern spielen.«

Nachdem sie diese Worte ausgesprochen hatte, schluchzte sie los. Das Kind betrachtete sie betroffen.

Lucas versuchte sie zu trösten. »Niemand konnte diesen Irrsinn vorhersehen. Wir werden uns um ihn kümmern, aber wir müssen uns beeilen.«

Ein Motorengeräusch ließ ihn erstarren. Zu spät, die Armee war bereits hier. Er reagierte, ohne lange nachzudenken, unter dem Einfluss eines Adrenalinstoßes.

»Mary, gehen Sie ihnen entgegen, und halten Sie sie so lange wie möglich auf. Führen Sie sie zuerst in die Nebengebäude, irgendwohin. Ich brauche fünf Minuten, um Dany zu betäuben.«

»Und dann?«

»Ich glaube nicht, dass sie das Zimmer des Jungen besonders gründlich durchsuchen werden. Das ist unsere einzige Chance. Kyle, du bleibst bei mir und tust so, als würdest du lernen.«

»In Ordnung.«

Während Mary hinauseilte, um die Soldaten abzufangen, bereitete Lucas eine Spritze mit Betäubungsmittel vor, und zwar eine Dosis, die für ein Pferd gereicht hätte. Dann vermied er jede abrupte Bewegung und stieß Dany die Nadel in die Schulter. Der *erectus* zuckte zusammen und warf ihm einen feindseligen Blick zu, der sich allerdings schon nach wenigen Sekunden verschleierte. Das Betäubungsmittel ließ ihn schwanken, er versuchte sich festzuhalten, sank aber letztendlich doch überwältigt zu Boden, die Augen noch immer geöffnet.

Im Zimmer gab es kein wirklich gutes Versteck. Unter dem Bett wäre er aufgefallen; der Schrank war zu offensichtlich; ein Schreibtisch, ein Regal und eine Art riesiger Korbtruhe … Darin lagen ein Federbett und Stofftiere aufgetürmt. Lucas leerte sie aus und legte den reglosen Körper mit Kyles Hilfe hinein, dann drehten sie die Korbtruhe zur Wand, sodass der Deckel sich nicht öffnen ließ, legten einige Kissen, die Stofftiere und einen Stapel Zeitschriften darauf. Alles war, wo es sein sollte.

»Ich gehe raus.«

Kyle nickte wortlos und ließ sich auf seinen Schreibtischstuhl fallen, bevor er ein Heft aufschlug. Er war sehr blass, aber unglaublich entschlossen.

Beim Verlassen des Zimmers stieß Carvalho dann mit Mary und drei bewaffneten Männern zusammen. Er tat verärgert.

»Was ist hier los?«

»Wir suchen Dany Abiker. Wer sind Sie?«, fragte ein Leutnant misstrauisch.

»Lucas Carvalho von der WHO. Ich bin mit den Abikers befreundet. Das mit Dany ist schrecklich. Sie kommen zu spät. Wir haben ihn in eins der Gehege im Asyl gesteckt, weil wir Angst um das Kind hatten, aber er ist ausgerissen ... Haben Sie es Ihnen denn nicht gesagt, Mary?«

»Natürlich, aber die Herren glauben mir anscheinend nicht.«

Der Soldat wirkte auf einmal weniger selbstsicher und spulte mechanisch ein paar Sätze herunter, die er in den letzten Tagen oft gesagt haben musste: »Das Opfer einer Epidemie zu verstecken kann dazu beitragen, dass die Epidemie sich weiter ausbreitet. Ich stelle Ihnen noch einmal die Frage: Ist Ihr Vater hier?«

»Durchsuchen Sie ruhig alles, tun Sie sich keinen Zwang an, sie können gleich mit dem Zimmer meines Sohnes anfangen.«

Die Männer traten auf die Türschwelle, bevor sie innehielten; die Anwesenheit des Kindes brachte sie vollkommen aus dem Konzept.

Mary nutzte diesen Moment, um ihnen noch einmal harsch entgegenzuschleudern: »Halten Sie mich für verrückt genug, einen *erectus* unter dem Bett meines Sohnes zu verstecken?«

Der Leutnant zögerte einige Sekunden, die sich wie eine Ewigkeit hinzogen.

»Ich glaube Ihnen, Madame. Sie sagen also, dass er ausgerissen ist? Wann war das genau?«

»Heute Nacht oder heute Morgen. Als ich um 6 Uhr nach ihm gesehen habe, war er verschwunden.«

»Wir durchkämmen den Park in der Umgebung, und wenn wir keine Spur von ihm finden, verständigen wir den Hubschrauber. Entschuldigen Sie die Störung.«

»Sie machen ja nur Ihre Arbeit.«

Als die Soldaten wieder fort waren, flüsterte Mary: »Wo ist er?«

Carvalho wartete, bis er das Grollen des Lastwagens hörte, bevor er die Korbtruhe von der Wand abrückte und sie umkippte. Der mächtige Körper rollte auf den Boden und blieb dort liegen.

Der Mann, der einmal Dany Abiker gewesen war, ähnelte nur noch einem betäubten Tier.

3

Nach dem Fiasko bei der Abstimmung im Sicherheitsrat hatte Gordon sich entschlossen, Margaret in New York zurückzulassen und auf dem Rückweg einen Abstecher nach Atlanta zu machen, um sich dort mit seinem Kollegen vom CDC zu treffen.

Ausnahmsweise waren McCormick und er sich einig: Die Verschiebung hin zur Selbstverteidigung, die sich gerade sprunghaft ereignete, war wie ein zweites Virus, das sie bekämpfen mussten. Auf der ganzen Welt erhoben sich Kommandos, bildeten sich Milizen, und die Massenhinrichtungen der *erectus* vervielfältigten sich. Es gab kein Stadtviertel ohne eine Haustür mehr, auf die in roter Farbe ein »E« geschmiert worden war. Von heute auf morgen verwandelten sich Familienväter und friedfertige Angestellte in gnadenlose Killer.

Stephen war kein Spezialist für Bürgerkriege, aber er war immer der Meinung gewesen, dass sie auf dem Humus alten Grolls besonders gut gediehen; allerdings gab es in diesem Fall weder Leichen im Keller noch uralte Verrate. Die Wut speiste sich aus einer anderen Quelle, mächtig, direkt: dem Überlebensinstinkt. Die Menschen verhielten sich wie die Ratten in der Kanalisation und die Elefanten in der Savanne. Sie verteidigten die *eigene* Art.

Die meisten Regierungen versuchten diese Bewegungen einzudämmen, aber mit sehr unterschiedlichem Nachdruck. Unter den Staaten, die die Ausschreitungen tolerierten, hatten Venezuela und Polen sich geweigert, Truppen gegen die extremistischen Grüppchen ausrücken zu lassen. In Russland erwies sich die Situation als noch problematischer. Einige Soldaten hatten nicht gezögert, Milizionären zur Hand zu gehen, als diese die *erectus* aus einem Moskauer Krankenhaus vertrieben hatten. Um Licht in diese Ereignisse zu bringen, hatte der russische Präsident zwar eine Untersuchung angekündigt, aber es war äußerst wahrscheinlich, dass diese zu keinem Ergebnis führen würde.

Nach einem anstrengenden Tag voller Diskussionen mit McCormick und einer außergewöhnlich unruhigen Nacht in einem Hotel entschied Stephen sich schließlich, mit Anna zu telefonieren, die ihm mit den Nerven am Ende zu sein schien. Die junge Frau wusste nicht mehr, an wen sie sich noch wenden sollte, um Yanns Spur wiederzufinden, und die Fernsehbilder versetzten sie in helle Aufregung. Leichen von *erectus* pflasterten die Gehwege der Hauptstadt, und keinerlei Nachricht war bisher bezüglich des Aufenthaltsorts der Gefangenen durchgesickert. Angetrieben von dem schlechten Gewissen, sich nicht früher Zeit für diese Angelegenheit genommen zu haben, rief er umgehend den Führungsstab der Armee an und schaffte es, zu Antonetti durchgestellt zu werden. Der medizinische Generalinspekteur verhehlte ihm nicht, dass er mit Zähnen und Klauen das Prinzip der Internierung verteidigen werde, da es das einzige Mittel sei, die Bevölkerung zu schützen. Er verstand vollkommen die Position der Russen, auch wenn er befürchtete, dass die Konzentrierung der *erectus* an einem Ort schließlich zu Problemen führen werde. Er versprach ihm allerdings, darüber nachzudenken, Anna Meunier eine Besuchserlaubnis zu erteilen, »der guten alten Zeit wegen«. Das hatte er mit einem rachsüchtigen Unterton gesagt, aber Stephen ging nicht weiter darauf ein. Der

Graben, der sie seit Jahren voneinander trennte, war zu einem Abgrund geworden.

Der Exekutivdirektor der WHO war schon drauf und dran, die Koffer zu packen und nach Genf zurückzukehren, als er eine Nachricht von Margaret Christie erhielt. Sie brauchte ihn noch einmal in New York. Es war ihr gelungen, ein direktes Gespräch mit der UNO-Generalsekretärin zu vereinbaren, und sie hoffte, dass sie zwei Tage vor der nächsten Sicherheitsratssitzung zugeben würde, dass ihre letzte Resolution wenigstens stigmatisierend gewirkt hatte und direkt für die Gewaltausbrüche gegen die am Kruger-Virus erkrankten Personen verantwortlich war.

4

Am 25. September um 10 Uhr war die UNO-Generalsekretärin Dao Tran-Nhut die Erste, die das Wort ergriff. Hinter den Kulissen meinte sie zehn von fünfzehn Mitgliedern erschüttert zu haben, also schickte sie sich an, einen Text vorzutragen, der unmissverständlich die Gewalt gegenüber den *erectus* verurteilte. Margaret Christie und Stephen Gordon hatten sie überzeugt: Die UNO musste einen Reflexionsprozess über ihre Grundrechte anstoßen, egal, wie die Sicherheitspolitik der einzelnen Staaten auch aussah.

»Meine sehr verehrten Damen und Herren, die Größe des Menschen besteht darin, dass er sich vom Recht des Stärkeren emanzipiert hat, jenem Recht, das im Tierreich herrscht. Wir kennen alle die Gefahr, die ein Erreger wie das Kruger-Virus darstellt, doch ich glaube, es ist an der Zeit, sich standhaft zu zeigen und die Übergriffe und Massaker anzuprangern, die die infizierten Personen betreffen. Außerdem …«

Sie wurde vom russischen Gesandten unterbrochen, der sich aufgerichtet und die Hand gehoben hatte. Er wollte weniger um das Wort bitten, als vielmehr ihren Schwung bremsen.

»Frau Generalsekretärin, ich würde gern eine Änderung der Tagesordnung beantragen.«

»Wie bitte, Mr. Akulow?«

»Ich für meinen Teil bin der Auffassung, dass es an der Zeit ist, dass dieser Rat seine Autorität bezüglich der Kruger-

Pandemie aufgibt. Die Konsequenzen, die unsere Gesellschaften mit voller Wucht treffen, sind zu ernst, als dass wir zu fünfzehnt darüber entscheiden könnten, wie die Menschheit sich den Prähistorischen gegenüber verhalten sollte. Daher schlage ich vor, dass das Thema, das wir heute besprechen wollen, in die Vollversammlung der Vereinten Nationen überwiesen wird.«

»Entschuldigen Sie, aber es handelt sich weniger um eine Grundsatzdebatte. Sondern vielmehr darum, sich diesen unwürdigen Gewalttaten entgegenzustellen!«

»Und ich sage Ihnen, dass Sie den falschen Kampf führen. Wir müssen uns die richtige Frage stellen!«

»Und dürften wir erfahren, wie sie lautet?«

»Wie folgt: Sind *erectus* Menschen?«

Dao Tran-Nhut spürte, wie der Zorn in ihr emporstieg, ein umso größerer Zorn, als sie bemerkte, dass die anderen Ratsmitglieder ihrem Blick auswichen, und sie begriff, dass sie alle von diesem teuflischen Kerl über sein Vorhaben informiert worden waren. Alle außer den Schweizern, die sich für die *erectus* ausgesprochen hatten.

Die Menschlichkeit der Kranken unter dem Vorwand in Zweifel zu ziehen, dass sie ein Gesundheitsrisiko für die ganze Welt darstellten, war geschickt. Es war ihr unmöglich, sich der Abstimmung entgegenzustellen oder die Beratung zu vertagen, auch wenn in dieser Verschwörungsatmosphäre kaum ein schlechterer Verlauf denkbar gewesen wäre.

Stephen Gordon hatte seinerseits sehr genau begriffen, was hier gespielt wurde. Er lehnte sich zu seiner Chefin hinüber und flüsterte ihr ins Ohr: »Wir haben uns wirklich gewaltig verkalkuliert, Margaret. Wir waren nicht die Einzigen, die unser Glück versucht haben.«

5

In Paris hatte Anna ein paar Tage gebraucht, bis sie das *Erectus*-Lager gefunden hatte, sowie einen weiteren Vormittag, um einen Passierschein zu erhalten.

Nachdem sie darüber nachgedacht hatten, ein Gefängnis zu leeren – und darauf aus praktischen Gründen verzichtet hatten –, hatte das Militär das erste Sammellager im Zoo von Vincennes errichtet, am Rand der Hauptstadt. Wie an den meisten Orten, an denen die Menschen sonst ihre Freizeit verbrachten, war auch dieser für den allgemeinen Publikumsverkehr seit über einem Monat geschlossen. Mit den hohen Mauern, den Käfigen und aufgrund seiner Lage war der Zoo als am besten geeignet für die Aufnahme der *erectus* angesehen worden, bis man ein endgültiges Quartier für sie gefunden hatte. Allerdings wurde damit ein furchtbares Zeichen gesetzt: Die Kranken wurden auf den Rang von Tieren herabgestuft. Wahrscheinlich war das auch der Grund, warum sich die Armee bemühte, es geheim zu halten.

In Trauben vor den Eingangstoren schrien mehr als zweihundert Menschen ihre Wut heraus. Transparente wurden in der Menge entrollt: »MEINE FRAU IST KEIN ERECTUS«, »WER SIND DIE WAHREN TIERE? SCHAUT IN DEN SPIEGEL!« oder auch: »WIR SIND ALLE GESCHWISTER!«

Anna zeigte dem Wachmann in dem gepanzerten Häuschen

ihren Ausweis. Der Mann schlug in einer Liste nach und telefonierte dann, ohne sie auch nur eines Blickes zu würdigen. Sie musste sich etwa zehn Minuten gedulden, bis ein Kerl mit besorgter Miene sie abholen kam. Er grüßte sie ohne den geringsten Anflug eines Lächelns.

»Man hat mir Ihr Eintreffen angekündigt, Madame Meunier. Ich bin Marc Antonetti.«

»Danke, dass Sie mich empfangen. Stephen Gordon sagte, dass Sie mir helfen können.«

Anna hütete sich, ihr Missfallen nicht allzu deutlich zum Ausdruck zu bringen. Sie wusste, dass der medizinische Generalinspekteur vehement für eine Isolierung der Prähistorischen plädiert hatte. Doch ohne ihn hatte sie nicht die geringste Chance, Yann wiederzusehen.

Mit übertriebenem Optimismus fuhr sie fort: »Ich bin so gut wie sicher, mit Yann Lebel kommunizieren zu können. So könnte ich zeigen, dass es möglich ist, zu …«

Antonetti unterbrach sie barsch. »Um eins sofort klarzustellen, Madame. Wenn Sie hier sind, geschieht das nur aufgrund einer alten Freundschaft, die mich mit Stephen Gordon verbindet. Ich weiß außerdem, dass Sie sich bei der Arbeit im Kruger-Nationalpark nicht geschont haben. Dennoch vergeuden Sie Ihre Zeit. Der Mann, über den Sie sprechen, existiert nicht mehr. Ich gebe Ihnen zwei Tage, nicht einen länger. Kommen Sie mit.«

Er drehte sich um und ging los. Anna eilte ihm mit klopfendem Herzen nach.

Im Panthergehege drückten sich etwa vierzig *erectus* eng aneinander. Sie wirkten vollkommen träge und zeigten nicht das geringste Interesse an ihrer neuen Umgebung. Einer von ihnen stieß eine Art klagendes Jaulen aus, das eine tief sitzende Angst auszudrücken schien. *Immerhin sind sie nicht mehr in sterilen Krankenzimmern eingesperrt …*

»Was haben Sie mit den Tieren gemacht?«

»Zum Großteil sind sie in andere Zoos überführt worden, manche sind vorübergehend auch in den alten Gebäuden untergebracht. Wir benötigen Platz.«

»Und die Kranken, wie viele sind es?«

»Das unterliegt der Geheimhaltung.«

Die Gehege reihten sich aneinander, und jede Gruppe verströmte dieselbe bedrückende Atmosphäre. Anna wunderte sich ein wenig über ihre Passivität. Sie bemühte sich, kein voreiliges Urteil zu fällen, doch Abscheu und Zorn stiegen in ihr hoch.

»Trauen Sie der Ruhe nicht«, riss Antonetti sie aus ihren Grübeleien, als könnte er ihre Gedanken lesen. »Noch vor zwanzig Minuten haben sie sich gegenseitig angestachelt, und wir mussten den Rädelsführern ein Beruhigungsmittel verabreichen. Ich vermute, die *erectus* ahmen einander nach, denn alle reagieren auf dieselbe Weise.«

»Wissen Sie, was sie so aufgeregt hat?«

»Keine Ahnung. Man hätte meinen können, sie wären tollwütige Hunde, die sich grundlos um einen Schuh streiten.«

»Und wenn die Internierung selbst die Aufregung hervorruft? Der erste *erectus*, den wir in Südafrika vorgefunden haben, hat sich wie ein Kind verhalten und stundenlang mit Puppen gespielt, aber was soll man von einem isolierten Individuum erwarten, das sein Gedächtnis verloren hat und sich in einer Umgebung wiederfindet, die es nicht begreift? Wären wir denn besser, wenn wir unerwartet an einen vollkommen unbekannten Ort verpflanzt würden? Unsere Ahnen als fleischfressende Bestien zu betrachten, ist absurd; die intellektuellen Fähigkeiten von *Homo erectus* waren bemerkenswert. Er hat das Feuer gebändigt, die ersten Hacken hergestellt und wahrscheinlich auch die Grundlagen der Sprache entworfen, die wir geerbt haben …«

»Hören Sie, das klingt ja alles sehr schön, aber ich weiß nicht, warum es mich interessieren sollte.«

»Monsieur, das ist nicht einfach irgendeine hochtrabende Geschichte! Wir müssen sie verstehen, um einen Platz für sie in unserer Gesellschaft zu finden. Diese Menschen verfügen über ein hoch entwickeltes Gehirn, das einen Umfang von tausend Kubikzentimetern erreicht, also beinahe zwei Drittel des Gehirnvolumens von *Homo sapiens*.«

»Und was macht Sie so sicher, dass diese mit einem regredierenden Virus infizierten Kranken dasselbe Maß an Intelligenz besitzen wie unsere Vorfahren? Vielleicht wurden durch die Infektion Neuronen geschädigt? Was können Sie darüber schon verbindlich wissen?«

Antonetti wirkte verärgert. Sie bogen in Richtung eines Gebäudes ab, das noch vor Kurzem als Schlafhaus für die Giraffen gedient hatte. Der Militärarzt entriegelte die schwere Eisentür, und ein strenger Moschusgeruch überdeckte daraufhin alles andere. Sie gingen durch den Mittelgang. Auf jeder Seite gab es riesige, mit Spionen ausgestattete Türen.

»Ich habe Ihren Freund von den anderen getrennt. So wird es einfacher für Sie sein.«

Ein Schrei ertönte, dem unmittelbar ein Konzert aus rauen Klagelauten folgte.

»Wir wissen auch nicht, warum sie das tun, aber man könnte meinen, sie sprechen sich ab.«

»Vielleicht rufen sie um Hilfe.«

»Hier ist es … Besitzen Sie eine Schutzmaske?«

»Ja, ich habe immer eine dabei.«

»Einen Elektroschocker?«

»Den brauche ich nicht.«

»Sind Sie sicher? Ich kann Ihnen einen besorgen.«

»Kommt nicht infrage.«

»In Ordnung. Letztendlich geht es um *Ihr* Leben.«

Der Mann presste sein Auge gegen den Türspion, bevor er den Schlüssel im Schloss drehte; derweil zog Anna sich die Maske über Mund und Nase.

»Können Sie mich mit ihm allein lassen?«

Antonetti zuckte mit den Achseln. Sie begann ihm mit ihrem humanistischen Gerede auf die Nerven zu fallen. Er winkte den Soldaten, der für die Bewachung der Zellen abkommandiert war, heran.

»Wenn Sie keine Angst haben, gebissen zu werden … Sobald Sie fertig sind, klopfen Sie an die Tür, der Korporal macht Ihnen dann auf.«

»Danke.«

Sie wartete, bis er sich entfernt hatte, und trat dann ein. Sie wollte nicht, dass er bei ihrem Wiedersehen dabei war und die kleinsten ihrer Gesten bespitzelte.

Hinten in seiner Zelle lag Yann mit leerem Blick auf dem Boden ausgestreckt. Ein Metallring mit einer Erkennungsnummer zwängte sich um seinen Knöchel. Anna kniete sich zwei Meter von ihm entfernt hin, um ihn nicht zu erschrecken.

»Guten Tag, Yann.«

Die Deckenlampe begann zu flackern. Einen kurzen Moment lang fürchtete Anna, jeden Augenblick in vollkommene Finsternis getaucht zu werden, aber die Birne fing sich wieder und erhellte das trübsinnige Gesicht des *erectus*.

»Ich bin's, Anna«, sprach sie weiter und tippte sich gegen die Brust.

Er blieb wie versteinert.

»Ich habe nur zwei Tage Zeit, zwei Tage, in denen ich zeigen muss, dass noch etwas Menschliches in dir steckt. Sag was, mein Liebling, hilf mir, ich muss ihnen beweisen, dass ich meine Zeit nicht verschwende.«

Aus ihrer Handtasche zog sie mehrere ihm vertraute Gegenstände: eine Kappe, die er jeden Sommer trug und die so hässlich war, dass sie ihn darum gebeten hatte, sie wegzuwerfen – vergeblich. Ein Comic von Chabouté, den er wegen – wie er es ausdrückte – seiner »poetischen Sparsamkeit« verehrte. Ein Foto von ihnen beiden, aneinandergeschmiegt, glücklich. Und seinen Kopfhörer. Er sah sich alles ohne großes Interesse an und verzog dann leicht das Gesicht, als er den Kopfhörer sah. Er streckte zögerlich eine Hand aus, um ihn vorsichtig zu berühren.

»Der gehört dir, mein Liebster. Erkennst du ihn wieder?«

Sein Knurren war schwer zu deuten. Anna wählte einen seiner Lieblingssongs auf dem iPod aus – *Bobby Jean* von Bruce Springsteen – und setzte ihm den Kopfhörer auf, ohne dass er sich dagegen auch nur im Geringsten wehrte. Das Saxofon klang zugleich energisch und melancholisch, herzzerreißend. Als er die ersten Noten hörte, hellte sich sein Blick auf. Anna wagte kaum zu atmen. Hörte er etwas, was die Schichten der Amnesie aufwühlte und seinen Geist durchdrang?

Der Affenmensch begann vor und zurück zu schaukeln, wirkte gar nicht mehr ängstlich, sondern wie hypnotisiert von der Ballade. Sprach er auf die Musik an oder auf eine Erinnerung?

Als das Stück beendet war, schien er jedoch der ganzen Sache überdrüssig, nahm den Kopfhörer ab und ließ ihn einfach fallen. Seine Gesichtszüge waren wieder ebenso trübselig und niederschmetternd apathisch wie zuvor. Anna versuchte seine Aufmerksamkeit auf die Fotografie zu lenken, doch es nutzte nichts, Yann hatte sich wieder hinter seine undurchdringliche Barriere zurückgezogen, in sein eigenes Universum, zu dem sie keinen Zugang hatte. Das Beruhigungsmittel allein konnte eine solche Apathie nicht erklären, davon war sie überzeugt, wohl eher die Einsamkeit und die Gefangenschaft.

Also steckte sie das Foto und die Kappe wieder ein und wollte dasselbe schon mit dem Comic und dem Kopfhörer tun, als die kaputte Lampe endgültig verlosch und die Zelle in vollkommene Finsternis getaucht wurde. Für einen Moment fragte sie sich, ob Antonetti dies absichtlich arrangiert hatte, um sie für ihr Kommen zu bestrafen; genug Angst zu erzeugen, um ihr die Lust auf weitere Experimente zu nehmen. Dieser Widerling war dazu zweifellos in der Lage.

Sie hörte Geräusche, die ihr anzeigten, dass Yann in Bewegung war, ohne dass sie hätte sagen können, was er tat. Konnte er sie sehen? Riechen konnte er sie bestimmt. Und wenn ihm klar wurde, dass sie ihm ausgeliefert war, und er sie angriff? *Er könnte mich beißen, ich habe keine Schutzmaßnahmen getroffen, nicht mal den verdammten Elektroschocker …*

Die Panik erreichte den Punkt, an dem sie von ihr übermannt wurde, als das Licht plötzlich wieder anging, zunächst nur als zögerliches Glimmen, schließlich aber ebenso gelb wie zuvor. Yann saß mit dem Kopfhörer auf den Ohren hinten im Zimmer. Anna unterdrückte einen Aufschrei. Sie musste an die Hypothese denken, die *erectus* seien nachtsichtig und nachtaktiv gewesen. Kein Paläontologe hatte das natürlich je formell beweisen können, aber es passte. Sie musste weitere Tests durchführen.

Wie auch immer, auf einmal wirkte er so friedlich, wiegte sich erneut für sich selbst im Takt, sodass sie sich entschied, ihn in Ruhe zu lassen. Später wäre immer noch Zeit, wiederzukommen, mit der Ausrüstung, um Proben zu nehmen. Und schließlich würde er sich an sie erinnern oder sie wenigstens als eine vertrautere und freundlichere Person wahrnehmen als seine Wächter.

Sie stand auf und klopfte so leise wie möglich an die Tür. »Korporal, bitte.«

Als sie wieder in ihrem Auto saß, wählte sie eilig Stephen Gordons Nummer, auch wenn sie wusste, dass es in New York nicht einmal 4 Uhr war. Und zu ihrer Überraschung nahm er sofort nach dem ersten Klingeln ab, als hätte er ihren Anruf erwartet.

»Und? Haben Sie ihn gesehen?«

»Ja, Ihr Freund hat Wort gehalten.«

»Wie ist es gelaufen?«

»Nicht so schlecht. Aber dieser Zoo … Mein Gott, Stephen, sie werden wie wilde Tiere behandelt. Sie haben sie in Gehege gepfercht …«

»Ich weiß. Im Moment können wir nicht viel tun.«

»Wann dann?«

»Sobald die Staaten über ihr Schicksal entschieden haben. Erzählen Sie mir von Ihrem Besuch.«

»Ich habe Yann ein Lied vorgespielt, das er früher geliebt hat. Er hat ziemlich eindeutig darauf reagiert.«

»Das klingt ermutigend.«

»Und dabei stand er unter Betäubungsmitteleinfluss. Ich brauche mehr Zeit, um meine Einschätzung verfeinern zu können. Heute Abend versuche ich es noch einmal.«

»Anna?« Verlegenheit lag in Stephens Stimme.

Sie antwortete widerstrebend: »Ja?«

»Ich weiß, dass diese Tests sehr wichtig für Sie sind, aber ich hätte gern, dass Sie sie verschieben und zu mir nach New York kommen. Ich konnte erreichen, dass man Sie anlässlich der Debatte über die *erectus* als Sachverständige anhört.«

»Ich kann nicht kommen. Jetzt nicht. Antonetti hat mir zwei Tage gegeben.«

»Ihre Aussage könnte alles verändern. Sie haben die Dinge von innen gesehen. Sie sind praktisch seit Beginn der Epidemie dabei.«

»Sie doch auch.«

»Nein. Sie erforschen die Regression schon seit beinahe zehn Jahren, und Sie haben in einem Moment Recht behalten, als alle Welt gegen Sie war. Ihr Wort hat mehr Gewicht als meins.«

»Es tut mir leid, aber ich kann Yann jetzt nicht allein lassen. Er braucht mich.«

»Eben. Der beste Weg, ihn zu schützen, besteht darin, nach New York zu kommen. Ich werde mich bei Antonetti dafür einsetzen, dass er seine Position noch einmal überdenkt. Lassen Sie mich bitte nicht im Stich, Anna.«

6

Im Studio von Topnews, 26. September, 21 Uhr

Mit seinen sauerstoffgebleichten Zähnen, den zurückgegelten Haaren und dem rosa Einstecktuch, das einen gelben taillierten Blazer schmückte, sah Jason Smith eher wie ein verhinderter Modezar als wie der Moderator einer Fernsehdebatte aus. Allerdings war er trotz dieses lächerlichen Aufzugs der extrem beliebte Moderator dieser New Yorker Talkshow, in der über alles Mögliche geredet und die zur Hauptsendezeit von vielen Millionen Zuschauern verfolgt wurde. Der Mann wirkte auf Stephen nicht im Geringsten vertrauenswürdig, aber irgendwer musste diesem Idioten schließlich Paroli bieten oder es wenigstens versuchen. Jason Smith hatte eine glasklare Meinung zu den *erectus,* die er einer breiten Öffentlichkeit mitteilen wollte, und diese Art von Entertainer konnte in der öffentlichen Meinung große Verwüstungen anrichten.

Mit dröhnender Stimme eröffnete er unverzüglich die Feindseligkeiten. »Stephen Gordon, Sie wissen so gut wie ich, dass unter den *erectus* Fälle von Kannibalismus beobachtet wurden. Wäre es dementsprechend nicht unvernünftig, in ihnen nach einer Spur Menschlichkeit zu suchen? Die WHO, als deren Sprecher Sie heute Abend fungieren, versteift sich darauf, sie als Kranke zu betrachten, aber wir müssen doch der Realität ins Auge sehen, und ich entschuldige mich im Voraus bei den Menschen, bei denen ein ihnen Nahestehender vom Virus betroffen ist: Diese Wesen sind Tiere!«

Der Angriff war vorhersehbar, und Stephen hatte sich auf ihn vorbereitet. »Lieber Jason, Sie haben mir eine aufrichtige Frage gestellt, und ich werde Ihnen mit derselben Aufrichtigkeit antworten.« Er lehnte sich zu dem Moderator vor, um mit seinen Effekten zu haushalten. »Bei dieser Art von Argument habe ich den Eindruck, fünfhundert Jahre in die Vergangenheit gereist zu sein, in eine Zeit, in der bezweifelt wurde, dass die indigene Bevölkerung der Neuen Welt den zivilisierten Weißen ebenbürtig ist. Wissen Sie, eine meiner Mitarbeiterinnen ist Peruanerin, und ich glaube nicht, dass sie es sehr schätzen würde, wenn man sie fragte, ob sie ganz sicher zur Menschheit gehört.«

»Vor allem dann, wenn ihr Vater catcht, wie es in der Hälfte aller peruanischen Familien der Fall ist … Also ja, ich werde mich lieber zurückhalten, ihr diese Frage zu stellen«, prustete Jason heraus.

Das Publikum stimmte in sein Lachen ein. Dann drehte sich der Moderator zu seinem zweiten Gast um und lächelte so breit, als wollte er für die Vorzüge einer Zahnpasta Reklame machen. Paul Jeakins war Philosophieprofessor an der Columbia University und trug sämtliche Insignien des Gelehrten zur Schau: Schildpattbrille, Tweedsakko, Flanellhose. Im Gegensatz zum Moderator schien er schlecht gelaunt zu sein.

»Paul, als Philosoph sind Sie doch sicher einer Meinung mit mir, dass Stephen sich mit einer geschickten Pirouette aus der Affäre gezogen hat.«

»In der Tat, und das Thema, das uns hier beschäftigt, verdient meiner Ansicht nach größere Ernsthaftigkeit. Was unterscheidet den Menschen denn wirklich vom Tier? Ist es der aufrechte Gang? Die elaborierte Sprache? Die Religion?«

Jason unterbrach ihn fröhlich: »He, Professor, warten Sie mal eine Sekunde. Vor der Pandemie habe ich den Großteil meiner Abende in einen Sessel gefläzt verbracht und geflucht, während ich mitansehen musste, wie die Giants demontiert wurden! Jetzt schließen Sie gerade mich aus der Menschheit aus!«

»Das tut mir leid, Mr. Smith.«

Unbesorgt darüber, sich selbst zu widersprechen, deutete Jeakins ein amüsiertes Lächeln an. Der Moderator tat so, als zöge er sein Handy aus der Innentasche.

»Entschuldigen Sie, ich muss meine Frau anrufen. Sie sagt mir pausenlos, ich sei ein Monster. Liebling, du hattest recht!«

Dann runzelte er die Stirn und wirkte auf einmal deutlich ernster. »Aber ganz ehrlich, Paul, klären Sie uns auf: Was macht denn nun den Menschen aus?«

»Meine persönliche Auffassung ist unwichtig, dagegen glaube ich, dass die der Männer des Glaubens in den künftigen Debatten entscheidend sein wird. Wenn seine Fragen unbeantwortet bleiben, wendet sich der Mensch dem Himmel zu.«

»Und wie wird sich Ihrer Meinung nach die katholische Kirche positionieren?«

»Ich kann nicht für sie sprechen, aber wenn die Seele den Menschen auszeichnet, denke ich, dass sich die entscheidende Frage selbst stellt: Haben die *erectus* eine Seele?«

»Stephen, stimmen Sie dieser Analyse zu?«

Gordon setzte ein zweckmäßiges Lächeln auf, war aber dennoch über diesen Wechsel zwischen Witzen fürs Fernsehpublikum und grundsätzlichen Fragen bestürzt. Er zögerte kurz und zuckte dann mit den Achseln. Er brauchte ein paar Sekunden, um das Mikrofon von seiner Krawatte abzunehmen und aufzustehen. Jason sah ihn mit großen Augen an, zu verblüfft, um zu protestieren. Er war es wahrscheinlich nicht gewohnt, dass seine Gäste aufmüpfig wurden.

»Tut mir furchtbar leid, ›lieber‹ Jason, aber ich habe Besseres zu tun, als mir die Dummheiten eines pennälerhaften Moderators und eines angeblichen Professors anzuhören, der vermutlich Kreationist ist und sich jedes Mal bekreuzigt, bevor er einen Hörsaal betritt, um sein Vaterunser herunterzubeten.«

Während er das Studio unter einer Mischung aus Applaus und Buhrufen verließ, dachte Stephen bereits an die Katastrophe, die sich anbahnte. Gerade hatte er begriffen, dass er sich täuschte, wenn er auf die Vernunft der Staatengemeinschaft zählte. Die *Topnews* hatten, so dumm und reißerisch sie auch sein mochten, die nächste Etappe eingeläutet, die das Schicksal der *erectus* besiegeln würde.

Während des stundenlangen Flugs nach New York hatte Anna sich ununterbrochen gefragt, ob diese Reise eine Dummheit war, umso mehr, da Antonetti, als er von ihrer Abreise erfuhr, eine vielsagende Form des Missfallens zum Ausdruck gebracht hatte, als wäre sie nur ein Fähnchen im Wind und unfähig, einmal eingegangene Verpflichtungen auch bis zum Ende durchzuhalten.

Stephen Gordon erwartete sie im großen Saal der UNO-Vollversammlung. Als sie ihn erblickte, versetzte es ihr einen Stich ins Herz. Als sie mit ihm zusammen gewesen war, hatte sie die Neuigkeit über Yann erfahren, das schien ihr jetzt schon hundert Jahre her zu sein … In Wirklichkeit war es erst vor drei Wochen geschehen!

»Meine liebe Anna, wie schön, dass Sie hier sind. Die Anhörungen der religiösen Delegierten gehen gerade zu Ende, und Sie sind als Nächste dran.«

»Wie stehen die Dinge?«

»Nicht allzu gut, es bringt nichts, sich diesbezüglich etwas vorzumachen. Doch die Tatsache, dass die UNO ihre eigenen Regeln umwirft, spielt uns in die Hände.«

»Was meinen Sie?«

»Unter gewöhnlichen Umständen hat die Abstimmung unter den 183 Mitgliedsländern nur beratende Funktion. In letzter Instanz entscheidet der Sicherheitsrat. Doch aufgrund dessen, was auf dem Spiel steht, hat die UNO-Generalsekretärin vorgeschlagen, dass der Sicherheitsrat automatisch den Empfehlungen der Vollversammlung folgt.«

»Wenn wir also die Zustimmung der Versammlung erhalten, haben wir gewonnen?«

»Das hoffe ich.«

Bevor sie den Konferenzraum betraten, hielten sie vor einem Bildschirm an, auf dem die Debatte live übertragen wurde. Ein entsandter Kardinal in weißer Soutane und scharlachrotem Pileolus sprach mit der den Kirchenmännern eigenen Entrücktheit. Seine Worte ließen Anna einen eiskalten Schauer über den Rücken laufen. »Ich denke, Sie haben die Position Seiner Heiligkeit verstanden. Die Evolution ist sicherlich das Ergebnis des Zufalls, jedoch ist es ein Zufall, der Gottes Willen folgt. Der Mensch, und nur er, ist der Endpunkt dieses göttlichen Schaffens. Noch vor Kurzem waren die *erectus* unsere Söhne, unsere Partner, unsere Eltern, das vergessen wir nicht. In dieser Hinsicht und als irdische Geschöpfe haben sie ein Anrecht auf unser unendliches Mitgefühl. Aber keinesfalls können diese vom Unglück auf die Probe gestellten Wesen Anspruch auf den Status des mit einem Gewissen ausgestatteten Menschen erheben.«

Stephen warf einen Blick auf seine Armbanduhr. »Jetzt sind Sie dran.«

»Nach diesem Typen?«

»Es handelt sich um Monsignore Sandro. Ein Konservativer.«

»Konservativ.«

»Eher dem Ultraflügel zugehörig, ja.«

Gordon machte sich Sorgen um die junge Frau. Die Tatsache, dass eine ihr nahestehende Person vom Virus befallen war, war nicht der beste Trumpf, um gewisse Argumente zu entkräften. Er fragte sich, ob es nicht eine Fehleinschätzung gewesen war, sie an die vorderste Front zu schicken. Doch nun war es zu spät, um einen Rückzieher zu machen.

Sie betraten den beeindruckenden Raum, der von einer gigantischen Weltkarte geschmückt war, umrankt von Olivenzweigen auf einem Grund aus Blattgold, als sollte zum Ausdruck kommen, dass jedes hier gesprochene Wort Gold wert sei.

Der Sitzungsleiter hatte sie hereinkommen sehen und verkündete den nächsten Tagesordnungspunkt. »Nun möchte ich das Wort der Paläontologin Anna Meunier erteilen. Viele von Ihnen kennen ihren Namen. Diese Wissenschaftlerin ist einer der wenigen Menschen auf der Welt, die schon lange das regressive Phänomen untersuchen, das zurzeit die Menschheit befällt. Doch heute spricht sie nicht nur als aufgeklärte Wissenschaftlerin, sondern auch, weil sie in unmittelbarem Kontakt mit den *erectus* steht, unter anderem mit dem allerersten Patienten. Ihre fachkundige Aussage wird von unschätzbarem Wert für die Klärung unserer Debatte sein.«

Anna trat auf die Bühne und versuchte, sich nicht von ihren Gefühlen überwältigen zu lassen. Jedes Mitgliedsland wurde durch eine fünfköpfige Abordnung vertreten. Selbst auf den größten wissenschaftlichen Kongressen, an denen sie teilgenommen hatte, hatte sie niemals vor solch einer Menge gesprochen. Für diese Gelegenheit hatte sie ihren üblichen Aufzug – Hose und Pulli – abgelegt und ein schwarzes Kostüm mit seidig glänzendem Saum sowie eine weiße Bluse angezogen.

Nach ein paar Dankesworten kam sie sofort zur Sache. »Meine Damen und Herren, ich bin ebenso stolz wie nervös, vor dieser ehrwürdigen Versammlung das Wort ergreifen zu dürfen, und ich bin mir meiner großen Verantwortung sehr wohl bewusst. Vor siebzig Jahren haben fünfzig wohlwollende Menschen die Initiative ergriffen und eine Weltordnung errichtet, die auf dem Sockel der grundlegenden Menschenrechte fußt. Was uns nun in Gestalt des Kruger-Virus widerfährt, ist nicht nur eine Bedrohung für die weltweite Gesundheit, die wir um jeden Preis ausmerzen müssen, sondern auch eine bedeutende Frage, die sich dem Menschen, seinen Wurzeln und seiner Zukunft stellt. Wie Ihnen der Vorsitzende bereits erklärt hat, bin ich tatsächlich Paläontologin, und ich habe das Glück gehabt, einige Fossilien zurückentwickelter Tiere auszugraben. Allerdings habe ich mich entschlossen, mich auch als Frau an Sie zu wenden, denn mein Lebensgefährte Yann Lebel hat sich mit dem Virus infiziert.«

Annas Offenheit berührte die Anwesenden, und ein Gemurmel erhob sich.

»In den letzten Wochen habe ich viel über die *erectus* gelernt, und ich habe eine grundlegende Tatsache verstanden: Selbst wenn Yann anders aussieht und sich anders verhält, steckt in ihm noch immer ein winziger Teil der Person, die ich kennen- und lieben gelernt habe. Außerdem bleibt er ein Mensch. Er scheint auf gewisse Erinnerungen an sein früheres Leben zu reagieren.

Er erkennt seinen Vornamen wieder und die Musik, die er früher liebte. Ich bin überzeugt, dass diese bislang noch dürftigen Erkenntnisse auf größere, noch bedeutsamere verweisen, die infrage stellen …«

Ein Mitglied der russischen Delegation erhob sich und unterbrach sie unhöflich: »Seien wir für einen Augenblick realistisch«, donnerte er in schlechtem Englisch. »Die *erectus* sind Untermenschen!«

Wutentbrannt konterte Anna energisch, indem sie von ihrem vorbereiteten Text abwich, bei dem jedes Wort sorgfältig abgewägt worden war: »Sollen wir wirklich in Betracht ziehen, dass unsere Eltern, weil sie sich in Prähistorische verwandelt haben, nicht mehr unsere Eltern sind? Können wir akzeptieren, dass sie wie Tiere in Käfige gesperrt werden? Natürlich nicht. Wir müssen sie wie Angehörige einer nah verwandten Spezies behandeln …«

Der Russe unterbrach sie erneut und verärgerte damit erkennbar den Sitzungsleiter. »Es gibt nur eine menschliche Spezies, Madame Meunier, nämlich unsere eigene.«

»Das stimmt. Heute sind wir die einzige menschliche Spezies. Doch das ist nicht immer so gewesen. Als *Homo sapiens* vor etwa fünfzigtausend Jahren die afrikanische Savanne verlassen hat, um sich in die europäischen Wälder vorzuwagen, ist er auf den Neandertaler getroffen. Und was ist passiert? Allmählich hat *Homo sapiens* sich sein Gebiet erobert, aber nicht durch bewaffneten Kampf, sondern durch die Aneignung der natürlichen Ressourcen, was die andere Spezies unausweichlich in den Untergang trieb. Innerhalb von zwanzigtausend Jahren ist der Neandertaler ausgestorben, Opfer des Expansionsdrangs von *Homo sapiens*. Schlagen Sie das etwa als Lösung für die Menschen des 21. Jahrhunderts vor? Einen Genozid? Wir stehen vor der einmaligen Gelegenheit, friedlich mit einer anderen Menschheit zu koexistieren; verderben wir sie nicht, indem wir die *erectus* auf die Stufe von Tieren herabwürdigen. Diese Spezies waren einmal unsere Geschwister, und jetzt tragen sie die Gene unserer Vorfahren in sich. Da wir uns derartig an unserer menschlichen Natur berauschen, sollten wir keine Unmenschen sein, indem wir die *erectus* im Gefängnis vermodern lassen. Es sind schon über hunderttausend von ihnen auf unserem Planeten. Bauen wir spezielle Unterkünfte, um sie zu beherbergen, und sobald dies geschehen ist, lassen sie uns voneinander lernen. Es stimmt, wir müssen ihnen beibringen, dass sie nicht beißen dürfen, sich nicht unangemessen und aggressiv verhalten. Aber wie sollen wir Gewaltlosigkeit lehren, wenn wir selbst, die Erben der Aufklärung, uns in Barbaren verwandeln? Was sollen wir den betroffenen Familien sagen? Was werden wir unseren Kindern antworten, wenn sie uns danach fragen? Dass wir ein ganzes Menschengeschlecht ausgerottet haben, weil sie zu anders waren, um mit uns zusammenzuleben? Die Prähistorischen sind unsere Vergangenheit, sie bieten uns eine außergewöhnliche Chance zu untersuchen, wer wir vor zwei Millionen Jahren gewesen sind. Doch abgesehen von der wissenschaftlichen Neugier geht es hier um unser Gewissen.«

In vollkommener Totenstille stieg Anna Meunier wieder von der Bühne hinab. Sie hatte alles gegeben, um diese Männer und Frauen zu überzeugen: ihr Privatleben, ihre Überzeugungen und ihren Teil von Zerbrechlichkeit. Vielleicht würde das nicht genügen, doch trotz ihrer Erschöpfung überkam sie ein friedvolles Gefühl. Endlich …

Bevor sie sich wieder hinsetzen konnte, kam Stephen Gordon auf sie zu, nahm sie in die Arme und flüsterte ihr ins Ohr: »Sie haben etwas ganz Wunderbares getan.«

7

Auf Geheiß des medizinischen Generalinspekteurs Antonetti hatten Soldaten am Nachmittag des 29. September den *erectus* aus dem Schlafhaus der Giraffen im Zoo von Vincennes abgeholt. Mithilfe einer Halsschlinge hatten sie ihn in ein bepflanztes Gehege umgesiedelt, wo man ungefähr vierzig Affenmenschen versammelt hatte. Bei seiner Ankunft fletschten diese die Zähne und umringten ihn, um ihn einzuschüchtern. Zerschnittenes Ohr kletterte lieber auf den Baum, der ganz hinten im Gehege stand, und überließ den großen Laubbaum in der Mitte den anderen. Aus seinem Unterschlupf heraus beobachtete er seine Artgenossen und machte schnell den Anführer der Gruppe aus. Jedes Mal, wenn die Situation umschlug, suchten die Mitglieder der Gemeinschaft eifrig seine Billigung oder ahmten seine Haltung nach. Er war ein stämmiges Männchen, das an den langen Haaren, die ihm am Kinn sprossen, gut zu identifizieren war. *Hängendes Haar …*

In der Abenddämmerung wollte er sich ausgehungert zum Futterplatz wagen, um die Reste einiger zerquetschter Früchte aufzusammeln. Kaum hatte er allerdings einen Fuß auf den Boden gesetzt, warf Hängendes Haar einen Stein nach ihm, der ihn am Kopf traf, was eine allgemeine Heiterkeit zur Folge hatte. Zu wütend, um vorsichtig zu bleiben, klaubte Zerschnittenes Ohr den Stein auf, der ihn getroffen hatte, und schwenkte ihn mit einer Drohgeste, während er in herausfordernder Haltung von einem Fuß auf den anderen trat, als wäre er zum Kampf bereit. Das große Männchen schien keine besondere Lust zu verspüren, sich zu prügeln, knurrte aber ein paar seltsame Laute, die an die der Zweibeiner erinnerten: »Tikak!«

Der *erectus* erstarrte, sein Schwung war dahin, ohne dass er recht verstand, warum. Der Schrei von Hängendem Haar machte ihn neugierig. Er kletterte wieder auf seinen Baum und versuchte ihn selbst nachzuahmen; es kam dabei aber nur ein »iyakkk« heraus.

Trotz seines quälenden Hungers und der Aggressivität des Anführers fand Zerschnittenes Ohr in der Gesellschaft seiner Artgenossen Trost. Die Gruppe besänftigte eine tiefer sitzende Angst als die, einen Stein gegen den Kopf geschmissen zu bekommen, eine Angst, die aufgetaucht war, als er aus dem Großen Schlaf erwachte.

Die Affenmenschen gingen zu ihrem Lager aus Blättern, das ihnen unter ein paar schützenden Ästen als Bett diente, und schmiegten sich aneinander, um sich warm zu halten. Der Einsame saß auf seinem Baum und beneidete sie. Die Weibchen kauerten sich zusammen, und einige von ihnen hatten die Augen geschlossen. Ein Männchen mit einer sonderbaren Hand entlauste seine Artgenossen. Er nannte ihn Drei Finger und stellte mit Erleichterung fest, dass er sich selbst aus der Distanz mit der Gruppe vertraut machte. Drei Finger wechselte von einer Mähne zur nächsten und wurde dabei zunehmend unruhiger. Einige seiner Nachbarn knurrten ihn an, weil sie es nicht mochten, angerempelt zu werden, andere wiederum kniffen oder bissen ihn, ohne zu zögern. Drei Finger war das egal. Je dunkler es wurde, desto mehr tigerte er stöhnend umher. Schließlich vertrieb ihn ein altes Männchen aus dem Nest aus Zweigen, und er hatte keine andere Wahl, als sich am Rand des Geheges allein hinzukauern.

Man gewann den Eindruck, dass das Schwinden des Tageslichts bei ihm einen Angstanfall auslöste. Ganz allein ans Gitter gedrückt, stieß er unheilvolle Schreie aus, die zu verärgertem Brummen bei seinen Gefährten führten. Unvermittelt entfernte sich Hängendes Haar von der Gruppe und ging zu ihm. Er wirkte nicht richtig genervt, schüttelte ihn aber und wiederholte immer wieder »Tikak, tikak«, während er auf das Gelände hinter dem eisernen Gitter zeigte.

Zerschnittenes Ohr beugte sich vor, um die Szene besser beobachten zu können. Der junge Aufgeregte hatte sich in seiner Ecke zusammengerollt und schien fest entschlossen, sich nicht von dort fortzubewegen. Als der andere dann allerdings nicht lockerließ, erhob er sich und stieß ihn heftig von sich. Zu Boden geschleudert, sprang Hängendes Haar mit einem Satz wieder auf, die Augen rot vor Zorn. Das junge Männchen hatte ihm gegenüber eine herausfordernde Haltung eingenommen, die Lefzen zurückgezogen und den Rücken gebeugt, als wappnete es sich dagegen, einen Schlag abzufangen. Das Kräfteverhältnis war ziemlich ausgeglichen, denn Drei Finger war ebenfalls kräftig gebaut, vielleicht sogar noch etwas mehr als der Anführer, für den seinerseits Erfahrung und Autorität zu Buche schlugen. Die Spannung war mit Händen zu greifen, und die beiden *erectus* stießen eine Serie von Kreischlauten aus, die die Stille zerrissen. Für Zerschnittenes Ohr gab es kaum Zweifel über den Anlass der Auseinandersetzung. Hängendes Haar wollte dem unkontrollierbaren Männchen gute Manieren beibringen.

In diesem Augenblick entschied sich Drei Finger, die Hand nach dem Anführer auszustrecken. Hatte er eine Laus entdeckt, die ihn vom Kampf ablenkte? War es eine Art gesichtswahrender Unterwerfungsgeste? Seltsamerweise verzog Hängendes Haar keine Miene. Nach ein paar Minuten, als er genug von diesem Scheingefecht hatte, zeigte er auf das Nest aus Zweigen, um den anderen dazu zu bewegen, sich wieder zur Gruppe zu legen, aber der *erectus* schob ihn mit einer müden Geste weg. Erneut wirkte er bedrückt und stöhnte leise auf. Während Hängendes Haar wieder auf seinen Platz inmitten der Gruppe ging, nahm er wieder seine ursprüngliche Position ein und blickte zum Himmel. Diesmal schwieg er allerdings dabei …

Bei Sonnenaufgang hatte Zerschnittenes Ohr hinter einem Felsen Zuflucht gesucht. In der Nacht hatte er gegessen und, so gut es eben ging, geschlafen. Die anderen beachteten ihn nicht, was ein ermutigendes Zeichen war.

Hängendes Haar quoll über vor Energie. An diesem Morgen hatte er mit einem Steinwurf einen Vogel vom Himmel geholt und sich entschlossen, diese Geste so oft wie nötig zu wiederholen, um noch andere Himmelstiere in die Falle zu locken. Auch wenn nur wenig Fleisch unter den Federn war, lenkte ihn diese Aktivität ab und stillte seinen Hunger. Der Clanführer verabscheute den Geruch der Tikaks, der an der Nahrung am Futterplatz klebte, ungefähr in dem Maße, in dem er auch die Laute verabscheute, die sie von sich gaben, ihre Befehle und ihre seltsamen Würgepeitschen. Alles, was er daher ohne ihre Hilfe essen konnte, schmeckte ihm besser. Als er bemerkte, dass diese Taktik Präzision erforderte, übte Hängendes Haar einen Teil des Vormittags über, sobald sich ein Vogel in Wurfreichweite befand. Bis zu dem Augenblick, in dem ein zu stark geworfener Stein den Schädel eines Tikaks traf. Das Wesen stieß einen Schrei aus und rannte los, schwenkte den Donnerstock in seine Richtung. Der Affenmensch wusste zwar, dass er sich eigentlich in einer Unterwerfungsgeste hätte hinkauern sollen, aber die Wut übermannte ihn, und er brüllte: »Tikak! Tikak!«, bevor er sich zum Baum davonmachte. Mit drei Sprüngen hatte er den untersten Ast erreicht und zog sich in das dichte Blattwerk hinauf, wo er vor den Blicken geschützt war. Er hatte zu zittern begonnen, gleichermaßen aus Aufregung wie aus Angst.

Staunend begriff Zerschnittenes Ohr: Für Hängendes Haar war »Tikak« die Bezeichnung für einen Zweibeiner! Sein Instinkt trieb ihn dazu, sich der Gefahr zu stellen, sodass er vor dem Gitter Position bezog und eine Reihe missmutiger Töne ausstieß, die ebenso laut krachten wie ein Stein auf einem Stein.

»Hau ab, von dir will ich nichts!«

Aber der *erectus* wollte nicht weichen, ganz im Gegenteil. Mit geschwellter Brust begann er zu knurren. Er wusste, dass er, indem er das dominante Männchen verteidigte, in seiner Gunst steigen würde, sich satt essen und im Warmen schlafen könnte. Er brauchte die Gruppe, das spürte er. Ohne Vorwarnung stürzte er zum Zaun und schüttelte mit aller Kraft das Gitter. Der Geruch traf ihn ebenso heftig wie eine starke Windböe. Es war ein beißender Gestank, der sein Herz rasen und in ihm den Wunsch aufkeimen ließ, zuzubeißen: Der Zweibeiner schwitzte vor Angst. Nur drei Schritte trennten sie voneinander. Er fletschte die Zähne, und das Knurren schwoll weiter an. Diesmal war es keine gespielte Provokation. Die Wut überkam ihn in mehreren Wellen. Er erinnerte sich. Die Qual der Halsschlinge. Die Angst. Der kalte Boden. Alles Übel stammte von ihm, diesem dummen Wesen, das ihn fürchtete.

Da brach der Donner los. In seinem Fleisch explodierte der Schmerz. Zerschnittenes Ohr riss den Pfeil heraus, der ihm in der Nierengegend steckte.

Er blinzelte. Sein Körper wurde schwer, und er sackte zusammen.

8

Am 30. September um 11 Uhr bereitete Anna sich an der Seite von Stephen Gordon und Margaret Christie auf die Abstimmung der Vollversammlung vor, die auf einem Fernsehbildschirm im 27. Stock des Sitzes der Vereinten Nationen übertragen wurde. Seit drei Tagen debattierten die Länder inzwischen über das Schicksal der *erectus*. Draußen vor dem Gebäude drängelten sich ein Dutzend Übertragungswagen mit ihren Satellitenantennen.

Der Vorsitzende der Vollversammlung erschien mit angespannten Gesichtszügen auf dem Bildschirm. Kurz fasste er die Frage zusammen, mit der sich die Delegierten beschäftigt hatten, dann forderte er sie zur Abstimmung auf. Zwei Minuten später hatten sie ein Ergebnis.

Auf die Frage »Sind *erectus* Menschen?« hatte die Vollversammlung zu 58 % mit Nein geantwortet.

Am Boden zerstört, musste Anna feststellen, dass sogar Frankreich mit Nein gestimmt hatte.

All ihre Worte waren nutzlos gewesen.

9

Nach diesem neuerlichen Misserfolg verlor Stephen Gordon allmählich die Geduld. Er dachte an seine Tochter, die er schon viel zu lange nicht mehr gesehen hatte; er war am Ende. Dann dachte er an die Weigerung Paloma Webers, ihnen Zutritt zu ihrem Labor zu gewähren, was ihn in eine mörderische Wut versetzte, wie er sie noch nie zuvor verspürt hatte. Diese Frau erhielt ihr Veto weiterhin aufrecht, als ob das alles sie nichts anginge. Jetzt war es genug, er würde sich selbst ein weiteres Mal an die südafrikanischen Behörden wenden und für Lucas Carvalho die Erlaubnis erwirken, dieses verdammte Gebäude zu durchsuchen.

Trotz der Entfernung erwies sich Gabriellas Hilfe noch immer als außerordentlich wertvoll, und sie benötigte nur eine Stunde, um die Durchwahl des südafrikanischen Innenministers herauszufinden. John Shabongo war ein alter ANC-Veteran, der den Großteil seines Lebens mit dem Kampf gegen die Apartheid verbracht hatte; er war ein Weggefährte Nelson Mandelas. Trotz alledem gehörte er auch zu denjenigen, die Futurabio deckten. Wie weit er in die ganze Angelegenheit verstrickt war, wusste Stephen nicht, aber er war wild entschlossen, zu bekommen, was er wollte.

Nach ein paar kurzen Worten der Vorstellung ging er direkt zum Angriff über. »Mr. Shabongo, ich weiß nicht, was Sie dazu bringt, Futurabio zu schützen, aber Ihr Wirtschaftspatriotismus hat keinerlei Sinn angesichts der Krise, in der wir gerade stecken. Falls Sie sich weiterhin weigern, dieses absurde Verbot aufzuheben, werde ich mich an …«

»Geben Sie sich keine Mühe«, unterbrach ihn der Minister mit verzerrter Stimme. »Sie wissen, dass ich Wahrheit und Gewissen hoch schätze. Die Regierung hat Ihnen grünes Licht gegeben.«

Der alte Haudegen wusste, dass er seinen Gesprächspartner mit dieser plötzlichen Hundertachtzig-Grad-Kehre überrumpelt hatte. Er wusste außerdem, dass er, indem er der Bitte des Genfers nachkam, seinen Ruf und seinen Ministerposten aufs Spiel setzte. John Shabongo interessierte das nicht, er fürchtete sich nicht mehr vor der Untersuchung, die ihn unvermeidlich belasten würde.

Er telefonierte mit dem für die Sicherheit des Labors zuständigen Beamten und wies ihn an, auf alle Anfragen der WHO positiv zu reagieren. Dann stellte er sich ans Fenster und sah auf die Straße hundert Meter unter ihm hinab. Das Gewimmel der Menschen und der Autos im grellen Licht des Himmels. Alles wirkte von hier aus so sinnlos …

Das Fenster ließ sich aufgrund der Klimaanlage nicht öffnen. Er sagte sich, dass er sich vom Dach stürzen könnte, aber dafür hätte er erst noch nach oben gehen, den Notausgang entriegeln und über die Brüstung steigen müssen, doch er war sich nicht sicher, ob er dazu die Kraft aufbringen würde. Er hatte auch nicht wirklich Lust dazu. Er war nur noch in der Lage, den Schmerz zu fühlen, der in seinen Eingeweiden tobte. Einerseits erschien es ihm gerecht, mit solch einer Qual bezahlen zu müssen, Buße zu tun für seinen Fehltritt, seine Blindheit. Denn er hatte geglaubt, dass all das keine Konsequenzen haben würde. Für ein bisschen mehr Macht, ein bisschen mehr Geld.

Der Innenminister weinte.

In dieser Nacht war sein geliebter Enkelsohn ins Koma gefallen, nachdem er von einer Ratte gebissen worden war.

Kyles Tagebuch

Opa macht Fortschritte. Ich versuche, ihm Sachen beizubringen, er liebt es, Gesten und neue Laute nachzuahmen. Für ihn bin ich Ky. »Kaaaaye«, bellt er, dann trommelt er mir auf die Brust, wie ich es ihm gezeigt habe. Ich zeige ihm alle möglichen Dinge in unserer Umgebung und sage ihm, wie sie heißen: Baum, Himmel, Nacht, Tag. Manchmal versucht er etwas zu wiederholen, manchmal wiegt er sich leicht vor und zurück, als würde er zwischen den Worten noch etwas anderes hören. Ich frage mich, woran er denkt, vielleicht erinnert er sich an früher, als wir in den Busch gegangen sind und er mir von der Geschichte der großen, weiten Welt erzählt hat. »Kyle, in Afrika sind die ersten Menschen geboren worden, stell dir mal vor, dass wir auf ihren Spuren wandeln«, hat er gesagt.
Auch wenn er nicht mehr so wird wie vorher – Opa macht so große Fortschritte, dass ihn irgendwann alle als den sehen werden, der er wirklich ist: ein weiser, alter Mann, der einfach nur seine alten Erinnerungen vergessen hat.

10

Es war um Punkt 6 Uhr am 1. Oktober, als Lucas vor der Pension parkte. Der WHO-Mitarbeiter war am Vortag in Durban losgefahren, um sich noch ein bisschen im Hotel ausruhen zu können, denn dieser Tag versprach, sehr arbeitsreich zu werden. Er war nervös. In kaum mehr als zwei Stunden würde er ein BSL-4-Labor betreten, in dem ziemlich sicher das Kruger-Virus grassierte. Und das alles ohne einen Lageplan. Er hätte genauso gut blind ein Minenfeld erkunden können.

In der Küche war Mary seltsam still. Seitdem sie ihn darum gebeten hatte, sie mitzunehmen, fürchtete er, dass das eine Dummheit war, hatte aber nicht den Mut, ihr diese Bitte abzuschlagen. Seit Beginn der Epidemie stand sie an vorderster Front, sogar noch bevor das Kruger-Virus als solches getauft worden war.

»Sind Sie sicher, dass Sie mich begleiten wollen?«

Sie nickte betrübt. »Für meinen Vater. Und für mich selbst, sonst drehe ich noch durch. Ich weiß nicht, ob Sie sich vorstellen können, wie das ist. Dem Mann, der Sie großgezogen, geliebt und Ihnen alles beigebracht hat, dabei zuzusehen, wie er zu … wie er zu einer Art zivilisiertem Affen wird, das ist furchtbar.«

»Mary, Sie wissen doch, dass …«

»Ich weiß, die *erectus* sind keine Affen. Ich weiß es, und doch schaffe ich es einfach nicht, jedes Mal, wenn ich ihn anschaue, an etwas anderes zu denken.! Manchmal kommt mir der

Gedanke, dass es mir lieber wäre, er wäre tot, und gleich darauf erschrecke ich deshalb über mich.«

Sie hielt inne und lächelte einen Mann an, der breit wie ein Rugbystürmer war und gerade die Küche betreten hatte.

»Hallo, Ted. Lucas, darf ich Ihnen Ted Gaborn vorstellen, ein ehemaliges Mitglied der Spezialeinheit des südafrikanischen Militärs. Er hat in Angola gekämpft und ist jetzt für unseren Schutz zuständig. Ted, das ist Lucas Carvalho, der Anführer dieser Expedition.«

»Sehr erfreut. Einen Schutzengel können wir gut gebrauchen.«

Eine Viertelstunde später waren sie unterwegs. Die stahlgraue Wolkendecke erzeugte eine endzeitliche Stimmung. Niemand im Pick-up sprach ein Wort. Carvalho hatte sich entschieden, erst bei ihrer Rückkehr nach Neuigkeiten über Dany zu fragen. Nach Marys emotionalen Worten über ihren Vater hatte er sich erst einmal nicht getraut.

Als das Auto an ihnen vorüberfuhr, hoben Gomphotherienherden stolz ihre zwei Paar Stoßzähne. Wenn man sie so in freier Wildbahn sah, frei und ruhig, konnte man nicht umhin, über die Lebenskraft zu staunen, die überall spürbar war. Schlussendlich betrachtete nur der Mensch das Kruger-Virus als einen Fluch.

Nach zwei Stunden gelangten sie zu der Abzweigung, die zum Labor von Futurabio führte. Der Feldweg war noch immer verlassen, allerdings patrouillierten inzwischen bewaffnete Männer vor dem Zaun, der das Gebäude umgab. Als sie sich näherten, trabte ihnen einer der Soldaten entgegen und hielt sie an.

Lucas zeigte den Passierschein vor. Die Anweisungen des Ministers waren offenkundig bis zu ihm vorgedrungen, denn der

Soldat warf nur einen kurzen Blick darauf und befahl dann, das Tor zu öffnen. Diesmal war es nicht nötig, sich durch ein enges Loch im Zaun zu quetschen.

Gaborn hatte sich um die Schutzmaßnahmen gekümmert. Auf dem Asphalt packte er einen großen Koffer aus. Mary zog als Erste den Overall inklusive einer luftdichten, weichen Maske über, die mit einem Sauerstofftank auf dem Rücken verbunden war. Per Knopfdruck blähte der Kunststoff sich auf.

Besorgt um Marys Gesundheit überprüfte Lucas, der sich ebenfalls umgezogen hatte, dass Hand- und Überschuhe festsaßen, bevor er sie mit einem Klebeband fixierte, das ein wenig an Paketband erinnerte.

Als er Marys überraschten Blick bemerkte, erklärte er: »Das ist eine einfache Behelfslösung. Man kann nie wissen, auf was für eine Sauerei man in einem BSL-4-Labor stößt. Ich habe das von Gordon gelernt.«

Ted Gaborns Vorbereitungen waren rascher vonstattengegangen, sodass er bereits die Eingangsschleuse entriegelte, als sie sich zu ihm gesellten. Er brauchte weniger als eine Minute. Dann betrat er das Gebäude. Fünf Meter hinter ihm zögerte die junge Frau.

»Ist der Overall auch stabil genug, um Affenbisse auszuhalten?«

»Fürs Erste ja.«

»Dieses ›fürs Erste‹ gefällt mir gar nicht.«

»Wenn Sie lieber draußen warten wollen, können Sie das jetzt noch. Niemand weiß, was wir da drin antreffen werden; wir wissen nur, dass das Kruger-Virus hier höchstwahrscheinlich seinen Ausgangspunkt hat. Wenn wir also auf den Virenstamm treffen, wissen wir nicht, in welcher Form.«

»Ich komme mit.«

»In Ordnung.«

In der Empfangshalle waren die Deckenleuchten noch angeschaltet, alles befand sich in genau dem Zustand, an den sich Lucas noch von seinem ersten Besuch her erinnerte. Die Atmosphäre war bedrückend, ein Gefühl, das durch das bleiche Licht der Neonröhren verstärkt wurde. *Was für eine Katastrophe hat sich an diesem Ort abgespielt?*

Am Ende des Gangs war die Tür zum Labor mit einem Magnetschloss verriegelt, welches das gelb-schwarze Symbol für Gefahr trug und Gaborn vor eine unlösbare Aufgabe stellte. Sie durchsuchten die Schränke, und schließlich fand Mary auf dem Boden, der von eilig zurückgelassenen Gegenständen übersät war, eine Karte.

Lucas lächelte ihr hinter seiner Schutzmaske zu. »Wir haben Glück. Von jetzt an müssen wir doppelt so vorsichtig sein.«

Sie stiegen in den ersten Stock hinauf, durchquerten zwei hintereinanderliegende Schleusen – schwere Türen aus rostfreiem Stahl –, und dann drangen sie in das eigentliche Herz des Labors vor. Gelbe Schläuche – die unter normalen Umständen den Biologen frische Luft lieferten – hingen spiralförmig von der Decke herab.

Als sie gerade ihr weiteres Vorgehen abstimmen wollten, ließ sie ein spitzer Schrei zusammenfahren.

»Es kommt aus diesem Gang, ganz vom Ende«, flüsterte Mary. »Hört sich an wie ein Affe.«

»Er muss in dem hinteren Raum eingesperrt sein, von dem aus man den Parkplatz sehen kann. Wir sollten ihn ignorieren«, erwiderte Lucas mit gespielter Ruhe, die er bei Weitem nicht empfand.

Er versuchte, einen Gefrierschrank zu öffnen, aber der waagerechte Schutzriegel war ebenfalls gesichert, diesmal durch einen Zahlencode. *Ganz eindeutig ist dieser Ort besser geschützt als ein Tresor.*

»Ted, haben Sie was, womit man das hier aufkriegt? Falls sie den Stamm isoliert haben, haben sie ihn sehr wahrscheinlich gekühlt.«

»Nein. Nicht für diese Art von Schloss. Wir müssen später noch einmal herkommen.«

»Wir haben auch so schon genug Zeit verloren ...«

Mary hatte sich ein bisschen von ihnen entfernt, um sich im angrenzenden Raum umzusehen. Hinter der angelehnten Tür drang ein unerträglicher Gestank hervor. »Riechen Sie das?«

»Mit ein wenig Glück können wir uns gleich direkt an den Kadavern bedienen«, entgegnete Lucas.

Fünf Käfige standen nebeneinander auf einem Regalbrett. In jedem von ihnen lagen die Überreste eines Gibbons inmitten von getrockneten Exkrementen. Die Mikroorganismen hatten Zeit gehabt, ihr zersetzendes Werk zu vollbringen, sodass man hier und da von Maden durchzogenes Fleisch erkennen konnte.

»Haben Sie das bemerkt? Sie haben einen Schwanz«, stellte Mary fest. »Ob das wohl ein regredierter Affe ist?«

»Ganz sicher. Das Kruger-Virus ist unter uns ...«

Er zog ein Set zur Probeentnahme hervor und machte sich an die Arbeit. Aufgrund der Leichenstarre fiel es Lucas schwer, eine Blutprobe zu nehmen, sodass er mehrfach ansetzen musste, um brauchbare Proben zu erhalten.

Es war ein Anfang, aber sie brauchten etwas Offensichtlicheres, Beweise, die unwiderlegbar zeigten, dass Futurabio Manipulationen mit dem Ziel vorgenommen hatte, das Virus zu erzeugen, oder wenigstens Spuren des Unfalls, durch den das Kruger-Virus freigesetzt worden war. Linn Visnar war am Telefon unmissverständlich gewesen. Sie hatte Carvalho am

Vorabend angerufen, um ihm Anweisungen zu geben. »Was Sie dort finden werden, könnte sich als unschätzbar erweisen, um einen Impfstoff zu entwickeln. Sie können sich gar nicht vorstellen, wie sehr.« Ihre Worte ließen ihn nicht mehr los, während er die Behälter mit den Blutproben hermetisch verschloss.

In einem anderen Raum gab es noch mehr Kadaver und Käfige. Mary zeigte auf einen davon. Er war leer.

»Das ist bestimmt der Käfig des geflohenen Gibbons«, folgerte Carvalho. »Das letzte Mal, als ich mit Anna und Dany hier war, habe ich ihn gesehen … Verdammt, er stromert hier jetzt schon seit wenigstens anderthalb Monaten herum.«

Mary brach der Schweiß in ihrem Schutzanzug aus. Sie bekam keine Luft. Schweißtropfen stachen ihr in den Augen, und sie musste gegen den Impuls ankämpfen, sich die Maske vom Gesicht zu reißen. Dank Lucas wusste sie, dass das Virus auch außerhalb seines Wirtskörpers überleben konnte. Die Gefahr lauerte also überall.

Das Trio betrat nun den letzten Raum auf diesem Stockwerk, den größten von allen. Inmitten von Dunstabzugshauben und Arbeitsplatten standen fünf große, vor Kabeln strotzende Apparate auf einigen Tischen. Aus jedem von ihnen drang durch eine Luke von zehn Zentimetern Durchmesser ein schwaches bläuliches Licht nach außen.

»Was ist das?«

»So was habe ich noch nie in einem biologischen Labor gesehen …«

Als sie ihr Gesicht gegen die Scheibe presste, glaubte Mary, Wasser und im Inneren einen sich bewegenden Schatten zu erkennen. »Lucas, da drin steckt irgendwas Lebendiges.«

Das Wesen schwamm abermals vorbei. Es war eine Art Tintenfisch, nicht länger als dreißig Zentimeter, der sich ruckartig fortbewegte. Er war mit bunten Leuchtpunkten übersät, die abwechselnd aufblinkten.

»Ich glaube, wir haben das große Los gezogen. Ich wüsste nur zu gern, warum Futurabio sich für diese Tintenfische interessiert«, kommentierte Lucas, fasziniert von dem Schauspiel.

Die Kontrolltafel zeigte an, dass im Inneren des Aquariums ein Druck von 180 Bar herrschte. Das war enorm. Lucas war früher selbst getaucht. Unter Wasser stieg der Druck alle hundert Meter um 10 Bar. Diese Aquarien simulierten demnach die Lebensbedingungen in einer Wassertiefe von 1800 Metern. Der Schluss daraus war zwingend. Diese Lebewesen stammten aus der Tiefsee. Vollkommen aufgedreht wandte er sich zu seinen Begleitern um. Die Aufregung ließ ihn nach Luft schnappen.

»Was, wenn diese Tierchen aus der Tiefe erklären können, warum dieses Virus unser Wissen übersteigt? Warum wir uns einer vollkommen neuartigen Biologie gegenübersehen?«

Ted Gaborn nickte. »Bereiten Sie alles vor, was Sie mitnehmen wollen, ich gehe noch einmal nachsehen, was sich oben befindet, und wir treffen uns in zehn Minuten wieder hier. Einverstanden?«, fragte der Offizier der Spezialeinheit.

»Perfekt. Wenn ich mich nicht täusche, sind diese Aquarien erstaunlich unabhängig vom Rest der Systeme; es dürfte jedenfalls ausreichen, um sie an einen sicheren Ort zu transportieren. Wir nehmen eins von ihnen mit. Über die anderen entscheiden wir später.«

Nachdem Ted fort war, durchsuchten sie die Schränke und die Labortische und stellten drei Hefte mit Notizen zu den Experimenten sicher.

Hinter ihnen fiel eine Tür ins Schloss.

»Ted?«

Nichts. Stille.

»Sagen Sie mir jetzt nicht, das ist der Affe …«, flüsterte Mary panisch.

Lucas hatte keine Gelegenheit mehr, ihr zu antworten, denn der Gibbon erschien bereits kreischend auf der Türschwelle und schickte sich an, von Tisch zu Tisch zu springen. Mit einer beängstigenden Beschleunigung schoss er plötzlich auf ihn zu, hielt fünfzig Zentimeter vor ihm an und schwenkte eine Magnetkarte. Die schwarzen Augen fixierten ihn mit verstörender Intensität. *So kommt er also an Nahrung. Eine verdammte Karte und mehrere Monate Übung*. Er musterte ihn genauer. Der Gibbon besaß einen Schwanz …

Als das Tier sich ihm mit zurückgezogenen Lefzen näherte, schloss Lucas die Augen und zählte die Sekunden. Bei sechs schlug er die Augen wieder auf. Der Affe sah ihn immer noch an, als wartete er auf eine Reaktion. Er musste das erste lebendige Wesen sein, das er seit sehr langer Zeit zu Gesicht bekam. Unvermittelt ließ er die Magnetkarte fallen und sprang ihm auf den Rücken.

Lucas wagte nicht, sich umzudrehen, aus Angst, ihn zu reizen. Halblaut fragte er: »Was treibt er da?«

»Er scheint sich für den Schlauch zu interessieren, der Ihnen zum Atmen dient.«

Wenn er ihn in dieser besonders feindlichen Umgebung abriss, über die sie so wenig wussten, würde Lucas keinen Pfifferling auf sein Überleben setzen. Mit einer langsamen Bewegung hob er die Karte auf und reichte sie Mary.

»Holen Sie Betäubungsmittel aus dem Kofferraum des Pickups. Und bevor Sie nach draußen gehen, vergessen Sie nicht, sich zu desinfizieren, wie ich es Ihnen gezeigt habe.«

»Sie sind verrückt! Das dauert viel zu lange!«

»Wir haben keine Wahl.«

»Okay.«

Mary zog sich langsam zur Tür zurück, doch sobald sie im Gang war, beschleunigte sie ihren Schritt. Der steife Anzug hinderte sie am Laufen, und die Hitze war unerträglich, dennoch ging sie so schnell sie konnte. Mit jeder Sekunde erhöhte sich das Risiko, dass Lucas dem Virus ausgesetzt wurde.

Im Duschraum fand sie auf dem Boden einen Kanister mit verdünnter Peroxyessigsäure und einen Schwamm vor. Gute fünf Minuten lang reinigte sie sorgfältig den Overall und eilte dann Richtung Ausgang. Sie versuchte, ihre Angst zu beherrschen. Es war jetzt nicht der richtige Augenblick, um in Panik auszubrechen. Der Behälter mit dem Betäubungsmittel lag genau da, wo ihr Vater ihn immer verstaut hatte. Im Vorbeigehen schnappte sie sich einen Schokoriegel.

Auf dem Rückweg – sie wusste nicht, woher sie die Kraft nahm – gelang es ihr, in einen leichten Trab zu fallen, sodass sie nur vier Minuten bis in den hinteren Raum brauchte. Als sie dort eintraf, sah sie Ted neben Lucas stehen, der sich keinen Millimeter von der Stelle bewegt hatte.

Nun erklärte er ruhig: »Sie müssen es ihm direkt ins Blut injizieren … Ted hält ihn fest.«

»Okay, ich muss nur noch diese verdammte Spritze vorbereiten.«

Als sie fertig war, zog Mary den Schokoriegel aus seiner Hülle und warf ihn auf den Boden. Der Plan ging wunderbar auf. Der Affe stürzte sich auf die Süßigkeit, Ted hielt ihn am Boden fest und fixierte seinen Kopf mit einer behandschuhten Hand. Ohne lange nachzudenken stach sie dem Primaten die Spritze in den Hals, der wie am Spieß zu brüllen begann.

Ihr Konvoi aus zwei Allrad- und einem Kastenwagen des Militärs war mit einem Affenzahn einen guten Teil des Tages und die ganze Nacht hindurch über die Autobahn gebraust. Um 7 Uhr morgens hielten die Fahrzeuge vor der Notaufnahme des Christiaan Barnard Memorial Hospital in Kapstadt an, das nur einen Steinwurf vom Ozean entfernt lag. Im Kastenwagen befand sich eins der Aquarien, das sie dort mit Gurten befestigt hatten. Carvalho und Gaborn luden es ab.

Das Krankenhaus war der einzige Ort im ganzen Land, in dem es eine 30 m^2 große Dekompressionskammer gab. Für Lucas war die Mission damit allerdings noch nicht beendet. Gekleidet in einen luftdichten Spezialanzug ließ er sich darin einschließen.

Diesmal hatte er es nicht mit einem Gibbon zu tun, sondern mit einem Tintenfisch, der noch nie einem Menschen begegnet war.

Ganz vorsichtig öffnete er das Aquarium und wartete. Der leuchtende Tintenfisch saß im Wasser und machte keinerlei Anstalten, seinen Unterschlupf zu verlassen.

11

Zoo von Vincennes, Paris

Zuerst hatte Zerschnittenes Ohr eine weiche Oberfläche unter seinem Körper wahrgenommen. Dann war ihm bewusst geworden, dass er auf einer Matratze aus Pflanzen lag. Als er sich aufrichtete, hatte er Hängendes Haar erblickt, der ihm beide Hände voller Früchte entgegenstreckte. Ab sofort gehörte er zum Clan.

Seitdem war Tag auf Nacht gefolgt. Der *erectus* aß und schlief in ihrer Gesellschaft. Das Erste, was der Anführer ihm beigebracht hatte, war die Kunst, mit Steinen zu jagen. Wenn er nun einen Vogel sah, der sich in ihrem Gehege niederließ, bewaffnete sich Zerschnittenes Ohr mit einem Kiesel, schlich sich, so nah er konnte, an und feuerte dann sein Geschoss ab. Fünf von sechs Malen landete er Volltreffer.

Die Furcht vor Kälte und Einsamkeit hatte er vergessen. Er fühlte sich jetzt stärker, da er sich unter seinesgleichen befand. Der Clan bot dem gemeinsamen Feind, den Tikaks, die Stirn. Diese schrien die ganze Zeit, vor allem, wenn er und die Seinen die Vögel jagten. An diesem Abend brachten sie ihnen nichts zu essen. Stattdessen zogen sie eine lange Schlange heran, die einen Schwall ausstieß, kalt wie die Nacht, und zielten damit auf Hängendes Haar, selbst dann noch, als er auf den großen Baum kletterte. Unter der Wucht des Wassers stürzte ihr Anführer ab. Zerschnittenes Ohr vergaß jegliche Vorsicht und eilte zu ihm. Der Anführer hielt sich mit schmerzverzerrtem Gesicht das Bein. Der Affenmensch spürte, wie Bitterkeit sich in sein Herz fraß. Der Clan bildete eine Einheit, und wenn einer von ihnen verletzt wurde, litten sie alle gemeinsam.

Zorn, Angst, sie mussten weg von hier, weg vom großen Baum. Diese Erkenntnis traf ihn mit der Wucht eines Faustschlags.

Er musste seinen Clan weit von den Zweibeinern wegführen, auf die andere Seite.

VII
Virostatika

1

»Ein unerwarteter Durchbruch!«

Was die ganze Welt ein paar Stunden zuvor für unmöglich gehalten hatte, war am 6. Oktober durch Linn Visnar, Nobelpreisträgerin in Biologie und Vorsitzende des Kruger-Komitees, verkündet worden. Der Wissenschaftlerin zufolge war es ihr und ihren Kollegen gelungen, das regressive Virus zu entschlüsseln.

Die Nachricht war wie eine Bombe bei ECDC und CDC eingeschlagen. Diese Neuigkeit war so bedeutend, dass Arthur McCormick, der CDC-Direktor, zunächst nicht daran glauben wollte. Stephen musste ihm die Rohdaten des Komitees zuschicken, um ihn zu überzeugen.

Am Tag nach dieser sensationellen Neuigkeit hielt Margaret Christie eine Pressekonferenz ab. Der Andrang war unbeschreiblich, doch bei ihren ersten Worten herrschte andächtiges Schweigen.

»Meine Damen und Herren, wir haben endlich einen Ansatz gegen das Kruger-Virus gefunden!«

Nach einigen Sekunden der Verblüffung hallte ohrenbetäubender Applaus im Saal wider. Auf der Großleinwand erschien ein Bild des Erregers.

»Das Kruger-Virus ist eine Art DNA-Schere. Um alte, in der Müll-DNA verstreute Gene wieder zum Leben zu erwecken, flickt es sie wie Stofffetzen zusammen. Mit der Entdeckung dieses einzigartigen Prozesses hat das Kruger-Komitee den Schleier einer vollkommen unbekannten Biologie gelüftet.«

Ein deutscher Journalist unterbrach sie ungestüm: »Wollen Sie damit sagen, dass wir jetzt in der Lage sind, die Infizierten zu heilen?«

Die Begeisterung der WHO-Direktorin machte einem traurigen Ernst Platz. »Das ist die schlechte Nachricht, die unseren Optimismus leider dämpfen muss. Die Virostatika vermögen die Virusrate im Blut einer Maus rasch zu verringern, aber sie haben keinerlei Einfluss auf bereits regredierte Tiere. Der Organismus der *erectus* ist zu stark verändert, als dass die Virostatika wirken könnten. Ihre Metamorphose ist unumkehrbar.«

»Was folgt daraus?«, fragte der Deutsche nach.

»Zunächst einmal müssen wir diese Methode an kranken Menschen testen, und angesichts der Dringlichkeit werden wir diesen Prozess beschleunigen. Aber wir wissen bereits, dass die Virostatika, auch wenn sie die Krankheit am Ausbruch hindern, kein Heilmittel darstellen. Allerdings grenzt dieser Fortschritt in Anbetracht der kurzen Fristen bereits an ein Wunder ...«

2

Mit einer Mischung aus Verblüffung und Bestürzung starrte Anna auf den Fernsehbildschirm über der Bar in der Lobby ihres New Yorker Hotels. Vor den Gittern des Zoos im Central Park versammelten sich Dutzende von Personen, die die Ankündigung einer Behandlungsmethode wagemutig hatte werden lassen. Die Angst begann der Neugier zu weichen, was vor allem damit zu tun hatte, dass dieser Ort nicht nur altertümliche Tierarten beherbergte. In Ermangelung geeigneter Einrichtungen im Stadtzentrum hatte sich die US Army entschlossen, die kürzlich infizierten Menschen an diesem Ort unterzubringen, bis sie auf andere Staaten mit besserer Infrastruktur verteilt werden konnten. Zwischen dem Schneeleoparden und einem Roten Panda aus dem Himalaja drängten sich ungefähr vierzig von ihnen in einem ehemaligen Tigergehege zusammen. Männchen, Weibchen sowie zwei vorpubertäre Kinder, die von ihren Eltern angesteckt worden waren. Ein Lokalsender übertrug das seltsame Aufeinandertreffen der Besucher, die sich hinter der Balustrade drängten, und ihrer Vorfahren, die das Defilee der Neugierigen griesgrämig und demonstrativ ignorierten.

Stephen Gordon legte Anna eine Hand auf die Schulter, da er spürte, in welchem Maß diese Bilder sie aufwühlten. Er hatte sie bereits bis zum Erbrechen angeschaut, aber keine Kraft mehr, sich über sie zu echauffieren. Der Anruf, den er am Vormittag von Lucas Carvalho erhalten hatte, hatte ihm den Rest gegeben.

Er wusste nicht mehr, ob er weinen oder seine Wut am erstbesten Beamten auslassen sollte. Seine Tochter brauchte ihn, und was auch immer Margaret Christie darüber dachte – er hatte langsam genug von den zunehmenden Dienstreisen und Reden, die nur dazu dienten, eine Bande von kaltblütigen Funktionären zu beknien, die dann doch radikale Entscheidungen trafen und sich dabei keinen Deut um deren ethische Implikationen scherten. Er wollte wieder vor Ort in Genf sein Team leiten und sich vor allem um Lauryn kümmern.

Hingegen hatte er trotz seiner Erschöpfung den Entschluss gefasst, sich früher am Abend mit Anna zu treffen. Sie hatten vier Stunden damit verbracht, sich über die Virostatika den Kopf zu zerbrechen. Er wollte den Ablauf des Prozesses verstehen, der zu ihrer Entdeckung geführt hatte, aber auch die groben Linien der Zeit nach der Pandemie, die gerade durch das Kruger-Komitee skizziert wurden. Dieser späte Drink – es war schon nach Mitternacht – war als kleiner Moment der Entspannung gedacht.

»Wie ist so etwas Furchtbares nur möglich? Diese Menschen auszustellen, als wären sie Tiere! Es muss doch eine Möglichkeit geben, solche Vorkommnisse zu unterbinden, oder?«, zischte Anna wütend.

»Anna, glauben Sie wirklich, dass die Wissenschaft den Politikern ihre Regeln vorschreiben kann, nur weil eine unbekannte Gefahr das Gleichgewicht der Welt bedroht? Die Regierungen sollen die Einhaltung der Ausgangssperre überwachen, aber die simple, prosaische Wahrheit ist doch, dass die Menschen sensationsgierige Schafe sind, ohne das kleinste bisschen Grips.«

»Sie sind zynisch.«

»Wollen Sie etwas wirklich Zynisches hören? Die Vereinigten

Staaten haben die Herstellung der kommenden Virostatika als ›nationale Aufgabe‹ definiert. Sie wollen die Ersten auf diesem saftigen Markt sein und die Ökonomie auf diesem Weg vorantreiben. Die Menschen sind dem Tod noch nicht einmal ganz entronnen, da gewinnen die Geschäfte schon wieder die Oberhand.«

»Gütiger Himmel, manchmal wünschte ich, dass sie selbst direkt betroffen wären.«

»Das würde auch nichts ändern. Es stünden immer noch genug in der zweiten Reihe, die den Staffelstab übernehmen könnten. Hören Sie, wenn Sie wollen, kann ich Ihnen einen Platz an Bord des Fliegers anbieten, der unter anderem die Mitglieder des ECDC heimbringt.«

»Würden Sie das tun? Wann?«

»Morgen Abend. Die Chartermaschine macht in Genf, Paris und London eine Zwischenlandung, bevor sie nach Stockholm fliegt.«

»Danke, Stephen, das Angebot nehme ich gern an. Ich will jetzt bei Yann sein.«

»Denken Sie denn nie daran, loszulassen? Sie wissen doch, dass eine Heilung ausgeschlossen ist.«

Statt einer Antwort lenkte sie ab und fragte nach seinen eigenen Plänen. »Fliegen Sie ebenfalls heim?«

»Das würde ich gern, glauben Sie mir«, seufzte er in einem Ton, in dem hörbare Verzweiflung lag. »Ich habe meine Tochter schon eine Ewigkeit nicht mehr gesehen, obwohl ich glaubte, dass ich nur für zwei oder drei Tage hier sein würde. Aber es gibt noch so viel zu tun. Die UNO wird vor allem über das endgültige Schicksal der *erectus* debattieren; sie in Lager einzusperren, stellt nur eine vorübergehende Lösung dar.«

»Teilt die Vollversammlung diese Einschätzung?«

»Ja.«

Anna war so erleichtert, dass sie gar nicht auf Gordons unheilvollen Ton achtete. »Aber das ist ja fantastisch! Das bedeutet, dass die Regierungen langsam wieder zur Vernunft kommen. Was genau haben sie vor?«

»Den Bau spezieller Gefängnisse.«

»Gefängnisse! Machen Sie Witze? Worin unterscheidet sich das von den Lagern?«

»Es unterscheidet sich kaum, fürchte ich. Leider hat die Tatsache, dass wir kurz davor stehen, die Pandemie zu besiegen, den Blick dieser Leute auf die Kranken nicht verändert. Rechtlich gesehen stehen wir immer noch bei der Abstimmung, in der beschlossen wurde, dass die *erectus* keine Menschen sind. Es tut mir leid, Anna.«

»Aber das können wir nicht zulassen! Wir müssen lernen, zusammenzuleben, diesen Männern und Frauen beibringen, dass wir nicht ihre Feinde sind. Ist das denn so schwer zu verstehen?«

Stephen warf ihr einen gerührten Blick zu. »Sind Sie wirklich eine derart unverbesserliche Optimistin?«

»Warum Optimistin? Die *erectus* sind unsere Eltern, unsere Geschwister. Jenseits aller Probleme und aller Ärgernisse teilen wir dieselben Wurzeln, und keine gesundheitspolitische Maßnahme kann an dieser Wahrheit etwas ändern. Wir reden hier doch nicht von einer neuen Spezies oder von seltsamen Außerirdischen. Diese Leute sind menschliche Wesen, sie waren noch vor wenigen Tagen, wenigen Wochen oder wenigen Monaten wie Sie und ich. Sie haben sich nichts zuschulden kommen lassen, sondern sich einfach nur infiziert und zurückentwickelt. Vor zwei Millionen Jahren waren wir genau wie sie.«

»Zwei Millionen, Anna. Das ist eine Menge.«

»Aber heute können wir ihnen helfen, in dieser Hinsicht haben sich die Gegebenheiten geändert. Sie sind nicht mehr allein auf dem Weg der Evolution.«

»Sie haben es also nicht verstanden? Die *erectus* sind nicht zu domestizieren, daran glaube ich nicht.«

»Zu domestizieren? Moment, ich träume wohl, wie können Sie nur so etwas sagen?«

»Weil dieser Begriff zutrifft. Diese Leute sind keine Jahrmarktstiere; entgegen Ihren Vorstellungen müssen sie ihrem eigenen evolutionären Weg folgen. Sie kennen mich. Seit dem Ausbruch der Epidemie kämpfe ich dafür, dass diese Wesen würdevoll behandelt werden, aber ich weigere mich, irgendwelchen Fantasien nachzugeben. Es sind Wilde, und manche von ihnen sind Menschenfresser. Man kann doch nicht einfach entscheiden, sie zu unterrichten, wie man Kindern die Regeln der Höflichkeit beibringt.« Stephen beendete seine Rede durch zusammengebissene Zähne, als hielte er eine Last zurück, die ihm auf dem Herzen lag. »Die *erectus* spiegeln vielleicht die Ursprünge der Menschheit wider, aber uns verbindet nichts mit ihnen.«

»Sagen Sie mir nicht, dass Sie vor dem herrschenden Fatalismus kapituliert haben. Nicht Sie!«

Statt ihr direkt in die Augen zu sehen, trank Stephen sein Bier in einem Zug aus und stand auf, während er in seinen Taschen nach Kleingeld kramte. »Tut mir leid, ich habe keine Zeit, das auszudiskutieren. Ich wünsche Ihnen eine gute Heimreise nach Paris. Das Flugticket lasse ich Ihnen zukommen.«

VIII

Rebellion

1

Zoo von Vincennes, Paris

Zerschnittenes Ohr hatte die Tikaks heimlich beobachtet, lange genug, um ihr Kommen und Gehen während der Mahlzeiten zu verstehen. Wenn ein Streit ausbrach, kamen sie zahlreicher, schrien und schwangen ihre Donnerstäbe, aber sie wagten sich nur selten ins Innere des Geheges vor. Oft war es bei der Verteilung der Nahrung so, dass einer der Zweibeiner sich hinter dem Tor postierte. Dieser schimpfte nicht, sondern beobachtete sie. Er war ebenso neugierig wie die Frau mit der hellen Stimme, deren Geruch ihm gut gefallen und die ihn früher immer besucht hatte. Sie hatte sich nicht vor ihm gefürchtet, und der *erectus* vermisste sie ein bisschen.

Die Angst trieb ihn zu der groben Hütte, in der Hängendes Haar sich ausruhte; trotz seiner Verletzung gab der Anführer dem Clan noch Anweisungen, und alle hörten auf ihn und leisteten seinen Entscheidungen Folge. Mit kraftvollen Gesten versuchte Zerschnittenes Ohr seinen Plan zu erklären, aber keiner schien seine Bewegungen oder sein Knurren deuten zu können. In seinem Kopf stellte sich die Idee jedoch klar und einfach dar: Sie mussten die Tikaks ins Gehege locken und sie dann dort einsperren. Er konnte den Donnerstab so lange nachahmen, wie er wollte, er erntete nur leere Blicke und spöttisch verzogene Mienen. Vor dieser Mauer aus Unverständnis gab Zerschnittenes Ohr schließlich auf.

Er würde auf eigene Faust handeln, auch wenn er dadurch den Zorn und den Großen Schlaf der Tikaks auf sich zog. Er musste sich vorbereiten, die Sonne stand bereits hoch am Himmel …

Die fürs Essen eingeteilten Soldaten kamen an. Sie waren zu zweit. Der eine fuhr den Gabelstapler, der es ihnen ersparte, das Gehege zu betreten, und der zweite war dafür zuständig, den *erectus* ihre schmale Kost hinzuschütten, die vor allem aus Früchten sowie den Resten aus der Kantine bestand, die extra dafür aufbewahrt wurden. In diesen Zeiten des Mangels war es sinnlos, etwas zu verschwenden. Jeden Tag war es derselbe Zirkus. Wenn sich der Gabelstapler näherte, versammelte sich die gesamte Gruppe ungeduldig vor ihnen.

»Man muss sie nur brüllen hören, um zu kapieren, dass sie einen Riesenhunger haben. Das sind wirklich Mägen auf Beinen«, spottete der Obergefreite Bonnargent über den Krach des Gabelstaplers hinweg.

Er wartete kurz, als wollte er die Qual der *erectus* noch ein bisschen verlängern, aber als er sah, dass das nichts änderte, entschied er sich schließlich, die Schaufel zu neigen, sodass eine Lawine aus Nahrung ausgelöst wurde.

Der Soldat Lorne konnte nicht anders, als vor der Gier dieser Wesen zu erschaudern. Normalerweise war er es, der das Essen ins Gehege schüttete, doch diesmal hatte der Obergefreite tauschen wollen, um »ein bisschen Spaß zu haben« …

Als er den Gabelstapler wieder herunterfahren wollte, spürte der Obergefreite einen stechenden Schmerz am Kopf.

»Scheiße, einer dieser Wilden hat einen Stein nach mir geworfen!«

»Welcher, Herr Obergefreiter?«

»Wenn ich ihn erwische …«

Im selben Augenblick traf ihn ein zweites Geschoss am Knie, sodass er ein wütendes Bellen von sich gab.

»Das ist dieser Irre mit dem rasierten Schädel. Der da, Obergefreiter!«

Lorne zeigte auf einen Punkt irgendwo vor sich und wedelte aufgeregt mit seiner Waffe herum. Bonnargent war von seiner Wut geblendet.

»Verdammter Mist! Wo?«

»Der da!«

Der Affenmensch versuchte in der Gruppe der Männchen unterzutauchen, doch diesmal hatte der Obergefreite ihn deutlich genug gesehen, um in ihm den *erectus* Lebel zu erkennen.

»Schweinehund, dir werde ich's zeigen!«

Trotz seines tauben Knies ließ sich der Mann behänd zu Boden fallen und legte mit dem Gewehr an. Kurz dachte er an die Vorschriften des Hauptmanns. *»Nur schießen, wenn es absolut notwendig ist, und dann auf die Beine zielen …« Von wegen! Ich werde mir einen Pavian jagen!*

Zu spät. Der Schlaumeier hatte sich zwischen seinen Artgenossen versteckt. Aber er würde sein blaues Wunder erleben. Der Hauptmann konnte ihm mit seinen Vorschriften gestohlen bleiben. Vor allem, da der *erectus* Lebel eine Sonderbehandlung genoss und bestimmt nicht bestraft würde.

Der Obergefreite betrachtete sich selbst als einen aufrechten Kerl, aber er konnte es nicht leiden, wenn man sich über ihn lustig machte. Ein Mann, der auch nur einen Funken militärischen Mumm besaß, konnte eine solche Provokation nicht auf sich sitzen lassen. Jetzt war es bloß ein Stein, aber was käme als Nächstes? Ein Zweikampf? War es das, was der Hauptmann wollte?

»He, Grünschnabel, behalt ihn im Auge!«

»Was wollen Sie tun, Obergefreiter?«

»Diesen stinkenden Makaken den Regenguss ihres Lebens verpassen!«

Er eilte zum Feuerwehrschlauch und rollte mehrere Meter davon ab. Das entsprach nicht wirklich den Vorschriften, aber man konnte ihm dann auch nicht vorwerfen, die *erectus* in Lebensgefahr gebracht zu haben. Und wenn sich ein paar von ihnen eine ordentliche Lungenentzündung holten, war das nicht sein Problem.

Als er wieder neben dem Soldaten stand, zog er einen Schlüsselbund hervor und befahl trocken: »Du gibst mir Deckung.«

»Aber … Wir gehen da doch nicht etwa rein?«

»Warum nicht? Hast du Schiss? Uns kann nichts passieren. Du kennst die Befehle: Wir haben das Recht, diese Dreckskerle fertigzumachen, wenn wir uns selbst verteidigen müssen.«

»Und wenn sie beißen und …?«

»Du zum Kannibalen wirst? Mach dir keine Sorgen, die von oben sind inzwischen fast mit dem Medikament fertig.«

Mit vorsichtigen Schritten betraten die beiden Soldaten das Gehege. Während der Großteil der Affenmenschen mit rundem Rücken und gesenktem Kopf zurückwich und sich der Gefahr bewusst war, baute sich der Steinewerfer vor ihnen auf. Er hatte sich einen riesigen gegabelten Ast geschnappt. In einer raschen Geste wischte er damit durch die Luft, entriss dem Obergefreiten den Feuerwehrschlauch, obwohl dieser ihn mit beiden Händen festhielt, und fegte ihn dann mit einer heftigen entgegengesetzten Bewegung von den Füßen.

Alle viere von sich streckend, brüllte Bonnargent aus vollem Hals: »Scheiße, knall den Irren ab!«

Aber Lorne war nicht in der Lage, irgendetwas zu unternehmen. Drei Finger hatte sich den Schlauch geschnappt und ihn mit einem kräftigen Wasserstrahl drei Meter rückwärts katapultiert, wo er halb benommen liegen blieb. Im Fallen hatte sich ein Schuss aus seinem Gewehr gelöst und unter den Affenmenschen ein unbeschreibliches Chaos entfacht.

Da dem Obergefreiten das Ausmaß der Gefahr allmählich dämmerte, zog er die Pistole, die er seit Ausbruch der Epidemie stets bei sich trug, und es gelang ihm schließlich, sich wieder aufzurappeln. Der *erectus* hatte sich nicht bewegt. Er begnügte sich damit, ihn aus seinen dunklen Augen anzustarren, als überlegte er noch, wie er sich als Nächstes verhalten sollte. Fliehen? Angreifen? Sie waren nur zwei Meter voneinander entfernt.

Nicht zu verfehlen.

Bonnargent nahm sich die Zeit, mitten ins Herz zu zielen, und fuhr ihn dann hämisch lachend an: »Wer wird wohl die Oberhand behalten? *erectus* oder *sapiens*? Ich werde dich …«

Er hatte keine Gelegenheit mehr, seinen Satz zu beenden. Eine Gestalt, die aus dem Nichts zu kommen schien, stürzte sich von hinten auf ihn, und er spürte, wie sich Zähne in den Arm schlugen, mit dem er die Waffe hielt. Seine Finger öffneten sich, und er starrte entsetzt auf das Blut, das seinen Ärmel durchtränkte. Er begann aus vollem Hals zu schreien.

Die *erectus* schienen ihrerseits begriffen zu haben, was sich abspielte, denn sie stürmten in Richtung der weit geöffneten Tore des Geheges. Doch als sie diese durchqueren wollten, drehten sie sich zu ihrem Anführer um, der hinkend auf sie zukam. Zerschnittenes Ohr begleitete ihn. Am Tor nahmen beide Witterung auf, kümmerten sich nicht um die Schreie der Tikaks und warfen einander einen Blick zu. Sie hatten sich gegenseitig gerettet, und Hängendes Haar wusste, dass er sich auf das junge

Männchen verlassen konnte. Gemeinsam setzten sie sich in westlicher Richtung in Bewegung.

Der Lärm war nicht unbemerkt geblieben, aber ohne es zu wissen, profitierten die *erectus* von einem Geschenk des Himmels, denn der Großteil des für die Bewachung des Zoos zuständigen Regiments war zur Verstärkung der Sicherheit eines ungewöhnlichen Konvois abkommandiert worden.

Vor den Toren, die den Publikumsstrom beschränkten, standen nur sechs Soldaten; einer von ihnen hatte sich zudem überraschen lassen und trug nichts als eine Handfeuerwaffe bei sich. Als die Affenmenschen herausströmten, nachdem sie unterwegs weitere Clans befreit hatten, waren sie schon ein paar Hundert Mann stark, und die Wachen begannen verängstigt, auf sie zu feuern. Ein Dutzend *erectus* sackten während dieser ersten Salve zusammen, unter ihnen Drei Finger, den es in vollem Lauf erwischte. Aber dieses Durcheinander verstärkte nur noch die Aufregung der Soldaten, die danach wahllos in die Menge zu schießen begannen. Ein *erectus*, der sich einen Holzpflock geschnappt hatte, warf sich auf den Ersten, der ihm im Weg stand, und durchbohrte ihn mit seiner behelfsmäßigen Waffe. Der Mann starb, während sich die Fliehenden in den Straßen verteilten, liefen, sprangen, Hindernissen auswichen – Mülltonnen, Bänken, Passanten, Kinderwagen und Autos – und ein Taxi zur Vollbremsung zwangen, auf das sofort ein anderes Auto auffuhr.

Der Großteil der *erectus* wusste inzwischen, dass die Zweibeiner sich vor ihren Bissen fürchteten und zeigten, wenn nötig, entsprechende Drohgebärden. Ihr Instinkt leitete sie: fliehen oder angreifen, vorwärtskommen, weg von den verfluchten Gitterzäunen.

Zerschnittenes Ohr trabte direkt hinter Hängendes Haar. Er hatte absichtlich das Tempo gedrosselt, um die Nachhut zu sichern und ihn zu beschützen. Sie brauchten einen Anführer. Und diese Vorsichtsmaßnahmen waren nicht übertrieben, denn nachdem sie das Feuer der Donnerstäbe abbekommen hatten, waren nur noch ungefähr hundert Affenmenschen übrig, Männchen und Weibchen, die mitten auf der Straße entlangstürmten. Die anderen waren alle gefallen, hinweggerafft durch den Großen Schlaf oder zu schwer verletzt, um weiterlaufen zu können.

Laufen. Dorthin, wo das Licht glitzert und der Erdgeruch aufsteigt.

Der Ausbruch hatte eine Welle der Panik unter den Menschen erzeugt. Während die spärlichen Fußgänger nur Zeit hatten, sich hinzukauern und zu beten, dass sie nicht bemerkt würden, verkeilten sich die Autos lieber ineinander oder rammten eine Mauer, statt die haarigen Dämonen umzufahren. Ein Bus wich ihnen aus und endete in einem Schaufenster, nachdem er einem Streifenwagen den Weg abgeschnitten hatte, der sich mitten auf dem Boulevard überschlug. Ein Polizist konnte sich aus dem Wrack befreien und legte auf drei *erectus* an. Zwei von ihnen tötete er aus der Entfernung, den dritten aus nächster Nähe, als das Wesen ihn schon fast anfiel. Eine Blutfontäne besprengte ihn, drang ihm in Mund und Nase, doch der Mann war zu schockiert, um zu begreifen, dass er nun das Kruger-Virus in sich trug.

Eine neue Karambolage ereignete sich auf der Hauptstraße hundert Meter weiter oben. Hängendes Haar kletterte auf den Blechhaufen und drehte sich um, gewarnt durch das Brüllen eines Kolosses, in dem ein Zweibeiner saß. Ein Mercedes, über den sein Fahrer die Kontrolle verloren hatte, rammte mit voller Wucht den Schrotthaufen, auf dem er sich befand.

Glücklicherweise hatte das Wrack, auf dem er hockte, den

Großteil des Aufpralls abgefangen, doch als es wieder herabfiel, wurde er zwischen den beiden Unfallwagen eingeklemmt. Zerschnittenes Ohr war plötzlich da, beugte sich zu ihm hinab und betrachtete voller Sorge seine missliche Lage, unschlüssig, warum er dablieb und nicht stattdessen weiterlief.

Der Anführer zeigte auf sein eingeklemmtes Bein und knurrte: »Teku, teku …«

»Teku« heißt das, was ihn trägt, entschlüsselte Zerschnittenes Ohr. Mit einem hohen Bellen rief er die anderen zu Hilfe, aber niemand achtete auf ihn.

Der Mann hinter der Windschutzscheibe des Mercedes zeigte einen Ausdruck puren Entsetzens. Zwei Bestien bewegten sich kaum einen Meter von ihm entfernt. Er sah, wie die Kreatur mit dem rasierten Schädel sich gegen seine vordere Stoßstange stemmte, und spürte, wie die Übelkeit ihm den Magen umdrehte.

Zerschnittenes Ohr packte die glänzende Schnauze des Ungetüms. Es fühlte sich kalt an. *Tot,* dachte er, dann dachte er nichts mehr, denn er musste sich zu sehr anstrengen. Die riesige Masse hob sich ein wenig; es war genug, damit Hängendes Haar sich befreien konnte. Erleichtert ließ Zerschnittenes Ohr wieder los und half seinem Gefährten auf. Gemeinsam machten sie sich davon, beflügelt vom Wind der Freiheit und angetrieben von einer unglaublichen Energie.

Seit dem Großen Erwachen waren sie noch nie so lebendig gewesen.

In wenigen Sätzen hatten sie den Rest des Clans eingeholt, die sie vorbeiließen, beruhigt, wieder einen Anführer zu haben. Trotz seiner Wunden und seines verletzten Teku galoppierte Hängendes Haar allen voran.

Plötzlich erklang ein Donnergrollen am Himmel, tiefer als

alles, was sie bisher gehört hatten. Die Flüchtigen sahen einen riesigen Flugapparat über sich auftauchen, ebenso glatt wie die Ungetüme der Zweibeiner. Aus seinem Bauch drang der Zorn der Donnerstäbe. Die Tikaks hatten sie eingeholt. Drei von ihnen sackten in sich zusammen.

Aufgeregt liefen sie im Kreis. Sie saßen in der Falle, bis der Anführer auf ein Gefälle und die dunkle Öffnung zu einer Höhle deutete. Allerdings war der Geruch, den sie verströmte, beißend wie die Angst. Zerschnittenes Ohr wusste, dass sie sich nicht dorthinein zurückziehen sollten, in Deckung vor den Zweibeinern. Der Hauch, der daraus aufstieg, war ihm unbekannt. *Schlecht,* sagte er sich.

Er knurrte und wies seinerseits auf einen schmalen Durchgang zwischen den seltsam glatten Klippen aus grauem Stein. In der Ferne konnte er Blätter ausmachen, die sich im Wind wiegten. Dorthin mussten sie gehen, zur Erde und zum Wasser.

»Na«, brummte er Hängendes Haar zu. Dann schlug er sich gegen die Brust und zeigte auf das grüne Blattwerk der Bäume. »Ya, ya.«

Der Anführer begnügte sich mit einem Nicken und senkte den Kopf als Zeichen des Einverständnisses. Mit einer einfachen Geste hatte sich das Machtgleichgewicht im Clan verschoben.

2

New York

In dem Büro, das Stephen vorübergehend nutzte, folgte er der Entwicklung der Lage in Paris auf einem Dauernachrichtensender. Die amerikanischen Medien hatten, obwohl sie wenig geneigt waren, sich mit Europa zu befassen, ihre Programme unterbrochen, um die Bilder noch einmal auszustrahlen.

Die französische Hauptstadt befand sich im Ausnahmezustand. Die großen Alleen waren zur Bühne für blutige Zusammenstöße geworden. Die Soldaten, die in Jeeps patrouillierten, hatten die Anweisung, nach Belieben zu feuern. In manchen Stadtvierteln hallten Schüsse wider, nicht nur in der Umgebung von Vincennes, sondern auch auf zahlreichen Plätzen, im Bois de Boulogne, im Park von Buttes-Chaumont, entlang der Coulée verte, auf dem Montmartre und in den grünen Vororten, wo die Milizen sich nach Herzenslust austobten.

Auf dem Sender »News« liefen Bilder, die von einem Hubschrauber aus aufgenommen waren. Eine Gruppe von zehn *erectus* durchquerte einige hintereinanderliegende Privatgärten und wurde dabei von einem Kommando verfolgt. Sie sprangen besser als Olympiateilnehmer über Hecken und Mäuerchen, aber die Falle schnappte zu, als eine Patrouille aus der anderen Richtung auftauchte. Die Gruppe stob daraufhin in einem allgemeinen Rette-sich-wer-kann auseinander. Von seinem Instinkt getrieben, kletterte einer der Fliehenden die begrünte Wand eines Wohnblocks empor, was ihm die Mutigeren umgehend nachmachten. Auf einmal verpasste ein offensichtlich älteres Männchen einen Ast. Erst baumelte es noch an einem Arm und versuchte mit der freien Hand etwas zu fassen zu kriegen, doch dann ließ es sich erschöpft in die Tiefe fallen. Anschließend ratterten einige Salven, und vier weitere Körper stürzten ihm hinterher. Nur fünf Individuen schafften es, sich auf das Zinkdach zu hieven, das in einem sanften Winkel anstieg. Es gab keinen Ausweg, außer den gleichen Weg in umgekehrter Richtung zu nehmen. Verstört und verunsichert schienen die Affenmenschen plötzlich zu begreifen, was sie erwartete.

»Verschont sie, aus Mitleid«, murmelte Stephen vor dem Bildschirm.

Der Helikopter schwebte über dem Wohnblock. Funken sprühten aus dem Gefährt, ohne ihr Ziel zu erreichen. Die *erectus* flohen hinter ein Mäuerchen aus Kaminrohren, aber die Maschine kam immer näher. Sie musste ihnen monströs erscheinen … In diesem Moment ereignete sich vor den Augen von Millionen von Fernsehzuschauern das Undenkbare. Zwei Männchen sprangen aus ihrem Versteck hervor, stürzten sich ins Leere und legten damit auf einen Schlag die zwei Meter zurück, die sie von dem Hubschrauber trennten. Eine Kugel mähte einen der Angreifer nieder, aber dem zweiten gelang es, sich an einer der Kufen des Gefährts festzuklammern. In einer fließenden Bewegung zog er sich zur Kabine nach oben und riss den Schützen von seinem Posten, sodass er abstürzte. Dann glitt er mit derselben Behändigkeit ins Innere der Kabine zum Piloten. Der Helikopter begann zu trudeln und prallte in einem großen Feuerball gegen ein benachbartes Wohnhaus.

»Mein Gott …«

Es waren die einzigen Worte, die Stephen über die Lippen brachte.

3

Anna saß noch im soeben gelandeten Flugzeug am Flughafen Roissy-Charles-de-Gaulle, als sie einen Anruf von Stephen Gordon erhielt. Sie ignorierte die Sicherheitsvorschriften, drückte sich gegen das Seitenfenster und hob ab. Die Stimme ihres Gesprächspartners klang drängend und erschüttert.

»Anna, die *erectus* sind aus dem Zoo von Vincennes ausgebrochen. Das Militär hat das Feuer eröffnet.«

Völlig außer sich unterbrach sie ihn und weigerte sich, das Schlimmste ins Auge zu fassen. »Und Yann?«

»Ich weiß es nicht. Dort herrscht ein einziges Chaos, und ich habe noch nicht einmal versucht, Antonetti zu erreichen.«

Stephen skizzierte ein Bild der Lage, aber Anna hörte ihm kaum zu. Alles, was sie sich vorzustellen vermochte, war Yann, wie er durch die Straßen von Paris irrte, Soldaten auf seinen Fersen. Eine flüssige Angst ergriff nach und nach von ihrem Geist Besitz, während die Details in ihn einsickerten. Yann musste schreckliche Angst haben, allein in dieser feindseligen Stadt, gehetzt wie ein wildes Tier … Wie sollte er in dieser Umgebung nur einen sicheren Unterschlupf finden? Annas Verstand arbeitete in einem unglaublichen Tempo. Was tun? Wie sollte sie ihm helfen? Wie konnte sie diesen Irrsinn aufhalten?

Plötzlich ging ihr ein Licht auf, und sie schnitt Stephen das Wort ab: »Ich weiß, wo er ist.«

»Woher?«

»Ich weiß, wohin er verschwunden ist, und ich werde ihn wiederfinden.«

»Anna, beruhigen Sie sich. Ich weiß, wie schwer das sein muss, aber Sie müssen jetzt an sich denken und sich schützen.«

»Ich finde ihn. Es kommt nicht infrage, dass sie ihn töten.«

Trotz Stephens Protest legte sie auf und zog sich die Jacke an. Sobald die Türen des Flugzeugs sich öffneten, rannte sie zur Bushaltestelle, um so schnell wie möglich nach Paris zu gelangen. Sie hatte keine einzige Minute zu verlieren.

4

Zwischen mehreren schlaflosen Nächten, der Sorge um Lauryn, den Ereignissen in Paris und der überschwänglichen Begeisterung wegen der Hoffnung auf ein Medikament hatte Gordon Schwierigkeiten, gründlich nachzudenken. Allerdings war eine Sache klar. Die Rebellion der Pariser *erectus* zeigte, dass es keine Lösung war, sie einzusperren. Als hätte sich die Nachricht unter den regredierten Individuen verbreitet, war es seltsamerweise zu mehreren Zwischenfällen in Internierungslagern überall auf der Welt gekommen. Allem Anschein nach hatte man sich getäuscht, als man annahm, dass sich die Affenmenschen in ihre Rolle als Zootiere fügen würden. Die Armee stand vor dem Problem, dass einige dominante Individuen sich aggressiv verhielten und wenigstens zehn neue Todesfälle zu beklagen waren.

Als er den großen Versammlungssaal der UNO betrat, erspähte er Andrej Akulow inmitten eines Waldes aus Mikrofonen. Der Botschafter schien von der Gelegenheit entzückt zu sein, in Dauerschleife dieselben Aussagen wiederholen zu können, und die Journalisten scharten sich um ihn wie die Bienen um einen Honigtopf. Trotz seiner Erschöpfung konnte Stephen es sich nicht verkneifen, den Ausführungen zu lauschen.

»Sie wollen wissen, was ich über diese Art von Aufruhr denke? Ganz einfach. Meine Eltern waren Landwirte, und wenn ein Virus ein Tier infizierte, hat man die ganze Herde gekeult, um sicherzugehen, dass sich die Epidemie nicht ausbreitet.«

»Sie wollen sämtliche regredierten Spezies töten?«, fragte ihn eine junge Journalistin mit der Naivität der Berufsanfängerin.

»In erster Linie spreche ich von den *erectus*, denn sie stellen ein unmittelbares Problem dar, aber die anderen Prähistorischen sind ebenfalls betroffen, denn sie tragen dieses verfluchte Virus in sich. Damit wir uns recht verstehen – alles, was an diesen Wesen menschlich ist, ist ihr ehemaliges Leben, und zurzeit stellen sie eine Gefahr für die gesamte Welt dar. Was sollen wir also tun? Philosophieren, während sie uns angreifen?«

»Sie sind Teil des harten Flügels innerhalb der UNO, nicht wahr, Herr Botschafter?«

»Die *erectus* einzupferchen, wie es die Vollversammlung beschlossen hat, bedeutet, dass sie Tiere sind. Wir können keinesfalls zulassen, dass die Menschheit wegen einer wolkigen ethischen Frage massakriert wird, da gibt es nicht den Hauch eines Zweifels. Ich bin der Erste, den das betrübt, glauben Sie mir. Aber jetzt ist keine Zeit mehr für Sentimentalitäten, nicht nach dreiundzwanzig Toten. Es sind kranke Tiere, die eingeschläfert werden müssen.«

Die Journalistin sprach in ihr Mikro und blickte dabei direkt in die Kamera.: »Wie Botschafter Akulow soeben ausgeführt hat, sind die Augen der Welt momentan auf Paris gerichtet, wo die Rebellion ebenso heftig wie gewalttätig verläuft, und viele befürchten, dass die Ereignisse von Vincennes eine Lawine auslösen. Das Schicksal der *erectus* wird in diesem Augenblick auf den Straßen der französischen Hauptstadt entschieden.«

5

Ausgelaugt. Stehend k.o.

In New York war die außerplanmäßige UNO-Vollversammlung, welche die für Gesundheit zuständigen Delegierten zu einer Dringlichkeitssitzung zusammengerufen hatte, gerade zu Ende gegangen und … ja, was genau gewesen? Ned Lash hatte keine Ahnung. Offen gestanden war der Gesundheitsminister versucht, sich in Gesellschaft eines Liters guten alten Whiskys in seinem Zimmer einzuschließen, statt Schlussfolgerungen zu ziehen und seinen Bericht für die Präsidentin zu schreiben – ein unverzichtbarer Bericht zur Vorbereitung des kommenden internationalen Gipfels. Den Whisky wollte er ganz allein wegzischen, ohne sich weiter um das Schicksal der *erectus* zu scheren, das ihn nun fast zwei Tage lang ununterbrochen beschäftigt hatte. Vielleicht wollte er auf diesem Weg die Worte des griechischen Gesundheitsministers vergessen, der ihnen eine Lektion in Sachen Humanismus erteilt hatte. Vielleicht auch die seiner dänischen Kollegin, die noch einmal einen draufgesetzt hatte …

Während die meisten seiner illustren Amtskolleginnen und -kollegen sich über den Grad der Grausamkeit austauschten, die gegenüber den Affenmenschen noch vertretbar sei, über die Größe der Internierungslager oder die zu implementierenden Sicherheitsmaßnahmen – tödliche Waffen? Würgeschlingen? Elektroschocker und Pfefferspray? –, hatten diese beiden sie alle deutlich an die grundlegenden Rechte erinnert, die jeder

Mensch genoss, und ihre Streitereien auf den Rang zynischer Polemiken verwiesen. Die letzte Tirade hallte noch immer in seinem Kopf wider: »Wir können durch das regressive Virus infizierte Männer, Frauen und Kinder nicht einfach auf den Status von Tieren reduzieren, vor welche Probleme sie auch immer uns stellen mögen. Wir haben es mit menschlichen Wesen zu tun, die vor ihrer Metamorphose wie Sie und ich gewesen und die auch heute mit den Grundlagen eines Bewusstseins, mit Empfindungsfähigkeit und Intelligenz ausgestattet sind. Dennoch werden sie nie mehr zu ihren Erinnerungen und ihren alten Fähigkeiten zurückfinden, sie sind weder schuldig noch verantwortlich, sondern einfach nur Opfer der schlimmsten Geißel, die die Menschheit je bedroht hat. Also passen wir auf, wir, die Männer und Frauen, die nie unter einer Infektion leiden werden, wachen wir über diese Menschheit, denn wir werden mit der Last der getroffenen Entscheidungen allein sein. Es ist die Aufgabe von uns weisen Menschen (denn so lautet die wörtliche Übersetzung von *Homo sapiens*), die Verantwortung zu tragen und die Sicherheit, Freiheit und Würde der *Erectus*-Population zu garantieren. Und wenn sich das Zusammenleben schlussendlich als unmöglich herausstellt, müssen wir über andere gangbare – und menschliche! – Lösungen nachdenken.«

Ned Lash war zwischen widerstreitenden Gefühlen gefangen. Zum ersten Mal seit dem Ausbruch der Pandemie verspürte er vor allem Scham, denn jenseits aller Probleme – und Gott wusste, dass es eine ganze Menge davon gab – hatten zwei unbekannte Politiker sie an das Offensichtliche erinnern müssen. Sie hatten verdammt gute Worte gefunden, die den eigenen Mut stählten und einem neuen Schwung gaben, und Ned musste sich fragen, ob die Macht ihn am Ende nicht dazu gebracht hatte, die Grundsätze seines politischen Engagements zu ignorieren.

Was für eine Lektion für die Repräsentanten der größten Weltmächte. Sogar die Russen hatten es nicht gewagt, ihre üblichen sarkastischen Bemerkungen einzustreuen. Was die Chinesen betraf, hatten sie unterstrichen, dass Rassendiskriminierung ein altbekanntes Problem westlicher Gesellschaften sei und man wohl tatsächlich über eine ausgewogene Lösung nachdenken müsse, welche die Souveränität der Staaten respektierte. Sein eigener Beitrag hatte aus nichts als förmlichen Erklärungen ohne jede Tiefe bestanden.

Am morgigen Tag würde die Präsidentin einen belastbaren Bericht von ihm erwarten, der die Grundlage für ihre eigenen Einschätzungen wäre. Herumjammern nutzte nichts, es brauchte Effizienz und konkrete Informationen. Es half nichts, er musste sich dransetzen.

6

Paris

Anna hatte auf ein Taxi verzichten müssen, um auf die Insel zu gelangen. Der Zugang zum Bois de Vincennes war für den Verkehr gesperrt, und überall waren Militärbarrikaden errichtet worden, in jeder Straße, an jeder Station. Auf den Dächern hatten sich Scharfschützen verteilt, um ein Maximum an Sicherheit für die Pariser zu garantieren. Aber aufgeben kam nicht infrage.

Anna hatte mit dem Aufbruch bis 19 Uhr gewartet und sich so ausgerüstet, dass sie möglichst unbemerkt blieb: Drillichhose, braunes Sweatshirt und einen Rucksack, in dem sie das Notwendigste verstaut hatte – Müsliriegel, Wasser, eine Thermoskanne, einen Schal, eine Regenjacke und einen Erste-Hilfe-Kasten. Nach zwei Stunden Marsch und Katz-und-Maus-Spiel fand sie endlich einen Zugang durch die verlassenen Wege des Jahrmarkts Foire du Trône. Erst als sie sich sicher war, das engmaschige Netz der Barrikaden überwunden zu haben, richtete sie sich auf und legte einen Zahn zu, ohne jede Sekunde ihre Entdeckung befürchten zu müssen. Sie hatte nur noch ein einziges Ziel im Kopf: jenen Ort, an dem Yann Zuflucht suchen würde, davon war sie allmählich immer überzeugter. Ihr gemeinsamer Ort. Diese geheime Grotte, die er ihr unterhalb des griechischen Tempels gezeigt hatte. Sein Instinkt würde ihn dorthin führen.

Allerdings überkam sie unterwegs nach und nach eine dumpfe Unruhe. Die Landschaft veränderte sich, sodass sie den Eindruck hatte, in einen üppigen Dschungel einzudringen. Die Bäume des Pariser Ostens sahen inzwischen aus wie nadellose Tannen. Ihre dünnen, knotigen Äste erinnerten an die Kalamiten, die die Erde vor 300 Millionen Jahren überzogen hatten. Auf einem der Äste saß ein Schwarm Archäopteryxe und beobachtete misstrauisch ihr Fortkommen. Einige Monate Zusammenleben mit Menschen hatte sie scheu werden lassen.

Die Dunkelheit, in der es vor unsichtbaren Lebewesen nur so wimmelte, verstärkte ihre Zweifel. Und wenn Gordon recht damit hatte, den *erectus* eine primitive Grausamkeit zu unterstellen? Yann war vielleicht schon tot, und selbst gesetzt den Fall, sie fände ihn wieder, was würde das ändern? Indem Anna ihre Unterschiede ignoriert hatte, weil sie ihn wieder in ihre Welt zurückbringen wollte, hatte sie sich einen unzivilisierten Mann zusammenfantasiert, der einfach nur der Sprache nicht mächtig war. Tatsächlich bedeutete sie ihm nichts, wofür sollte sie also ihr Leben aufs Spiel setzen? Für dieses Nichts? Schlimmer noch, die Chancen standen gut, dass sie auf Wesen traf, die durch eine unerbittliche Jagd verrückt vor Angst waren, auf Kannibalen, die Blut geleckt hatten. *Warum nicht gleich Vampire, wenn wir schon dabei sind? Du drehst völlig durch, meine Liebe.* Aber die Stimme der Vernunft änderte nichts daran. Belastet durch das Kind, das sie in sich trug, fühlte Anna sich entblößt, zerbrechlich wie Glas, und der Impuls, umzukehren, quälte sie so sehr, dass sie anhalten musste. Sie kramte in ihrem Rucksack und zog die Thermoskanne mit heißem Tee daraus hervor. In diesem Augenblick sah sie das Leuchten des Wassers zwischen den Palmwedeln der hohen Farne hindurchblitzen. Der See. Sie hatte den See gefunden.

Ein Steg ermöglichte es, die Insel von Süden her zu betreten. Von der künstlichen Anlage war nichts mehr übrig außer der felsigen Struktur, die in der dichten Vegetation unterging. Die Alleen waren verschwunden, zurückerobert von den Farnen, den primitiven Schachtelhalmen und von seltsamen baumartigen Pflanzen, sodass sie kämpfen musste, um sich einen Weg hindurch zu bahnen und beinahe die Kuppel des Tempels übersehen hätte, in dem Yann ihr vor sechs Jahren den Ring aus Meteoritengestein angesteckt hatte. Das Geräusch des Wasserfalls ließ sie aufschrecken. Die Wehmut traf sie mit voller Wucht, und sie stöhnte sowohl aus Müdigkeit als auch aus Kummer. Die Treppe zur künstlichen Grotte hinunter führte plötzlich vor ihr im Halbdunkel in die Tiefe.

Unten angekommen wurde sich Anna erneut der Gefahr bewusst. Der Vollmond erhellte die Umgebung durch breite Öffnungen, durch die hindurch man den glitzernden See sehen konnte. Mit ihren unregelmäßigen, rauen Wänden und den künstlichen Stalaktiten sah die ganze Konstruktion einer echten Höhle täuschend ähnlich. Vorsichtig ging sie voran, lauschte auf ein Geräusch, doch nur Stille schlug ihr entgegen. Ermutigt durch die selige Ruhe flüsterte sie: »Yann?«, doch vergeblich. Gordon hatte es richtig gesehen. Hier war niemand. Wie hatte sie nur glauben können, dass er hierher flüchten würde? Sie hatte sich getäuscht, das war alles.

Durch einen unwillkürlichen Reflex legte sie den Kopf in den Nacken. Direkt über ihr klammerten sich die *erectus* am Gewölbe fest, den Rücken fest gegen die unebene Wand gepresst. Sie waren dort kaum auszumachen. Ihre dunkle Haut verschmolz mit dem dunklen Beige des falschen Kalksteins.

Eine Masse langer Haare, die einen zerzausten Bart bildeten, charakterisierte den *erectus*, der direkt über ihr hing. Tiefe Falten durchzogen sein Gesicht, und ein hasserfülltes, hämisches Grinsen lag auf seinen verzerrten Lippen. Anna verspürte dieselbe Angst, die sie ergriffen hatte, als die Elefanten in Südafrika die Gomphotherien jagten. Der Affenmensch machte sich bereit, sein Territorium zu verteidigen. *Und der Eindringling bin diesmal ich.*

Von Panik ergriffen, wollte Anna fliehen. Doch zu spät. Der Affenmensch ließ sich fallen und riss sie mit sich zu Boden, wo er sie mit seinen kräftigen Händen festhielt. Sie roch seinen sauren Atem nah an ihrem Gesicht, sah den Schaum seines Speichels. Seine Zähne … *Mein Gott, er wird mich beißen!*

»Na!« Ein Schatten schob sich in diesem Moment dazwischen und überragte sie massig. »Na!«, wiederholte die Kreatur.

Der bärtige Angreifer stieß ein Kläffen aus, das irgendetwas zwischen einem Schrei der Enttäuschung und einer Klage war, bevor er sich in den hinteren Teil der Grotte zurückzog.

Anna überrollte eine Woge der Emotionen. Yann stand vor ihr. Doch ihre Erleichterung war nur von kurzer Dauer, wurde hinweggefegt, als sie seinen Gesichtsausdruck sah. Noch nie hatte er so grimmig gewirkt. Seine Augen waren voller Zorn, als ob Anna den Feind repräsentierte, der einsperrte, verletzte oder – schlimmer noch – mitleidlos tötete. *Das haben die Menschen den* erectus *angetan. All die Gewalt …*

In diesem kurzen Moment waren die Mitglieder des Clans aus ihren Schlupfwinkeln herabgeklettert und umringten sie nun mit einigem Abstand und sichtlich misstrauisch. Sie zählte sieben von ihnen und breitete die Arme aus, streckte die Handflächen nach außen, ergab sich. *Es sind Überlebende, sie fürchten sich mehr vor dir als du dich vor ihnen.*

Yann näherte sich ihr, bis er sie schließlich leicht berührte; die Nüstern bebten, während er sie beschnupperte. Versuchte er, ihren Geruch wiederzuerkennen, oder war er gerade dabei, über ihr Schicksal zu entscheiden? Ein langes Stöhnen unterbrach ihr Wiedersehen. Es stammte von einem Weibchen. Ebenso verwirrt wie neugierig blickte Anna sie an. Ihr braunes Haar war so wirr wie Flachs und fiel ihr bis auf die Taille hinab. Trotz des ausgeprägten Unterkiefers zeigte ihr Gesicht echte Schönheit, als würde es von innen leuchten. *Sie liebt ihn. Sie ist eifersüchtig auf mich.* Dann bemerkte sie eine klaffende Wunde unter den Rippen des Weibchens, aus der dunkles Blut hervortrat. Sie musste von einem Schuss erwischt worden sein. Der Bärtige machte einen Satz neben sie, wurde aber von einem wütenden Knurren abgewehrt. Er ließ sich nicht entmutigen und zog sie zu einem Haufen aus Zweigen, wo er ihr bedeutete, sich hinzulegen. In diesem Moment ließ sie ein Warnschrei innehalten, und alle erstarrten. »Tikak!«

Ein *erectus* gestikulierte wild in Richtung Höhleneingang.

Anna lief zur Treppe, lauschte und nahm in der Ferne das Brummen eines Bootsmotors wahr. Die Soldaten waren auf dem See! Eine Patrouille? Sie erschrak, jubelte aber zugleich innerlich. *Die* erectus *haben den Beginn einer Sprache entwickelt.*

Unter dem Clan breitete sich Unruhe aus. Sie hatten begriffen, dass sich Gefahr näherte, und nahmen schnell wieder ihren Platz an den Wänden ein. Nur Yann hatte sich nicht gerührt. Er streckte die Hand nach ihr aus, berührte sie sanft, dann zeigte er zum Gewölbe hinauf, als wollte er sie auffordern, ihnen dorthin zu folgen.

»Du willst, dass ich da raufklettere? Das schaffe ich nie, ich bin nicht so stark wie ihr.«

Das Klettern selbst schreckte sie nicht ab. Gemeinsam waren sie oft genug im Wald von Fontainebleau am Felsen unterwegs gewesen, sodass sie sich sicher genug fühlte, vor allem, da der Aufstieg nicht allzu schwierig wirkte. Aber sie war nicht in der Lage, sich ohne Kletterschuhe und mit bloßen Fingern an winzigen Vorsprüngen an Ort und Stelle zu halten. Vor allem mit ihrem Bauch, den sie inzwischen immer weniger verbergen konnte.

Yann hatte ihr Widerstreben offenbar verstanden, denn er zog sie mit sich zur Wand und gab ihr ein Zeichen, ihm auf den Rücken zu klettern. Es war Wahnsinn, und doch gehorchte sie.

Draußen hörten sie nun Stimmen.

Yann begann mit dem Aufstieg, nutzte dabei die kleinsten Unebenheiten der Wand. Seine kräftigen Muskeln steigerten seine Geschicklichkeit enorm, als ob sein Körper die Erinnerungen an seine Bewegungen bewahrt hatte. Erinnerte er sich vielleicht daran, ein Champion gewesen zu sein?

Mit den Beinen stieß er sich ab, machte auf halber Höhe eine Pause, um den Fels zu begutachten, dann kletterte er weiter bis zur Decke hinauf. Wie lange könnten sie sich an diesen lächerlichen Vorsprüngen mehr als drei Meter über dem Boden festhalten?

Um die Panik zu unterdrücken, die in ihr aufstieg, atmete Anna tief durch. *Denk nicht an das Kind. Unser Kind …* Sie litt stark – sich an Yanns Rücken festzuklammern, verlangte ihr eine zu große Anstrengung ab. Sie atmete seinen Moschusgeruch ein. Die Geräusche waren verstummt, sie hörte nichts mehr außer dem Rauschen des Blutes, das ihr in den Schläfen pochte. Übelkeit stieg in ihr auf, und sie biss die Zähne zusammen, um durchzuhalten. Nicht weit von ihnen zeigte die verletzte, zusammengekrümmte Frau keinerlei Anzeichen von Erschöpfung. Dabei musste sie wahre Höllenqualen durchleiden.

Ich werde fallen. Ich muss ihm sagen, dass ich sie beschütze. Wenn ich loslasse …

Plötzlich überkam sie ein Schwindelgefühl, und Anna spürte, dass sie nach hinten abstürzte. Ihr Kopf schlug auf einer harten Oberfläche auf, und sie verlor das Bewusstsein.

Ein Hubschraubergeräusch riss sie aus ihren schmerzhaften Träumen.

Anna erlangte das Bewusstsein wieder, sie lag auf einem Bett aus Laub. Ihre Schläfe schmerzte schrecklich. Sie spürte, wie ihr der Mund aufgezwungen wurde, um etwas hineinzuschieben. Ein Stück Obst? Es gelang ihr trotz der Schmerzen, die Augen zu öffnen, und sie erkannte Yanns besorgtes Gesicht. In der Hand hielt er einen mehligen Apfel, der leicht faulig roch. Trotzdem zwang sie sich, einen Bissen zu schlucken.

»Danke.«

Yann neigte den Kopf und stand dann wieder auf, um zu dem *erectus* zu gehen, der sie zuvor angegriffen hatte. *Bin ich gestürzt? Unmöglich, er muss mich festgehalten haben, sonst hätte ich mir sämtliche Knochen gebrochen.* Beide betrachteten den Himmel durch die Öffnungen hindurch, fasziniert vom Ballett der Hubschrauber.

»Tikak«, sagte der Bärtige.

Dieses Wort besaß ganz offenbar die Fähigkeit, sie zu ängstigen, denn der Rest der Gruppe stöhnte sichtlich beunruhigt auf. *Anscheinend sprechen sie von uns … Tikak, die heutigen Menschen?* Etwas ließ ihr keine Ruhe. *Tikak* … Unvermittelt erinnerte sie sich an die Regeln der Paläontologie, wenn sie auf die Sprache angewendet wurden, Regeln, nach denen es wahrscheinlich möglich war, die ursprünglichen Dialekte aus den heutigen Sprachen herzuleiten, und zwar bis zu einer sogenannten »Protosprache« … Nun war »tik« laut vielen Linguisten eines der ersten Worte, das die Menschheit erfunden hatte.

Im Wortschatz ihrer Vorfahren hatte es angeblich »Finger« bedeutet. Wenn die *erectus* diesen Laut nun wieder verwendeten und damit diesmal die Menschen bezeichneten, von denen sie gejagt wurden, musste es einen genetischen Ursprung der Sprache geben. Eine solche Vorstellung hätte mehr als einen Linguisten empört aufschreien lassen, doch in dieser Grotte erschien ihr all das auf einmal vollkommen logisch.

Als der Helikopter sich wieder entfernte, beruhigten sich die *erectus*. Der Bärtige kam zu Anna und streckte ihr eine Konservendose hin, wobei er ein Knurren ausstieß, dessen Bedeutung eindeutig war: Er wollte, dass sie sie öffnete.

In diesem Moment bemerkte sie einen Stapel Konserven, einen Sack Trockenfrüchte und Brot. Sie versuchte, es ihm zu erklären.

»Ihr habt Nahrung im Restaurant geholt, hm? Dafür braucht ihr einen Dosenöffner. Ohne Werkzeug kann ich das nicht aufmachen, verstehst du?«

Da er sie nur mit gerunzelter Stirn ansah, fügte sie hinzu: »Na! Unmöglich!«

Frustriert von ihrer Weigerung blähte der Bärtige als Zeichen seiner Wut die Nüstern. Als ob Yann die Gefahr gespürt hätte, ging er dazwischen und bildete mit seinem Oberkörper eine Mauer. Er wiederholte: »Na«, dann deutete er auf die verletzte Frau. Der andere gehorchte und kniete sich neben die leise stöhnende Gestalt.

Eine halbe Stunde später war die Bedauernswerte tot. Anna bemerkte es, als sie den Mut aufbrachte, sie zu untersuchen. Der Bärtige musste wohl denken, sie wäre eingeschlafen, denn er leckte ihr über die Wunde, bevor er sie sanft schüttelte. Da der Körper sich immer noch nicht regte, schien er sich im Klaren darüber zu werden, dass etwas nicht stimmte, und schnappte sich einen Stein, um ihr damit einen heftigen Schlag zu versetzen. Anna zog sich mit einem Satz zurück. Hoffte er etwa, sie wiederbeleben zu können? Der *erectus* bewegte sich geschäftig, drehte sich im Kreis und entdeckte schließlich eine Glasscherbe, die ihn zufriedenzustellen schien, dann kehrte er zu der Leiche zurück.

Anna wollte es erst nicht begreifen. Die Hände des Bärtigen bewegten sich aufgeregt. Schnitten ein Stück Fleisch ab. Die zehn anderen bildeten bald darauf einen Halbkreis. Sie drehte sich weg, um sich das furchterregende Schauspiel zu ersparen, aber es gab nichts, womit sie sich vor den Geräuschen hätte schützen können, denn sich die Hände auf die Ohren zu pressen reichte nicht aus, um das schreckliche Kauen und das lustvolle Brummen auszublenden. Es war unmöglich, es für irgendetwas anderes zu halten. Sie versuchte sich mit dem Anblick des Sees abzulenken, sich angenehme Dinge vorzustellen, doch die Bilder drängten sich unbarmherzig in ihren Kopf. Sie schloss die Augen.

Kannibalismus.

Sie hatte schon so viele blanke Knochen ausgegraben, von denen das Fleisch mit einem Werkzeug geschabt worden war, zertrümmerte und verkohlte Schädel, hatte schon so viele untrügliche Anzeichen für Anthropophagie an den prähistorischen Stätten gefunden … Im Grunde war nichts Erstaunliches daran, dass auch die *erectus* diese Praxis ausübten. Sie aßen ihre unglückliche Gefährtin auf, weil sie Hunger hatten, weil es absurd gewesen wäre, diese Energiequelle zu verschmähen, und schließlich, weil sie – vielleicht – glaubten, sich so ihre Kräfte anzueignen.

Eine Bewegung zwang sie dazu, die Augen wieder zu öffnen. Vor ihr stand Yann, stieß ein leises Brummen aus und streckte ihr die Hand entgegen. Zwischen seinen Fingern sah sie ein Stück Fleisch. Da sie nicht reagierte, führte er es näher an ihren Mund, so nah, dass sie den metallischen Geruch des Blutes wahrnehmen konnte.

»Na«, sagte sie und schüttelte heftig den Kopf.

Er blieb beharrlich, sie allerdings ebenfalls.

»Na!«

Offenbar machte Yann sich Sorgen um sie. Er hatte ihre friedlichen Absichten verstanden – vielleicht hatte er sich an ihre Besuche erinnert –, und diese Gabe war der Beweis dafür, dass die Gruppe sie akzeptierte. Allerdings stand es, ganz abgesehen vom Virus und dem Ansteckungsrisiko, vollkommen außer Frage, dass sie das da runterschluckte.

Mit enttäuschter Miene drehte er sich endlich wieder um und gesellte sich zu den anderen. Diesmal zwang Anna sich zu beobachten. Was nutzte es schon, die Realität zu ignorieren? Sie war Wissenschaftlerin, Paläontologin, und wenn sie ihnen wirklich helfen wollte, musste sie neutral und sachlich bleiben. Die *erectus* konnten so gierig essen, wie sie wollten, sie blieben weiter wachsam. Alle zehn Sekunden hielten sie inne, um die Schatten abzusuchen und auf das Rauschen des Windes in den Bäumen zu lauschen. *Wie gehetzte Tiere*, dachte sie. *Wer sind sie? Wer waren sie früher?*

Das junge *Erectus*-Weibchen war fast noch eine Jugendliche gewesen. Vielleicht war sie Studentin oder hatte gerade ihre erste Stelle in einem Start-up angetreten. Vielleicht war sie Sängerin oder Model. Oder einfach nur eine gewöhnliche junge Frau, die gern chillte, joggte, Klamotten kaufte oder sich Liebesfilme ansah. Und jetzt das … Und die anderen? Waren es Geschäftsleute? Gelassene Großväter oder Familienväter, die vermisst wurden? Welche Geschichten verbargen sich hinter diesen beschränkten Schädeln, den muskulösen Körpern und dieser Grausamkeit, die sie dazu trieb, sich gegenseitig aufzufressen? Sie kannte nur Yann, den alten Yann, diesen Mann, der seinem Leben einen Sinn geben wollte. Einmal hatte er behauptet, dass diejenigen, die den Tod fürchteten, nicht die waren, die ein gutes Leben geführt hatten. »Verstehst du, Anna, es ist ein Paradox, je besser dir dein Leben gelingt, desto eher kannst du auch akzeptieren, dass es zu Ende geht. Du klammerst dich nur daran, wenn du irgendetwas bedauerst.«

Sie fragte sich, ob er im Moment überhaupt irgendetwas bedauern konnte.

Sobald sie ihre Mahlzeit beendet hatten, entfernten sich die *erectus* von dem Kadaver – oder vielmehr von dem, was davon übrig war – und rollten sich aneinandergeschmiegt auf einem Lager aus Laub zusammen.

Anna zog ihren Laubhaufen an den gähnenden Höhleneingang, der sich zum See hin öffnete. Es war zwar kalt, aber hier hatte sich der Blutgeruch so gut wie verzogen.

Sie musste irgendwo eine Zuflucht für sie finden, sonst würde man die *erectus* abschlachten. Sie an einen sicheren Ort bringen, dabei die Barrikaden meiden und nicht die Aufmerksamkeit der Zivilbevölkerung auf sich ziehen. Aber wohin? Und wie sollte sie es schaffen? Anscheinend sank die Wachsamkeit der Menschen in den Stunden vor dem Sonnenaufgang. Das wäre also der geeignete Zeitpunkt zum Aufbruch, wenn sie eine Chance haben wollten, aus dem Park zu schlüpfen und das Pariser Stadtzentrum zu erreichen. Die Umrisse eines Plans begannen Gestalt anzunehmen.

Erschöpft schloss sie die Augen, aber irgendetwas hinderte sie am Einschlafen, sie hatte etwas vergessen … den Wecker.

Sie richtete sich noch einmal auf und stellte die Uhrzeit ein, dann wischte sie, ergriffen von einer schmerzlichen Nostalgie, mechanisch durch die Fotos ihres früheren Lebens. Yann und sie lachten, küssten sich, schnitten Grimassen – und auf ihrem Lieblingsfoto posierten sie in Badeanzug und -hose auf dem Deck eines ozeanografischen Forschungsschiffs mitten auf dem Pazifik. Sie sahen so glücklich aus … Yann wurde von der untergehenden Sonne angestrahlt und kniff schelmisch die Augen zusammen. Es war derselbe Mann – wenigstens beinahe –, der ihr gerade ein Stück Menschenfleisch angeboten hatte …

»An… na …«

An ihrer Schulter hatte der *erectus* zwei unmissverständliche Silben gesprochen. Mit klopfendem Herzen erbleichte sie. »Erinnerst du dich? Sag es noch einmal.«

»An… na.«

»Genau, Liebster. Und schau, das da bist du … Erinnerst du dich an deinen Namen? Sag ihn. Yann.«

Er wiederholte: »An … na«, ohne dem Bild auch nur die geringste Beachtung zu schenken. Sie wischte weiter durch die Bilder, zeigte ihm andere. Alle Fotos, auf denen sie aus der Nähe zu sehen war, schienen seine Aufmerksamkeit zu erregen, aber bei seinem eigenen Gesicht, sei es ernst oder verliebt, tat sich gar nichts.

Unvermittelt wandte er sich ab und gähnte, bevor er sich zu ihren Füßen auf dem Boden ausstreckte. Dabei berührte er wie zufällig mit seiner Hand ihren Knöchel. Beinahe hätte Anna losgeschluchzt, wisperte aber sanft: »Du hast recht, ruh dich aus. Wir haben einen langen Weg vor uns.«

Dann legte auch sie sich hin, nah genug bei ihm, um seine Wärme zu spüren, das Gewicht seiner Hand. Sie trug sein Kind in sich, und er wusste nichts davon. Er wusste nichts mehr von ihrer Vergangenheit, von der Liebe, die sie verband, von der Geschichte, die sie einzigartig machte. Inzwischen wusste sie, dass dieses Unvermögen, sich zu erinnern, einen unüberwindlichen Graben zwischen ihnen aufriss, und diese Erkenntnis machte sie unsagbar traurig. Yann hatte ihren Namen ausgesprochen, aber sie verstand nun, dass sich seine Erinnerung auf das »Danach« bezog. Nach seiner Verwandlung. Die Anna, die er einmal gekannt hatte, war für ihn gestorben.

Plötzlich musste sie an ihr hitziges Wortgefecht mit Stephen Gordon denken. Sie musste erst in diese Grotte kommen, um zu begreifen, was er ihr zu erklären versucht hatte: Menschen und *erectus* konnten zusammenleben, solange sie wollten, die modernen Menschen würden ihre Vorfahren immer als eine von ihnen vollständig verschiedene Art betrachten. Und umgekehrt stimmte das genauso. Letztendlich würde es niemandem gelingen, auch nicht mit sämtlichem guten Willen der Welt, in irgendeinem der Clans die Einsicht zu wecken, dass sie demselben Ast am Stammbaum der Evolution angehörten.

Sie strich sich über den Bauch und sah ein, dass das Kind, das in ihr heranwuchs, niemals seinen Vater kennenlernen würde. Sie glaubte, winzige Bewegungen wahrzunehmen. Seit einigen Wochen spürte sie die Regungen des Kindes. Und eine unendliche Traurigkeit.

Schließlich dämmerte sie weg, bis eine Bewegung sie wieder aufweckte. Einer der *erectus* war aufgestanden, hatte sich vor der Treppe aufgebaut und nahm Witterung auf. Im hellen Mondlicht erkannte sie den Bärtigen. Er stieß ein lautes Brummen aus, um die Gruppe zu warnen.

Yann richtete sich umgehend auf und fragte: »Tikak?«

»Tikak«, bestätigte sein Gegenüber.

Flüsternd mischte sie sich ein, auch wenn sie es für wenig wahrscheinlich hielt, dass mitten in der Nacht ein Kommando nach ihnen ausrückte.

»Ihr könnt nicht hierbleiben. Wir müssen verschwinden. Es ist zu gefährlich. Ich kenne einen Ort, an dem ihr in Sicherheit seid. Ihr müsst mir folgen.«

Sie wusste, dass ihre Worte ins Leere liefen, aber sie hoffte darauf, dass die Dringlichkeit in ihrer Stimme genügen würde, sie zu überzeugen. Der Rest der Gruppe erhob sich nun ebenfalls, sie betrachteten sie alle unruhig und sahen dann fragend zu dem Bärtigen. Dieser zeigte auf den Ausgang und stieß ein zustimmendes Brummen aus. Anna blickte auf die Uhr. Es war 1 Uhr morgens. Sie hob ihren Rucksack auf. Inzwischen war sie sicher, dass ihr Plan funktionieren würde.

Sie wusste, wie sie die *erectus* retten konnte. Nicht nur Yann und seine Gruppe, sondern auch alle anderen, ihre Artgenossen.

Wegen der tausend Vorsichtsmaßnahmen, die sie ergreifen mussten, brauchten sie zwei Stunden bis zur Porte de Charenton, nachdem sie den Jahrmarkt der Foire du Trône durchquert hatten.

Im Zentrum von Paris angekommen, mussten sie ihre Wachsamkeit verdoppeln, um mit der Finsternis zu verschmelzen und jeden Lichtflecken zu vermeiden. Ein aufmerksamer Beobachter hätte allenfalls ein paar Schatten erkennen können, die sich entlang der Häuserfassaden drückten. Dank ihrer geschärften Sinne schienen die *erectus* eine Gefahr deutlich vor Anna wahrzunehmen. Sie hatten ihr die Vorhut überlassen, gehorchten aber nur den Anweisungen Yanns oder des Bärtigen. Hinter geparkte Autos, in Hauseingänge oder in dunkle Gassen geduckt, warteten sie auf ihr Zeichen, zum nächsten Unterschlupf zu laufen. Yann war der Einzige, der sich nicht um die Anweisungen des Anführers scherte und darauf achtete, den Anschluss zu ihr nicht zu verlieren.

Als sie an den Bahngleisen ankamen, brachte der Bärtige unversehens seinen Widerspruch zum Ausdruck. Ganz offensichtlich wollte er kehrtmachen und Richtung Osten weitergehen, wo Bäume ihnen Schutz boten. Er wusste nicht, dass der Baumbestand sich nur über wenige Kilometer erstreckte und dann der Banlieue Platz machte. Wenn sie einmal dort angekommen wären, könnte Anna nichts mehr für sie tun. Um ihm das verständlich zu machen, wiederholte sie immer wieder »Tikaks«, was ihren Eifer etwas abzukühlen schien. Von diesem Beginn eines Dialogs ermutigt, zeigte sie Richtung Südwesten und sprach deutlich die Silben: »Na Tikak, na Tikak« aus.

Zu ihrem großen Erstaunen senkte der *erectus* als Zeichen seines Einverständnisses den Kopf.

Sie durchquerten noch einige verlassene Straßen, begleitet vom Krächzen der Archäopteryxe, die sie bei der Jagd aufstörten, und gelangten an einen Zaun, hinter dem die Gleise verliefen. Als Anna sich wieder umdrehte, um sie zum Weitergehen zu ermuntern, stieß sie auf eine Mauer aus Widerwillen. Diesmal brachten sie alle ihre Weigerung zum Ausdruck, und ihr wurde bewusst, wie naiv sie gewesen war. *Zäune sind natürlich etwas, was sie verabscheuen. Für sie sind sie gleichbedeutend mit Gefangenschaft und Schikanen.*

Sie breitete die Arme aus, vollführte dieselbe Geste, mit der sie sie schon einmal umgestimmt hatte, lächelte und zeigte auf die Gleise: »Doch, wir müssen da rüber!«

Erstaunlicherweise ließ sich der Bärtige diesmal am schnellsten überzeugen. Und das genügte, um alle weitertraben zu lassen. Glücklicherweise stießen sie beinahe umgehend auf eine

Lücke im Zaun und zwängten sich hindurch. Jetzt mussten sie nur noch die Gleise überqueren.

Vierhundert Meter weiter erreichten sie die Seine, nicht weit vom Pont de Tolbiac entfernt. Die Beleuchtung war schon ohne die Scheinwerfer der Autos zu hell, die trotz der späten Stunde noch unterwegs waren. Hier kämen sie niemals unbemerkt durch. Es reichte ein einziger nächtlicher Spaziergänger, ein Taxi, das nach Kundschaft Ausschau hielt, irgendwer, und es würde Alarm geschlagen. Sie hatten jedoch keine Wahl. Wenn sie erst einmal auf der anderen Seite wären, wären sie schon fast aus dem Schneider, denn danach war der Weg weniger riskant. Sie müssten nur noch an der gepflasterten Uferpromenade entlanggehen, bis sie ihr Ziel erreicht hätten.

Als sie gerade schon aufgeben wollte, stieg Yann die Treppe hinunter, kauerte sich an den Rand des Kais und beobachtete das dunkle Wasser, das unter ihm vorbeiströmte.

Sie folgte ihm und flüsterte ihm in bestimmtem Tonfall zu: »Nein, das ist viel zu gefährlich.«

Er hörte nicht auf sie, beugte sich weiter hinab, als wollte er am Fluss schnuppern.

»Das ist unmöglich«, beharrte sie. »Du kannst doch bestimmt nicht schwimmen …«

Doch Yann beachtete sie gar nicht mehr. Ganz von seiner Idee eingenommen, trat er auf einen Landesteg, ließ sich ins Wasser gleiten und bestätigte Annas Befürchtungen: Im Hundekraul planschte er sich unbeholfen durch die Fluten. Schließlich kompensierte er seinen Mangel an schwimmerischer Fähigkeit mit purer Muskelkraft, und es gelang ihm, sich über Wasser zu halten und sich gegen die schwache Strömung zu behaupten. Falls ihm kalt war, ließ er es sich nicht anmerken. Auf diese Weise schaffte er ungefähr zehn Meter, bevor er abtrieb.

»Komm bitte wieder zurück. Na!«

Aber Yann entfernte sich immer weiter und war sich der Gefahr, in der er schwebte, offenbar gar nicht bewusst.

»Verdammte Scheiße!«, rief Anna fassungslos, als sie ihn im Halbdunkel verschwinden sah.

Der Rest des Clans hatte sich inzwischen auf dem Anleger versammelt. Sie betrachteten ebenfalls die dunklen Fluten, allerdings misstrauisch, als ob der Fluss lebendig wäre und sie verschlingen könnte. Doch als der Bärtige ins Wasser stieg, folgten ihm die anderen, ohne zu murren. Ganz offenbar hatten sie keinerlei Bedürfnis, sich von der Gruppe zu isolieren.

Anna eilte über die Brücke, um am anderen Ufer auf sie zu warten. Als sie sie für einen kurzen Augenblick nirgends entdeckte, war sie überzeugt, sie wären ertrunken. Doch dann ließ ein Laut flussabwärts sie aufschrecken, und sie sah, wie ihr langes schwarzes Haar auf der Wasseroberfläche trieb. Erneut sprintete sie los, um auf ihre Höhe zu gelangen. Yann war bereits wieder ans Ufer geklettert, und vor Erleichterung hätte sie beinahe aufgelacht. Völlig erschöpft hatte er sich zu Boden fallen lassen und zitterte heftig. Als sie ihm mit dem Pulli, den sie zum Wechseln dabeihatte, über den Rücken rieb, ließ er sich das gefallen.

Allerdings richtete er sich bald wieder auf und knurrte klagend in die Dunkelheit. Da bemerkte Anna, dass der Bärtige auf den Ruf nicht antwortete. Das schien Yann völlig aus der Fassung zu bringen, und er tigerte auf einer Länge von zehn Metern entlang des Ufers auf und ab. Dabei schnupperte er immer wieder in Richtung des Flusses, lauerte auf irgendeinen vertrauten Geruch.

Anna folgte ihm und hoffte, im Wasser irgendeine lebendige Gestalt zu erkennen, dann packte sie ihn am Arm. »Na. Es ist vorbei. Dein Freund kommt nicht mehr. Verstehst du mich?«

Er warf noch einen letzten bestürzten Blick auf den Fluss und eilte dann wieder zum Rest der Gruppe zurück. Eigentlich hätte ihn der Verlust eines Bruders todtraurig machen müssen, doch die Notwendigkeit der Flucht behielt über alles die Oberhand. Anna wusste nicht, ob sie sich darüber freuen sollte. War es ein Mangel an Mitgefühl wie bei der Frau, die sie verspeist hatten, oder eine Art Schicksalsergebenheit angesichts des Unvermeidlichen? Was wusste er schon von Verlust? Die ältesten Gräber waren nicht älter als hunderttausend Jahre. Hieß das, dass die *erectus* die Bedeutung des Todes nicht verstanden?

Wie auch immer die Wahrheit lautete, Yann schien seinen ehemaligen Leidensgenossen bereits vergessen zu haben. Er spähte um sich und konnte es anscheinend nicht erwarten weiterzugehen.

Die Fassade des Naturkundemuseums färbte sich im Licht des frühen Morgens rosa. Anna blickte auf die Uhr: 6.30. Sie hätte nicht gedacht, dass sie so lange für die paar Kilometer brauchen würden, doch jetzt waren sie angekommen, und sie konnte wieder freier atmen.

Sie führte die Gruppe zur Ostseite des Gebäudes, wo sich ein dem wissenschaftlichen Personal vorbehaltener, gesicherter Eingang befand. Glücklicherweise hatte sie ihre Magnetkarte bei sich, die Macht der Gewohnheit.

An der Tür zögerten Yann und seine Gefährten. Bis hierher waren sie ihr blind gefolgt, aber ganz offenbar machte ihnen nun irgendetwas Angst, und sie starrten furchtsam in den dunklen Gang. *Als ob sie befürchten, wieder eingesperrt zu werden.*

Trotz der Dringlichkeit stimmte sie in ruhigem Ton einen sanften Singsang an. »Hier seid ihr in Sicherheit, das verspreche ich euch. Kommt mit, ich gehe vor, hier lauert keine Gefahr, überhaupt keine. Ich beschütze euch.«

Sie ergriff Yanns Hand, der keinen Widerstand leistete. Daraufhin folgten auch die anderen.

Die Markierungen der Notausgänge spendeten ausreichend Licht, damit sie sich leicht zurechtfanden. Sie durchquerten den Saal mit der Fauna der Savanne und bogen dann gleich hinter dem Elefanten mit dem hängenden Rüssel in den Sicherheitsraum ab, aus dem elektrisches Licht strömte.

Anna stellte sich in den Türrahmen und grüßte leise den Wachmann, der halb eingedöst war. Der Mann schrak hoch, es war ihm peinlich, in dieser Stellung überrascht worden zu sein.

»Großer Gott, Madame Meunier, haben Sie mir einen Schreck eingejagt! Sie sind früh dran.«

»Hubert, ich brauche Ihre Hilfe.«

»Gibt es ein Problem?«

»Ja, ein ziemlich großes sogar.«

Sie trat beiseite, sodass er Yann sehen konnte.

Der Wachmann wurde leichenblass.

IX

Angriff

1

Sobald Gordon die Neuigkeit erfahren hatte, war er in ein Flugzeug gesprungen.

Vor dem Naturkundemuseum in Paris rief er Marc Antonetti in der Einsatzzentrale an. Dieser empfing ihn eigenartigerweise in einem Kampfanzug. Als medizinisch Verantwortlicher für die Internierungslager, in denen die *erectus* untergebracht waren, gehörte der General natürlich zum Krisenstab, der den Angriff koordinieren sollte, aber es bestand kaum ein Risiko, dass er aufs Schlachtfeld musste, bevor alles gesichert worden war.

Wie um das Paradox hervorzuheben, stand neben ihm ein kleiner, pomadisierter Mann mit grauer Fliege. Stephen musste trotz der angespannten Atmosphäre lächeln.

»Nicolas, ich bin froh, Sie trotz der tragischen Umstände hier zu sehen.«

Antonetti kürzte die Wiedersehensfreude zwischen Stephen und dem Museumsdirektor Barenski unverzüglich ab. Es störte ihn schon genug, dass sich die beiden Männer kannten und schätzten. Ganz abgesehen davon, dass er überzeugt war, die Paläontologin hätte sich ohne Gordon nie in solch einen Schlamassel verirrt.

»Was willst du hier, Stephen?«

»Ich mache mir Sorgen um Anna.«

»Das hättest du auch von New York aus tun können, wir haben die Angelegenheit unter Kontrolle.«

»Genau das befürchte ich.«

Stephen tat so, als würde er scherzen, aber die Botschaft war glasklar.

Marc erwiderte mit schlecht versteckter Bissigkeit: »Immer in der Defensive, hm?«

»Das wäre ich sicher seltener, wenn die *erectus* von Vincennes nicht massakriert worden wären. Eure Erfolge laufen in Dauerschleife auf allen Sendern weltweit.«

»Na und?«

»Na, ihr könntet genauso gut alle für vogelfrei erklären. Ihr seid keine Miliz und auch keine Gruppe von Aktivisten. Die französische Armee hat nichts anderes getan, als Individuen zu verurteilen, deren einziges Verbrechen darin bestand, ihre Freiheit zurückzuwollen.«

»Und was machst du mit den Toten? Den infizierten Soldaten? Den Zivilisten? Willst du die Liste?«

»All das wäre doch nie passiert, wenn man sich gleich für menschlichere Maßnahmen entschieden hätte.«

»Natürlich. Und du rettest dann die Welt.«

»Meine Herren ...«

Der Museumsdirektor versuchte vergeblich, sich Gehör zu verschaffen; die beiden Männer waren allerdings viel zu wütend, um ihn anzuhören.

Der General schloss verstimmt: »Lass mich dir eine Sache sagen, die nichts mit irgendeiner Hypothese zu tun hat, sondern mit gesichertem Wissen. Durch unsere Maßnahmen haben wir ein Wiederaufflammen der Epidemie verhindert.«

»Indem ihr ein Massaker veranstaltet habt«, hielt Stephen dagegen.

»Wenn du gekommen bist, um die Politik der UNO infrage zu stellen, kannst du gleich wieder umkehren und dich bei ihnen beklagen. Tran-Nhut scheint ein offenes Ohr für dich zu haben.«

»Hör zu, Anna Meunier hat der WHO beim Umgang mit der Epidemie unschätzbare Dienste erwiesen. Ich stehe ihr gegenüber in der Schuld. Das ist der einzige Grund für meine Anwesenheit.«

»An deiner Stelle würde ich mich tatsächlich auch schlecht fühlen.«

Der Engländer wandte sich an Barenski, sowohl um die Diskussion abzukürzen als auch aus Neugier. »Wie hat Anna die Zugänge versperren können?«

»Sie hat den Nachtwächter gezwungen, sämtliche Automatiktüren zu verriegeln, dann hat sie ihn fortgeschickt. Der arme Mann ist ziemlich durch den Wind. Ach, und außerdem hat sie noch damit gedroht, dass sie sich an der Sammlung vergreifen würde, falls jemand versuchen sollte, sich gewaltsam Zutritt zu verschaffen.«

»Wie viele *erectus* sind bei ihr?«

»Nach Aussage des Wachmanns sind es vier«, mischte Antonetti sich ein. »Wir können unmöglich sagen, ob ihr Ex-Freund unter ihnen ist, aber anzunehmen ist es wohl.«

Stephen dachte kurz nach, bevor er seinem ersten spontanen Einfall Ausdruck verlieh. »Sie will einfach nur sichergehen, dass ihm kein Leid geschieht. Sie hat ihn hergebracht, um ihn zu schützen.«

»Es fällt mir ziemlich schwer, zu glauben, dass eine so intelligente Frau auch nur eine Sekunde lang denkt, sich den Streitkräften entgegenstellen zu können.«

»Sie liebt diesen Lebel einfach, und ihre emotionale Bindung beeinträchtigt ihr Urteilsvermögen. Ich habe versucht, sie zu warnen.«

»Na ja, anscheinend bist du nicht allzu überzeugend gewesen.«

»General?« Nicolas Barenski wirkte ausgelaugt. Er hatte gehört, dass sich der Zeitpunkt für den Sturm des Museums näherte, und die Vorstellung, dass seine wertvolle Sammlung wegen solch einer Kriegstreiberei beschädigt werden könnte, machte ihn fassungslos. Kurz hatte er gehofft, dass Gordon ihn zur Vernunft bringen könnte, doch der fachte seine Wut ganz im Gegenteil nur noch mehr an. »Ich bitte Sie«, fuhr der Direktor also unter Antonettis Blicken fort, »in diesem Museum lagern nicht zu ersetzende Schätze. Ich kann nicht zulassen, dass die Armee sie in Gefahr bringt.«

»Monsieur Barenski, ganz ehrlich, Ihre Fossilien haben für mich keine Priorität. Dort drin sind vier *erectus*, die jederzeit ausbrechen und irgendwen beißen können.«

Ein Offizier trat zu ihnen, und Stephen bemerkte, dass die Waffe, die er bei sich trug, kein Betäubungsgewehr, sondern eine Maschinenpistole war. Sie hatten also vor, die Flüchtigen zu erschießen. Warum? Um zu verhindern, dass sich so etwas wiederholte?

»Der Elektriker ist da, Herr General.«

»Sagen Sie ihm, dass sichergestellt werden muss, dass kein einziges Licht mehr funktioniert.«

Als der Soldat wieder fort war, versuchte Stephen, Marcs Entscheidung abzumildern. Dazu war er bereit, ihre alte Vertrautheit zu nutzen. »Für wann hast du den Sturm vorgesehen?«

»Sobald es vollständig dunkel geworden ist. Die Eingreiftruppe wird dann mit Nachtsichtgeräten ins Gebäude vordringen.«

»Hast du denn überhaupt versucht, mit Anna in Kontakt zu treten? Das alles ergibt doch keinen Sinn. Sie schließt sich um halb sieben zusammen mit den *erectus* im Museum ein, und dann was? Kein Gespräch? Keine Forderungen? Ende des Plans? Das sieht ihr nicht ähnlich.«

Verärgert brauste Antonetti erneut auf. »Natürlich wollte sie mit uns sprechen, aber sie ist verrückt. Was sie sagte, hatte weder Hand noch Fuß, sie hat über den Sicherheitsrat gesprochen, über Völkermord, über Schutzgebiete ... Das war alles völlig surreal, also habe ich das Gespräch einfach abgebrochen.«

»Lass mich doch versuchen, sie wieder zur Vernunft zu bringen, Marc.«

»Du kannst mir nicht erzählen, dass du es nicht schon versucht hast.«

»Wenn ich sie anrufe, lande ich direkt auf der Mailbox. Gib mir eine Chance, danach halte ich mich raus. Du wirst keinen Mucks mehr von mir hören.«

»Kommt nicht infrage.«

»Was hast du schlimmstenfalls zu verlieren? Gar nichts. Und wenn es funktioniert, erntest du die gesamte Anerkennung, denk doch mal nach.«

»Du hast zehn Minuten, Stephen, keine Sekunde länger.«

Im Sicherheitsraum, in dem sie sich verschanzt hatten, trog Yanns Lachen. Hin- und hergerissen zwischen Nervosität und Furcht befand sich der *erectus* fest im Griff widerstreitender Emotionen. Bald zuckte er zusammen, im nächsten Moment bekam er einen Wutanfall und verspürte Lust zu beißen und gegen die Tikaks zu kämpfen. Hinter den glatten Steinen konnte er sie hören. Die Frau mit der hellen Stimme ebenfalls, allerdings wirkte sie friedlich.

Anna entschloss sich zu warten. Dank der Bildschirme der Videoüberwachung konnte sie das ganze Gebäude im Blick behalten. Es war besser, hierzubleiben, auch wenn das Unwohlsein von Stunde zu Stunde zunahm.

Yann lauerte mit bebenden Nüstern neben der Tür, als könnte er den unsichtbaren Feind riechen.

Mehrfach hatte Anna ihn zu beruhigen versucht, wie man es bei einem Tier macht, mit Streicheln und gutem Zureden. Beim letzten Mal hatte er ihre Hand heftig weggestoßen. Diese Feindseligkeit schockierte sie keineswegs, da sie wusste, dass sie unter diesen Bedingungen nicht allzu lange durchhalten würden.

Auf einem der Bildschirme im Wachraum strahlte ein Fernsehsender immer wieder die Nachrichten aus aller Welt aus. Ihre Flucht ins Museum war die Topmeldung. Die Übertragungswagen standen fünfhundert Meter entfernt hinter den Absperrungen, die einen Sicherheitsbereich markierten. Die Journalisten redeten ununterbrochen in sämtlichen Sprachen.

Anna wunderte sich, dass sie überhaupt keine Angst hatte. Indem sie in den Bois de Vincennes gegangen war, hatte sie ihre Entscheidung gefällt, und nichts würde sie nun mehr umstimmen. Auch wenn sie dabei die Letzte auf der Welt war, war sie entschlossen, Yann zu beschützen und den *erectus* auf die eine oder andere Weise eine Stimme zu geben. Die Konsequenzen waren nachrangig. Wenn Barenski sie deshalb feuerte, egal. Wenn sie dafür ins Gefängnis wandern musste, war sie dazu bereit. Schlussendlich hätte ihr guter Ruf nicht allzu lange angehalten, dachte sie leicht amüsiert. Jetzt konnten sie sie wieder an den Pranger stellen, sie eine Verrückte oder eine Spinnerin nennen … Es war ihr egal, sie würde um das Überleben dieser eigenartigen Wesen kämpfen, für diesen Teil der *menschlichen* Spezies.

Neben der Tastatur lag das Walkie-Talkie des Wachmanns und begann plötzlich zu rauschen. Yann sah es mit gerunzelter Stirn an, denn er fürchtete den Zorn der Zweibeiner. Helle Stimme schnappte sich das Ding, und er stellte sich wieder in den Türrahmen.

»Anna, können Sie mich hören?«

Die Kommunikation war nicht störungsfrei, die Stimme, die aus dem Gerät drang, klang abgehackt, aber sie erkannte sie ohne Schwierigkeiten. Sie zögerte einen Augenblick, dann betätigte sie ihrerseits das Walkie-Talkie.

»Sind Sie das, Stephen?«

»Ja, ich bin bei den Soldaten.«

»Sie sind extra aus New York hergekommen? Ich fühle mich geschmeichelt.«

»Die Truppen haben das Gebäude umstellt.«

»Ich weiß, aber ich bewege mich hier nicht weg, bevor ich keine Garantie bekommen habe, dass den *erectus* kein Haar gekrümmt wird.«

»Ich habe nicht viel Zeit. Zehn Minuten. Danach kann nichts, was ich sage, noch irgendwas ändern. Ich flehe Sie an, ergeben Sie sich. Antonetti bereitet sich auf den Sturm des Gebäudes vor. Ihm ist Ihr Erpressungsversuch egal.«

»Ich habe mir schon gedacht, dass es nicht funktionieren würde … Aber so habe ich immerhin ein paar Stunden gewonnen.«

»Anna, noch ist Zeit, es sich anders zu überlegen.«

»Wenn ich mich ergebe, töten sie Yann.«

»Ihr …«

»Mein was?« Anna spürte sehr wohl, dass der Engländer nicht genau wusste, wie er ihn nennen sollte.

»Ihr Freund ist bereits verurteilt, das wissen Sie. Sie können nichts mehr für ihn tun.«

»Wenn Sie aufgeben wollen, ist das Ihr Problem. Aber es geht nicht nur um mich und meinen Gefährten, sondern um alle Menschen, die das Virus infiziert hat. *Erectus*, Hominiden, Affenmenschen, es kommt nicht darauf an, wie man sie nennt, sie haben genau das gleiche Recht auf Leben wie wir.«

»Anna, wissen Sie Bescheid, dass Andrej Akulow eine Rede gehalten hat?«

»Und die Kranken einschläfern lassen will, das habe ich gehört. Dieser Typ ist völlig irre.«

»Nach den Ereignissen von Vincennes wird er seine Vorschläge wohl leicht durchbringen können. Es ist nur noch eine Frage von Tagen, vielleicht sogar von Stunden. Anna, Ihre Hartnäckigkeit ehrt Sie, aber Sie können nicht allein gegen alle über das Schicksal einer ganzen Spezies entscheiden. Die Menschen haben Angst. Und solange es eine Ansteckungsgefahr gibt, müssen wir diese Angst berücksichtigen.«

»Die Virostatika kommen schon bald auf den Markt.«

»Solange das Risiko noch besteht, wird man auf Leute wie Akulow hören, und weder Sie noch ich können irgendetwas dagegen ausrichten. Das ist ein Naturgesetz. Der Mensch wird von seinen Ängsten regiert.«

»Es gibt noch eine andere Lösung.«

Der Engländer fuhr mit derselben Eindringlichkeit fort. Panik ergriff von ihm Besitz, er hätte sie so furchtbar gern aus dieser Klemme befreit.

»Rudern Sie zurück. Ich rede mit Barenski, Sie nehmen Ihre Ausgrabungstätigkeit wieder auf und werden zur unumstrittenen Expertin in Bezug auf das Kruger-Virus. Es gibt immer noch viele ungelöste Fragen. Erinnern Sie sich daran, als Sie mir erzählt haben, dass das Regressionsphänomen im Abstand von Dutzenden von Millionen Jahren auf der Erde aufgetreten ist? Ich habe noch einmal darüber nachgedacht. Wenn Futurabio den Tintenfisch aus der Tiefsee heraufgeholt hat, dann schlummert das Virus vielleicht auf dem Meeresgrund. Das würde auch erklären, warum es so lange inaktiv geblieben ist. Es gibt so viele Dinge, um die Sie sich kümmern müssen, Anna …«

»Sie verschwenden Ihre Zeit. Die Theorie ist, verglichen mit dem Überleben der *erectus*, nachrangig.«

»Sie sind verdammt betonköpfig!«

»Das kommt wohl daher, dass ich so oft gegen die Wand gelaufen bin«, scherzte die junge Frau, und er konnte nicht umhin, sich dabei ihr lachendes Gesicht vorzustellen.

Er fuhr mit all der Überzeugungskraft fort, die er aufbringen konnte. »Wenn Sie sich weigern, kann ich nichts mehr für Sie tun, gar nichts.«

»Lassen Sie doch die Melodramatik, Stephen. Ich habe Ihnen gerade gesagt, dass es eine andere Lösung gibt als den systematischen Völkermord, und ich verrammle mich hier so lange, bis diese Option vor dem Sicherheitsrat diskutiert worden ist. Wollen Sie mir zuhören, ja oder nein?«

»Wir haben nur noch zwei Minuten. Wenn Sie immer noch der Vorstellung anhängen, die *erectus* erziehen zu können, dann hat das keinen …«

»Darum geht es nicht. Durch ihre Gesellschaft habe ich immerhin etwas gelernt: Mit uns zusammen werden sie nie glücklich werden. Dafür sind sie zu wild.«

»Ich freue mich zu hören, dass Sie wieder Vernunft angenommen haben …«

»Hören Sie auf, Gordon, Sie müssen mir jetzt wirklich eine Minute zuhören, ohne mich zu unterbrechen, einverstanden?«

Anna hatte ihre Worte sorgfältig überdacht. Antonetti hatte sie heute Morgen nicht ernst genommen, aber Stephen vertraute sie, sie hatte ihn vor der UNO erlebt. Er war ihre letzte Chance.

»Wir müssen Schutzzonen bilden. Weitläufige Gebiete, wo die *erectus* frei und getrennt von den Menschen leben können.«

Am anderen Ende der Leitung versagte Stephen beinahe die Stimme. »Schutzzonen? Das ist Ihre Idee? Sie wollen Ansteckungsherde von der Größe eines Kleinstaates schaffen? Wenn man ein Feuer löschen will, dann verteilt man die Glut, oder?«

»Tatsächlich ist es theoretisch Wahnsinn, ein Virus in der Natur isolieren zu wollen, aber in Ihrer Überlegung steckt ein Fehler.«

»Anna, wir haben wirklich keine Zeit für Ratespielchen.«

»Die *erectus* sind steril, Stephen.«

»Was sagen Sie da?«

»Sie haben mich sehr genau verstanden, die *erectus* sind ebenso steril wie sämtliche Tiere und Pflanzen, die das Virus befallen hat. Davon bin ich überzeugt. Sobald er infiziert ist, verliert ein Organismus die Fähigkeit, sich fortzupflanzen. Daher ist die Zahl der regressiven Fossilien, die wir gefunden haben, auch so gering. Sie hatten keine Nachkommenschaft. Ansonsten hätte man Spuren von ihnen auch in jüngeren Gesteinsschichten finden müssen. Sobald sie entstanden sind, waren diese Dinosaurier sofort dazu verdammt, wieder zu verschwinden. Ihr Erbe konnte sich nur vermehren, solange sie am Leben waren, durch Ansteckung. Die früheren Epidemien sind also ganz einfach von selbst erloschen, weil gewisse Verbreitungswege – zum Beispiel durch Schiffe oder Flugzeug – noch nicht erfunden waren.«

Stephen nahm sich die Zeit, als Erste Margaret Christie zu informieren, dann rief er Linn Visnar an, um ihr die großartige Intuition der Paläontologin mitzuteilen. Die Biologin hielt die Theorie für fabelhaft, wenn auch ein bisschen steil. Die Abwesenheit einer fossilen Nachkommenschaft hätte sich nämlich auch anders erklären lassen, zum Beispiel durch eine Klimakatastrophe oder ein Erdbeben. Allerdings musste sie einräumen, dass es wenig wahrscheinlich war, dass sich solche Ereignisse in jeder der regressiven Perioden identisch wiederholt hatten. Um die Hypothese zu bestätigen oder zu widerlegen, würde sie sofort eine Testreihe an prähistorischen Ratten starten.

Marc Antonetti sprach sich derweil beim Museum noch immer für den Sturm desselben aus. Seiner Meinung nach rechtfertigten die von den Geflohenen zerstörten Leben ein robustes Vorgehen. Die Männer, welche die Aktion durchführten, sollten jedoch keinerlei Risiko eingehen. In der Militärsprache bedeutete das: auf die *erectus* schießen, sobald man sie sah. Doch er war an seine Befehle gebunden und schluckte seinen Ärger runter, während er darauf wartete, dass das neue Hindernis aus dem Weg geräumt wurde.

Kaum eine Stunde nach seinem Telefonat mit Linn Visnar erhielt Stephen einen weiteren Anruf von Margaret Christie. Ihre Aufregung war spürbar, und zum ersten Mal seit dem Ausbruch der Epidemie schien seine Chefin bester Laune zu sein.

»Mein Lieber, halten Sie sich fest: Andrej Akulow ist bereit, seine Position noch einmal zu überdenken, wenn ihm rasch Beweise für die Sterilität der Prähistorischen vorgelegt werden. Ich glaube, diesmal haben wir es geschafft! Die Hypothese Ihres Schützlings ändert die Lage vollständig. Ich werde kein Auge zutun, bevor ich nichts von Linn gehört habe.«

Dieses Einlenken Akulows verblüffte ihn zwar, doch Stephen fühlte sich innerlich noch nicht dazu bereit, sich zu freuen oder über die Zukunft zu spekulieren. Er erwiderte müde: »Ausgezeichnet, Margaret. Was Paris betrifft, so sind die Nachrichten leider weniger erfreulich. Ich habe versucht, Antonetti davon zu überzeugen, Betäubungspfeile einzusetzen, aber er hört nicht auf mich.«

»Sie sind doch alte Freunde?«

»Unsere Freundschaft ist leider schon seit Langem verknöchert. Aber Spaß beiseite, ich mache mir Sorgen um Anna. Ich möchte nicht, dass sie eine Kugel erwischt.«

»Wann soll der Sturm des Museums stattfinden?«

»In etwa zwei Stunden.«

»Wenn wir bis dahin den Beweis dafür hätten, dass die *erectus* steril sind, glauben Sie, er würde seine Meinung ändern?«

»Vielleicht.«

»Also beten wir, dass Linn uns so schnell wie möglich zurückruft.«

Da am anderen Ende der Leitung Schweigen herrschte, fügte sie sanft hinzu: »Kann ich Ihnen irgendwie behilflich sein, Stephen? Ich weiß, dass ich Ihnen viel abverlangt habe, und Sie können mir glauben, ich weiß, welchen Preis Sie dafür gezahlt haben.«

»Danke, Margaret. Ich glaube, ich muss einfach nur die Stimme meiner Tochter hören …«

»In Ordnung. Wenn Sie sonst noch irgendetwas brauchen …«

Stephen hatte nur noch einen Wunsch: von hier abzuhauen, nach Genf heimzukehren und zu vergessen, wozu die Menschen fähig waren, aber er wusste, dass er noch einmal an die Front zurückmusste. Für Anna. Und weil er sich getäuscht hatte, als er die *erectus* zu leichtfertig abgeurteilt hatte. Denn sie hatte recht: Man durfte diese Wesen nicht wie Schädlinge behandeln.

2

Es war inzwischen drei Stunden her, seit der Sturm im Gang war, und die schlechten Neuigkeiten reihten sich aneinander. Sobald das Kommando sich Zugang zum Gebäude verschafft hatte, waren zwei Soldaten gebissen worden. Niemand hatte verstanden, wie den *erectus* das gelingen konnte, und Antonetti hatte entgegen allen Bedenken entschieden, zu den Soldaten hineinzugehen. Zurückgezogen in einem Technikraum in der Nähe der Sicherheitszentrale, hatte die Eingreiftruppe zuvor ergebnislos zwei Runden durch das Museum gedreht. Und eine Stunde später hatte dann eine andere Offensive stattgefunden. Seither herrschte Funkstille.

Weitere Militärlaster trafen gleichzeitig ein und parkten vor den Museumsgittern. Die Armee hatte Verstärkung angefordert, und im Hauptquartier wurde nur noch davon gesprochen, »das Problem zu neutralisieren«. Letztendlich hatte Antonettis Vorstoß die Lage verschlimmert. Soldaten zu verlieren lag in der Logik der Dinge, aber einen so hochrangigen Militärvertreter brachte das in Bedrängnis. Stephen hatte schließlich die Genehmigung erhalten, die Ereignisse von der Einsatzzentrale aus zu verfolgen. In dem überfüllten Raum war die Anspannung mit Händen zu greifen. Alle paar Minuten versuchte ein Soldat, die Funkverbindung wiederherzustellen, aber vergeblich. Die Bildschirme im Museum blieben schwarz, seit sie die Stromversorgung abgeklemmt hatten. Ungefähr ein

Dutzend Männer versammelten sich mit finsterer Miene um eine Karte. Urplötzlich überkam Stephen die Vorahnung einer Katastrophe. Die Situation stellte sich ihm nun in all ihrem Schrecken dar: Niemand schien zu wissen, was genau vor sich ging.

Die Angst machte ihn schroff. »Verdammt, warum dauert das so lang?«

»Die Taktik des Nachtangriffs hat sich als ineffizient erwiesen, Monsieur. Die *erectus* können offenbar im Dunkeln sehen.«

»Wenn der General doch nur eingewilligt hätte, abzuwarten! Wissen wir denn, ob es Tote gibt?«

»Vor einer Stunde gab es noch keine. Aber diese Stille seither ist beunruhigend.«

»Was ist mit der Paläontologin?«

»Auch sie antwortet nicht.«

»Diese Operation verwandelt sich in ein Desaster.«

Da niemand ihm auch nur die kleinste Information liefern konnte, entschied er sich gänzlich unvermittelt. Anna steckte dort drin fest, und zwar seinetwegen. Wenn er sich vor zwei Monaten nicht an sie gewandt hätte, wäre sie nie in diesen Misthaufen hineingeraten. Er sah nur einen einzigen Ausweg, er musste selbst dort hineingehen und sie aus dieser Lage befreien.

Logischerweise hatte kein WHO-Mitarbeiter die Berechtigung, sich in eine laufende Militäroperation einzumischen, aber einmal mehr wirkte Margaret Christie Wunder, indem sie widerstrebend beim Kommandostab die Zustimmung erwirkte.

Die WHO-Direktorin arbeitete schon lange mit Stephen zusammen, sie spürte eine tiefe Zuneigung zu ihm, die im Lauf der letzten Monate weiter angewachsen war. Als sie ihm grünes Licht gab, versuchte sie, ihren aufgewühlten Zustand zu verbergen; sie wollte nicht, dass er die Angst in ihrer Stimme wahrnahm, sie wollte nicht an ihm zweifeln. Stephen Gordon war schon oft in eine Kampfzone geraten, nicht selten in Ländern, die sich im Krieg befanden, und außerdem lieferte ihm die Armee die Mittel, um sich zu verteidigen: ein Sturmgewehr und eine Pistole mit Betäubungspfeilen. Sie gab sich Mühe, zuversichtlich zu sein.

Es würde schon gut gehen.

Im Museum bedeckte Schutt den Marmorboden. Der Eingang war durch Sprengstoff pulverisiert worden. Auf der anderen Seite des Durchbruchs wachte wie ein Augenzwinkern des Schicksals das fast vollständige Skelett eines Gomphotheriums aus einer Zeit weit vor der Epidemie. Das Büro des Wachmanns wirkte verlassen. Der Lichtkegel seiner Taschenlampe schlug Löcher in die Dunkelheit und ließ ein Chaos aus Papier und umgestürzten Objekten erkennen. Eine drückende Stille lastete über diesem Ort.

Stephen lief den langen Mittelgang hinunter. Eine zusammengekauerte Gestalt versperrte ihm den Weg. Sein Herz setzte für einen Schlag aus. Der Körper war viel zu zierlich für einen *erectus*.

Anna, es ist Anna!

Sie war halb bewusstlos. Er hob sie sanft hoch und untersuchte sie kurz. Am Hinterkopf war ihr Haar blutverklebt. Das Blut drang aus einer Wunde von wenigstens drei Zentimetern Länge, die von einer Kugel stammte. Auf den ersten Blick wirkte die Verletzung nicht allzu ernst. In seinen Armen kam die junge Frau wieder zu sich.

Obwohl er wusste, dass diese Vorsichtsmaßnahme nicht viel

bringen würde, falls jemand sich in unmittelbarer Nähe aufhielt, flüsterte er ihr halblaut zu: »Ich hole Sie hier raus, Anna.«

»Yann«, murmelte sie.

»Das ist zu gefährlich, wir müssen fort von hier.«

»Ich kann nicht. Er ist allein. Bitte …«

Stephen zögerte einige Sekunden, bevor er nachgab. Er wusste, dass sie es ihm nie verzeihen würde, wenn er sie fortbrachte und ihrem Gefährten etwas zustieß. »Also gut, ich sehe nach, ob ich im Büro des Wachmanns irgendwas finde, womit ich das hier verarzten kann. Warten Sie hier auf mich.«

»Meine Tasche …«

Mit einer angedeuteten Bewegung wies sie auf den Rucksack, der zu ihren Füßen lag. Darin fand er ein Erste-Hilfe-Set.

»Sie haben wirklich an alles gedacht, nicht wahr?«

»Nicht an alles, nein«, erwiderte sie mit einem müden Lächeln.

»Die Wunde sieht schlimmer aus, als sie ist. Hier, trinken Sie einen Schluck Wasser, Sie müssen vollkommen ausgedörrt sein.«

Sie trank gierig aus ihrer Flasche und schüttelte dann seufzend den Kopf.

»Wie fühlen Sie sich?«

»Gut, glaube ich. Mir geht es gut.«

»Anna, es tut mir leid.«

»Ist schon in Ordnung, Sie können ja nichts dafür …«

Sie hatte gelogen, um ihn nicht zu beunruhigen. In Wirklichkeit drehte sich alles um sie, und sie sah nur verschwommen, aber die Angst, die sie einschnürte, brachte sie zum Aufstehen. Mechanisch betastete sie ihren Kopf.

»Fassen Sie das nicht an, der Verband sitzt nicht sehr fest.«

»Was ist mit mir passiert?«

»Wahrscheinlich ein Querschläger, sonst wären Sie nicht mehr unter uns. Er hat Sie am Kopf gestreift. Ihr Schutzengel hat wirklich tolle Arbeit geleistet. Einen Zentimeter weiter, und Sie wären hinüber gewesen.«

»Und was ist mit Yann?«

»Ich hatte gehofft, Sie wüssten, wo er sich versteckt.«

»Seit dem Beginn des Angriffs nicht mehr. Er hat es nicht mehr ausgehalten, eingesperrt zu sein, und ist gerade aus dem Wachraum getreten, als alles explodiert ist. Danach war es schrecklich. Überall Schreie und Schüsse. Ich musste mich verstecken, damit die Soldaten mich nicht fanden. Dann wollte ich ins Gewächshaus. Ich bin sicher, dass sie sich dahin verzogen haben. Das ist alles, woran ich mich erinnere. Ich hatte geglaubt, dass Sie all das verhindern könnten …«

»Antonetti ist vollkommen vernagelt.«

»Ich habe aus Zuversicht gesündigt, und das ist jetzt meine Strafe.«

»Anna, Ihre Theorie kann tatsächlich einige Dinge in Bewegung bringen, aber wir brauchen Beweise, um das Massaker zu beenden. Linn ist am Zug.«

»Für uns wird es zu spät sein.«

»Vielleicht nicht. Der Kontakt zum Kommando wurde unterbrochen. Ich weiß nicht, ob es Tote gegeben hat.«

»Sprechen Sie von den *erectus* oder den Soldaten?«

»Von beiden.«

»Yann lebt, da bin ich mir sicher.«

»Ich versuche, ihn zu finden, ohne mich abknallen zu lassen.«

»Ich begleite Sie.«

»Wenn ich Ihnen das verweigere, hören Sie ja sowieso nicht auf mich.«

Anna musste sich auf die Lippen beißen, um nicht laut aufzuschreien. Der Kopfschmerz zermalmte ihr den Schädel, doch sie ging klaglos voran. Sie war entschlossen, diese Sache irgendwie zu Ende zu bringen. *Wenn ich doch nur die Bedingungen der Kapitulation verhandelt hätte, statt auf stur zu schalten …*

In der großen Galerie der Evolution, diesem Tempel der Paläontologie, in dem sich Tausende von Abbildungen von Exemplaren ausgestorbener Arten aufreihten, lagen sieben Soldatenleichen auf dem Boden. Manchen war das Genick gebrochen, anderen die Halsschlagader durchgebissen worden, andere wiederum waren regelrecht zu Tode geprügelt worden. Antonetti war nicht unter ihnen. Nicht weit vom Ort des Massakers entfernt fanden sie auch die Leiche eines *erectus*. Der Affenmensch war erschossen worden.

Als Gordon ihn umdrehte, musste Anna sich zum Hinsehen zwingen. Die Erleichterung ließ sie aufstöhnen. *Danke, lieber Gott.* Es handelte sich um ein junges Männchen.

Ihre Atempause blieb jedoch von kurzer Dauer. Das verglaste Dach ließ genug Mondlicht hereinströmen, um sie hinter einem Nilpferdpärchen einen weiteren Kadaver entdecken zu lassen.

Anna hatte das Gefühl, in einem Albtraum gefangen zu sein. Bald würde irgendwer sie schütteln, und diesmal wäre es endgültig vorbei. Ihr Herz schlug so heftig, dass sie es in den Schläfen spürte, was ihre Kopfschmerzen verschlimmerte. Das Wesen war zu klein, um Yann zu sein. Als sie sich näherte, erkannte sie, dass es sich um den Muskelprotz der Gruppe handelte, einen gedrungenen *erectus*. Die eine Hälfte seines Gesichts war zerrissen worden, sodass nur noch ein Brei aus Fleisch und Hirnmasse sichtbar war.

Gordon entfernte sich nach links; sie suchte mit dem Blick

die Dunkelheit ab und achtete auf die kleinste Lufterschütterung. Als sie schon kurz vor der Verzweiflung stand, meinte sie, einen sich bewegenden Schatten auf der Rotunde im zweiten Stock auszumachen. Irgendwer eilte dort gebückt voran. Von ihrer Position aus war es unmöglich zu erraten, ob es sich um einen Soldaten oder einen *erectus* handelte. Stephen hatte ihre Erstarrung bemerkt und wurde nun seinerseits auf die gebeugte Gestalt aufmerksam.

Leise trat er zu ihr und flüsterte ihr ins Ohr: »Glauben Sie, dass er es ist?«

»Keine Ahnung.«

»An seiner Stelle würde ich versuchen, von hier zu verschwinden.«

»Sie denken wie ein Soldat. Die *erectus* denken auf ihre eigene Weise, sie sind Jäger.«

Der Schatten stieg über das Geländer und ließ sich dann an einer Metallsäule hinabgleiten. Er bewegte sich mit verblüffender Leichtigkeit.

»Es ist Yann.«

»Warten Sie ab, bis Sie sicher sind.«

»Das bin ich. Er war der Größte der Gruppe. Halten Sie sich im Hintergrund.«

»Kommt nicht infrage, ich bleibe bei Ihnen.«

»Seien Sie vernünftig. Sie kennen mich und wissen, dass ich auf ihrer Seite stehe, bei Ihnen hingegen …«

»Einverstanden, aber gehen Sie kein Risiko ein.«

Anna ging zum Fuß der Säule, während er sich hinter einem Nashorn versteckte. Auf einmal durchschnitt das Knistern eines Walkie-Talkies die Stille. Es kam aus dem ersten Stock. Statt abzuwarten, entschloss Gordon sich, die Treppe hinaufzusteigen, die nur drei Meter von ihm entfernt war. In diesem Moment fiel ihm auf, dass er sein Sturmgewehr zurückgelassen hatte, nachdem Anna wieder zu sich gekommen war. Egal.

Er erklomm die Stufen so leise wie möglich und gelangte in den Saal mit den ausgestorbenen Tieren. Er durchquerte ihn. Das Geräusch wurde immer lauter und kam von links. Ein unverständliches Murmeln. *Antonetti? Zu wievielt sind sie noch? Was für ein Idiot ich bin, ich hätte fragen müssen …*

Mit einem Griff in seine Jackentasche versicherte er sich, dass er die Betäubungspistole noch immer bei sich trug. Doch für den Augenblick hatte er lieber die Hände frei.

Das Geräusch lockte ihn zu einer Nische ungefähr zwanzig Meter von der Treppe entfernt. Dort lag das Walkie-Talkie auf dem Boden und rauschte vor sich hin. Als wäre es absichtlich dorthin gelegt worden …

Das ist eine Falle!

Ein dumpfes Knurren ließ ihn den Kopf heben. Ihm gegenüber stand breitbeinig ein *erectus*, der sich halb unter das Steingewölbe gezwängt hatte. Das zweite Walkie-Talkie hatte er sich gegen den Mund gepresst. Sobald sich ihre Blicke kreuzten, ließ der Affenmensch das nun nutzlose Gerät fallen, das auf dem Boden zerschellte. Stephen tastete nach der Betäubungspistole, aber der *erectus* baute sich bereits vor ihm auf. Nur zwei Meter von ihm entfernt.

Er dachte nicht einmal nach, als er auf die Treppe zustürzte und mehrere Stufen auf einmal hinuntersprang. Er hatte nur noch einen einzigen Gedanken – bis zu den Leichen der Soldaten gelangen, sich eine Maschinenpistole schnappen und den Feind vernichten, der ihm auf den Fersen war.

Auf der Treppe vergrößerte er den Abstand um mehrere Meter. Bei den Leichen angekommen, riss er die erstbeste Waffe an sich, die er finden konnte, und drehte sich schussbereit um.

Die Galerie war verlassen. Der *erectus* war verschwunden.

Er kam langsam wieder zu Atem, als er einen Lufthauch spürte. Ein riesiges Etwas fiel auf ihn herab. Als er den Abzug drückte, gruben sich scharfe Zähne in seine Schulter, und ein furchtbarer Schmerz durchzuckte ihn.

Anna hörte Schüsse und einen durchdringenden Schrei. *Stephen?* Sie suchte die üppige Vegetation vom Durchgang aus ab, blieb reglos stehen und bemerkte plötzlich einen Schatten. Er bewegte sich viel zu geschmeidig fort, um zum Einsatzkommando zu gehören. Es war Yann. Sie lief auf ihn zu und wedelte mit den Armen. Von einem Eisenträger ließ er sich auf den Wipfel eines riesigen Palmfarns hinabfallen und verschwand dann im dichten Laub. Er hatte sie keines Blickes gewürdigt.

Er ist auf der Jagd. Du störst ihn dabei nur.

Sie erzitterte, unendlich betrübt über die kommende Katastrophe. Er glaubte wohl, dass er sich befreien könnte, indem er die Tikaks einen nach dem anderen ausschaltete. Er hatte weder eine Ahnung von der Welt noch von den Menschen. Er wusste nur, dass er verfolgt wurde und die Gewehre den Tod brachten. Vom Rest ihres Arsenals wusste er nichts, weder von den Panzern noch von den übrigen beeindruckenden Möglichkeiten, über welche die Armee verfügte.

Beim Durchqueren des Gewächshauses entdeckte sie plötzlich Marc Antonetti. Der General hockte leichenblass mit dem Rücken an einen Stamm gepresst und schien sich in sehr übler Verfassung zu befinden. Sein Hemd war von einem fingerdicken Loch durchbohrt. Anna kniete sich neben ihn hin und schüttelte ihn, ohne allzu viel Rücksicht zu nehmen.

Dem kurzatmigen Militärarzt fiel das Sprechen schwer. »Sehen Sie, wohin uns Ihr Wahnsinn geführt hat?«

»Sie haben den Befehl zum Angriff gegeben, nicht ich.«

Trotz ihres Zorns konnte Anna den General nicht einfach seinem Schicksal überlassen. Sie half ihm, so gut sie konnte, und als er stand, schaltete sie die Taschenlampe ein und ließ den Lichtkegel über die sie umgebenden Pflanzen wandern.

Yann hatte sie auf jeden Fall gehört. Warum zeigte er sich nicht? Worauf wartete er?

Da tauchte im Geäst ein Gesicht mit einer schmalen Stirn auf. Yann hatte blutige Schrammen am gesamten Körper davongetragen, und Annas Herz zog sich vor Mitgefühl zusammen. Er betrachtete sie mit zu einem blutrünstigen Lächeln gefletschten Zähnen. Ein kampflustiger Glanz loderte in seinen Augen.

Er hatte an dem Gemetzel teilgenommen, er hatte zugesehen, wie seine Gefährten einer nach dem anderen massakriert worden waren. Zwischen ihnen gab es zu viel Blut. Er hatte die Welt der Menschen hinter sich gelassen. Er war nun etwas anderes. Weder Mensch noch Primat. *Etwas anderes.*

»Na, Yann.«

Sie stellte sich vor Antonetti, um ihn zu beschützen. Dieser verachtenswerte Kerl war ihr zwar egal, aber sie würde keinen einzigen weiteren Toten mehr ertragen. Vor allem würde sie nicht ertragen, dass ihr ehemaliger Geliebter sich wie eine blutrünstige Bestie aufführte.

Yann knurrte. Aufgrund seines Ärgers hatte er die Stirn in Falten gelegt.

»Na.«

Sie trat einen Schritt vorwärts, dann noch einen. *Er war alles für sie gewesen, und sie hatte ihn verloren.*

»Yann«, murmelte sie erneut mit sanfter Stimme.

Sie deutete eine Geste an, um zu sehen, wie er darauf reagieren würde. Er regte sich nicht und ließ sich berühren. Er akzeptierte den Kontakt. Auf seinem groben Gesicht konnte Anna widerstreitende Gefühle ablesen.

»Ich bin's, Anna. Erinnere dich.«

Unter ihrer Berührung entspannten sich seine Muskeln. Der *erectus* begann von links nach rechts zu schaukeln, wie hypnotisiert vom Klang ihrer Stimme. Seine Feindseligkeit verschwand allmählich, und Anna schmiegte sich an ihn, damit er ihren Geruch wahrnehmen konnte. Seine Nasenflügel bebten, und er gab ein kehliges Knurren von sich. *Er erkennt mich wieder, endlich.*

»Es ist gut, mein Yann. Du machst das großartig.«

Die Gefahr schien er vergessen zu haben, und sein Blick trübte sich.

»Du bist unglaublich, weißt du das …«

Ein metallisches Geräusch ließ sie zusammenzucken. Sie wandte den Kopf, sah Antonetti mit gezückter Pistole, und ihr Herzschlag setzte aus. »Nein!«

Der General hörte nicht auf sie. Er schoss und erwischte den *erectus* an der Schulter. Blut spritzte auf Anna. Die Explosion erschütterte sie, und sie geriet, halb k. o., ins Taumeln. Es war, als hämmerte ihr jemand Hunderte von Nägeln in den Schädel. Mit dem Handrücken schob Yann sie in ein Farnbeet. Nun, da sie ihm nicht mehr als Schild diente, war er vollkommen schutzlos.

Das Blut. Ist es in meine Wunde gelangt? Und das Kind? Ich hätte Antonetti töten sollen.

Gedankenfetzen schwirrten durcheinander. Sie sah, wie der General versuchte, erneut seine Waffe anzuheben. Seine Finger öffneten sich, und sie glitt ihm aus der Hand. Ein Betäubungspfeil steckte in seiner Handfläche. *Stephen?*

Der Militärarzt konnte sich dagegen wehren, wie er wollte, sein Nervensystem wurde in Windeseile gelähmt. Er wankte und brach schließlich zusammen.

Bevor Yann noch reagieren konnte, stemmte sie sich mühsam wieder hoch und war mit einem Satz neben ihm, umschlang ihn erneut und hoffte, dass Stephen einen weiteren Pfeil abfeuern würde.

»Verzeih mir, Yann. Ich schwöre dir, es ist nur zu deinem Besten. Ich werde nicht zulassen, dass sie dich töten. Niemals …«

Der Körper des *erectus* wurde schwer. In seinem Blick las sie eine unermessliche Traurigkeit. Etwas darin sagte ihr: »Du hast mich verraten.« Und dann trübte sich alles ein, sie spürte ihn fallen und bemühte sich, seinen Sturz abzufedern. Sein Gesicht war angeschwollen. Sie setzte sich neben ihn, schloss die Augen, bis sein Herzschlag sich beruhigt hatte. Als sie sie wieder öffnete, war Stephen bei ihr. Verletzt zwar, aber immer noch tapfer. Er sprach mit heiterer Stimme, fast zu heiter.

»Es ist vorbei.«

»Vorbei?«

»Gerade habe ich die Anweisung erhalten. Ich habe sie überzeugt, eine Sanitätseinheit zu schicken.«

»Und Sie?«

»Ich bin gebissen worden. Ich bin erledigt.«

»Unmöglich. Sie werden wieder gesund.«

»Es ist zu spät, das wissen Sie besser als jede andere. Die Virostatika werden erst in den kommenden Tagen hier eintreffen, und allein das wäre bereits ein Wunder, aber bis dahin werden sie keinen Effekt mehr auf mich haben. Ich bitte Sie nur um eins. Sie und Margaret, passen Sie bitte auf meine Tochter auf.« Dann fügte er kaum hörbar hinzu: »Sie hatten recht, Anna.«

»Womit?«

»Linn Visnar hat die Unfruchtbarkeit der *erectus* bestätigt. Der Rest ist nur noch eine Frage von Stunden. Akulow hat gerade das Prinzip der Schutzzonen akzeptiert. Genau das, was Sie empfohlen haben.«

Sie blickten einander zärtlich an.

»Glauben Sie, dass ich in so einem Schutzgebiet glücklich werde?«

Anna hatte einen Kloß im Hals. »Da bin ich mir sicher.«

3

Als der Name auf Annas Handy erschien, zuckte sie zusammen. Lucas C. Was wollte er? Hatte ihn jemand darüber informiert, was sie zu tun im Begriff war? Doch selbst in diesem Fall … Zwar hatten sie sich nach dem Sturm des Museums kurz unterhalten, doch Anna konnte sich nicht an den Inhalt des Gesprächs erinnern, abgesehen von einigen Worten, die er hartnäckig in Dauerschleife wiederholte. »Ich bin da.« Da, mit seiner Frau und seinen beiden Kindern. Es war seltsam, diese Neigung, alle möglichen Versprechungen zu machen, wenn … *Wenn was, Anna? Verhältst du dich ihm gegenüber nicht ein bisschen ungerecht? Was hat er sich schon zuschulden kommen lassen, wenn alles einfach außer Kontrolle geraten ist? Ihr habt zusammengearbeitet, wart dann im Bett, und dein Leben ist in die Luft geflogen. Ja, du hast der Versuchung nachgegeben, du hast es genossen, und ja, du magst ihn gern, aber das ändert überhaupt nichts, es ist immer noch derselbe verdammte Schlamassel. Die Toten sind immer noch tot, und die anderen … Die anderen kommen nie mehr zurück.*

Ohne weiteres Nachdenken drückte sie auf den grünen Knopf.

»Ich habe schon befürchtet, du nimmst nie ab. Hier ist Lucas.«

»Ich weiß. Ich bin Anna.«

Er stieß eine Art Lachen aus, und sie konnte nicht anders, als ihrerseits zu lächeln. Ihr Herz hatte heftig zu klopfen begonnen.

»Wie geht's dir?«

»Nicht so schlecht … ehrlich. Und bevor du damit anfängst, nein, ich habe dir kein Lebenszeichen gegeben. Ich glaube, ich habe meine ganze Kraft gebraucht, um wieder aufzutauchen, ganz abgesehen von dem Kind in meinem Bauch.«

»Das verstehe ich. Ist das Ende deiner Schwangerschaft nicht zu anstrengend?«

»Erstaunlicherweise nicht. Ich glaube, das Fräulein hat sich entschieden, mir das Leben zu erleichtern.«

»Es ist also ein Mädchen. Du freust dich bestimmt.«

»Ja, sehr. Und bei dir? Geht's dir gut?«

»Mir, ach … Nicht so berauschend.« Er wollte eigentlich lässig klingen, aber der Versuch ging gründlich in die Hose. »Entschuldige. Ich ruf dich an, um mich nach dir zu erkundigen, und dann jammere ich rum.«

»Lucas, hör auf, dich zu entschuldigen. Ich bin nicht aus Zucker, und wir alle haben in letzter Zeit ziemliche Dramen erlebt. Wie schlimm sie waren, ist doch egal, es ergibt überhaupt keinen Sinn, das quantifizieren zu wollen. Es tut mir einfach nur leid, dass es dir nicht gut geht.«

»Im Grunde ist es gar nicht so schlimm. Na ja, es geht nicht um ein medizinisches Problem. Es geht eher darum, dass die Sachen mit meiner … mit Manuela nicht so leicht sind.«

»Oh.« Sie hütete sich, näher darauf einzugehen. Sie fand es schon seltsam, dass er ihr das überhaupt anvertraute, denn sie war die letzte Person, die ihn in dieser Beziehung beraten konnte.

Anscheinend war er derselben Auffassung, den er fuhr in zögerlichem Ton fort. »Seit diesem Sommer bin ich auf allen Ebenen abwesend gewesen, und sie ist mir deshalb böse, was ich sehr gut verstehen kann. Außerdem gibt es noch die

Jungs … Man könnte sagen, dass ich auf ganzer Linie Mist gebaut habe.«

»Lucas …«

»Ich weiß, du musst dir das nicht anhören. Auch wenn du ansonsten hart wie Stahl, intelligent, wunderbar und die beste Vertraute bist, die ich in den letzten vierzig Jahren gekannt habe!«

»Sonst nichts?«

»Nein, nichts.« Er schwieg, um die Doppeldeutigkeit des Wortes ein wenig in der Luft hängen zu lassen. *Nein, nichts hat geholfen, ich habe dich nicht vergessen.*

Anna war zu diesem Spiel nicht bereit. Jetzt noch nicht. »Ruf mich wieder an, wenn du heimkommst. Ich habe hier noch ein paar Dinge für mich zu erledigen. Ist das in Ordnung?«, erwiderte sie sanft.

»Natürlich. Ich … ich denke an dich.«

Er legte auf, ohne ihre Antwort abzuwarten, und sie war ihm für seine Rücksicht dankbar.

Sie wusste nicht, was werden würde. Heute hatte das auch keine große Bedeutung. Und doch hatte sein Anruf ihr das Herz erwärmt.

4

In den Wochen, die auf die Erkenntnis von der Unfruchtbarkeit der *erectus* folgten, breitete sich die Seuche weiter in Gegenden aus, in denen schlechte hygienische Verhältnisse und ein Zusammenleben auf engstem Raum mit Tieren zusammenkamen. Es waren dieselben Gegenden, in denen die Virostatika mit leichter Verspätung eingetroffen waren.

In Südafrika stellte die Nähe zum ursprünglichen Infektionsherd eine erschwerende Bedingung dar, aber die neu auftretenden Fälle bildeten ab jetzt nur noch den Schweif des Kometen. Die Erde war fertig mit dem Kruger-Virus. Für die nächsten paar Millionen Jahre.

In der wissenschaftlichen Gemeinschaft bildete die Frage nach seinem Wiederauftauchen den Gegenstand hitziger Debatten. Die öffentliche Meinung interessierte sich mehr für die Ergebnisse der Ermittlungen bezüglich der Verantwortlichkeit von Futurabio. Unter dem Titel »Der kriminelle Leichtsinn eines multinationalen Konzerns« zeichnete die *New York Times* in ihrer Ausgabe vom 15. November in groben Zügen den Vorgang nach, der die Welt an den Rand des Untergangs geführt hatte.

Seit fünf Jahren graste Futurabio in aller Stille und unter dem Deckmantel wissenschaftlicher Forschung die Ozeangräben ab, um sich neuartige Wirkstoffe zu sichern. Nachdem sie den Regenwald am Amazonas in den 1990er-Jahren ausgebeutet hatten, hoffte das Konsortium nun, dort das nächste pharmazeutische Eldorado zu finden. Sie mieteten U-Boote, um damit im Marianengraben, vor der Küste Japans und der Kermadecinseln nördlich von Neuseeland Proben zu sammeln. Diese riesigen Löcher im Meeresboden sind über zehntausend Meter tief. Der ursprüngliche Wirt des Kruger-Virus – das Tier, das einem Kraken erstaunlich ähnlich sieht – wurde ganz unten im ersten Graben entdeckt, ungefähr hundert Kilometer vor der Westküste Neuguineas, wo das Virus vor zehn Millionen Jahren zugeschlagen hatte. Futurabios Bathyskaph brachte ihn im vorliegenden Fall nach oben, und der Tintenfisch wurde in einem Druckbehälter ins Laboratorium nach Malelane geschafft. Danach genügte eine Reihe unglücklicher Zufälle – eine unsachgemäße Handhabung, die zur Evakuierung des Personals führte, ein unehrlicher Wachmann, der Biss eines wahrscheinlich infizierten Affen –, damit das Kruger-Virus entwischen konnte und die größte gesundheitliche Tragödie seit dem Auftreten von Aids auslöste. Doch Futurabio hat nicht nur fahrlässig gehandelt. Das Unternehmen hat den Unfall, der sich in seinem Labor ereignete, verschwiegen, und diese Verheimlichung hat die Gegenmaßnahmen in beträchtlichem Maß behindert.

Generaldirektorin Paloma Weber ist schließlich wegen Untreue und Gefährdung Dritter am Flughafen von Pretoria festgenommen worden. Angesichts des Ausmaßes des Skandals hat die südafrikanische Regierung ihr pharmazeutisches Kronjuwel letztlich fallen lassen. Unter dem medialen Druck hat sie die endgültige Schließung des Labors und seine vollständige Zerstörung bzw. Isolierung angeordnet, je nachdem, was die Experten empfehlen.

Während die offiziellen Ermittlungen gegen die Umtriebe von Futurabio noch laufen, erwarten die Beobachter eine Verurteilung des Pharmaunternehmens, das gezwungen sein wird, den Familien der Opfer eine beträchtliche Entschädigung zu zahlen. Die Rede ist von einer Rekordsumme für ein multinationales Unternehmen, die sich im Rahmen von etwa fünfzig Milliarden Dollar bewegen wird.

X
Schutzzone

Kenia, 8. Dezember

Der Hubschrauber der UNO flog in niedriger Höhe über die Savanne. Der ohrenbetäubende Lärm des Rotors veranlasste die Tiere, die zwischen den hellgelben Gräsern umherzogen, zur Flucht. Anna saß neben dem Piloten, kommunizierte mit ihm allerdings über Funk. Seit ihrem Start vom Flughafen Nairobi suchte sie diese immense Ebene, die hier und da vom grünen Blattwerk einer Akazie durchbrochen war, mit Blicken ab.

»Ungeduldig, was?«, fragte der Kommandant lächelnd.

Sie nickte wortlos und mit zugeschnürter Kehle.

»Ich verstehe Sie. Es ist wirklich ein beeindruckendes Bauwerk. Zweitausendfünfhundert Kilometer lang, können Sie sich das vorstellen? Sie ist in kaum zwei Monaten eingerichtet worden. Freunde haben mir bestätigt, dass man sie sogar aus dem Weltraum sieht, aber ich glaube eher, dass das der Beginn einer Legendenbildung ist. Seit Langem wird dasselbe über die Chinesische Mauer behauptet.«

Dann deutete der Mann mit einem Nicken auf ihren Bauch und lächelte erneut. »Wann ist es denn so weit?«

»In zwei Monaten. ...«

Um nicht auf weitere Fragen antworten zu müssen, versuchte sie es mit einer Ablenkung. »Sind wir bald da?«

»Wir sollten das Reservat jeden Moment erreichen. Es erstreckt sich bis zur äthiopischen Grenze entlang des Turkanasees.«

»Ich dachte, es liegt sowohl in Uganda als auch in Kenia.«

»Tatsächlich bildet es ein langes Rechteck, das einige Kilometer auf äthiopisches und südsudanesisches Gebiet reicht. Insgesamt hat es eine Fläche von 300.000 Quadratkilometern. Ziel ist es, den *erectus* die Jagd und ein völlig autonomes Leben zu ermöglichen. Anscheinend haben die Experten der UNO den Bereich hinsichtlich des Ziels ausgewählt, dass die Populationsdichte so ist wie damals.«

»Das hat man mir gesagt, ja.«

»Gehören Sie zu ihnen?«

»Zu wem?«

»Zur UNO ...«

»Gewissermaßen.«

Sie schwieg nachdenklich und grübelte über die Worte des Piloten nach. Natürlich wusste sie im Großen und Ganzen alles, was es über das Reservat in Erfahrung zu bringen gab, doch das Schauspiel bewegte sie trotzdem zutiefst. Sie hoffte, dass Yann, der Mann ihres Lebens, aber auch Stephen und all die anderen sich hier zu Hause fühlen würden, an einem Ort, der eine der Wiegen der Menschheit gewesen war.

Die Wahl war auf diese Region in Afrika gefallen, weil man die spezifischen Umweltbedingungen mit in die Überlegungen einbezogen hatte: eine semiaride Zone, in der es Großwild gab, eine Anzahl von Gazellen und Zebras. Außerdem war dieses Gebiet aufgrund des endemischen Vorkommens der Tsetsefliege nur sehr spärlich besiedelt.

»Sehen Sie, da ist sie!«

Die gräuliche Linie, die in der Ferne sichtbar wurde, verwandelte sich bald in eine stählerne Barriere, die quer durch die Landschaft schnitt. Der Hubschrauber neigte sich und beschrieb eine Kurve, um Anna einen besseren Blick auf diesen doppelten, von Stacheldraht gekrönten Zaun zu ermöglichen.

»Sind Sie schon mal über das Reservat geflogen?«

»Das ist verboten. Es könnte die Prähistorischen stören. Diese Regel gilt für alle drei Reservate gleichermaßen.«

Einige Minuten später traf der Helikopter an seinem Ziel ein – ein Militärlager, das aus etwa zwanzig Gebäuden und einer Landebahn bestand. Die Flagge der UNO wehte über einer der Baracken.

Sie landeten neben zwei weiteren riesigen Hubschraubern, nur wenige Dutzend Meter vom ersten Begrenzungszaun entfernt. Die Rotorblätter wirbelten einen Sandsturm auf, bevor sie allmählich langsamer wurden.

Draußen empfing Anna ein junger Soldat mit breitem Lächeln. »Es ist mir eine Ehre, Sie kennenzulernen, Madame Meunier. Der Oberst hätte Sie gern persönlich empfangen, aber er musste sich leider in die östliche Parkregion begeben. Einige Prähistorische haben sich gegenseitig abgeschlachtet, um sich die Nahrung zu sichern, die wir dort deponiert hatten.«

Sie fühlte einen Stich im Herzen. *Wie lange werde ich mir um ihn noch Sorgen machen? Und um Stephen …*

Der Soldat deutete auf einen Pick-up. Anna erstarrte und begann schneller zu atmen. Er stand aufrecht in einem Käfig und umklammerte mit beiden Händen fest die Gitterstäbe, als wollte er sie auseinanderbiegen.

Yann.

Die Fußfessel war entfernt worden. Und ganz offensichtlich stand er nicht unter Betäubungsmitteln.

Langsam ging sie auf ihn zu, fühlte sich wie kurz vor einer Ohnmacht. Als er sie seinerseits bemerkte, begann er vor und zurück zu schaukeln, ein Zeichen der Ungeduld.

Sie trat noch ein wenig näher und schob die Finger durch die Gitterstäbe. Yann legte sanft seine Hand auf ihre.

»An… na …«, brummte er mit rauer Stimme.

»Yann. Ich bin gekommen.«

Der *erectus* kniete sich hin, um auf Augenhöhe mit ihr zu sein. Er presste sein Gesicht gegen die Metallstäbe und ließ zu, dass sie es streichelte. Ein Ausdruck des Wohlgefallens erschien auf seinen Lippen. Sie spürte, dass ihn tiefe Einsamkeit plagte.

»Bald bist du bei deinesgleichen. Ich bin sicher, dass du eine Gefährtin finden wirst und ihr glücklich werdet.«

Inzwischen liefen ihr die Tränen die Wangen hinab, aber sie hätte nicht sagen können, ob sie weinte, weil Yann endlich, nach all den harten Monaten, Frieden fand oder weil sie ihre letzten Augenblicke mit ihm verbrachte. Sie wischte sich die Wangen ab und wandte sich dann dem Soldaten zu, der sich aus Rücksicht im Hintergrund gehalten hatte. Mit einem Kopfnicken signalisierte sie ihm, dass sie bereit war, und zog ihre Hand zurück, was bei Yann zu einem kurzen Zusammenzucken führte. Er entspannte sich, als er sah, dass sie sich in die Fahrerkabine des Pick-ups setzte, ließ sie aber nicht aus den Augen.

Zwei hintereinanderliegende Tore, die eine Schleuse bildeten, öffneten sich vor ihnen, bevor sie sich mit einem metallischen Quietschen wieder schlossen. Der Allradwagen fuhr in das Reservat hinein.

Ruckelnd ging es weiter durch das hohe Gras. Sie fuhren ganz nah an einer Herde von Giraffokeryx vorbei. Anna beobachtete Yanns Reaktion. Die Tiere schienen ihn zu interessieren. Er betrachtete alles mit offenkundiger Faszination.

Hierher nach Kenia zu kommen war keine leichtfertig getroffene Entscheidung gewesen. Sie fürchtete sich vor dem Wiedersehen mit ihm. Würde er sie überhaupt wiedererkennen? Seit dem Erwerb ihres Flugtickets hatte sie tausend Male an dieser

Entscheidung gezweifelt. Heute wusste sie, dass ihre Befürchtungen unbegründet gewesen waren. Yann würde sich in diesem Reservat wohlfühlen.

Sie waren gute zwanzig Kilometer gefahren, als der Soldat den Pick-up stoppte. Vor ihnen erstreckte sich eine üppig bewachsene Landschaft.

»Der Fluss ist nicht weit entfernt. Wir dachten, wir könnten ihn hier absetzen.«

Anna nickte erleichtert.

»Ich öffne den Käfig, und Sie geben ihm ein Zeichen, herauszusteigen, in Ordnung?«

»Ja«, erwiderte sie schluchzend.

Als der *erectus* die Bewegung wahrnahm, zog er sich misstrauisch in die hinterste Ecke seines Kerkers zurück. Der Soldat drehte den Schlüssel und trat dann beiseite. Er hielt eine Waffe in der Hand. Mit einer bedächtigen Geste öffnete Anna die Tür. Yann reagierte nicht. Er blieb auf der Hut und fürchtete offensichtlich irgendein krummes Ding.

»Komm zu mir«, murmelte sie und schlug sich gegen die Brust.

Er musterte sie lange, und dann, als er begriff, dass er von ihr nichts zu befürchten hatte, wagte er sich auf die Ladefläche und stieg vorsichtig von ihr herab. Zuerst sah er sich unruhig nach dem Soldaten um, doch dann wandte er sich dem Buschwald zu und schnupperte. Ihr zerriss es das Herz. Also, mein Engel, geh, mach den Abschied nicht noch schwerer, nutz deine wiedergefundene Freiheit.

Er tat einen Schritt in ihre Richtung, aber sie konnte ihn nicht mehr zu sich lassen.

»Na, Yann.« Sie wies auf einen unbestimmten Punkt in der Ferne. »Dein Zuhause ist jetzt da.«

Bittere Enttäuschung wurde auf seinen groben Zügen sichtbar. *Dich habe ich geliebt, aber jetzt ist es vorbei.*

Sie versuchte ihre Emotionen im Zaum zu halten und sagte zum Soldaten: »Ich bin so weit.«

»Sind Sie sicher?«

»Machen Sie.«

Der Soldat schoss einmal in die Luft. Yann machte einen Satz nach hinten und blickte Hilfe suchend zu Anna.

Die Kehle der Paläontologin war derart fest zugeschnürt, dass sie kaum noch atmen konnte. »Zielen Sie vor seine Füße«, befahl sie.

Niemals hätte sie geglaubt, zu solch einem Satz fähig zu sein. Der Soldat legte sorgfältig an. Der Einschlag ließ eine Erdscholle zwanzig Zentimeter vor dem *erectus* aufspringen. Diese Demonstration ließ ihn erstarren. Kurz betrachtete er sie mit einem Zorn, den sie an ihm bislang noch nicht gesehen hatte. Sie war für ihn zur Feindin geworden, zu einer Verbündeten der Tikaks, das wusste sie.

Er machte kehrt und entfernte sich in Richtung des Feuchtgebiets. Wenige Sekunden später war er zwischen den Maulbeerfeigen verschwunden.

»Fertig.«

Anna hatte das Wort geflüstert, als hätte sie nur mit sich selbst gesprochen. Sie ging zum Auto zurück, während ihr die Tränen in Strömen übers Gesicht liefen.

Epilog

Zehn Monate waren seither vergangen. Unter einem dichten Schleier, der vom Fluss aufgestiegen war, schien das Tal auf dem Nebel zu treiben und sich an manchen Stellen darin aufzulösen. Am Himmel zog die untergehende Sonne eine rosa Schleppe hinter sich her, die sich bis weit jenseits der Hügelkette erstreckte.

Der Clan des Erhobenen Steins hatte seine Feuerstelle am Hang eines Hügels neben einer Höhle angelegt, die ihnen als Zufluchtsort diente. Die Glut hielt sowohl die Krallen der Raubtiere als auch die Nachtkälte ab. Auf den heißen Steinen brieten Fleischstücke. Zerschnittenes Ohr hatte einen Teil des Tages über die Beute durch die große Ebene gejagt. Der Clan bestand aus sieben Mitgliedern, doch nur drei der Stärkeren hatten sich ihm mit ihren Lanzen angeschlossen.

Zerschnittenes Ohr trat zu dem müden Weibchen, das sich gegen den Felsen gelehnt hatte. Ihr schwerer Bauch hatte sie zu schwach für die Jagd gemacht. Jedes Mal, wenn er sich ihr näherte, spürte Mondtochter, wie ihr das Herz anschwoll. Als er ihr einen vor Fett triefenden Nahrungsbrocken hinhielt, lächelte sie ihn dankbar an und begann zu essen. Er wartete, bis sie satt war.

Später, als die Nacht die Welt einhüllte, blieben sie ruhig sitzen und betrachteten den Busch, durch den sich Schatten bewegten. Ihr Territorium … Dort oben erstrahlten Myriaden von Lichtern am Firmament.

Unvermittelt ergriff Mondtochter seine Hand und legte sie auf die angespannte Haut ihres Bauches. Im Inneren regte sich das Leben.

Das Unmögliche war geschehen.

Zerschnittenes Ohr brummte zufrieden. Auf seiner stirnlosen Miene prangte ein Ausdruck purer Freude. Etwas näherte sich, das spürte er. Heute Nacht wäre es so weit.

Anmerkung des Autors

Abgesehen von dem Virus, das ich erfunden habe, sind alle wissenschaftlichen Fakten, auf denen die Erzählung beruht, wahr.

Die Idee, dass Arten im Lauf der Evolution den Rückwärtsgang einlegen können, ist inzwischen seit etwa fünfzehn Jahren bewiesen. Die Paläontologen haben sogar einen Begriff für dieses Phänomen, nämlich den der »Rückmutation« oder »Reversion«. Um dafür nur zwei Beispiele zu nennen: Schlangen haben wenigstens einmal während ihrer Evolutionsgeschichte wieder vollständige Beine ausgebildet, und der Gecko hat seine Fähigkeit, an Wänden zu kleben, mehrere Male verloren und wieder zurückerlangt. Auch die menschliche Art ist betroffen. Wir selbst haben vor fünfzehn Millionen Jahren bestimmte anatomische Merkmale verloren, genauer gesagt: gewisse Muskeln der Hand, um sie später aufs Neue zu entwickeln.

Dieser Rückwärtsgang der Evolution erklärt sich durch die Tatsache, dass Gene lange Zeit über schlummern und dann auf einmal erneut aktiv werden können – dafür existieren inzwischen immer mehr Belege. Manche Untersuchungen, die in diesem Rahmen angestellt worden sind, grenzen an Science-Fiction, sind aber nichtsdestoweniger authentisch. Vor zwei Jahren haben Forscher der Universität von Santiago de Chile bei Hühnern im Embryonalstadium Gene ihrer Dinosauriervorfahren zum Leben erweckt. Sie haben also hundert Millionen Jahre alte Gene aus ihrem Winterschlaf geholt! Mit folgendem

Ergebnis: Die Embryonen besaßen Füße, deren anatomische Merkmale denen der Dinosaurier ähnelten. Warum sollte man sich also nicht vorstellen können, dass Menschen sich eines Tages wieder in *Homo erectus* zurückentwickeln …?

Danksagung

Mein Dank gilt Bernard Fixot und Édith Leblond für ihr Vertrauen, Virginie Jouannet und Renaud Leblond für ihre wertvolle Mitarbeit sowie all denen, die zum Abenteuer dieses Buches beigetragen haben: Caroline Sers, Bruno Barbette und Amandine Le Goff.